文学纪念碑
039

# 和帕斯捷尔纳克在一起的岁月

(俄)奥莉嘉·伊文斯卡娅 伊琳娜·叶梅利亚诺娃 著
李莎 黄柱宇 唐伯讷 译

时间的俘虏 *В плену времени*

波塔波夫胡同传奇 *Легенды Потаповского переулка*

广西师范大学出版社
·桂林·

# 致中国读者

亲爱的中国读者：

很高兴，我们（我和我母亲奥·弗·伊文斯卡娅）的回忆录将在你们这神奇的国度被阅读。在这本书中你们将了解到伟大的作家、诗人鲍·列·帕斯捷尔纳克不仅是世界文学经典作家，小说《日瓦戈医生》的作者，更是一个勇敢而美好的人，他在异常艰难残酷的二十世纪依然坚守着永恒的道德信念——对朋友忠诚，支持和帮助那些处境艰辛，“被侮辱和被损害”的人。正是因为他的帮助，许多身陷时代不公囹圄的人活了下来。他像个苦役犯一样从事着翻译工作，为了维持生计——大家都知道，有一段日子他右手麻痹，而那段时间他写出了多少作品?！况且当时没有电脑，全靠手写。当我们的妈妈被逮捕时，多亏他我和弟弟才没有被送去保育院。这些大家都会在书中读到。

他还帮助离世朋友的家人，那些寡妻和孤儿们。在帕斯捷尔纳克去世后，他的遗孀在写字台中发现许多收据——他默默施以援手的证明。你们将会读到，我这样一个小女孩，怎样被他引入诗歌世界，甚至在他困难的时候还会带我去书店，为我挑选新年礼物——他喜欢的俄罗斯文学作品。而要知道，在那些岁月，他自己尚且命悬一线——几乎所有的朋友都被逮捕，或许是什么奇迹将他拯救。这就是后辈们心中的他——无畏与高尚的标尺。

他和我妈妈奥·弗·伊文斯卡娅的爱情成为一段传奇。很多书写了他们的故事，有俄国的，也有其他国家的。关于“拉拉”的英语书和法语书刚刚出版，而德语世界已经有两本“拉拉”，还拍了几部电影。我很高兴，中国的读者也将了解到这段爱情。他们之间的爱如何诞生于一次偶然的相逢，这对爱人共同经历了多少考验，以及他们怎样英勇地抵抗残酷的岁月。

我希望，在中国这个有着几千年诗歌文化的国度，人们可以阅读二十世纪伟大诗人帕斯捷尔纳克的诗歌。他的诗体现出最细腻的情感和对人内心世界凝神的洞察,不仅如此——在帕斯捷尔纳克的诗行中我们首先感受到的是自然,以及自然之美的一切展现形式。

但生活,细致如
秋日的寂静。[1]

李白或许也会写这样的句子。(《静夜思》)
衷心希望你们能够获得愉快而有趣的阅读体验。

伊琳娜·叶梅利亚诺娃
巴黎,二〇一六年十一月

(李莎　译)

---

① 出自帕斯捷尔纳克的诗集《生活——我的姐妹》(1917)中《不妨也来抛下几句话……》一诗。

仿佛是用一块铁
浸入染料，
你被镌刻
在我的心上。

但我们是谁，又从哪来，
当这些年月过去
只留下流言，
而我们已不在人世？[1]

**鲍·帕斯捷尔纳克**

① 出自帕斯捷尔纳克的诗作《会面》(1949)。

# 目 录

# “也许我只是小说的依据?”

## 关于这部回忆录的作者

在一篇写肖邦的著名文章里,帕斯捷尔纳克谈到他对现实主义的理解。他说,“推动艺术家革新与独创的力量,是其个人经历中留下的深刻印记”。他写道:“在心灵的眼睛面前,在深化认识,进行选择的时候,总有某个应该去接近的模特。”诚然,对读者来说,谁正是这个模特,谁的“印记”留在了诗人帕斯捷尔纳克的书中,未必十分重要。《马堡》也好,《暴风雪》也好,《叙事曲》[①]也好,与

① 原文为复数。帕斯捷尔纳克至少写过三首《叙事曲》,一首收录于诗集《越过壁垒》(1914–1916),另外两首收录于诗集《第二次诞生》(1930–1931)。

诗中女主人公们幽远的影子毫无联系,这些诗依然存在,将来也会存在。然而,随着作者的生活本身逐渐变成传奇,女主人公,他的缪斯们,也会成为神话;朴素的感激之情会令我们回忆起她们,读出其中的密码,给他的女伴,那些美丽的"厄革里亚"(就是希腊语的"激励者")以应有的评价。

每个读者大概都会凭各自的想象,为自己描绘那些女主人公的形象。就说《生活——我的姐妹》吧……比如,对我来说,该书女主人公(叶连娜·亚历山德罗夫娜·维诺格拉特-多罗德诺娃)的可贵之处,就在于把城市的、开阔空间的气息带进了他的诗中。他从马堡狭窄的街道,或天鹅胡同"绘有红酸橙的盒子"里①,从与高天直接的空阔大地,首先是从莫斯科及其"无人涉足"的城郊挣脱出来②,进入了这个开阔的空间……那便是他们在莫斯科的夜游,是"无愁园",是"沃罗比耶维山地"③,是

① 出自帕斯捷尔纳克的诗作《概因迷信》(1917)。

② 出自帕斯捷尔纳克的诗作《暴风雪》(1914,1928)。

③ 莫斯科的两个地名,同时也是帕斯捷尔纳克的诗集《主题与变奏》(1917-1922)中一组组诗和诗集《生活——我的姐妹》中一首诗作的名称。

莫斯科的火车站，是卡梅申铁路支线[1]……随便翻开这本书的时候，城市在漂浮，就像大西洲。

叶夫根尼娅·弗拉基米罗夫娜·卢里耶是画家，她乘着绘画的波浪，走进了帕斯捷尔纳克的生活和诗；她那细腻精美的画作，体现出内心的和谐，一段时间，这也成了帕斯捷尔纳克"接近"的模特，对我们遥远的读者来说，"女画家用颜色弄脏了青草"，"存在的透明织物"，以及"我的诗啊，快跑，快跑"……这些诗句[2]，便成了永久的礼物。

季纳伊达·尼古拉耶夫娜·涅高兹是《第二次降生》的主人公，她是同音乐一起撞进帕斯捷尔纳克的生活的：她有个音乐圈子，自己也弹奏乐器，海因里希·涅高兹家又经常举办音乐会，这都成了他们勃发爱情的背景，轰轰烈烈、激情四溢，时而充满悲剧色彩。他们的订婚仪式在音乐学院菲·布卢门菲尔德[3]的葬礼上举行，这不无用意

---

① 对莫斯科各火车站和卡梅申铁路支线的提及详见诗集《生活——我的姐妹》中的诗作《生活——我的姐妹，至今仍像汛期的……》《巴拉绍夫》，以及组诗《试图割舍心灵》。

② 分别出自诗集《第二次诞生》中的《未来岁月某时刻在音乐大厅……》(1931)、《当我们在高加索山攀登……》(1931)、《我的诗啊，你快跑，快跑……》(1932)三首诗作。

③ 菲利克斯·米哈伊洛维奇·布卢门菲尔德(1863-1931)，俄苏钢琴家、作曲家、音乐教育家。

(“责备还没有减弱声息……一个大音乐家去世了,你的偶像和亲人”[①])。虽然这件可怕的事情后来终归结局圆满,他们建立了家园,过上了安逸舒适的生活,对我们读者来说,“肖邦那忧伤的乐句”和“令人眼花的举动”,正同季·尼·涅高兹永远联系在了一起。她靠这个“举动”“伸展开羽翼”,“触及了琴键”[②]。

由于不难理解的原因,我本人从未与季纳伊达·尼古拉耶夫娜结识。不过在我的想象中,她总像索菲娅·安德烈耶夫娜[③]。读了索菲娅的日记,我非常同情这个女人。为了丈夫和家庭,她既牺牲了自己的气质,也付出了自己的才华。她探视雅斯纳亚-波良纳那些生病的女人,给小孩子们敷布,为大丈夫卖力抄稿,弹肖邦的叙事曲,弹莫扎特,同廖沃奇卡[④]作四手联弹。她轮番地做这些事情。她也是一名出色的音乐家,她日记中常有这样的字句:“为了平静下来,从凌晨三点开始弹琴……”

---

① 出自帕斯捷尔纳克的诗作《责备还没有减弱声息……》(1931)。

② 出自帕斯捷尔纳克的诗作《叙事曲》(1930)和《责备还没有减弱声息……》(1931)。

③ 索菲娅·安德烈耶夫娜·托尔斯塔娅(1844–1919),列夫·托尔斯泰夫人。有著名的日记问世。

④ 列夫·托尔斯泰的爱称。

出现一名新的“厄革里亚”便产生一本新书。与此同时，旧的精神体验溃灭，新的精神体验诞生，一大堆未曾实现的希望破灭，所谓的创作危机和个人危机随之而来。这是多么非同小可而又并不偶然的事情啊！

是否应该说，一九一七年夏天，情况急转直下，当时走进城区，总要遇到广场上和树林里的集会；人们读《草原之书》①如同读创世记。这在《生活——我的姐妹》中有所反映。

要么便是三十年代产生了令人痛苦的危机，当时，人们期待的新生活变成了思想窒息和拉普庸俗下流的内讧，恐怖明显越来越近，隆隆有声。对帕斯捷尔纳克来说，马雅可夫斯基的自杀便是这场危机的高潮，《安全保护证》的最后一部，已经是在写他自己。“如此说来，这并不是诞生？如此说来，这是死亡？”那一年，他给父母亲、妹妹、友人的大量书信，都写到自己的死亡、终结，“要么是完全肉体的终结，要么是局部和自然的终结，要么最终就是暗中注定、不由自主的终结”。（致妹妹利季娅函，1930年）

---

① 诗集《生活——我的姐妹》中的组诗。

可是,老天赋予他的豪豪光雨尚未下完,形成于著名《诗篇》的“同大家一起,与法制一致地劳动”[①]的新尝试,在一段时间获得成功。这个成功多亏了季·尼·涅高兹及她体现出的那种日常世俗魅力中的生命本能。预期的死亡没有到来,却变成了《第二次诞生》《波澜》,以及长篇小说《日瓦戈医生》的开端,成了通常所说的创作高潮。

这个高潮想必不可能持续。令人惊讶的是,这高潮总算是产生过。当你沉浸于所有那些“关于形式主义的辩论”、效忠代表大会和荒谬决议的速记记录的时候,当你阅读昔日友人刊物上那些“倒退文章”的时候,帕斯捷尔纳克充满热血和活力的言辞就像是奇迹。要知道,一个绝对没有氧气的空间业已形成,无论如何可怕,其中只有战争才是一口纯净的新鲜空气。可是战争结束了,由战争而生的幻觉也随之告终。我们档案里保存着一九五六年的一些字条,上面有这样的字句:“胜利的事实——哪怕以如此代价买来的胜利——表现出命运的慷慨,历史自发力量也宽宏大量,这之后,他们转向了最愚钝、最

① 出自帕斯捷尔纳克的诗作《一百多年——还没成为昨天……》(1931)。

鲍里斯·帕斯捷尔纳克同妻子叶夫根尼娅·弗拉基米罗夫娜·卢里耶及儿子热尼亚，一九二四年(伊·纳佩尔鲍姆摄)

黑暗的战前年代的那种残忍和自作聪明，这时，我第二次（上一次是一九三六年）有了令我震惊的脱离稳定秩序之感，这感觉比第一次更强烈，更坚决。”

他身处苏联社会却不享有充分的权利，不能出版作品，无法同读者交流，还预感到又一轮恐怖正在临近——这一切会导致新的死亡，新的危机。他需要勃发新的感情，需要（他所说的）那种“清晰而幸福”的个人印记。在关于肖邦的那篇文章中，他谈到了这个需要。一九四六年，他在《新世界》编辑部同奥莉嘉·弗谢沃洛多夫娜·伊文斯卡娅相遇，便成了这么个印记，确切点说，就是“镌刻在心上了”。[①] 妈妈经常讲他们第一次谈了些什么（因为是初遇，总共没说几句话，所以全记得，一字不差）。编辑部的秘书，一位已不年轻的文学太太，带一名腼腆的年轻女性去见一个走进房间的人（他来打听他的小说《男孩和女孩们》，也就是后来的《日瓦戈医生》的命运），说：“鲍里斯·列昂尼多维奇，我想向您介绍一位您的狂热崇拜者！”

鲍·列[②]的回答彬彬有礼，十分客气，但也明显带点

① 出自帕斯捷尔纳克的诗作《会面》（1949）。

② 鲍里斯·列昂尼多维奇·帕斯捷尔纳克的简称。

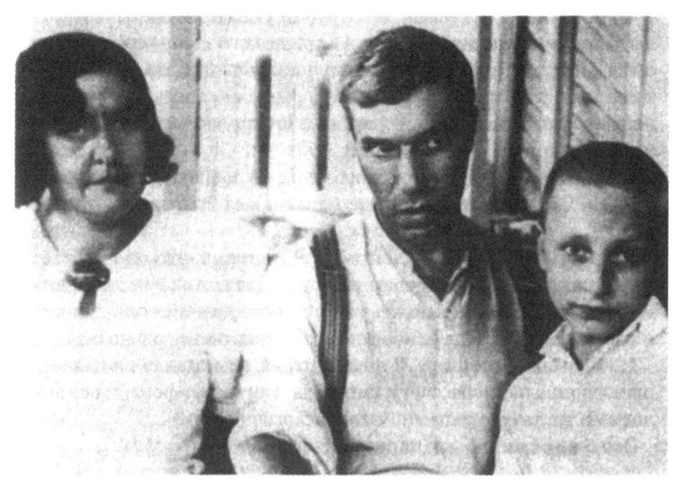

鲍里斯·帕斯捷尔纳克同妻子季纳伊达·尼古拉耶夫娜·涅高兹
及儿子廖尼亚,佩列杰尔金诺,一九四六年

悲哀:“多奇怪呀,没想到我现在还有倾慕者!”

这可不是一笑了之的交际酬应之语。四十年代末的确成了精神真空。颁布日丹诺夫对左琴科和阿赫马托娃的决议之后,还能有什么倾慕者可言?新一轮意识形态的镇压正在开始,党的高层已经盯上了帕斯捷尔纳克,要他悔过。伊文斯卡娅不单单成了他倾慕的恋人,而且是难能可贵的读者,感恩的响应者,一个生活中以诗为主的人。这在许多方面都是她这一代人的特点。她比自己的女性前辈们年轻，写出那些脍炙人口的文字时她并不在场，她是在书上才读到那些文字的。她醉心于那些文字，在学生练习本上写下自己的答语："帕斯捷尔纳克小说的云朵／如我书桌上的一课"。

把她冲向帕斯捷尔纳克那波大浪，既不是绘画，也不是音乐，而是诗。她不懂绘画，不上博物馆，我们家也没有音乐方面的素养。我记得她讲过，她曾在音乐学院的一场音乐会上努力分享鲍·列的感受，可完全是白费力气。鲍·列全明白了，给她递来一张字条："您不觉得我们坐在这里太荒唐吗？"于是他们便走了。

我们家里满满是诗。她那些喝茶到半夜的诗友，作小学老师、对涅克拉索夫情有独钟的外公都读诗；我和弟弟太小，也让我们坐在椅子上，为客人朗诵"忧郁的恶魔，流放的神灵……"[①]诗既是生活的注脚，也是生活的内容。当时的生活几近赤贫，有时乱七八糟，随时"危在旦夕"，老在寻找一个榜样，一片土壤，一个支撑。照现在的说法就是"虚拟现实"占了上风。

---

① 莱蒙托夫长诗《恶魔》的开篇诗句。

新的一九四七年除夕，在小小枞树下，橘子与小士兵之间[①]，我和弟弟也找到了妈妈的礼物。那是莱蒙托夫单卷集，一本灰色大书，极不漂亮，纸张也干燥发黄。扉页上有她斜斜的铅笔题字："孩子们！伊拉和米佳！喜欢诗吧！诗是最好的东西。"这就是她的遗言（她很快就被捕了），她挂在我们脖子上的小圣像。

她那代人仿佛有个预感：语言会很快并长期成为与真实生活的惟一联系。他们就像吸盘里的海绵，往身体里吸进了任何搜查都无法夺走的东西——诗中的词句。记得在羁押转送站澡堂里读《奥涅金》那个叶夫根尼娅·金斯堡吗？或念着曼德尔施塔姆的诗句，用丁字镐撬下石头砸坏自己腿的沙拉莫夫（《雨》）？关于以言救人者的文章已经多如牛毛，但我们对这样的言语依然感激不尽。瓦季姆·科佐沃伊已是另一代的诗人，他写道："谢谢他人一句话。没有这句话，我会永远完蛋。产诗的牛啊，多谢你的奶头。"

妈妈就是这种"吸盘里的海绵"——她背得的诗太多了！她的朗读非常精彩——风格有点老套、夸张，但

① 斯大林时代恢复了旧俄时期挂圣诞树的习俗，只不过将庆祝的节日改为公历新年。而橘子则是苏联人在新年时期最常吃的节日水果。

读到精彩诗句时,声音便充满欣喜,激越而富于魅力。"告诉我,巫师,诸神的宠儿……"——这是一般人能写出来的吗?还有这气息,这缓缓向空中举起的翅膀?"术士对强大的统治者们无所畏惧……"①于是便喘不过气来了。

这代人有许多偶像。或许是太多了。三十年代正值青春年少的这批人,旅行包里装的并不仅仅是经典作品。其中也有吉洪诺夫、谢利温斯基、帕斯捷尔纳克,也有乌特金、巴格里茨基、塔尔科夫斯基、斯梅利亚科夫、西蒙诺夫……

但对我来说,这种"杂食"习性绝不是一个缺点。那些人具有新信徒的开放态度,先驱们的洋溢热情,并无任何"秘密团体的封闭";反之,他们愿意接纳新的天才,对天才夸赞有加,关切备至。记得的是:写得不好的诗句从来不会遭到嘲笑;感人的句子则被反复吟诵,慢慢品咂。因为小小诗人也会一鸣惊人!

诗穿透着"生活的织物",已经搞不明白哪里是人预见了诗,哪里又是生活在为未来的诗收集素材。对这件

① 以上两个诗句出自普希金的诗作《英明的奥列格之歌》。

事，帕斯捷尔纳克说得多么准确："空白要留在命运里面，而不是存在纸页之间……"

必须承认，妈妈的诗歌万神殿里仍有等级之分。在她那几乎整整一代人的心目中，诗歌大国之王是勃洛克。勃洛克是一股魔力，一种激情。妈妈曾说她做了个梦，勃洛克向她指出要翻开哪一页，读哪一行。她告诉我，她这辈子与勃洛克失之交臂。临终前，她要用勃洛克的文集占卜，结果是：

无论昨夜怎样灯光灿烂，
无论今夜怎样召唤——
无非由破晓到日暮
舞会还没有完。①

一九五六年夏天，妈妈在离佩列杰尔金诺不远处租了一间小房，鲍·列不时前来探望。他常在妈妈床头上见到"人面鸟"出版社出版的勃洛克诗单卷本。或许正是由于他们共同的心仪，那一年他才写出了《关于勃洛克的

① 出自勃洛克的诗作《在岛上》(1909)。

四个断想》?

勃洛克,安年斯基,阿赫马托娃,帕斯捷尔纳克……

一九五三年春,妈妈遭第一次囚禁后,从莫尔多瓦劳改营回到莫斯科,从波季马又为我带来一样礼物。那是一个作业本,破破烂烂,她凭记忆,用半印刷体字母在上面转抄出她喜欢的阿赫马托娃诗作。我们家没有一本阿赫马托娃真正的书——那本写有"赠亲爱的奥·弗"题词的《白鸟集》已在她被捕时被没收,并作为"反苏情绪"的证物焚毁。阿赫马托娃诞辰六十五周年的时候,我和妈妈给她发了一封电报去列宁格勒,说:"您的生日就是我们大家永远的节日"。痛心的是,阿赫马托娃听从了一些心怀嫉妒和敌意的人对可怜的妈妈的看法,据利季娅·楚科夫斯卡娅说,对妈妈狠狠谴责了一通!

帕斯捷尔纳克很快成为真正的上帝。我记得那些诗歌晚会的故事:晚会上,她,一个文学培训班学员,坐在理工博物馆台阶上(大厅里总挤满了人),捕捉天才的每一句话,写着羞怯的字条,在楼梯上等候……战后,一次私人见面彻底改变了她的人生。她好多次谈起那次见面,用的就是帕斯捷尔纳克的诗句:"啊,离开了我的神的脚步，我该奔向何处！”[①]

鲍·列·帕斯捷尔纳克成了她的恋人，不过，鲍·列永远是，并且首先是一位受人爱戴，被奉若神明的诗人（“任何一首诗啊，从任何地方……夜里把我唤醒！”）。他成了她的既是女人生活，也是精神生活的中心。他的诗无处不在。就连谈一些日常琐事，都用他的诗句（“我们会想起购买的食品和米粟”[②]，“告诉我，这里真有一年没拖地板？”[③]）。要是回忆生活中倒霉透顶而命中又注定不少的时刻，那些时刻也伴着他的诗句“度过”。法庭上等待判决的时候，妈妈转身对我说：“伊尔卡！涅尔琴斯克大道边的矿井深处！苦役！那是多大的恩赐！”[④]

生活在条条道路上把她折磨个够，最终还是显示出了最大的公正。她天生就是要成为“组诗里的一小句”，一个缪斯，一名厄革里亚——美貌，钟情于诗，披着凌乱的金色发辫，向人和命运敞开胸怀——她也做到了。很少有一个女人能作出这样的总结：

---

① 出自帕斯捷尔纳克长诗《一九〇五年》中《童年》一节。

② 改编自帕斯捷尔纳克的诗作《未来岁月某时刻在音乐大厅……》。

③ 出自帕斯捷尔纳克长诗《斯佩克托尔斯基》第三节。

④ 帕斯捷尔纳克长诗《施密特中尉》里的句子。

你是我逆境中的福音，
当活着比病着更烦心。
美的根源在于勇敢，
它让我们心相吸引。[①]

伊文斯卡娅成了帕斯捷尔纳克晚期抒情诗的书写对象。帕斯捷尔纳克晚期的许多诗篇如《别离》《会面》《秋》《八月》《童话》《无题》等，都由这段爱情引发。

这是他的最后一段爱情，带着秋天日暮情怀的种种色彩。其中有死之将至，终须一别之感，也有这段"非法"爱情注定失败的意识。这一次，缪斯是"来自另一圈子的女孩"[②]，不在固有家庭和正式关系形式之内。这首抒情诗因此便如此令人惆怅："再见吧，向屈辱的深渊发起挑战的女人！我是你搏斗的战场！"[③]"大雪中孤身一人。"（《会面》）站在拐角上，主人公只有在"家人各自出行"[④]时，才能同她会面。

一九四六年是他们相遇的一年。那年他写了首诗

---

① 出自帕斯捷尔纳克的诗作《秋》(1949)。可参看正文译文。

② 《日瓦戈医生》第一卷第二章的标题。

③ 出自帕斯捷尔纳克的诗作《八月》(1953)。

④ 出自帕斯捷尔纳克的诗作《秋》(1949)。可参看正文译文。

《烛光幽幽》[①],后来谱成一首歌,一个神话,或许是二十世纪俄国诗歌里最有名的爱情文字。其中蕴含的情绪是,在残酷世界的暴风雪中,爱情的火焰忽明忽暗,必定熄灭,只能隐藏起来。

《烛光幽幽》是长篇小说《日瓦戈医生》起初的书名之一,与伊文斯卡娅相遇之前很久,帕斯捷尔纳克就开始写作这部小说。一九五六年,小说快要写完,那时,他们的关系经历了一连串最艰难的考验,成为既是心灵也是生活的坚实结合。而且小说的女主人公拉拉也在许多方面酷似妈妈。更别说女主人公的外貌、命运(尤其是结局)都有点像妈妈遭遇的翻版。

这样的对比当然是极为近似的。妈妈人很本色,她避免这种简单混为一谈的说法,总是皱着眉头说:"天哪,他们怎么啦——老是拉拉、拉拉的(像外国人一样,把重音放在第二个'拉'上)。连帕斯捷尔纳克的书都没读过,什么也不知道,就知道个拉拉。"

每个哪怕对创作心理学略有所知的人,都明白诗的海绵能吸收多少形形色色的印象。为了写出娜塔莎·罗

---

① 即诗作《冬夜》(1946)。

斯托娃[①]，得多少次“捣鼓索尼娅和塔尼娅们”；小说中拉丽萨·吉沙尔[②]的形象里，反映出与多少女人的相遇。这里有老是庄重地洗洗涮涮，熨熨烫烫，连担扁担都像女王的护士安季波娃（季·尼·涅高兹），有诗人各种更早的印象，最后才是这个富于怜悯之心，满不在乎，没有心计，毫无设防的“来自另一圈子的女孩”。然而，对我来说，有一点是清楚的：没有她悲惨的遭遇，没有晚年这场爱情，这部长篇小说便会成为蒙上一层陈旧铜锈的“半世纪日常图景”，连带一个莫泊桑式的女人故事；尽管语言美得令人眼花缭乱，到处撒满“果脯”（鲍·列语）——对时代、基督教、艺术、历史，都有深刻细腻的见解。也即整部小说就会像是它的上卷。只有因同情感、罪恶感和怜悯感而变得高尚的鲜活激情，也就是爱情、牢狱、忠诚，甚至死去的孩子——生活中确实发生过，——所有这一切，才使小说的下卷有了帕斯捷尔纳克那无与伦比的可信度——铜锈擦掉了，窗户大打开，我们呼吸着，像在电车站上濒临死亡的医生那样，喘不上气；小说的主人公们成

① 列夫·托尔斯泰长篇小说《战争与和平》里的主人公。

② 拉丽萨·吉沙尔和下面提到的安季波娃等，都是鲍·列·帕斯捷尔纳克小说《日瓦戈医生》里的主人公。

了我们的同代人，也是未来读者的同代人。“苦难的暗流”[①]温暖了这些篇章，于是，它们活起来了。

奥莉嘉·弗谢沃洛多夫娜·伊文斯卡娅于一九一二年出生在坦波夫。她的母亲玛丽亚·尼古拉耶夫娜·杰姆琴科漂亮非凡，从乌克兰来莫斯科上格里耶培训班[②]时才二十二岁。她的父亲弗谢沃洛德·费奥多罗维奇·伊文斯基是坦波夫人，当时是莫斯科大学“自然系”的学生。他们家在坦波夫颇有名望，殷实富足，有四个兄弟，母亲阿马利娅·卡尔洛夫娜是雷瓦尔的德意志人，到俄国后改名阿马利娅·伊万诺夫娜。我的母亲在坦波夫的童年时期十分短暂，外婆杰姆琴科同弗谢沃洛德的婚姻未能持久。内战时期，丈夫失踪了。

二十年代，全家（外婆重新结婚）住在波克罗夫斯科耶–斯特列什尼奥沃的银松林村[③]。房子不大，外婆还养了一头母山羊；她因为长得漂亮，被公认为是当地的爱斯

① 出自帕斯捷尔纳克的诗作《土地》（1947）。
② 即莫斯科高等女子培训班。
③ 位于莫斯科西北郊。

玛丽亚·尼古拉耶夫娜·杰姆琴科-伊文斯卡娅，
坦波夫，一九一〇年

弗谢沃洛德·费奥多罗维奇·伊文斯基，
坦波夫贵族，莫斯科大学“自然系”学生

德米特里·伊万诺维奇·科斯特科，

玛丽亚·尼古拉耶夫娜第二任丈夫

奥莉嘉和母亲，坦波夫，一九一五年

奥莉嘉·伊文斯卡娅(站立者右一)和文学培训班的学员们在一起

米拉达[①]。她的新嫁丈夫叫德米特里·伊万诺维奇·科斯特科,在库尔斯克铁路枢纽站工作,后来成了我们热爱的外公。外公是神甫的儿子,为了得到教书的机会,他隐瞒了出身。可是每次遇到"清洗干部",他都被赶出学校。但学生们好喜欢他!

妈妈在银松林村的中学上学,去学校要穿过森林。她很早就产生了对文学的酷爱(外公的职业就是"文学老师"),学校里有各种小组,有爱恋,同学们情深谊长,夏夜在花园里聚会……

由于出身问题(她的出身是"职员",而不是"工人"),她没有被语文系录取,但进了生物系,读了一年。然后转入高级文学培训班,即后来并入莫斯科大学的编辑出版学院,读到毕业。

就在这一年,一九三〇年,我们迁居到莫斯科波塔波夫胡同(原大圣母升天胡同)。该地建起了第一批苏联合作社住房,我们住进一套三室小住宅。不久,这个住宅就成为传奇之地:诗人同窗在这里聚会;孩子在这里降生;一次次逮捕、搜查、自杀都发生在这里;许多年后,从劳改

---

① 爱斯米拉达是《巴黎圣母院》里年轻貌美的女主角。

营释放出来的友人也纷纷前来，鲍·列·帕斯捷尔纳克、阿·谢·埃夫龙、瓦·吉·沙拉莫夫，还有许许多多的人都曾光顾这里，他们的名字形成一个时代的文学氛围。

大学生们常在波塔波夫胡同相聚，如外婆所说，“他们彻夜不停地嚎诗”。帕斯捷尔纳克是这代人的神明、偶像。我捐赠给我极珍重的玛丽娜·茨维塔耶娃故居的书中，便有一本帕斯捷尔纳克单卷集。那是一九三三年版的《一卷本诗集》，确实读得破烂不堪，黄斑处处，污迹四布；显然，妈妈睡觉、吃饭、坐电车都曾手不释卷。书里到处是折叠的页角，空白处画满感叹号，“只有你才能！”“谁还能这样说？”一类逗笑的批注比比皆是……当时的读者就是这样。而且以“你”相称，跟对上帝一样。①

大学毕业后，奥·伊文斯卡娅去各种杂志的编辑部作文学实习。起先在某《为了掌握技术》杂志实习，认识了瓦·沙拉莫夫。她写下了《为美味的伙食》《笨笨熊的诞生》《乳脉》等特写。沙拉莫夫向她朗读自己的诗和散文，十分珍惜她的意见，甚至把她长诗中的一句用作自己一首诗的题词：“他要按新方式预见人心”。这家杂志派

① 俄语中称呼一般人必须用“您”，只有称呼儿童、亲友、上帝时可以用“你”。

她去扎尔肯特出差(该地正在修建土西铁路)[1],她写了几篇关于建设者的特写。

战前那些年,她两次嫁人,两次婚姻都以悲剧中断。这两次婚姻不能说成功——那是典型的"低就婚姻"。第一任丈夫伊万·瓦西里耶维奇·叶梅利亚诺夫,即我的生父,出生于阿钦斯克附近一个农民家庭,一九三九年自杀身亡。只能猜想(他没有留下日记),他的自杀不仅仅源于自身的悲剧(妈妈想带孩子出走),还因为与时代格格不入;而这对于他这样一名理想主义共产党员而言,显然过于沉重。第二任丈夫亚历山大·彼得罗维奇·维诺格拉多夫,我弟弟的生父,来自弗拉基米尔州清泉乡,曾任《飞机》杂志主编,妈妈就是在那里同他相识的。战争一开始,他就突然去世,留下妈妈和两个幼子。

外婆此时正在蹲劳改营——她因说斯大林的笑话,于一九四一年初被捕。(在一伙人中讲笑话:"您对苏维埃政权态度如何?——跟对老婆一样,有点喜欢,有点害怕,有点想换一个。")外公又一次被赶出学校,回家在巴掌大的厨房里做靴子。我们是怎么活下来的呢?挖人家

---

① 扎尔肯特现位于哈萨克共和国;土西铁路是连接中亚与西伯利亚的铁路,是当时苏联的一项重点基建工程。

德·伊·科斯特科，奥莉嘉·伊文斯卡娅同女儿伊琳娜，
摄于一九四三年

菜园子里漏捡的土豆，用毛巾去换面粉，妈妈还献过血，喂养过抗伤寒的虱子，就为了换点乳清。

有一幅拍于一九四三年的照片，上面是当“制靴事务”指导员的外公，还有一个疲惫不堪的女人（她只有三十岁啊！）——一名卖血者，否则活不下去。这张奇迹般保存下来的照片背面写着：“给亲爱的外婆，妈妈，妻子。爱你的孩子们和丈夫寄。”照片是寄给外婆的，她当时正在苏霍别兹沃德诺耶劳改营服刑。

经历那些可怕的年代后，生活渐渐步入正轨。伊文

青少年时期的奥莉嘉·伊文斯卡娅

斯卡娅进了《新世界》杂志，培养初出茅庐的作者。她在编辑部与帕斯捷尔纳克相遇，开始了他们浪漫的爱情。这段爱情一直持续到一九六〇年诗人去世。

一九四九年秋，她第一次以第五十八条第十款（反苏宣传鼓动罪）被捕，判蹲劳改营五年。

我们在她的书里可以读到："我的生活在晚上八点中断——房间里进来一些陌生人，要把我带走，——打字机上还留着一首没有写完的诗：

……弹起所有痛苦的琴键，
但愿良心别对你责难，
就为我完全不知道角色，
所有朱丽叶和玛格丽特我都扮演……

就为我甚至不记得在你之前
那些人的脸面。我生来整个就属于你。
你两次为我打开牢门
依然没把我带出牢监。

莫斯科一九四九年十月六日"

妈妈写了一辈子诗。她写诗如同呼吸，不可须臾停下。可是她从不收集那些诗，不想出版。总是立刻就写，一气呵成，不推到过后再加工完成，也不珍惜，不保存……这些诗像一只手，向不会背叛的人伸出，求取帮助。在这些诗句中，生活与诗不曾想过彼此分离。

一九九二年，我读了奥莉嘉·伊文斯卡娅薄薄的案卷。他们想起了她当白卫军的父亲，也没忘记因“反苏宣传鼓动罪”被捕的母亲；但逮捕她的主要目的（无论那些不怀好意的人怎么说）当然是为搜集针对帕斯捷尔纳克的材料，所有审讯都围绕着帕斯捷尔纳克，围绕着他的“背叛情绪”展开。

一九四九年十月六日，她被带去卢比扬卡，这时，我们两个小孩的命运也决定下来，我们正式成了孤儿。我们知道，这样的小孩是要被送到孤儿院去的。那天夜里，外婆是如何护卫我们的呢？要知道，妈妈被捕后，我们便只能靠两个老人抚养。可是鲍·列没有丢下我们不管。他像干苦役一样搞翻译挣钱。在那些恐怖年代，他自身都危在旦夕，却救人无数，多少人就因为受恩于他才活了下来！一九五二年，他发生梗死后，在博特金医院走廊上用歪歪斜斜的字迹写了封信，指明去哪里如何为我们拿

伊万·瓦西里耶维奇·叶梅利亚诺夫,奥莉嘉第一任丈夫,
摄于三十年代初,时任青年工人学校校长

亚历山大·彼得罗维奇·维诺格拉多夫，
奥莉嘉第二任丈夫，摄于三十年代末

一点钱。在“麻脸卡里古拉们”[①]的时代,他一直到死都乐善好施,是我们的楷模。

小说《日瓦戈医生》女主人公的命运,许多地方都同妈妈的遭遇一样。大家记得,她是某一天直接在大街上被捕的,她死在劳改营里。

由于运气,小说里这个预言没有完全实现:一九五三年,妈妈因大赦获释,回了家,同帕斯捷尔纳克依旧保持亲密关系,直到他去世。他们又度过了七年轰轰烈烈,艰难竭蹶,但十分幸福的日子。

鲍·列亲自安排她回归文学生活——带她去国立文学出版社的苏联各民族文学编辑部。这个编辑部的总编是鲍·列的忠实读者亚·里亚比宁娜,她非常乐意地为妈妈安排了工作:用她的话说,这叫翻译“各兄弟共和国未译诗专列”。妈妈最积极主动地干起翻译来。鲍·列为她上了头几节诗歌翻译课,不久,他便被这个学生的才华震惊而放她单飞。妈妈像蚂蚁一般辛勤工作,日以继夜地敲打字机;译完之后,新任务来了,又同作者签订合同。在两次蹲劳改营之间,短短的七年自由中,她做了多

① 出自《日瓦戈医生》第一部第一章。

少事啊！单是她的翻译书目，就有排印得密密麻麻的二十页之多。

一九六〇年八月，鲍·列去世两月后，她第二次被捕，判蹲八年劳改营。她又来到莫尔多瓦。之前，心爱的人死了，家也毁了（财产按法庭判决没收）；之后，是八年囚禁生涯、严冬，以及押送兵监视下的重体力劳动、衰老……下面是她的一首最犀利的诗，写于她最艰难的时期。她也有一首自己的《暴风雪》……

## 暴风雪

风雪在大地上漫天飞旋，
无际无边。

鲍·帕斯捷尔纳克

我喜欢世界上风雪漫卷
你从乡村墓地来，
就像往常，随随便便。
你会假装无精打采？

我喜欢世界上风雪漫卷
看见你轮廓分明的侧影，
斑白的头发，年轻的眼睛。
感觉到你温热嘴唇的微醺。

我喜欢世界上风雪漫卷
在茫茫昏暗中你找不到路，
仿佛为疲惫的上帝
人们在大地上铺开了被褥。

我喜欢世界上风雪漫卷，
天上的星座杂乱难辨，
小路没有了，汽车也不开行，
只从天上掉下缕缕银线……

我喜欢世界上风雪漫卷，
一片纷乱，雪片飞舞，
仿佛有人在高处悄悄
装点一株巨大的枞树。

鲍里斯·帕斯捷尔纳克同奥·伊文斯卡娅和伊琳娜在一起，
一九五六年摄于佩列杰尔金诺

我喜欢世界上风雪漫卷，
一如你爱圣诞节的喧阗，
还有村舍的舒适，
冷风透过道道细缝直往里钻。

我喜欢世界上风雪漫卷，
烛光穿过条条白线，
当久远年代和最近几周
生活中各种事情乱作一团。

我喜欢世界上风雪漫卷，
我俩跟过去一样，
陶醉于注定搁浅的大船
那不可靠的希望。

我喜欢世界上风雪漫卷，
你使它成为一场宇宙的游戏，
使所有遮掩都成反叛的传言，
风一般从绞索上扯去。

我喜欢世界上风雪漫卷……
我和你沿池塘徘徊，
在堆成一大堆的雪里，
你会假装无精打采？

鲍·列死后，我和妈妈都成了囚犯，在广大辽阔祖国的各种转送站饱受折磨，从莫斯科到泰舍特（西伯利亚），再由泰舍特经喀山到莫尔多瓦。那里好像是第十四劳改点，还不是我们的最终目的地，不过已经不远了。我们背着口袋，穿着粗布短大衣，包着头巾，站在岗哨旁边。分营营长尤尔科夫在"接收递解犯人"，他是个漂亮的莫尔多瓦人，脸胖胖的。他打开我们的"案卷"——名字，全称首字母……突然精神一振："啊哈，伊文斯卡娅光临了！不喜欢待在外面是吧？想回来了？"妈妈吓呆了。原来，一九五三年，她正是从这个营区获释的，释放她的正是这个尤尔科夫。于是，不知为什么，她慢慢地，几乎逐字地说："天哪，我都活一辈子了，可你们还待在这里呀……"

一九六四年，迫于世界舆论压力，伊文斯卡娅从劳改营释放出来。她住在莫斯科，写关于帕斯捷尔纳克的回忆录《时间的俘虏》。此书先在西方出版，改革后才在俄罗斯面世。她活到了改革,活到了苏联解体。直到晚年,她都活力十足,充满魅力和幽默,富有诗意。她吸引了许多人——她的朋友中间有演员,有诗人,有画家。她讲的故事里满是好笑的细节;即使骇人听闻的事情,她讲起来也总是平和淡然。遗憾的是,跟她大量的诗作一样,这些内容都没有记录下来。

她于一九九五年九月八日在莫斯科去世,葬于佩列杰尔金诺墓地,拐两个弯就是帕斯捷尔纳克三棵松下(可惜现在只剩两棵了)的坟茔。

约会已经不在这里,她去了那个终于可以发问的地方:

当所有那些年月
只留下闲言碎语,
而我们已不在人世,
可我们是谁,来自哪里?

伊琳娜·叶梅利亚诺娃

一九九八至二〇一五年

(黄柱宇　译)

*В плену времени*

# 时间的俘虏

(俄) 奥莉嘉·伊文斯卡娅　著
李　莎　译

奥莉嘉·伊文斯卡娅

时光将会流逝，许多伟大的时光。那时我已经不在了。回到父辈和祖辈的时代是不可能的，而这既无必要，也不可取。但被藏匿良久的崇高的、创造性的和伟大的东西最终将重新显现。那将会是收获的时代。你们的生活将比以往任何时候都丰饶、多产。

到那时请记起我。

鲍里斯·帕斯捷尔纳克

（译自德语；原稿影印件收录于：格尔德·鲁格，《帕斯捷尔纳克》，慕尼黑，1958 年，第 125 页）

一九七二至一九七六年间,我写下了这本你们将要阅读的书。书名改写自帕斯捷尔纳克的一行诗:《时间的俘虏》。他知道,当时光流逝,他的诗会留存,会在将来从时间的俘虏中响起,就像普希金的诗节在我们的时代喧响……

我爱鲍里斯·列昂尼多维奇,因此有一点我不能自欺:我对他是必不可少的。我感激命运让我能与他同处于他的时间的俘虏中。

奥莉嘉·伊文斯卡娅

一九七六至一九九二年

# 普希金广场

一九四六年十月,《新世界》杂志编辑部从《消息报》大楼四层搬到了普希金广场一角。就在我们的新址,如今被我们当作大厅的位置,年轻的普希金曾在那儿翩然起舞。

就这样,我们到了新地方。我们搬家的时候,铸铁的亚历山大·谢尔盖维奇①还没有从特维尔林荫道迁过来,也尚未在现代主义风格的"俄罗斯"电影院前隐没。这座玻璃宫殿还没有开建。

随后改变的不仅仅是窗外的风景(代替广场景色的

---

① 指莫斯科特维尔街与林荫环路交界处的普希金雕像,1950 年它被从特维尔街西面搬到了东面。

是普京卡的圣母诞生小教堂,那可爱的笨笨的小爪子伸向人行横道)。我们也换了领导。新主编来了,拄着一根粗粗的拐杖,头戴浮夸的毛绒便帽。西蒙诺夫时髦的美式大衣挂在了过去属于谢尔比纳的黑色海军制服的地方。[①] 这位新编辑的手指上几枚大戒指闪闪发亮。很可能,是由于他的品位,才弄到这样一个有着粗俗的镀金檐饰的奢华的深红色大厅。西蒙诺夫——全莫斯科女性的梦想,以组诗《与你一起和没有你》为众人熟知。他优雅地用小舌发颤音,拥有一头茂密的河狸灰色的毛发,穿着肥大但时髦的美式西装,愉快地接待着自己的朋友和之前的战友。

首要之事就是为他单独分配一个豪华的办公室。而我们,部门主任,暂时没有单独的办公室;作为新晋作者部主任,我和我的女伴,杂志的技术编辑娜塔莎·比扬基,挤挤挨挨地坐在大厅深处。来找我的年轻作者小心翼翼地穿过广阔的大厅来到我的桌前。当娜塔莎不跑印刷厂,而是坐在位子上时,我们这儿经常聚集些老地方的

---

① 康斯坦丁·米哈伊洛维奇·西蒙诺夫(1915–1979),苏联著名作家、诗人,1946 年至 1950 年和 1954 年至 1958 年期间任《新世界》杂志主编;弗拉基米尔·罗季昂诺维奇·谢尔比纳(1908–1989)则是其前任(1941–1946)主编。

熟人。日子一天天过去，赠予或消磨着熟悉、好感和依赖。一位年轻的，有着精致白净脸庞的金发男孩，给我送来一本用幼稚的半打印字体写成的小诗册——他是热尼亚·叶夫图申科。我旁桌坐着韦罗妮卡·图什诺娃。她身上总是散发着迷人的优质香水味。像复活的伽拉忒亚，她总是低垂着雕塑般的眼皮。我与她是家庭好友，她的第一任丈夫——精神病学家罗金斯基——把我两岁的儿子从脑膜炎中拯救回来。直到现在我还保存着她带有温柔题词的小像："送给亲爱的、善良的、体贴的、优秀的人，带着爱意的韦罗妮卡"。我们分享了许多内心的小秘密。

我们这儿来过一阵风似的吵闹的安托科利斯基，来过把头发梳成偏分的扎博洛茨基，他不像那个用未知星座符号出道的诗人了。从劳改营回来后他变了许多。还来过刚经历完舆论风波的左琴科。他穿着卡其色风衣，脸色蜡黄，带着黑眼圈，但气质优雅，身材如少年般匀称。西蒙诺夫，我记得，给了他一个大大的拥抱，同时责备我，没有报告他的到来。看来，这样的"勇敢"是一种过高的特许。

过了些日子，帕斯捷尔纳克开始经常来我们的编辑部。有一天他在我桌旁遇到了法语译者尤里·舍尔：

“上帝啊，”鲍里斯·列昂尼多维奇嘟囔了一句，“这个年轻人像极了不幸的米哈伊尔·米哈伊洛维奇·左琴科。”所有人突然低下头，仿佛没有听到他的话。

这里整天整天地讨论诗歌——一会儿和这个聊，一会儿和那个聊。你若是想有头脑地生活，那你需要的就是这个。当时还是那年轻的、战后的、半饥半饱的时光。许多事情还未被揭露，有些希望还尚未失去。来到杂志社，西蒙诺夫想要把那些活着的经典作家都吸引过来：安托科利斯基，帕斯捷尔纳克，楚科夫斯基[①]，马尔夏克。

我和帕斯捷尔纳克的私人结识也应该感谢他。

在西蒙诺夫“统治”的最开始，编辑部的秘书季娜伊达·尼古拉耶夫娜·皮杜布娜娅送了我一张帕斯捷尔纳克朗诵晚会的票，朗诵晚会在历史博物馆的图书馆举行，在那里他将朗诵自己的翻译作品。这是个上了年纪的古楚尔女人[②]，还保持着年轻时的风韵，有着一双奇妙的黑眼睛和长长的脖颈（因此我们不太礼貌地叫她“大蛇”）。

---

① 科尔涅伊·伊万诺维奇·楚科夫斯基（1882–1969），苏联著名作家、翻译家，帕斯捷尔纳克在佩列杰尔金诺的老邻居、老朋友。

② 古楚尔人是乌克兰人中的一个族裔群体，居住在喀尔巴阡山区。

我从战前的岁月到如今从未见过帕斯捷尔纳克。还记得那晚,我半夜回到家,对不得不给我开门而气恼的母亲说:“我现在和神交谈过了,别烦我!”

她挥了下手去睡觉了。我只得独自回忆消化这个图书馆朗诵之夜。

这大概是第一次,我近距离看到帕斯捷尔纳克。

这是一个身材匀称、活力四射的人,声音低哑,脖颈年轻又结实,他与听众交谈仿佛私下交谈,朗诵时仿佛是给自己和亲密的朋友朗诵,不停嘟囔着,反复提问。在间歇时那些聚到他身边的幸运者们请求他朗诵自己的作品。他推拒着,每说一个词像牛一样哼哼着,说,现在是莎士比亚朗诵会,不是他的。但是,看来,他最后还是给留下来的听众朗诵了自己的作品。我没敢留下来,走掉了。

在《新世界》编辑部相遇前,我只见过帕斯捷尔纳克这一次。有趣的是,记得有一次,我们还是共青团杂志《接班人》的青年文学联合会工作人员时,曾受邀前往格鲁吉亚作家康斯坦丁·加姆萨胡尔季阿在莫斯科下榻的“大都会”宾馆套房参加聚会。我提前溜了,但听说主人在等待(已经半夜两点多了)帕斯捷尔纳克。或许,这是预兆？当时只要想象和他坐在同一个桌子上，我就会吓得像个小女孩一样跑掉，当时和我一起的是帕维尔·瓦西里耶夫和雅罗斯拉夫·斯梅利亚科夫。他们把我送到家，当然，又返回了“大都会”宾馆。

[……]我第一次看到他的照片，是很早之前在一本薄薄的诗选中，这是一张不合常理的长脸，长着相对这张脸来说过短的鼻子，以及黑人的古铜色嘴唇。当他受西蒙诺夫的邀请，走进《新世界》编辑部，完全成为现实存在时，我内心确定，绝对不能通过那些凝固的肖像照想象帕斯捷尔纳克，而且压根不能相信他的照片。他身上闪耀着一种从内涌出的沸腾的火焰，手部动作率真且孩子气。

他那时长什么样子呢？照片和他一点也不像。确实，这贵族式的鼻子精致优雅地隆起，对于这样长着骡子下颌骨的长脸来说有点太短了。一下子可以相信，如果和他亲吻，那么“自己的嘴唇如触碰铜”。[①] 他的脸面是紫红色的，呈现一种健康的晒过的样子。眼睛如雄鹰透着琥珀色，但同时，他整个人又如女性般优雅。

① 出自帕斯捷尔纳克的诗作《秋天（五首）》（1918）。

奇怪的非洲神灵穿着欧式服装。或许，古米廖夫的僧人就是为他点燃了西藏的火堆。①

就这样，在十月份天气多变的一天，深红色大厅的地毯通道上，出现了一位穿着夏季白色风衣的神，他对我的微笑已经是只属于我的了。

四十年代，他的黄黄的马的牙齿，又阔又长的人中，给他惊人的脸庞增添了许多个人特色。我很难描述四六年的他，因为后来他朝着古典方向变漂亮了许多，让他晚年幼稚地开心了一把。诚然，他因此无法再要矫情，再去让所有人都相信那仿佛钳制了他一辈子的丑陋。

后来在五九年时，欣赏着镜中的自己，惊讶着自己不熟悉的美貌，他已经非常适应自己的新假牙——就仿佛过去也一直是这样——又可能，他在我和自己面前有点故作姿态，不止一次地重复："一切都姗姗来迟啊！好看的外貌，还有荣誉。"

但其实他自己并不觉得，一切都来迟了。

但当时，从编辑部的地毯通道上走进我的人生的他，

---

① 化用古米廖夫《女皇》中的诗句"睿智的僧人为你／在西藏点燃火堆"。

他送我的第一张照片

鲍里斯·帕斯捷尔纳克，一九四二年，奇斯托波尔，
战时疏散时期（B. 阿夫杰耶夫摄）

在拉夫鲁申胡同公寓，一九四八年（列夫·霍尔农摄）

奥莉嘉·伊文斯卡娅,四十年代末

表现出来些许野蛮的、非常规的、具体的雕塑性——这座雕塑出自某位天才之手,他明显不知道规则和尺度。这位天才的刻刀下出现了一个没有任何民族性的人,剑眉下一双明亮微斜的眼睛,这个人,他游走在整个世界的风景中。

当时我站在窗前,和娜塔莎正准备去吃午餐。

季娜伊达·尼古拉耶夫娜轻佻地伸出准备好被亲吻的手,说道:

"鲍里斯·列昂尼多维奇,现在我给您介绍一位您的狂热倾慕者。"

他就这样站到了我窗边的小桌旁——那个世界上最丰富的人,那个以云朵星星和风的名义言说,那个能找到如此公允的词形容男人的激情和女人的软弱的人。

外面下着冰冷刺骨的十月小雪。我裹着自己战前买的松鼠皮大衣。房间里很冷。

鲍·列在我面前躬下身,询问,我有他什么书。而我那时只有他的一本厚诗集,上面还有"谢尔比纳时代"文学评论家鲍里斯·索洛维约夫的赠言:"鲍里斯送给柳霞,但不是那个你喜欢的,本书作者鲍里斯……"

我回答鲍里斯·列昂尼多维奇,我只有他一本书。

他很惊讶：

“那我给你弄几本，虽然书大部分都散掉了。我现在主要从事翻译工作，自己几乎不写诗了。在译莎士比亚。您知道吗，我在构思一部散文体小说，但尚不知晓，会写成什么样子。想在那个您已经不记得的老莫斯科徘徊一番，想谈一谈艺术，认真想想。”

哦，我记得，他还有些不好意思地补了一句：

“真有趣，没想到我现在还有倾慕者。”

预感确实是存在的，而且不只是预知某些巨大的变化——我当时只是被某种预感，被我的神那洞穿我的眼神所惊慑。

这是一种如此严苛，如此审慎，如此男性化的目光。这种目光绝不可能出错：向我走来一个人，这个我惟一必需的人，现在正是这个人，实际上，已经是我的了。地震般的奇迹。

我带着巨大的恐慌回到家。

家里有妈妈和孩子们：七岁的伊拉奇卡和胖乎乎的小卷毛米佳。背后已承受过多少恐惧：伊拉的父亲伊万·瓦西里耶维奇·叶梅利亚诺夫的自杀，我第二任丈夫亚历山大·彼得罗维奇·维纳格拉德在医院死在我怀里。

还有妈妈突如其来的三年牢狱之灾(和谁说了几句关于斯大林的话)。还有几次痴恋和失望。

而所有这些苦痛,或许都是为了让这世界上惟一重要的、不可违背的事物,显得更加明亮:这从遥远的十六岁向我走来的,真实有生命的魔法师。

# 就这样开始以诗为生

在我的青年时代，同辈人都疯狂地迷恋帕斯捷尔纳克。第一位把帕斯捷尔纳克的书带到我家的是尼古拉·霍尔明，我大学时的初恋。我不止一次地在春天的小路上徘徊，重复着那些有魔力的词句，虽然还不能完全领悟知晓其中的涵义。

霍尔明为我读《生活——我的姐妹》《越过壁垒》里面的诗，微微眯着蓝色的眼睛，有些刻意地甩动那一头叶赛宁式的金发。这让我觉得——他在用别人的神奇呓语来呓语。从那时起记忆中存留下一位朝圣者在夜里动人的悲伤告白：

不是那座城市，也不是那个午夜，

而你迷路了，它的信使！①

我当时不敢说，能听懂这首诗的一半，只能着迷地望着霍尔明的嘴唇。但是，这些上帝的词语，全能的“微物之神”和全能的“爱之神”的词语，它们的发音蕴含着什么——我从那时起就能够感知。

随后是我的第一次南方旅行，去往我的第一片海。霍尔明来送我，塞给我一本帕斯捷尔纳克的小说，这本小册子看起来像是粗面淡紫色的长练习本。这本书是《柳韦尔斯的童年》。躺在火车上铺，我仍旧倔强地寻找通向不寻常的答案：男人怎么可以如此洞悉神秘的少女世界？

到达索契疗养地后，我常常和这本神奇的小书独处。

帕斯捷尔纳克小说的云朵

再加上我桌上的梦想……②

当时我写下这样的少女情怀诗句。至今也不明白，

---

① 出自帕斯捷尔纳克的诗作《暴风雪》(1914)。

② 或“如我书桌上的一课”？——伊琳娜·叶梅利亚诺娃注

波塔波夫胡同伊文斯卡娅的房间窗外风景

当时还是小姑娘的我，为何会幻想着陷入这位异常复杂的先锋诗人的漩涡，为他而忧伤。但事情就这么发生了。

从少女时期我就痴迷古米廖夫，之后便把痴迷的一句诗与帕斯捷尔纳克联系起来：

你被赋予崇高的口齿不清，诗人……①

① 出自尼古拉·古米廖夫的诗作《八行诗》。

所以之后我确信，当别人徒劳地尝试解读那些最艰深的诗歌符码而一无所获，把它们归为“口齿不清”而责备帕斯捷尔纳克时，他确实非常生气。

不能感受到诗句中隐秘的明亮和关联，或许是由于诗歌感受力的缺失，或许是由于受文学传统的桎梏，这样的人无法用自己的钥匙解开这些乍看密封的形象和隐喻。解密不得——就不要追着写那些污蔑小文来掩饰自己的无能。

我，像大多数人一样，为那些未揭开的、我尚不能触及的未知秘密着迷。当然，准备不足常常妨碍探索诗歌形象的谜底，尤其是那对文学传统的忠诚更会产生不良影响。但谜底已经在空中飘浮了：春天——通过“出院病人”的一小包内衣。[①] 凝固在春天枝条上的蜡烛头可以不被称为“嫩芽”！还有无唇的树叶，秋天的信使，还有那花园的桩型建筑，在面前凝住的天空……一切都惊人地明了！

---

① 出自帕斯捷尔纳克的《春天》(1918)组诗：

> 春天，我自街上来，那里杨树奇怪，
> 远方担惊受怕，房子恐惧倒塌，
> 那里空气阴蓝，如同出院病人的
> 装满内衣的小包。

是的，这些都是巫术，是奇迹，或许，只有最伟大的诗人才被赋予这“口齿不清”。要知道，在关闭的门后将为你个人打开那尚未认知的，仍待你去开发的事物。双手依然胆怯而虚弱，还不能接受伟大的礼物，但在伟大的施予者和胆怯的接受者之间，关系——已经存在了。

在波塔波夫胡同的小房间里，我第一次准备好领受美妙的复杂。而随后，它们散落为精确且朴素的启示。

## 不知所措的神

回到对我来说意义重大的四六年。与神相遇后的第二天，我比平常晚一些回到我们的红色房间，因为去开编辑行业会议。季娜伊达·尼古拉耶夫娜·皮杜布娜娅，坐在入口处的秘书椅上，对我说：

“您的倾慕者来过了，瞧，那是他给您带来的。”

桌上放着一个用报纸包着的包裹：里面有五本薄薄的诗集和译文集。

随后一切发展如狂风骤雨。鲍里斯·列昂尼多维奇几乎每天都给我打电话，而我，下意识地害怕与他见面或者交谈，幸福感也逐渐衰退，我常迟疑地说“今天我很忙”。但几乎每天，在工作快结束时，他都会亲自出现在编辑部，我们常常步行穿过一条条小巷，林荫路，穿过广场，送我回波塔波夫胡同。

“我把这个广场送给你吧，想要吗？”“想要。”

有天他打电话到编辑部：

“您能告诉我您的电话号码吗，或者比如邻居的，我不只想在白天给您打电话，晚上也想。”

我只好把奥莉嘉·尼古拉耶夫娜·沃尔科瓦娅的电话号码告诉他。她住在我们楼下。以前我决不会允许自己这样做。

就这样，晚上时常会传来敲击暖气水管的声音——我明白，这是楼下的奥莉嘉·尼古拉耶夫娜叫我去听电话。

鲍·列从某些彼岸的、非此世的话题开始自己永无止境的交谈。有些狡黠地，他总装作无意间提起：“别看我其貌不扬，我可多次成为女性流泪的原因。”

结果他现在再次重温起那段不得不靠为某个 B 小姐补课赚点小钱的往事。这段历史已经印在《安全保护证》里了。[①] 我的某些地方让他想起自己的初恋。

正是她“从头到脚”的一切，他都“完整背诵，如莎士

---

① 详见《安全保护证》第二篇第二节及以下。

比亚的戏剧”。[①] 她拒绝了他。她的拒绝让我的心上人感叹，痛哭：

(你多么美!)——这阵闷热的旋风……
你说什么？清醒些！结束了……被拒绝。

“我不想你将来为我哭泣。但我们的相遇无论对你，还是对我，都不是徒劳的。”

回到家，我给鲍·列写了首诗：

我勉强取下自己的睫毛，
从第一天起视线变得模糊，
而她已经——不再爱你，
同时分开我，和你……

电话线如琴弦般紧绷，
又一次在你和我头上，
你的青春如同一场雷雨，

---

① 此处及下面的两行诗都出自诗作《马堡》(1916，1928)。

在失去神的国度上空掠过。

我们在跨越整个莫斯科的漫长散步时的聊天杂乱无章,根本无法把它们记录下来。鲍·列需要“彻底倾诉”,而当我刚刚回到家,暖气水管就传来了金属敲击声。我飞速下楼,奔向那永无止境的谈话,而孩子们带着好奇的目光看着我的背影。

随后一位陌生女性打来《新世界》编辑部找我,声音年轻亲切。打来的是柳霞·波波娃(即奥莉嘉·伊利尼奇娜·斯维亚特洛夫斯卡娅——伊琳娜·叶梅利亚诺娃注)①,受鲍里斯·列昂尼多维奇所托。然后她来到我家里,一位身材娇小的金发白肤小姑娘,脸庞匀净,仿佛达·芬奇画中的天使。她曾是戏剧艺术学院表演系的学生,现在是一位画家。某次理工博物馆的诗歌晚会后,她等到帕斯捷尔纳克,走向他介绍自己。但是由于被自己本人的勇气吓到了,她开始慌张起来,稀里糊涂地前言不搭后语。鲍·列向她介绍了自己的儿子,带着鼓励的微笑(就仿佛语无伦次的不是她,而是他)说:“我有点累了,

① 柳霞是奥莉嘉的小名,而波波娃则是她的娘家姓。

没法回答您的任何一个问题，抱歉。这是我的电话号码，请打过来，我们再见面聊。祝您一切都好。”甚至他离开时，还回头嘱咐：“请一定打来，最好是在周三。”

再之后柳霞向我讲述自己打电话给我的原因：

“有天我收到鲍·列的明信片：‘请速来，’他写道，‘我十分需要见到您。’

我就去了。他容光焕发，像过命名日那样兴高采烈。

‘您知道吗，柳霞，’他神采奕奕地说，‘我恋爱了。’

‘现在您该怎样处理自己的生活呢，鲍里斯·列昂尼多维奇？’我问，想象着季娜伊达·尼古拉耶夫娜①的脸庞。

‘生活又是什么？如果不是爱，生活又是什么？’他答道。‘而她那么迷人，那么明亮，那么珍贵。如今我的生活中闯入了这个金色的太阳，这多好啊，多好啊。我从没想过，还能感受到这种喜悦。她在《新世界》杂志工作。我特别希望您能给她打个电话，与她见一下。’

‘当然可以，我去认识下她。’我这样回答闪着光的鲍里斯·列昂尼多维奇。

然后我就往《新世界》打了电话。”

---

① 指帕斯捷尔纳克的第二任妻子季娜伊达·尼古拉耶夫娜·涅高兹。

# “我的生命，我的天使”

进入四七年。一月四号，我收到一张字条：

再次致以衷心的祝福。请在远方（暗暗地许愿）祝愿我尽快校对完《哈姆雷特》和《一九〇五年》，并重新投入工作。

您是如此可爱，愿您一切都好。

鲍·帕

鲍里斯·列昂尼多维奇的第一张字条——字行上飞舞着仙鹤——这是第一次，它们向我飞来……但它们的翅膀挥舞着冰冷：私底下我期待得更多，希望收到某些更温暖的词句。很可疑：投入工作……像是在拒绝我，禁止我？……

我们家的新年餐桌旁有孩子、妈妈、德米特里·伊万诺维奇[1]。还有这第一张字条。

同时编辑部的工作也一团糟。我努力让自己表现得更勇敢一点，要比其他人认为的勇敢，坚持发表刚从劳改营回来的扎博洛茨基的诗。除此之外，还和西蒙诺夫的副手克里维茨基发生了一系列的冲突，围绕着西蒙诺夫想出来的那个最终未能问世的叫"文学片刻"的杂志专栏。当代诗人们那时都要从书桌里拿出点"当下"写成的诗。

据我回忆，鲍·列带来的是《冬夜》("整个世界，变白，变白……")。我和他去玛丽亚·韦尼阿明诺夫娜·尤金娜[2]那儿后，他写了这首诗。我还记得，当时我和利季娅·科尔涅耶夫娜·楚科夫斯卡娅(她是《新世界》杂志的文学顾问)有多愤怒：西蒙诺夫答应发表帕斯捷尔纳克这首诗，但是没发。他神经质地在编辑部办公室里

---

① 德·伊·科斯特科，伊文斯卡娅的继父。——伊琳娜·叶梅利亚诺娃注

② 玛丽亚·韦尼阿明诺夫娜·尤金娜(1899–1970)，苏联著名钢琴家。关于这次聚会，详见后文《"男孩和女孩们"》一章。

走来走去，最后下定决心，愿意为《冬夜》这首诗交出五年的生命。他没发表这首诗，专栏最后也黄了。但是，《冬夜》的那根蜡烛却多次出现，在那个时期西蒙诺夫的诗里明亮地燃烧着。

我不得不向鲍·列抱怨我的编辑工作中的很多困难。大家都明白，我和帕斯捷尔纳克的关系超出了编辑工作者和作者的框架。克里维茨基竟敢带着讥笑，发出这样性质的评论："我很好奇，你和帕斯捷尔纳克的小私情会有什么结果呢？"他试图和我调情，就像他对编辑部其他女性一样。

当我激动地，或许可能有点夸张地向鲍·列诉说自己的不快经历时，他愤怒地对我说："您应该马上离开那里，我会照顾您的。"

第二天，他打电话到编辑部，用一种略凄楚的语调说道："我马上想对您说两件重要的事情。您能现在到普希金雕像这儿来吗？"

当我走到雕像旁，这是我们平时见面的地方，鲍·列在那里走着，显得有点不安。

突然，一种不寻常的语调：

"您现在不要看着我。我简短地表达自己的请求：

我希望您能称我为‘你’，因为‘您’——这已经是个谎言了。”

“我无法称您为‘你’，鲍里斯·列昂尼多维奇，”我哀求着，“对我来说这不可能，太奇怪了……”

“不，不，不，您会习惯的，那您暂时先别称呼我，让我把您叫作‘你’吧……”

我，脸红着，回到了编辑部……但感觉：今天应该还有什么重要的事情会发生……就在今天！

晚上九点左右，波塔波夫胡同响起熟悉的暖气管敲击声……

“我还没说第二件事，没跟你说第二件事，”鲍·列激动地低哑地说，“你也不感兴趣，我想说什么。第一件事——就是，我们应该用‘你’的方式相处，而第二件——我爱你，我爱你，现在这就是我全部的生命。明天我不去编辑部找你，我去你家院子，你下楼找我，我们去逛逛莫斯科。”

我满怀痛苦回到家，带着无限真诚和冷酷，写了封给鲍·列的信。准确地说，这不是信，而是忏悔书——写满了整整一学生练习本。

我写道，第一任丈夫伊万·瓦西里耶维奇·叶梅利亚诺夫是为了我上吊自杀，因为我嫁给了他的竞争对手和敌人亚历山大·维诺格拉多夫。关于维诺格拉多夫流传着许多谣言。他是一个迷人的、内心宽广的人，但是，有这么一些人，却相信，是他写了造谣的告密信，说我的母亲在自己家里“诽谤领袖”，导致可怜的母亲在劳改营待了三年。而我留在他身边(毕竟我们有一个儿子，而且他对伊拉也像亲生女儿一样)，最后只有他的死，才让这可怕的一切结束。①

“如果您，”我还是坚持称“您”，“曾经是许多眼泪的原因，那么我也是！请您自行评判吧，对于您的‘我爱’，对于我此生最大的幸福，我该如何回复。”

第二天，我走下楼梯；鲍·列已经在院子里停喷的喷泉旁等着我了。这里还混进一段可笑的插曲。妈妈出于好奇，从楼梯的窗户使劲探出身子往外看。当我走向鲍·列时，他惊慌不安：“有位女性差点从窗户里掉下来。”

见面非常简短：鲍·列迫不及待地想了解一下我的

---

① 就在他去世后，我去找妈妈，没有火车票，藏在运士兵的闷罐车里，来到可怕的苏霍沃-别兹沃德诺耶站，给她带去我的献血者口粮，甚至成功把她从那里给捞了出来。我等到了释放体弱者和病人的机会——那时还有这种惯例，把半死不活的她非法带回了莫斯科。发生了许多可怕的事。死亡，自杀。——原注

练习本。

夜里十一点半我就听到了敲击声，来到楼下公寓。迎接我的是奥莉嘉·尼古拉耶夫娜不满的言语："柳先卡，我当然会叫你下来，但是已经这么晚了，米哈伊尔·弗拉基米罗维奇已经睡了。"

当时特别尴尬，但是否要告诉鲍·列，让他不要这么晚打来，我没下定决心。他的声音对我是种奖励："奥柳莎①，我爱你；现在晚上我尽量自己独处，而且能看见一切，看见你坐在编辑部，那里不知为何有些老鼠跑来跑去，你想着自己的孩子。你就这样迈入了我的命运。这本练习册我会永远保存着，但是你要先替我保存，因为我不能把它留在家里，会被发现。"②

就这样我和鲍·列跨越了这道界限，之后，我们都觉得还是无法满足，想要的只有：结合。但在这条路上遇到了许多看起来无法跨越的障碍。

这段时间我们无休无止地相互解释，在莫斯科黑暗

---

① 奥莉嘉的表小称呼。

② 我保存着那本忏悔练习册。两年后它落到了国家安全部的侦查员手里。——原注

奥莉嘉·伊文斯卡娅的继父德·伊·科斯特科和
她的孩子伊琳娜、德米特里

的街道和小巷里徘徊。我们不止一次要离开对方，说好不再见面。但我们无法不见面。

我和妈妈，妈妈的丈夫德米特里·伊万诺维奇·科斯特科，还有两个孩子生活在一起，他们来自不同的父亲，他们的父亲早已不在人世。由于战争，我的孩子没有真正的童年，幸好德米特里·伊万诺维奇像父亲一般关心爱护他们。但孩子们或多或少还是会有点孤儿的感觉，特别是我的大女儿，伊琳娜。

这一天到来了，鲍里斯·列昂尼多维奇第一次出现在我孩子的面前。还记得，伊拉奇卡怎样用细细的小胳膊撑着桌子，为他朗诵诗歌。我竟然不知，她竟然会背这么难的帕斯捷尔纳克的诗句。

鲍里斯·列昂尼多维奇擦掉眼泪，亲吻了伊琳娜。“她的眼睛多么令人惊讶啊！伊拉奇卡，看着我！你楚楚可怜的眼神会写进我的小说里！”

《日瓦戈医生》中拉拉女儿卡佳的外貌，就是我女儿的外貌：“房间里走进来一个八岁的小姑娘，梳着两个小羊角辫。眼睛细长，眼角分得很开，使她显得又调皮又狡猾。当她笑的时候，微微抬起眼睛。”

但对家庭的怜悯以及犹豫不决的双重性格开始折磨鲍里斯·列昂尼多维奇。他一次次地向我解释，走入公寓，等待他的是日渐衰老的女性，他忽然一下子觉得她像在森林里迷失的小红帽，准备好的关于分手的话全都堵在了嗓子眼。而且，他让我相信，他对妻子的冷漠，甚至对她，还有她钢铁般性格和嗓音的恐惧都完全不是我的过错。“她出身宪兵上校家庭。”鲍·列一边叹息，一边说。所有的一切早在认识我之前就发生了。或许听起来很荒谬。“这是命运的安排，”他说道，“在与季娜伊达·尼古拉耶夫娜结合的第一年我就认识到自己错了——我其实爱的不是她，而是哈里克（他如是称呼她的第一任丈夫海因里希·古斯塔沃维奇·涅高兹[①]），他的演奏让我着迷。

当季娜离开他时，这个怪人，他甚至想杀了我。但是不久之后，他十分感谢我！”

这就是鲍·列。他也确实是为演奏的魔力着迷，而在这个幸福的瞬间他觉得，只有对女性的强烈的爱才可能导致这种心境。

于是两个家庭分裂了，他很艰难地离开自己第一任妻子叶夫根尼娅·弗拉基米罗夫娜还有年幼的儿子，跟季娜伊达·尼古拉耶夫娜·涅高兹结合在一起。他说，很快就认识到自己的错误。“在这个地狱”他生活了超过十年。他说这些话的时候如此激动，让人无法做到不相信他。而且我也愿意相信！

四七年四月三日，我们在我的小房间相互解释至午夜十二点，情绪从欢喜转为绝望。

---

① 海因里希·古斯塔沃维奇·涅高兹（1888–1964），苏联著名钢琴家。

分手是悲伤的：鲍·列说，他没有权利去爱，所有美好的事物如今他都得不到，他是一个负责任的人，而我不应该让他偏离已经踏上了的生活和工作的轨道，但他依然会一辈子都关心照顾我。

那是个失眠的夜。我时不时地踱到阳台上，努力倾听黎明，看着波塔波夫胡同当时尚幼小的椴树下路灯一盏盏熄灭……

后来的这两行诗写的就是它们：

路灯，像煤气蝴蝶，
清晨用第一次颤抖触碰……①

而清晨六点——门铃响了。门外站着鲍里斯·列昂尼多维奇。原来，他去了乡下别墅，又返回来，在城里游荡了一夜。

我们沉默，拥抱……

那是一九四七年四月四日星期五。妈妈和她的丈夫带着孩子们一整天都不在，去波克罗夫斯科耶–斯特列什

① 出自帕斯捷尔纳克的诗作《白夜》（1953）。

涅沃。

就像新婚夫妇拥有自己的第一个夜晚，我们拥有我们的第一个白天。我替他熨平弄皱的裤子。他满怀着胜利的激动。确实如此："存在着比夫妻更神秘的婚姻。"①

这个幸福的早晨，鲍·列在自己的一本红色的小诗集扉页写下题词：

我的生命，我的天使，我深深地爱着你。

一九四七年四月四日

这本红色的小书有自己的故事。四九年，当我第一次被捕的时候，所有鲍里亚送我的书都被收走了。当侦查结束后，一个长满青春痘的年轻中尉代表审判三人组宣布我的判决，鲍里亚被叫到卢比扬卡，取回属于我的书；他撕掉了那带有题词的一页。另一个清晨，当我从劳改营回来，我们又重获幸福，甚至比原来还要幸福——但我依然责备鲍里亚：他怎么能撕掉那一页？如今是在书封面的反面留下了他的笔迹："我取书回家，撕掉了题词。

---

① 出自茨维塔耶娃的日记散文《〈尘世的征兆〉一书节选》(1922)。

Жизнь моя,
Ангел мой,
я крепко люблю тебя.
4 апр. 1947 г.

Надпись вечная
и бессрочная.
И только возрастает.
11 мая

我的生命,我的天使,我深深地爱着你。

一九四七年四月四日

这句题词是永恒并且无限的,只会生长。

五月十一日

你会因它承受什么?!”

我默默读着这句话,并在下面写下自己的题词:“不必说,做得好:如果不撕掉,这本书纪念幸福——如今,这本书纪念不幸,纪念这场灾祸。是的!”

之后鲍里亚拿出他随身带着的一张照片,在反面他逐字重写了四七年的那句题词,在四七年的日期下面,又补了一句话:“这句题词是永恒并且无限的,只会生长。”但这句话写下,已经是一九五三年了。

## “将激情引向破裂”

是的,四七年四月四日！从这一天起,我们的“城中夏日”开始了。我的房子,鲍·列的房子都是空的。我们几乎每天都待在一起。

我经常穿着带小房子的日本睡衣在早上七点给他开门,这件睡衣后面还有条长长的尾巴——这被永久地记录在“尤里·日瓦戈的诗”中：

你脱下连衣裙,
好像树林抖落叶子,
当你投入怀中——
穿着带真丝流苏的睡袍。

你——是迈向死亡的恩赐，
当生存比病痛更让人厌恶，
而美的根源——无畏，
正是它把我们引向彼此。①

这个夏天，椴树猛烈地开着花，林荫道仿佛弥漫着蜂蜜香气。在我们相爱的清晨持续着一种伟大的“睡眠不足”——就这样诞生了那些关于清水池塘林荫路上旷世弥久的睡眠不足的诗句。鲍·列早上六点走进我的房间……他当然睡不着——这就意味着，睡不着的还有林荫路、房屋和路灯。

当我用妈妈的龟甲梳子把头发全都盘在头上，望着镜子的“戴头盔的女人”就这么诞生了……“我爱这个头颅以及它全部的头发！”②

如今我们，那原本的两个人，已经消失很久了，但那别在我当时还非常浓密的头发中的妈妈的发梳，还有睡眠不足的椴树却走进了诗句中，并且远离我们，独自鲜活着——

① 出自帕斯捷尔纳克的诗作《秋》(1949)。
② 出自帕斯捷尔纳克的诗作《城中夏日》(1953)。

远离我，远离鲍·列，远离波塔波夫胡同的狭窄格子间。

在我们“电流通过”的那段时光里，伴随着伤感的乐章，时时也会发生一些滑稽有趣的事。

有天，那还是最初的时光，在寒冷的室外走了很久后，他有机会来我的小房间的微暖中坐坐（那次，可能是他第二次去乡下看看自己的家人），鲍·列从椅子向坐在沙发上的我扑过来。沙发已经很老了，于是一下子塌了——断了一根腿。鲍里斯·列昂尼多维奇吓得跳开：

“吓死了！这就是命运，”他激动地说，“指出我的行为有失妥当！”

第二次，比这次要晚许多，那时我们经常吵架，然后再互相解释，发生了一个小插曲，直到现在还会引我发笑。出于对前晚发生的一些事的报复，鲍里斯·列昂尼多维奇特别想惹我恼怒。我想要和解，在房间里用各种不同的花瓶摆了许多矢车菊。

“这是一堆紫绀，”鲍·列生气地说，“其实这就是些杂草。”

后来明白了，他不喜欢房间里有许多花，虽然自己经常给认识的女士送花。

鲍·列憎恶家庭吵嘴。看来，遇到我之前他可是经

奥莉嘉·伊文斯卡娅，三十年代，在镜前

历了足够多的家庭吵嘴。因此,当我开始或多或少尝试着进行些严肃对话,他总能早早察觉。面对我有礼貌的指责,他开始咕囔:

“不,不,奥柳莎！这已经不是我和你了！这已经是烂小说里的场景！这不是你!”

而我直接确定地说:

“不,是我,正是我！我是个活生生的女人,不是你想象出来的!”

每个人都坚持自己。

我不仅仅把鲍里亚当作丈夫。他走进我的生活,攻掠了所有地方,不允许任何一个小小的缝隙躲过他的注意。我非常喜欢他用一种充满爱意的、温柔的方式对我的孩子们,尤其是对早熟的伊琳娜。

我们的悲剧的最初时刻,妈妈的反应影响了伊琳娜对鲍·列的态度。当她看着我,一会儿把他的照片挂起来,一会儿又取下,撇撇嘴,语带轻蔑地说:“你真不自爱,妈妈！……”

而随着她的成长,这一切都变了。“我理解你,妈妈。”——她终于说,当她看到,我又一次把鲍·列的照片挂了回去。

某位成年人曾经对孩子们说:“孩子们,要注意,和经典作家在一起度过的每分钟,对你们都应当是非常珍贵的!”而这个严肃的官方术语“经典作家”,如此尊重和敬爱的词,到伊拉的嘴里变成了亲切温柔的“老经典”……

“老经典”成了她在这个世界上最亲近的人,她非常敏锐地感受到他可爱又可笑的脆弱,以及他的伟大和慷慨。

我也常常有失水准,毁掉许多美好的时光。亲近之人的悲惨经历终究给我留下了痕迹,有时我会向鲍里亚提出自己对他有某些荒谬的权利。回忆起这些愚蠢的场景,我感到羞愧而且心痛。这就是鲍里亚写给我的,在大街小巷待够了之后,他一会儿在别人家大楼门厅和我争吵,一会儿又试图和解:

……我又准备好借口,
一切又变得没有意义。
女邻居,绕道后院,
留下我们二人独处。

不要哭,不要抿着红肿的嘴唇,

不要让它们充满皱褶。
你会触痛春季热病留下的
唇边的疱疹干痂。

把手掌从我的胸前拿开，
我们像电流通过的导线。
当心它再次把我们
随意地抛向彼此。

但是，无论黑夜怎么用
忧愁的指环将我禁锢，
人世间离去的欲念最为强烈
而后将激情引向破裂。①

“不，不，一切结束了，奥柳莎，”有次尝试分手时鲍·列坚定地说，“结束了，我爱你，但我应该离开，因为我无法承受和家人分离的剧痛。（季娜伊达·尼古拉耶夫娜也是在那个时候知道我的，开始给他出难题。）我们应该

① 出自帕斯捷尔纳克的诗作《倾诉》（1947）。

活在一个高等的世界，期待着某种看不见的力量能让我们结合，如果你不能忍受，那么最好分开。在别人覆灭的废墟上结合，现在已经做不到了。”

但是我想再次提及，我和他，是“电流通过的导线”——分开与否已经不听从我们的意愿了。

有一天，鲍·列的小儿子廖尼亚病得很重。季娜伊达·尼古拉耶夫娜在儿子的病床边要鲍·列保证，以后再也不见我了。他拜托柳霞·波波娃来跟我说这个决定。但是她断然拒绝，说这应该由他亲自来做。

还记得，我奄奄一息地躺在柳霞位于富尔曼诺夫胡同的房子里。季娜伊达·尼古拉耶夫娜突然来了。她不得不和柳霞一起把我送到医院，由于失血过多，我的情况非常不好。如今我已无法记起，和这个笨重的、坚定的女人说过什么，她一直跟我说，她唾弃我们的爱情，她不再爱鲍·列了，但是无论如何不会允许家庭被拆散。①

---

① 帕斯捷尔纳克爱着的两个女人的惟一一次见面，同样也被记录在季娜伊达·尼古拉耶夫娜的回忆录中：“她（奥莉嘉·伊文斯卡娅）让我相信她，说她已经怀孕了，我回答她：‘您从心爱的人那里得到一个孩子，应该感到幸福。我要是您的话，这就能让我满足了。’……1948年我和鲍里亚收到一封来自玛·卡·巴拉诺维奇的信。她说，奥莉嘉·伊文斯卡娅确实生了个女儿，但是二十四小时之后就夭折了。”——伊琳娜·叶梅利亚诺娃注

我出院后，鲍里亚就像什么也没发生过一样出现了，并且动情地与妈妈和解，向她解释，他多么爱我。妈妈对这种变化无常已经开始习惯了。

还有另一次分手的尝试。那是一九五三年。我从劳改营释放的日子越来越近了。他那么关心我，希望我早日获得自由，从那些他借妈妈的名字所写的寄到波季马的感人的明信片里就可以看出。我侥幸把这些明信片从那里带了回来。

他第一次心肌梗死或许可以被认为是因我们分离所致；这一时期他最好的诗句都显露出这次分手的痕迹：

这人从门口望去，
认不出自己的家。
她的离去仿佛逃走，
到处是混乱的残迹。①

他把我们的相见幻想成不曾有过的奇迹：

---

① 出自帕斯捷尔纳克的诗作《别离》(1953)。

雪阻塞道路，
堆满了屋檐。
我想出去走走，
你却站在门外……①

但突然，当命运为我们准备好真正见面的神迹，他此时却觉得，我已经不是我，而他也不是他，季娜伊达·尼古拉耶夫娜把他从心梗中拯救过来，个人生活应该放下，换成对她的忠诚和谢意。于是鲍·列把十五岁的伊拉叫到清水池塘林荫道，给予她一项极其奇怪的差事。小姑娘应该给自己刚刚结束四年流放生活的母亲转达这样几句话：他爱过她，一切都曾很美好，但如今关系可以改变了。

可惜，伊拉当时没进行任何记录。所以没能保留他话里的这种直率、天真的美好，以及与此同时那种毫不怀疑的残忍。

我了解他害怕亲近之人身上发生变化。他执拗地不想看见自己的妹妹利季娅，他只记得她年轻美貌的样子。

① 出自帕斯捷尔纳克的诗作《会面》(1949)。

“那将多可怕啊，”他有次对我说，“如果我们面前出现的是一个可怕的老太太，完全是个陌生人了。”我相信，当我从流放营出来的时候，他预计看到的也是这样一个老太婆。这就是为什么他微妙地嘱咐伊拉：日子可以不回到原样。

后来他突然发现我还是那样。或许变瘦了些。我对鲍·列的爱和亲近，总是奇迹般地赋予我新的生命。

总之，被这次分离撕裂的我们的生活突然给他带来一件意料之外的礼物——炽热双手的“活灵活现的巫术”和我们二人在普世酒神狂欢上的庆祝[①]重新又高于一切。

我们被某种极端的柔情和坚定俘获，决心永远在一起。而伊拉，在鲍·列死后很多年，才告诉我她在林荫道上得到的“差事”。

确实，存在“诀别的渴望”，这对于他，一个诗人来说，是必不可少的，但我们之间某种人性的吸引总是能战胜一切，仿佛没有彼此我们就无法呼吸。每次见面都仿佛初次相逢，我会默默地把他的脑袋搂在自己怀里。我能听到心脏是如何绝望地跳动。就这样，一直到那悲痛的

---

① 典出帕斯捷尔纳克的诗作《酒神狂欢》(1957)。

六〇年五月。看来,上天没有给他彻底变老的机会。

还记得,斯大林死后,我从流放地返回家中,鲍·列写了一篇寓言童话,献给我的“被俘”和获释。他把我描述成被龙抓走的童话少女,而自己,他可能觉得是个骑士,跋山涉水,历经岁月。他无疑是在想象,把我拯救出来的毕竟还是他的名字。“虽然我不得不把你拖入这场灾难,列柳莎[1],但你也说了,‘他们’无论怎么样还是不敢彻底打击我。要知道他们概念里的五年什么都不算——‘他们’是以十年为单位来量刑的!他们这次用你来惩罚我,而上帝则重新主持了公正!”

无法回想起鲍·列在这个神奇的时刻说了些什么,又是怎样说的。他已经准备好要“扭转世界”,“与各个世界接吻”。

当时我很开心地感觉到,他确实把我当作自己的家庭成员,而且我感觉,对我和我家人的关心给他带来了灵感与提升。

“奥柳莎,我只会为了工作离开你。”他经常在与我分别的时候这样说。当他创作的日子过得顺利,回到我这

① 奥莉嘉的表小称呼。下文奥柳申卡亦同。

里时，进入我的房间仿佛庆祝授勋的节日——我们俩都很开心，好像那些生活中的艰辛都不曾有过。

但同时他提醒我，我们不应当有意推动命运，一切都会自己向我们走来，如同那次重获新生的相遇。

“你是我春天的礼物，我的灵魂，上帝是多么巧妙啊，把你塑造成一个小姑娘……”

“奥柳申卡，就这样一辈子吧——我们向彼此飞去，已经没有比我们相约见面更必要的事情了……我们也不再需要任何别的了——不需要暗示什么，把什么事情复杂化，或者得罪谁。难道你会想取代那个女人的位置吗？我们已经很多年没互相倾听过了……确实，对于她只能可怜同情……她一辈子都是聋的……小鸽子徒劳地敲过她的窗户玻璃……而现在她却怨恨我，因为真正的东西向我走来了——虽然来得那么晚！……”

在这些时刻，我们所有的争吵消失不见了。很可惜，我那婆娘的坏毛病还是会周期性地发作。当我觉得自己是个幸福儿的时候，庸人们却会可怜我，并且会谴责我，这让人很不愉快……我想要的或许是同情和肯定。妈妈最终放过我们了。

# 我们的“小铺”

当鲍里亚坚持（一九四八年初）让我离开《新世界》编辑部后，他开始系统地为我讲授诗歌翻译“课程”。

我从小就写作，热爱诗歌，并且能够感受诗歌，所以鲍·列对我说，“民族诗歌的列车停在我们的道路上”，而我完全有能力坐进前几节车厢，并且可以相信自己是个诗人译者。

他是个习惯于劳作的人，根据上帝的意志，他自身的创作、他完成的这些奇迹就是他的劳作。他在任何场合都极其珍视他人的劳动能力。他是所有半吊子的敌人，——可能正因为如此，他认为自己第一位妻子去学绘画纯粹是消磨时间，而他对季娜伊达·尼古拉耶夫娜——她喜欢且擅长在菜园子里张罗土豆——持家能力的评价就要高得多，觉得她在这方面理智且有才。或许，也正因为如此他放弃了自己的音乐课程，他明白，自己在音乐中达不到自己所需的高度，在斯克里亚宾演奏了刚起步的音乐家、十七岁的帕斯捷尔纳克少年气的练习曲后，前者的一个天才式的错误向他表明了这一点。①

我们刚认识的时候鲍·列正在翻译山陀尔·裴多菲。这首诗是这样翻译的，仿佛重新写了一遍：

我的爱不是夜莺的修道院，
人们在那里被歌声唤醒，
当大地的一半还在沉睡，
却因阳光的轻吻变得绯红。②

[……]我面前正摆着一本山陀尔·裴多菲的小集

---

① 详见帕斯捷尔纳克的回忆录《人与事》中"斯克里亚宾"章第三节。

② 试比较一个从匈牙利语直译的中译本："我的爱情并不是一只夜莺，/它被黎明的号角唤醒；/在被太阳吻红了的大地上，/它扬起那甜蜜的歌声。"(《裴多菲文集·第一卷》，兴万生译，上海译文出版社，1996年，第324页)

子,上面有鲍里亚的小仙鹤:

“裴多菲”这个词在四七年的五月和六月成为一个暗号,我对其抒情诗的近似译文——契合文本需求——正是我对你和关于你的思考与感觉的真实写照。这本书送你,作为所有一切的纪念。

鲍·帕

一九四八年五月十三日

这是鲍·列的一张带题词的照片:

裴多菲白描式的抒情方式和自然图景都很好,而你要更出色。在四七年和四八年,也就是认识你的时候,我非常认真地研究过他。感谢你的帮助,我翻译的是你们两个人……

这段题词写于五九年。我们在一起的所有岁月,都在对别人诗歌的翻译中呼唤彼此。

就这样,裴多菲成了我们的第一次爱情表白。带着鲍·列代领稿费的委托书,我走去领取这份幸福,就像是拿着一张兑现这幸福的期票。

在波塔波夫胡同的小屋子里鲍·列给我解释，翻译技巧中什么需要像公理一样搞清楚。我开始尝试。想起来就会发笑：一首十行的诗让我弄出了至少四十行。

鲍里亚嘲笑了我的添枝加叶，然后教我如何聚拢思路，摘净词语；如何暴露出思想，不追求华丽，给思想穿上新的词语的衣服，简而言之，如何尽可能简洁！

必须像在剃刀刀锋上行走一样，小心翼翼地在文学翻译与命题即兴创作的边界上随机应变。

当他觉得，我已经在一定程度上学会了他的课程时，他吩咐我去国立文学出版社，向亚历山德拉·彼得罗夫娜·里亚比宁娜推荐了我……于是他们让我译加福尔·古利亚姆[①]。天啊，基本上他的诗都是鲍·列帮我译的，因为我还是把每一行给翻译成了五行。不知道为什么加福尔并没有出版。

鲍·列给编辑安娜·约瑟福夫娜·娜乌莫娃写道：

我完全反对当下的一些翻译观。罗津斯基、拉

① 加福尔·古利亚姆(1903–1966)，苏维埃乌兹别克诗人，现代乌兹别克诗歌奠基人之一。

德洛娃、马尔夏克和楚科夫斯基的翻译让我觉得陌生，并且显得匠气，不够深刻，缺乏灵魂。我坚持上个世纪的一种观点，当时人们视翻译为文学任务，在理解的高度上不能让位于语言学趣味……

与我的交谈中，他常常表示，反对现代大部分译者的渴望精确翻译逐字译本的做法[①]；在他看来，这最终会导致意义的暗化，这是不可接受的。

为了更精准地传达原文、抛弃冗余，必须离它远一些，从远处凝望它。走得越远，离原文越近。我不记得这是谁的箴言，但这正是鲍·列传授给我的。

有时，在祝福我新工作顺利的同时，他会给我一些书面指导。像这样的：

1）把诗歌的内容、主题强化到完全明晰，像散文一样。

2）凡是能够的地方，都要用诗行内部而非诗行

① 当时苏联文人在翻译小语种和少数民族语言诗作时，往往会让精通该语言的学者先编写一个逐字译本，再由诗人根据这个逐字译本进行翻译。

结尾的韵脚来巩固那种会自行瓦解的、非欧洲的形式。

3）使用不整齐的自由格律，尤其是三重音份额诗。[①] 允许自己使用元音重复。

后来，我们的文学共同体成立了，我们称之为“我们的小铺”。一些诗歌由鲍·列开始翻译，然后我接上，让他有时间去写小说。我也开始有了不错的收入。

这是鲍里斯·列昂尼多维奇在译书（维捷斯拉夫·内兹瓦尔的诗《时间的呼唤》）手稿上的题词：

努力继续这样译。一行最后一个音节上有重音，接着一行倒数第二个音节有重音，这样交替。只利用逐字译本的“意思”，而不是把它所有的词都翻译出来。它们在俄语中会显得刺耳，而且不一定能达意和恰当。不要把所有的东西都译出来，而是译力所能及的部分，但要以此为代价去在译文中体现

---

① 十九世纪俄语诗歌往往采用严格的格律形式，诗行中轻音节与重音节的交替必须严格遵循一定的规律；二十世纪以降，更多诗人倾向于采用更为自由的重音诗体，通常只须保证每个诗行有特定数量重音节即可，而份额诗就是其中一种，其诗行重音节之间的轻音节数可以有一到二个不等。

出比原文更多的“确定性”,——这是在面对这种无序混乱的内容时必要的需求。包括开头在内的全部译文将是全新的,署你的名。

我与他一起工作,共同度过了幸福的一九五六年夏天。当时鲍·列在筹备出一本很厚的单卷本诗集,并为它写一篇自传随笔,而我在磕磕绊绊地翻译泰戈尔。需要赚钱,而赚钱则是通过自己喜爱的劳动。太幸运了——还有什么比这更好的事呢?

我记得,在静谧的八月黄昏,鲍里亚走进库兹米奇①的阳台,我给他朗诵泰戈尔临终前的那首《远处响起钟声》:

远处响起钟声,我几乎听不到
墙外城市的喧嚣。
三月的太阳冲出低平的
屋顶——重新出现在眼前……
[……]

① 伊文斯卡娅在佩列杰尔金诺的房东,详见下一章。

中午的酷热奏响长音。
漫长的人生路途中，我看到的
一切——今天全都想起，
显然，按照尘世的法则。
过去遗忘的图卷
缓缓与我告别
在临终时刻，当漫长的生命之上
钟声在城墙外响起。

我觉得，翻译这首诗对我来说是经历了一场真正的炮火洗礼。鲍·列听后忍住感动的眼泪，说：

“奥柳莎，这是上帝赐予你的！译得非常好，很美。你是一位真正的大师。”

这种夸张方式是鲍里斯·列昂尼多维奇典型的风格。

而且他一行都没帮我修改。下一年出版的拉宾德拉纳特·泰戈尔文集第七卷里，我的名字——多么幸福啊——与他的名字交替出现。我们都记得这次出版。

一九五八年的加拉克季翁·塔比泽[①]单卷本诗集里面也有三十二首我的译诗——没有一处修改。其中有许多我非常喜欢的句子：

当山风鼓噪
森林的帆布，
我总能听到：山杨
对我诉说奇迹……

他们说的远古童话，
呼唤我回到过去，
迷醉，像陈年的葡萄酒
复活了玫瑰的芬芳。

许多歌谣唱着玫瑰
很久以前……在哪里？谁唱？
现在只有树冠的颤抖
在转瞬即逝的风中。

---

① 加拉克季翁·瓦西里耶维奇·塔比泽（1891–1959），格鲁吉亚诗人，对二十世纪格鲁吉亚诗歌的发展有重大影响。

帆向自身的命运低头
因为风和灾难的沉重。
或许,这是老年的临近,
而我和你根本不存在?

(同一个主题在帕斯捷尔纳克的《会面》中奏响:

但我们是谁,又从哪来,
当这些年月过去
只留下流言,
而我们已不在人世?)

我们的"小铺"工作中不可能没有趣事。当出版社逐渐承认并接受我的作品后,我自豪地收到自己第一笔稿费,鲍里亚有时会在我的译稿中掺进自己的一首,属上我的名字。当出版社偏偏认为他的那首不符合要求,并退回来修改时,他会像小男孩那样高兴。

《泰戈尔文集》第七卷(国立文学出版社,1957)中有一首完全由我翻译的很长的诗《惟一的声音》,但被归到了他的名下，第八卷中被更正："这首诗的译者不是帕斯捷尔纳克，而是伊文斯卡娅"。是鲍·列坚持要求更正的，因为他的确完全没有改动我的译诗。他觉得我的译文很成功的，而我所有的成功都会让他非常开心。

季齐安·塔比泽[①]的《诗选》(第比利斯："东方霞光"出版社，1957）中也发生了同样情况；我翻译的六首诗中也有一首(《穆赫兰山谷的诗》)署了鲍·列的名字。他用这种方式为我赢得了参与翻译这本书的权利。

对了，围绕这本书还有个不愉快的插曲。国立文学出版社当时的员工玛丽亚·叶夫列莫夫娜·斯特鲁奇科娃是这样讲述此事的：

"我们的编辑部出版了一本季齐安·塔比泽的书，其中包括鲍里斯·列昂尼多维奇和奥莉嘉·弗谢沃洛多夫娜的许多译诗。塔比泽的遗孀尼娜·亚历山德罗夫娜与他们相处得很好。然而，当这本书准备好后，在送去制作的前一天，我突然接到了鲍里斯·列昂尼多维奇的电话：

'玛丽亚·叶夫列莫夫娜，我要撤掉我的翻译。我得

---

① 季齐安·尤斯季诺维奇·塔比泽(1895–1937)，格鲁吉亚诗人，加拉克季翁·塔比泽的堂弟。与帕斯捷尔纳克私交甚笃。其诗歌经由帕斯捷尔纳克、阿赫马托娃、扎博洛茨基译成俄语后，对俄语诗坛也产生了一定影响。

知尼娜不想用奥莉嘉·弗谢沃洛多夫娜的翻译作品。如果删掉她哪怕一首译诗,我要撤掉我所有的作品。'

'鲍里斯·列昂尼多维奇,'我苦苦哀求道,'这是不可能的,因为书已经全都准备好了。'

'不,不,我告诉您:奥莉嘉·弗谢沃洛多夫娜和我一样,这是我的灵魂,这是我的第二生命,奥莉嘉·弗谢沃洛多夫娜说的话就是我的嘴唇说的话。所以我严肃要求您:如果想动一下奥莉嘉·弗谢沃洛多夫娜的译诗——那就把我的译诗也全部删掉;我正式向您声明这一点,这样以后就不会有误解了。'

几乎就在通话结束后,尼娜·亚历山德罗夫娜·塔比泽进入了编辑室。她告诉我,对奥·弗的翻译不是很满意,应该把它们拿掉。(后来才明白,这是受到季娜伊达·尼古拉耶夫娜的影响,当时尼娜·亚历山德罗夫娜和她非常要好。)

而我刚和鲍·列通过话,非常慷慨激昂地把他的决定告诉了尼娜·亚历山德罗夫娜。她非常不高兴,我们去找编辑部的负责人,结果一切当然如鲍·列所愿。"

我们在专业问题上彼此的关系是典型的帕斯捷尔纳克行事风格。他是一个举世公认的天才艺术家,却以非常平等的职业态度对待我这个初学翻译的人。

保留了一张他的纸条，如今已经忘记是随着哪首翻译作品一起送来的了：

亲爱的奥柳莎，也许这东西在原文中还多少能支撑一下，因为机缘巧合没有彻底垮掉（就像我们——我或年轻时的马雅可夫斯基——一样，这种灵感迸发的胡言乱语卡在了黏稠的语言中，就像纸蛇缠在树上，因而没有直接落到地上变成彻头彻尾无意义的东西）。但在逐字译本和我这堆押了韵的东西中，这种华丽修辞和无趣造作简直不可思议，因此请原谅我把这些荒谬绝伦的胡言乱语偷偷塞到了你明亮的文学声名的保护之下。

真是胡言乱语，不是吗？

应该有人引导我上路。鲍·列不愿意依仗自己的威望，有时会求助于其他人，由他们来推荐我的作品。

西蒙·奇科瓦尼的诗就是这样的，鲍·列在作者不知情的情况下把诗交给我翻译，然后再通过第三人来为译文寻求认可：

> 应该让亚历山德拉·彼得罗夫娜[1]亲自给西蒙·奇科瓦尼写信。说帕斯捷尔纳克带着歉意和遗憾回绝了翻译这些诗,因为写小说不给他留下任何一分钟的空闲时间。我把翻译任务交给了我认识的一位女译者。现在我把已经完成的译文发给您。我已经对着逐字译本检查过了,对译文很满意。请写一下您的看法。重要的不是谁来翻译,而是成果的艺术性。
>
> 亚历山德拉·彼得罗夫娜还得说:
>
> 我把这些译文邮寄给了鲍·列。他改了两三个地方,总体上对译文十分赞赏。不必提及他参与了我的工作,甚至一点暗示都不需要。

当鲍·列寻找自己的女主人公们——歌德、莎士比亚或裴多菲译文中的——与我的相似之处时(很可能还要对我进行些额外的想象),他是幸福的。经典作品变成了鲜活的对话。他的这一习惯始于我获释后他翻译《浮士德》的时期:

---

① 亚历山德拉·彼得罗夫娜·里亚比宁娜,国立文学出版社少数民族文学部的主管。——原注

“我又通过浮士德的嘴说话了，列柳莎，用浮士德的语言，用他对玛格丽特说的话——你多么苍白，我的美，我的罪——这都是写给你的。”

后来当用安·贡恰罗夫版画作插图的《浮士德》出版后，鲍里亚在我的样书上写道：

奥柳莎，从书中走出来吧，坐一边去，读完这一本。

五三年十一月十八日

后来他仿佛在玛丽亚·斯图亚特身上看到我的性格，所以翻译这部作品他充满灵感，格外用心。但不幸的是，这件事下面暗藏着礁石。鲍·列快译完《玛丽亚·斯图亚特》时，尼·维尔蒙特[①]（鲍·列弟媳那边的远方亲戚）也交了他的译本。我还保留着鲍·列写的“指示”，让我能据此与国立文学出版社外国文学编辑部的编辑鲍·萨·魏斯曼谈判：

---

① 尼古拉·尼古拉耶维奇·威廉-维尔蒙特（1901-1986），苏联翻译家、日耳曼学家、文学家、文化史家。

“如果你们想知道她长什么样子，那么就请把《浮士德》翻到第一百九十页，看那张玛格丽特在窗边的插图。”（摘自鲍里斯·帕斯捷尔纳克给妹妹们的书信；安·贡恰罗夫插图，莫斯科，国立文学出版社，1953年）

1. 让他想怎么做就怎么做,我会完成所有请求。可以在校样里改。

2. 我至今没看过维尔蒙特的译本。现在瞥了一眼开头。[……]译得比我想象中好多了。不明白莫斯科艺术剧院为什么不采纳。很可能由于原文的一致性,以及语言和手法的相似性,我和维尔蒙特的译本中有一些雷同的地方。如果雷同的地方很多,那就很耻辱,必须要规避这种情况,因为看起来像剽窃。让鲍里斯·萨维利耶维奇进行核对工作,挑出相似之处,我之后修改这些雷同之处。

3. 如果译文质量差距不明显,我的译文没有优势或优势不明显,现在这样想也不迟:我可以以翻译其他作品的形式补偿从国立文学出版社所得的一万六千卢布,并放弃出版。

4. 在翻译中我有一个倾向,并且不会退让,那就是在可能这么做的地方缩减原文中没用的篇幅。

大家都知道,后来《玛丽亚·斯图亚特》顺利出版了。在莫斯科艺术剧院的首演大获全胜,激发了鲍·列的灵感,他创作出《酒神狂欢》组诗:

她身上尽是生命,尽是自由,
还有胸中的刺痛,
即便监狱的拱顶
也不能将她摧毁。

她也可能于公众面前
倒在一片欢呼声中,
像没有侍从的王后
躺在斧子的重击之下。

客厅里,在她面前,
他跪立,没有起身。
关于他们的一幕幕
有人从墙壁中严肃地偷看。

不过,对他们这不知廉耻的人,
怜悯、良知和恐惧算得了什么,
既然他们火热的手中
掌握着活的巫术。

海水已淹没膝盖，

在他们的迷狂之中

二人短暂的一瞬

比整个宇宙珍贵。

[……]

翻译究竟是帕斯捷尔纳克内心真正的志向，还是因为不得已而为之，因为自己不能无保留地进行创作？最近这段时期，他经常重复说，翻译已经成为一种常见的文学创作方式，因为它可以借别人的思想而存在。当一个人无法表达自己的想法时，这一点尤为重要。后来他又给一个亲近的人写信说："……事实上翻译是不值得的，所有人都已经学会了。"

他曾在一次生气的时候说："宁可做一条完美的黑面包，也不要做一个天才的翻译……"

但无论如何，恰恰是翻译在很长一段时间里成为帕斯捷尔纳克的主要生活来源。

有一次有人给鲍·列带来一份《不列颠盟友报》。上面用整整两个版面印着"帕斯捷尔纳克勇敢地沉默着"。下面的文章里断言，如果莎士比亚用俄语写作，那么他写的恰恰就会像帕斯捷尔纳克翻译的那样;“帕斯捷尔纳克”这个姓在英国也受人尊重,他的父亲就在那里生活和死去;但紧接着文章又说,如果只发表翻译作品,如果帕斯捷尔纳克只写给自己和小圈子里的密友看,那这是一件多么让人悲伤的事情啊。

“他们怎么知道我在勇敢地沉默?”鲍·列看完报纸后伤心地说道,“我之所以沉默,是因为不让我发表作品。”

不过关于“我们的小铺”那狭小的世界就先说到这里为止吧。

# 我们的“产业”

鲍里亚总是希望不掺和到日常生活的种种问题中。所以，他非常希望上帝能替他解决我和“大别墅”女主人的纷争，并亲自为他决定最为方便的生活方式。

但上帝没有显灵，而生活继续，我们不得不亲自近乎盲目地寻找一种可能的生活方式。

让我再次回到那遥远的时代：五三年，我被释放了，经过了暴风骤雨般的狂喜，终于，我们完全平静下来。得出结论，我们一定要生活在一起，不管以何种方式，不管这种生活变得如何。

五四年[①]的整个夏天，我让妈妈带着孩子们去苏希尼奇看望姑妈。很高兴伊拉不在身边——隐瞒新的孕事变得越来越难。我无法想象伊拉怎样看待这件事。

鲍里亚倒是果决："就应该这样，这会让一切都很明白，把矛盾凸显出来，然后该怎么做自然也就有结论了；但无论如何，难道我们的孩子在这个世界上还找不到一个容身之地吗？"

在被释放的第一个夏天，我在近四年非人间的经历后，怀着艰难与喜悦感知到重回人间的奇妙。《日瓦戈医生》逐渐成为现实，世俗生活在这个夏天对我们也格外仁慈。但是从秋天起，就像以前出现过的那样，一切开始变糟。

八月末时，我坐着小皮卡去看某间别墅。在车上我受到震动，赶紧停在奥金佐沃郊外的一家小药店，从那里叫了救护车。在赶往医院的途中，我流产了。

原本觉得，这应该不会让周围的人特别难过：伊拉应该可以安心了，我最害怕的就是她的责问。鲍·列不打算改变自己的生活方式，他喜欢生活中充满了一次次见

---

① 记忆错误。所说的这件事发生在1948年。参见前文《"将激情引向破裂"》一章。——伊琳娜·叶梅利亚诺娃注

伊兹马尔科沃村的湖上小桥

面,而孩子明显会让一切变得复杂,甚至会毁掉这样的方式……

但我错了:所有人都非常生气,所有人都怪我。伊拉很苦恼,因为我没能保住孩子;鲍里亚伏在我的床边脚头哭,不停重复关于孩子的那个苦涩的句子,什么在世界上找不到这孩子的容身之处。"你怎么就这么不信任我?"

五五年我搬去佩列杰尔金诺,在伊兹马尔科沃村的萨马林池塘(几乎是湖)边给全家人租了半座房子。鲍·列到这儿,需要经过长长的一座小桥,这座桥是用四块木板搭在湖面上，这湖面“仿佛餐盘”出现在他五六年的诗句中。[①]

现在已经不是朱丽叶和玛格丽特，而是拉拉和夏娃把自己长蛇状的湿透的针织裤在这湖里拧干[②]，而我后来竟然两次差点淹死在里面。

结果房间被分给孩子和妈妈住了，而我只得住玻璃凉台。第一次来到这儿时，鲍里亚尴尬地停下来：“我让你给我们租一间避难所，你却为我们租了个灯笼；你得承认，这很奇怪，列柳莎。”

必须马上修正错误……

我去莫斯科买回来红蓝相间的印花布，用它们把小房子的凉台严严实实地糊起来。玻璃房间里摆上一张桌子，一张大大的，也用花布蒙住的床。这完全可以看作是个小家，但鲍·列还是不满意：他还是不能忍受玻璃的极不隔音的墙壁。

五五年的夏天总是下雷雨，同时阳光充足，异常炎热，野蔷薇开得浓烈。但八月底鲍里亚开始发愁：“你要走了，我又要一个人留下了吗？真不想总是去莫斯科住

---

① 指的是帕斯捷尔纳克的诗作《雨霁》(1956)。

② 典出帕斯捷尔纳克的诗作《夏娃》(1956)。

个一两天再回来！如果所有人都走了，只有我们留下，那该多好。”

> 我留在你身边，直到春天，
> 看着原木的墙壁。
> 我们谁都不去愚弄欺骗，
> 我们将坦诚地死去……

于是我留下来了。决定时不时往返莫斯科，而常住则是在伊兹马尔科沃。这样鲍·列就不用一个人在车站月台踱步，等待着我的到来，而可以一天两次来我们的小房间。

一开始我试图说服自己夏天时的房东娜杰日达·瓦西里耶夫娜整个冬天都给我留下这半栋别墅。但太不方便了，所以房东自己建议我租不远处的一间小别墅。那里有可以在冬天住的带炉子的小独间。娜·瓦的丈夫亲自把我的东西运了过去——天蓝色的别墅桌，打字机，几把帆布椅子。

我住进了谢尔盖·库兹米奇——我的新房东叫这个名字——的半间别墅。只有五九年时我搬到市郊“法捷耶夫酒肆”（作协主席经常在那里喝个烂醉）对面的小山冈上住过一段时间，那边房间更宽绰些，有一块自己的地。但最好的时光是库兹米奇时期。有个凉爽的露台通向那间小房间，夏天我们把它当作餐厅，冬天当作前室。谢尔盖·库兹米奇的那块地被一大片老杨树环绕着，而在周围邻居的地里，绿植都被毫不留情地砍光了，土地被征用作菜园。

房间极狭小，但很温暖，虽然起初有点脏。春天我们给它装修了一下。

如果我的人生中有所谓“本真的幸福”，那么对于我来说就是五六年、五七年、五八年、五九年，甚至六〇年。这是每日与爱人见面，我们约会的清晨，冬日的夜晚，一起阅读，会见亲密的友人……这一切所带来的幸福——让我觉得，仿佛某个永恒的节日持续不停……

鲍·列不想再往返莫斯科了，他把他所有的文学事务都交给了我。读校样、修改、通信，以及与《日瓦戈医生》相关的所有事务——这一切都由我完成。

现在，就连我外出办事导致我们短暂的分别，以及我偶尔在波塔波夫胡同过夜都会让鲍里亚觉得是一种侮辱。

他想办法让人在波塔波夫胡同的公寓里安装了电

二十世纪五十年代末

话，每次我留在城里过夜的时候，一到九点他就从佩列杰尔金诺打来电话，告诉我今天发生了什么，并询问我的情况。那个时段孩子们完全禁止使用电话。我们的每一次谈话都是从鲍里亚的这句话开始："奥柳莎，我爱你！明天不要耽搁。"

我从莫斯科回到库兹米奇的小房间后总是觉得炽热，总是觉得仿佛是初次到来，那里的一切对我们来说都是那么的舒适：一张蓝色的桌子，几把乡村别墅用的小椅子，盖着红蓝布的长沙发，用同样的布料包着的墙壁。窗前有一面厚实而温暖的大窗帘。地上铺着一张红色的绒毛垫子。通往露台（我把它当冰箱用）的门外侧包着一块厚绒布。而在房间的角落里，有一个像壁炉一样的小火炉噼啪作响，桌子上面的挂绳上有一个"火团一般的灯罩"①——硬质丝绸做的橙色郁金香灯罩。

谢尔盖·库兹米奇持久地进入了我们的生活。甚至机缘巧合被拍进《巴黎竞赛画报》的照片里，旁边是布拉特·奥库扎瓦和纳乌姆·科尔扎温，后者与鲍·列作最后告别后，正从大别墅的门廊台阶走下来。

---

① 出自帕斯捷尔纳克的诗作《无题》(1956)。

班尼科夫、叶梅利亚诺娃、伊文斯卡娅、帕斯捷尔纳克，

乌兹科耶疗养院，一九五七年

但我为什么要跳到那么后面呢……鲍里亚去世之前，有近五年的美好时光，我们相爱、散步、欢笑和激动，五年的时光，我们一起翻译，他给我上课，谈论事物，讲故事，与共同的朋友会面。

每逢星期天，母亲、伊拉，亲近的和生疏的朋友都会来看望我们——在我们家见到他们真好。

有时这几天直接就变成了文学研讨会。

我们的各种“家庭”庆典也在这里举行。记得有一年我生日。亲戚朋友都来了。国立文学出版社的编辑尼古拉·瓦西里耶维奇·班尼科夫（他后来在小说事件中起了重要作用）读了一首献给我的诗。

在自己的家中，在亲人的簇拥
在节日杯盘的醉意之上
允许我称您为雷卡米埃夫人，
我们的沃尔孔斯卡娅公爵夫人。①

---

① 朱莉·雷卡米埃（1777–1849），传奇交际花，十九世纪初巴黎文化界最著名的沙龙女主人。玛丽亚·尼古拉耶夫娜·沃尔孔斯卡娅（1804–1863），十二月党人谢尔盖·沃尔孔斯基之妻，在沃尔孔斯基被判流放西伯利亚服苦役后，她义无反顾前去陪伴，并在西伯利亚度过三十年，后被写入尼古拉·涅克拉索夫的长诗《俄罗斯妇女》。

纯净的金子中诞生的您的灵魂，
金色在您的发辫中流淌。
所有村落都因您变得美好，
您是神奇都城内的神迹。

在您那对上翘的艳眉中，
我读出了气魄，而非伤感、忧愁，
您将勒住疾速奔驰的马
冲进着火的小木屋……

而紧接着又发生了一件滑稽的事。命名日午餐后，我们和班尼科夫一起去湖边散步，那里有匹用绊绳拴住的马正在吃草。大家都特别开心，我和尼·瓦想去摸摸它。但突然马儿把臀部高高撅起朝空中踢腿，我们吓得跌在地上。记得大家都哈哈大笑，而我笑自己笑得特别开心：还指望我有能力勒住奔马呢！

总之，有了一间房间，有了一幢小楼，锚抛下了。我常常责怪自己——那么长时间以来都没想到应该这么安排我们的生活、我们的共同存在、共同劳动，不受任何人和任何事物干扰，却害得鲍里亚要一直跑去莫斯科瞎忙活……

与此同时，我们的“城邦”和我们的产业成长起来了。

在我们的“城邦”中有库兹米奇（职务是锅炉工人）和女邻居——奥莉嘉·库兹涅佐娃（职务是家庭女工）。奥莉嘉来自一个被当作富农镇压的中农家庭，她是个虔诚的老妇，在过去的岁月里吃尽了苦头，对我和鲍里亚十分依恋。

如果不记述我们产业的主要部分之一——动物，那么关于这些快乐岁月的故事将是不完整的。

不，我们既没有养牛，也没有养羊。我们只有一只“小胡子猫”。有一天，鲍里亚把外套落在了沙发上，库兹米奇的猫穆尔卡爬到了沙发上，生下了两只可爱的小猫。

当时我们正在重读欧·亨利的小说《白菜与皇帝》，于是鲍·列给小猫取名丁卡和平奇[①]。其中一只半年就长成了蓝色的安哥拉帅哥。鲍·列封它为猫咪王子。那

---

① “平奇”这个名字可能出自《白菜与皇帝》中的人物平克内·道森，他在小说中有时被人误称为丁克（楚科夫斯基的俄译本中作“丁卡”）·保森。

伊文斯卡娅和猫，五十年代

时候,猫咪的高产还没有使他苦恼。猫咪王子真的很帅,尤其是当它满身是雪在窗外框站得笔直请求进屋的时候;有时它就会从气窗扑进我们的怀里——蓝蓝的、冷冷的、嫩嫩的。鲍·列欣赏它,就像他欣赏一切美好的事物一样。

平奇与一些滑稽事件有关。比如春天,它有次用爪子和脸把从隔壁鸡舍里偷来的鸡蛋沿着小路朝我们滚来。之后,它屡次重复这个“壮举”。鲍·列因为它的把戏,提出要给邻居们钱。我却不敢把平克尼的秘密泄露出去——万一被人杀了呢;最好还是瞒起来。但平奇很快就死于猫瘟。丁卡注定是长寿的。

它喜欢闪闪发光的东西,常把圣诞树上的玩具弄下来,藏在自己的窝里。鲍里亚对它的评价是:“这是一个被施了魔法的小女人。”丁卡用牙齿咬住我的金表和手镯,跳进气窗,被奥莉嘉抓了个正着,让她很是苦恼。[……]

“如果我没有看到,你们准会说是我拿了手表。”奥莉嘉无法释怀。

我和鲍里亚笑着向她保证,没有人会怀疑她。而鲍里亚则开始了一场漫长的哲学谈话,说丢东西是件好事——物品也好，手稿也好，永远不应该为失去的东西而悔恨。

（但我知道丢失茨维塔耶娃的信件这件事让他多么悔恨。）

圣诞节时，我们放了一棵圣诞树，它几乎占据了我的整张办公桌。我们观察丁卡如何偷闪闪发光的球，把它们弄进自己的窝里，一边哈哈大笑。这是我们的树，我们的桌子，我们的生活秩序，我们的产业，意识到这一点让人愉快……

还是在遥远的莫斯科时期，我们刚刚认识的时候，鲍·列总的来说不太喜欢我对猫咪的狂热。有次我在波塔波夫胡同丢了一只小猫，兴师动众找了好久，但恰好那天晚上要去参加一场文学晚会。鲍里亚应该顺路来接我。他上了六楼，发现一个男孩怀里抱着一只猫。

“你要把它弄到哪儿去？”鲍·列拦住他问。

“送去十八号公寓，”男孩说，“门厅那里贴了张告示，说如果找到猫咪，奖励一百卢布！”

“喏，我给你一百五十卢布，”鲍·列从钱包里拿出纸币，“把它扔回去……”

但当我们住到伊兹马尔科沃时，他开始乐意和我们的动物们和平相处，至少在动物数量还没有那么多时。

还记得他生命最后几年的一件趣事。海因茨·舍韦（西德《世界报》的记者——关于他后面有许多话要说），我们那时的常客，把他在巴科夫卡森林的雪地里找到的猫咪硬塞给我们。

"一只孤零零的猫咪在雪里很不好过，"海因茨从冲沟里爬出来，靴子湿透了，他动人地反复说道。

伊拉很感动，我接过猫咪，把伊拉和海因茨送回莫斯科，然后返家。在门口迎接我的鲍里亚气极了：

"我一定要跟他说，"他大发雷霆，"这么可爱的一个人，送来一只猫！星期天我一定要当面跟他说这件事。"

到了星期天，如我所料，鲍·列说的是：

"多好的一只猫，马上就在这儿安家了。"等等……

还有一次，我听到他好像在把什么从阳台上赶走。

"你怎么敢这样做？"我问。

"奥柳莎，这只猫都说不出它是什么颜色！鬼知道是什么猫！"原来这是邻居的那只三花猫。

鲍·列会给不喜欢的猫取不喜欢的人的名字。有段时间内我们和著作权局局长格里什卡·黑辛关系不好，他就用黑辛的名字叫一只灰色大笨猫，这只脏猫多次在客人面前让我们难堪。

有一天,看着自己最喜欢的那条狗,鲍·列跟我说,托比克简直和莫斯科艺术剧院的演员叶尔绍夫一模一样……不知道他说的对不对,我不记得叶尔绍夫的长相了。

# 佩列杰尔金诺的秋天

快到春天时我又把房间装修了一下,使得里面变得更加舒适。糊上浅蓝色的墙纸,买来一块密织纹窗帘布料,盖在沙发上。天蓝色的小桌子上放着我的“奥林匹亚”打字机,几个文件夹,摆上插着鲜花的花瓶,就是在这里诞生了《开不起玩笑》[①],——显然是以新灯罩为原型,这个新换的灯罩改变了整个房间。

还记得这首诗诞生的夜晚:我刚从“艺术”出版社回来;此行是为了处理鲍·列翻译作品的出版事宜,我讲述这一天的经历,鲍·列心不在焉地听着,靠在桌子的角

① 原诗后定名为《无题》(1956)。

落，手里写着什么。然后他念给我听：

生活中寡言，开不起玩笑，
现在你满是激情，全身炽热。
就让我锁住你的美丽，
在诗歌幽暗的阁楼。

看吧，我们简陋小窝
如同被灯罩的火焰种壳
改变面容，窗和墙的边缘，
我们的影子与我们的体态。

你双腿蜷缩在长沙发上，
盘腿而坐，像个土耳其人。
都一样，在光下或在暗处，
你总像孩子一样评判。

[……]

是的，诗里的一切都的确如此："我们的影子与我们的体态”被夸张地放大到浅蓝色墙壁上，我抱膝坐在沙发上，鲍·列坐在桌旁的椅子上，写着铅笔字的铺开的纸页，甚至我膝上那颗老奶奶石榴树上结的暗黑色果实。

在鲍·列五六至五九年诗歌德译本（S. 菲舍尔出版社，1960）上，鲍里亚写下：

奥柳莎，第六十九页是你的诗。

一九六〇年二月十七日

这就是那首《开不起玩笑》。

就这样，在狭小的库兹米奇的屋子里，在谢通河附近佩列杰尔金诺村的树丛中，在萨马林池塘的银柳边和我们小村的垂枝白桦树林里，诞生了多少诗行，这是我们共同的财产和骄傲。

的确是在膝头上，在佩列杰尔金诺树丛的稀疏枝叶下铺展开的风衣上，《啤酒花》被写出来了：

爆竹柳下，常春藤围绕，
为躲雨我们寻找庇护。
我们的肩上披着风衣，

环绕着你的我的双手。

我错了。这茂密的一丛
不是常春藤纠缠,是啤酒花。
那就最好让这风衣
在我们的身下铺展。

这件“铺展”的风衣,尚在稳定的伊兹马尔科沃别墅时期前,就已是我们的信仰和真理。

五三年的夏天,就是我刚刚回来时,他写下这首诗:

怜悯支配着世界,
激起了爱欲,
宇宙充满了奇妙
和生命的新意。

在女人的手中,
在姑娘的掌心,
降生和濒死的
起点与路程。

还有“大别墅”里没有我的失眠夜晚：

几点了？黑暗。或许，两点多。
看来，我注定又无法入眠，
村里的公鸡将在黎明如鞭子般啼叫，
伴随着寒冷入窗，
它面向院子。
我一人。
不对，你
让所有纯白穿越一切涌来
陪我。

组诗《雨霁》中大部分的诗都是在伊兹马尔科沃和作家村之间创作的。

至今记得很清楚鲍·列让我读《八月》的那一天。由于担心我会迷信，迷信的他立刻试图为自己与生命显然为时过早的告别辩解，并且安慰我。

“你要明白，”他说，“这是梦。仅仅是个梦，而且我一旦把它写在纸上，它就不会实现了。”但是能死在这样一个美好的时刻是多么幸福啊，当大地已经加倍地回报人

乌兹科耶，一九五七年（亚·拉·列斯摄）

类，完全还清自己的债务，以前所未有的慷慨赏赐我们。天空蓝得彻底，蓝到极致，水已准备好把前所未有地鲜艳的花楸果倒映出来。大地交出了一切，准备休息……

鲍·列第一次读《八月》时喉头哽咽。我记得，有几节诗他没有放进最后的版本中。例如下面这节：

再见，女性的建议与帮助，
来自女友、熟人、同志。
关怀备至的生命
无价的被低估的礼物。

撰写国立文学出版社的单卷本诗集自传前言的工作（一九五六年夏）对于鲍·列来说意义非凡：开始回顾自己的《安全保护证》时代，回顾他和马雅可夫斯基的青年时代。

因此，鲍·列决定重新修订自己的旧作，开始与我，与诗集的编纂者班尼科夫争吵。班尼科夫这个夏天也住在伊兹马尔科沃，与我们做邻居。

“主啊，你们在抱着什么不放啊？”鲍·列很愤懑，当我们两个同时朝他喊，不许他把那些尽人皆知的旧作改得面目全非。

但这个执拗的人已经删掉“白嘴鸦烧焦的梨子”[1]，并准备修改《马堡》。我们没有采纳这种“修改”。

但是多亏撰写这篇自传随笔，鲍·列仿佛又经历了与塔比泽和亚什维利[2]的见面，又回到了马雅可夫斯基的墓旁。

漆黑的深夜，我们从自己的温暖小窝里出来，沿着小水洼和雪面上的白色冰层，在手中两个手电筒交叉的光线中，穿过伊兹马尔科沃的菜园，或是窄窄的小桥，桥下闪耀着粼粼波光；夏季听着青蛙的合奏，而冬天，我们湖上穿过覆盖着积雪的冰面，留下深深浅浅的脚印。

在伊兹马尔科沃我们穿过风雨，穿过暴雪——所有季节都这样走过来，在人生中好不容易找到彼此的和谐的二人，一起颤抖，只是为了要坚持、保留这样的方式，无论谁，无论什么事，也不能将二人生活改变。“只愿永远都会这样下去。”鲍·列无数次这样对我说。

最后的这几年，他读得最多的诗人是丘特切夫，不仅

---

① 此句出自帕斯捷尔纳克名诗《二月》(1912)。

② 保罗·吉巴埃洛维奇·亚什维利(1895–1937)，格鲁吉亚诗人，曾与帕斯捷尔纳克见过面，诗作被帕斯捷尔纳克译成俄语。塔比泽指的是第六章提及的季齐安·塔比泽。

仅是他的诗,还有他私密的人生轨迹。

他还曾哽咽地给我读过:

白昼正在消隐,万籁俱静,
我在大路上蹒跚地行走……
我感到难受,双腿已经麻木,
我亲爱的朋友,你是否看见我?

大地上空越来越暗淡——
白昼最后的余晖就要洒落……
这就是我和你生活过的世界,
我的安琪儿,你是否看见我?①

"他和我一样,爱得太迟了,"鲍·列对我说,"当你被抓走后,很长时间我读这几节会忍不住流眼泪。我给柳霞·波波娃读过。"

当他读勃洛克的《缪斯》的一节时:

---

① 译文引自《丘特切夫诗全集》,朱宪生译,漓江出版社,1998年,第405页。

当你嘲笑信念时，
你头上就会突然闪烁
那轮我曾经见过的
不很亮的灰红色满月。[①]

他声音颤抖，眼泪使他哽咽。

同时，这些年的鲍·列常常回归普希金，为普希金的诗激动欣喜，赞叹普希金句式天才的精确性和愉悦。

严寒的凝霜闪耀着银光
在他海狸皮的衣领上……

“就应该这样写！”鲍·列在路上跟我说，在被雪压得低垂的树枝下，当时我们佩列杰尔金诺冬日的寂静让他想到了四行诗“棺材中沉睡的公主”[②]。散发着白色雾气的小山丘和白色的树木，以及已是五七年帕斯捷尔纳克笔下冬天的一种新景象——“像石膏制成的白色死妇

① 译文引自《勃洛克、叶赛宁诗选》，郑体武、郑铮译，人民文学出版社，1998年，第121页。此处系郑体武译文。

② 出自帕斯捷尔纳克的诗作《雾凇》(1941)。

人”①般落到大地上。

如今往我们最后的避难所棚搭了一条方便的小梯子。而鲍·列到这儿必须要越过长了树瘤的树根，穿过覆盖着变幻莫测冰雪的小路，这条路非常坎坷地通向我家。对面喧嚣的是当时还存在的“酒肆”里的伊兹马尔科沃的交际圈。往返莫斯科的小汽车从我们身边驶过。

① 出自帕斯捷尔纳克的诗作《暴风雪后》(1957)。

# 怪　人

所谓怪人，按照大家理解，很明显就是指那些不按照常规处事规则行事，我行我素，不被同时代人所理解的人。在正常的思维健全的俗人眼中，鲍·列毫无疑问是个怪人。用玛丽娜·茨维塔耶娃的话来说，思维健全者就会是那些宣称“最理性、首要且正当之事是发疯”的人，这种人非常多。关于鲍·列做过的怪事可以写整整一本书。这里只讲几个偶然的趣事。

当有人对鲍·列不友善，他一定会像个孩子一样幼稚地报复那个讨厌的人。比如他不知为何讨厌上了在西蒙诺夫编辑部的诗歌事务科作威作福的卢科宁。当我还在《新世界》杂志工作时，鲍·列在处理某些文学方面的事务时要找卢科宁。我听到有次他打来电话说要找“卢托欣”。“没有这个人。”秘书回答他。

“啊,没有?那找卢托什金!也没有?那找卢科什金!”

他想以此方式对卢科宁表示不尊敬和恶意。他还对我管西蒙诺夫叫“恶棍中的佼佼者”。

鲍·列有异于常人的幽默感。比如,他觉得把剑兰(гладиолус)说成剑“男”(гладиолух)非常搞笑,并且因此哈哈大笑,这笑声非常有传染力,大家看着他也禁不住大笑起来。

后来,在小说《日瓦戈医生》里,他借自己的主人公的口说:“我不喜欢那些正确的人,那些从没堕落过、从没犯过错的人。生活的美未曾在他们面前展开过。”

柳霞·波波娃(奥·伊·斯维亚特洛夫斯卡娅)向我说起过两个有趣的片段:

“我们在鲍·列的别墅里喝茶。不知为何没有糖了。鲍·列往黑面包上抹了芥末充当茶点。

一个乞丐来敲门。鲍里斯·列昂尼多维奇把身上所有的零钱都给了他,但是,自己觉得还不够,所以开始四处奔忙起来,以至于乞丐明显觉得有些尴尬,想赶紧离开。但鲍·列不放他走。

‘请您原谅,家里什么都没有了,’他不断试图辩解,‘家人去领口粮了;您明天再来,明天所有东西就都运来了,我可以给您点什么;现在甚至连一分钱都没有了……’

最后乞丐几乎是夺门而出,因为鲍·列挡着门不让他走,他从门缝里挤出去,真的是‘跑’掉了,身后还伴随着雷鸣般的送别语‘您明天可一定要来啊!’

而鲍·列还自言自语了好久:

‘真是不凑巧,太尴尬了:有人来了,但是什么都不能给人家提供……’”

第二件事:

“鲍里斯·列昂尼多维奇跟我讲,某次晚会上有个不认识的人向他走来——个子高高的,穿着非常考究——并做了自我介绍。

‘我明白了,’鲍·列嘟囔着,‘这是维辛斯基[①]。而他突然开始说起,我在侨民圈子里多么受喜爱和尊重,我给脱离了祖国的人们带来了多大的欢乐。我很吃惊——你想,那位维辛斯基先生居然会如此关心侨民的生活。于是向他

---

① 指安德烈·亚努阿里耶维奇·维辛斯基(1883-1954),苏联政客,曾任总检察长和外交部长。

咨询了些关于自己住宅问题的建议。这下吃惊的是维辛斯基了。之后有人告诉我，这根本不是维辛斯基，而是前不久刚刚回国的亚历山大·维尔京斯基[1]……'

不久后亚历山大·尼古拉耶维奇对我讲[2]：

'复活节时我去拜访过帕斯捷尔纳克。他太脱离日常生活了，整个人悬在天上，他应该更接近大地一些……'

之后我向鲍里斯·列昂尼多维奇问起维尔京斯基的来访，他有些不愉快地嘟囔道：

'是，他确实来过我这儿，读了自己的诗。我对他说："您放弃写诗吧，这不是艺术"。而我觉得他生气了。他应该来得早点，那样我们还能一起喝点……'

'鲍里斯·列昂尼多维奇，不应该读他的文本，'我说道，'他应当被倾听；无论怎样也不应该劝他"放弃写诗"，毕竟维尔京斯基是维尔京斯基——他是全俄罗斯独一无二的人。'

'不过您知道吗，可能我也没惹怒他。他自己什么也没说。只是好像有点生气。'

---

① 亚历山大·尼古拉耶维奇·维尔京斯基(1889–1957)，俄苏传奇歌手、诗人、演员。1920年起流亡海外，曾侨居上海，1943年在苏联最高领导层的斡旋下归国。

② 维尔金斯基与柳霞·波波娃相熟。——原注

而他确实是生气了。”

鲍里斯·列昂尼多维奇死后，作家亚历山大·拉斯金讲了一件事。佩列杰尔金诺村帕斯捷尔纳克家附近的某栋别墅曾遭小偷洗劫，担心的家人要求鲍·列采取一些防范措施。

他找来一个信封，写上大大的“给小偷”。在信封里放了钱和一张字条：

尊敬的小偷：

这个信封里有六百卢布。这是我现在所有的钱了。不必费心找钱了，家里什么别的都没有了。拿了钱就走吧，这样对您，对我们都更太平些。钱可以不用数了。

鲍里斯·帕斯捷尔纳克

关于后来的故事，是亚历山大·拉斯金跟我讲的。

信封放在前厅的镜子底下。日子过了好久，小偷没来过。鲍里斯·列昂尼多维奇的妻子开始悄悄地从信封里拿钱补贴家用。拿了钱再补进去。有天拿了钱，还没来得及补回去……鲍里斯·列昂尼多维奇想起来检查信封,发现少了钱。他出离愤怒。

“你们拿了我给小偷的钱了?!”他吼起来。“你们打劫了我的小偷们?如果他们今天来怎么办?我该怎么面对他们?对他们说什么?说偷了他们的钱?”

最终,受了惊吓的家庭成员凑齐了缺的钱,六百卢布(旧钞)[①]长长久久地躺在信封里,一直也没等到“尊敬的小偷”。

我们住在“法捷耶夫酒肆”对面的最后一年,邻居女看守玛露霞与自己那没有固定职业,常年很快乐的舅舅一起酿了许多私酒。顺便说一句,伊兹马尔科沃的大部分农民都会这一手。在发生了好几起因瘫痪致死的事件后,玛露霞怕自己的自酿酒被搜出来,于是请求在我们的地窖里藏一个装有上好的头锅酒的三升酒缸。地窖的入口在我们房间。

鲍里斯·列昂尼多维奇不仅仅同意了她,而且异常高兴:

“这太好了,奥柳莎,我们现在和他们紧紧地绑在一

① 1961年苏联实行了币制改革,十卢布旧钞合一卢布新钞。

起了，他们明白我们知晓了他们罪行的秘密，于是自己也成了我们的同党！”

“我们的罪行”指的违反禁令与外国人会面，以及我们关于那部如今已举世皆知的长篇小说的谈话。朋友们警告过我们墙里装有录音机。鲍·列时常在这部录音机前讽刺性地鞠躬，和它打招呼。我们非常习惯这位隐形人的存在，以至于它不自觉地成为我们的一个公开的对谈人，鲍·列温柔地称她为“录音机小姐”。

也是在鲍·列生命的这最后一年，有人对我们宣布，有两位侨居海外已久的俄罗斯太太想来见我们，她们现在在莫斯科，要么是作为旅游者，要么是作为大型报业集团的特派记者。其中一位女士是临时政府时期陆军部长的女儿薇拉·古契科娃-特雷尔，另外一位女士则是名气不亚于前者的玛丽亚·伊格纳季耶夫娜·扎克列夫斯卡娅（她也是本肯多夫公爵夫人，还是布德贝格男爵夫人）。

玛丽亚·伊格纳季耶夫娜·扎克列夫斯卡娅将要来访，这让鲍·列非常激动。她有着令人惊讶的传奇人生，与马克西姆·高尔基非常亲密，同时又是赫伯特·威尔斯①

① 赫伯特·乔治·威尔斯（1866–1946），英国小说家、新闻记者、政治家。代表作为《时间机器》《莫罗博士的岛》《世界大战》等科幻小说。

的遗孀。

曾去过卡普里岛高尔基别墅的阿纳斯塔西娅·茨维塔耶娃[1]曾这样描述过扎克列夫斯卡娅:"高个子,身材苗条匀称,脸有点圆圆的(但不胖),长着宽阔的、聪明又有威严的额头,大大的黑眼睛。深色的头发顺滑地向后梳。受过良好的教育,是一位上流社会女子……精通多种语言,曾把高尔基的作品译成英语,好像也翻译过帕斯捷尔纳克的《柳韦尔斯的童年》。"

鲍里亚为两位女士指定了一个日子,去波塔波夫胡同的住宅用丰盛的早餐,并且开始了暴风骤雨般的迎接准备工作。

早上七点,鲍·列从佩列杰尔金诺来到拉夫鲁申胡同,他找来一位理发师,并且开始往波塔波夫胡同打电话。

伊拉睡在电话旁。八点钟时鲍·列给我打电话,吵醒了她。鲍·列忧心忡忡地问:

"奥柳莎,我们有威尔斯的书吗?"

"有的,两卷集。"

"取出来,放在看得见的地方。"

① 阿纳斯塔西娅·伊万诺夫娜·茨维塔耶娃(1894–1993),作家。玛丽娜·伊万诺夫娜·茨维塔耶娃的妹妹。

九点半时,第二次铃声响起:

“高尔基有吗?你要漫不经心翻开它。献词中有扎克列夫斯卡娅!”

当十点多电话第三次响起时,没睡够的伊拉终于忍不住喊起来:

“她的人生经历很丰富的,你别离开电话了。老经典还会打十次电话的。”

但我们的准备工作似乎止步于玛利亚·伊格纳季耶夫娜的第一位情人,冒险家洛克哈特:我们没有他的回忆录。

为了迎接客人,我们准备了一大罐块状黑鱼子酱。我原本想把整罐都摆在桌上,但鲍·列说要分盛在小果酱碟子里。很快他就明白我其实是对的。

鲍·列来了,头发整理得干净利索,穿着考究得体,随后客人们也到了。

尽管那天我们的电梯运行状况良好,但两位女士不知为何想要自己爬到六楼(那可是赫鲁晓夫上台前建的房子)①。年轻的那位女士还算轻松,但男爵夫人就困难多了。

① 赫鲁晓夫时代建造的住宅楼层高往往远低于过去的住宅。

高大、肥胖、笨拙，爬上楼后她差点喘不过气，但坚持不让鲍里亚帮她脱裘皮大衣，而是在深不见底的口袋里倔强地翻找着什么。终于，她从口袋里摸到给鲍里亚的礼物：一条宽大的过时的领带，看起来，像是威尔斯的遗产。她继续翻找。寻宝过程以找到另一条领带和给我的礼物圆满结束——送给我的是一对硕大的镀金耳环。

终于客人们喘匀了气，脱掉了外套，鲍·列充分表达了谢意，邀请客人来到餐厅，那里的餐桌早已摆满了早餐。

女士们表示，这次到来的主要目的——是要采访帕斯捷尔纳克。他们决定边吃早餐边进行访谈。

鲍里亚表现得非常热情周到，才华横溢，谈到了威尔斯、高尔基，一切言语都围绕着文学。

而男爵夫人，丝毫没有注意到鲍·列用心设计的小“细节”——高尔基和威尔斯的书，反倒高度赞扬了那罐块状黑鱼子酱。

关于鲍里斯·列昂尼多维奇的漫不经心有许多传言。

例如，有次他给熟人写信：“我今天给你写了封航空信，但在邮局我还寄了另一样东西，现在我不记得有没有把信投进邮筒。很有可能信和几张包装纸一起被丢进垃圾桶了,所以到不了你那儿。”

还有一次他给同一位收信者写道:“我之前给你的信是在一种郁郁寡欢,以及很可能是智力衰退的状态下写成的,所以不确定信里是否有些不合逻辑或者语法混乱的地方——请你无视那封信。”

不,这不是那种惯常理解中的“教授式的”漫不经心。这更像是完全沉浸在自我之中,对一个如鲍里斯·列昂尼多维奇这般伟大的创作者(无论艺术家还是学者)而言,没有这种沉浸是不可思议的。

阿霞·茨维塔耶娃从卡普里岛回来后,在莫斯科见了鲍·列好几次,她曾做过一个特别精妙的观察:“他看一个人时,视线总是绕开他(或许是穿过他)。思维没有被他,而是被某件自己的事吸引(并把他置于自己的这件事中)。但可能在整个对话过程中注意力都没有落到那个具体的‘他’身上。”

一九三五年巴黎的会议[①]后发生了(准确地说,是没发生)一件事。关于这件事的回忆直到鲍·列去世前的几天还一直折磨着他。

① 指的是在巴黎召开的国际作家保卫文化大会。

他的父母当时居住在德国慕尼黑。他已经十二年未曾见过他们了(自从他离开柏林后,而柏林是他们一家一九二一年搬去的地方)。父母当然希望鲍·列在从巴黎回国的途中,顺路去慕尼黑看看他们。

“但我出于某种愚蠢的自尊心没有去,”之后鲍·列为自己辩解道,“不想让他们看到我如今可怜、萎靡的样子……原本在返程路上我想去看看他们的,但最后还是决定绕道英国回去。虽然妹妹在我的列车到柏林时来见了一面,但是父亲与母亲我再也没见到。”

玛丽娜·茨维塔耶娃在三五年十月底写信给鲍·列:

“……杀了我吧,我永远不会明白,怎么可以坐着火车,从母亲身旁路过,路过十二年的等待?母亲也永远不会明白的——别期待。这已经超出了我的理解限度,超出了人类的理解限度。我在这件事上是你的反面:为了见见母亲,我宁可自己把火车背回去(虽然可能也会害怕,也会不开心)[……]

……但——如今您的辩解——只有‘这样的人’能创造出‘这样的事’。您曾是歌德,没有去与席勒告别,十年内没有去法兰克福看望母亲——为了爱惜自己以创作《浮士德》第二部——或者别的什么,但是(括号!)——

鲍里斯·帕斯捷尔纳克的父母列昂尼德和洛扎利娅，
还有妹妹约瑟菲娜和利季娅，柏林，一九二一年

在七十四岁时却鼓起勇气恋爱了,并且决定要结婚——这简直是不爱惜'心脏'(生理上的!)。在这个意义上你们都是挥霍者……能救治你们这一切(整个自身,这可怕的恐惧感:自身的非人的一面,自身的神性的一面)[……]的是最朴素的东西——爱[……]"

后来鲍·列给玛丽娜的女儿——阿里阿德娜写了一封信,仿佛是对这封信的回复:"……当时我刚开完反法西斯会议……不想见父母,因为觉得自己外貌非常糟糕,羞于见到他们。我当时坚定地相信,还会有更合适的机会。但是之后他们相继去世了,先是母亲,再是父亲,就这样我们没有见成……这种事情在我的一生中发生过好多次,但向你发誓,不是不关心,也不是不爱!"

所以鲍·列对自己妹妹们的态度就显得非常有趣。两个妹妹中年龄较小的那位——利季娅·列昂尼多夫娜——给哥哥、我和伊拉写了许多充满善意的信。我们时常互相寄换孩子的照片——她有两个男孩和两个女孩。我们的朋友,伊拉的未婚夫乔治·尼瓦①是她牛津的

---

① 乔治·尼瓦(1935- ),法国著名斯拉夫学家。在与叶梅利亚诺娃结婚前两天、叶梅利亚诺娃被捕前一周被驱逐出苏联。后成为日内瓦大学教授,详见《波塔波夫胡同传奇》。

家的常客。他说起在利季娅家的房间里，挂着许多张鲍·列和伊拉的照片，说起他们家形成了对帕斯捷尔纳克的“个人崇拜”。

莫斯科艺术剧院在伦敦巡演后，演员祖耶娃（《演员》这首诗就是献给她的[①]）给鲍·列带回来妹妹们写给他的一封长信。

在未来的通信中，利达表达了来莫斯科的愿望。但是，鲍里斯指示自己在米兰的出版人给妹妹（还有另外一个妹妹——约瑟菲娜）汇一大笔钱，在这之后，他依然害怕相见。

当利季娅得知哥哥得重病后，再次写信表示想来莫斯科，鲍里亚才一下子为这件事激动起来，鼓励她回来。

在他病榻旁值班的护士说，他曾念叨着：“利达要来了——她会把一切打理好。”这句话意思很明显——他觉得，利达和我们，他的第二家庭，关系不错，应该不会偏袒第一家庭，能够“平息”我和季娜伊达·尼古拉耶夫娜之间的矛盾。他非常希望这样。

但是当她被签证耽搁的时候，发生了无法补救的事。

---

① 这首诗后来定题为《给阿纳斯塔西娅·普拉东诺夫娜·祖耶娃》（1957）。

利季娅・帕斯捷尔纳克-斯莱特(1902–1989)

利季娅·列昂尼多夫娜抵达莫斯科时鲍里亚已经下葬三天了。

她与我通了电话,我们约好第二天在佩列杰尔金诺的墓园里见面。

我和伊拉一起到那里,在远处就认出了她:她说不清哪里,和鲍里亚非常相像,一位上了年纪的、疲倦的女性。①

---

① 我非常想认识鲍·列的妹妹,因为他在书信中已经为我们彼此介绍了。见面定在1960年6月6日。我们当时已经在"包围圈"里——克格勃的特务毫不掩饰地跟在我们身后,在波塔波夫胡同他们已经"没收"了剧本手稿,我们的电话时不时会被切断,我和当时还是我未婚夫的乔治·尼瓦成为某种不明疾病的牺牲品,——总之,这次"监视中"的见面非常艰难。还记得,神态像极了兄长的利季娅·列昂尼多夫娜见面后马上表示,不理解逝者这句"利达来了会把一切打理好"的意义。她手上没有任何遗嘱。看来,鲍·列又像在费尔特里内利(《日瓦戈医生》在意大利的出版商,详见后文——译者注)那件事上一样,认为自己在书信中表达的意愿已经足够作为继承权的法律支撑。即便如此,我们也没在墓地谈这些物质上的事情。本来决定再见一面。但是,害怕牵连到她——万一拿走她的护照呢?——我和妈妈决定取消下次会面,我们的逮捕证很有可能就在门外。根据季娜伊达·尼古拉耶夫娜的回忆,帕斯捷尔纳克的弟弟和弟媳事先警告过利达不要与伊文斯卡娅见面,"因为她道德败坏。但从墓地回来的利达却说后者没有给她留下这样的印象。她(伊文斯卡娅)一直在哭,不停地说谁也不接受她,没有人把她当人来对待,在大家和她建立正常关系前,别指望从她这边等到任何好事,而鲍里亚的整个事业都在她手中……"是,当时所有人都哭了——这一点我是记得的。但担惊受怕又极其疲倦的妈妈在那儿说的话却未必有意义。——伊琳娜·叶梅利亚诺娃注

## 逮捕日

四十年代末。

法外横行愈发猖狂，同时对帕斯捷尔纳克的迫害也开始了。用阿赫马托娃的话说：

那时，只有死去的人
才微笑，享受着安宁……

一九四九年十月六日。我们在国立文学出版社见面，鲍里亚应该在那一天领钱。在此之前我们还谈到要让我听一下《日瓦戈医生》第一部分的新章节。随后他说："列柳莎，我们晚上见面吧，给你读一下。感谢上帝，佩列杰尔金诺村谁也不在，我可以给你再读一章。”

这段时间我们的关系达到了一个最美妙的状态——柔情，爱意，相互理解。要完成《日瓦戈医生》这部将他彻底迷住的小说之构思，把它当作一生的主要作品，在写往格鲁吉亚的信中，他用一句话如此深刻地表达了这一切想法：“应该写没有过的事物，完成创新，让你身上发生闻所未闻的事，这才是生活，其他的都是谎言。”

我们在秋天街心花园的一条长椅上坐了一会儿，当时那里还没有莱蒙托夫雕像。[①] 我注意到同一条长椅上在我们身旁坐了一个穿皮大衣的男人，总是盯着我们看。还记得我当时说：“知道吗，鲍里亚，伊拉的英语老师谢尔盖·尼古拉耶维奇·尼基福罗夫被逮捕了。”

需要详细讲一下这个人——这个在我的命运中充当了如此晦暗角色的人。

还是在四八年，孩子们从我的姑姑娜杰日达·伊文斯卡娅居住的苏希尼奇小镇作客回来的时候，我让他们住到了马拉霍夫卡的小别墅里。而我和鲍里亚在城里度过了我们的“城中夏日”……有天夜晚，我去给孩子们送

---

① 指的是莫斯科的红门地区。

吃的。路上在一座房子前停下来，为了把包移到另一侧手里。突然看到——路中间蹲坐着一只巨大的粉色猫咪，像一只狗那么大。看到它我吓了一跳（从来没见过这样的猫），开始大声“咪咪咪”地唤它。听到这声音，从小门里走出一位女士，穿着过时的带花边的连衣裙，仿佛穿着一件理发时的罩单，她说：“您喜欢这只猫？它很特别，虽然是暹罗猫，但是一种变异品种——长毛的暹罗猫。您过一阵子有机会领一只这样的小猫。”

为了领小猫，我认识了她和她的丈夫谢尔盖·尼古拉耶维奇。奥莉嘉·尼古拉耶夫娜是一位极其热心肠的女性，在莫斯科市苏维埃剧院做化妆师，据她说，她认识剧院管理住宅分配的人。当听说鲍·列后，她给我一个奇怪的建议：“奥莉嘉·弗谢沃洛多夫娜，如果您愿意，我可以给您和鲍里斯·列昂尼多维奇弄一套单独的住宅？我只是需要钱，但我可以把您加到名单里……”然后我就把这件事跟鲍里亚说了，但他拒绝了：“什么奇怪的名单，不要，把这个念头抛掉吧，提都不要提。”

有天我们突然得知，奥莉嘉·尼古拉耶夫娜被逮捕了。当然，那个时候我们还不知道她是个职业诈骗犯。她之前之后不止一次被抓进监狱。但是鲍里亚说：“你看，列柳莎，我就说这很奇怪——这样一个普普通通的化妆师能搞到房子；你总是相信所有人——这很蠢。”

关于奥莉嘉·尼古拉耶夫娜被捕的消息是由他惊吓过度的丈夫带来的。这是一位上了年纪的男人，鲍·列请他来我们家给伊拉奇卡教授英语课，他总是热情亲切，伊拉奇卡学得也不错。他从来没怀疑过自己家的奥莉嘉会做出这样的事。

但过了一个月，传来了谢尔盖·尼古拉耶维奇被捕的消息。我在红门旁的长椅上给鲍里亚说的就是这件事。

随后我们起身往地铁站走。穿皮大衣的人还跟在我们后面。

虽然我连几分钟都不愿与鲍里亚分开。他也有种感觉，说我们今天不应该分开。但当时我在翻译《朝鲜诗歌》，约好让作者朱成元（音）[Тю Сон Вон, Joo Seong Won, 주성원]晚上把校对稿送过来。所以我不能直接去佩列杰尔金诺，只能晚上晚一点过去。说着这个话题，我们走进地铁，进入车厢：鲍里亚应该在列宁图书馆站换乘，而我要在基洛夫站下车。

我回头看了一眼——穿皮大衣的人还在那儿。

“这样吧，列柳莎，”鲍·列说，“如果你今天不能来，那我明天一早去找你。今天我把这一小段读给阿谢耶夫听。”

当时，一切的感觉都那么好，我往家走——享受着自由，享受着我们精神的这般亲近。

鲍里亚当时把《浮士德》的译文献给了我。而我要回赠他诗歌。他强烈要求我把诗写下来。所以我回到自己在波塔波夫胡同的小房间，坐到打字机旁边，被一种与刚刚的愉快心情不相符的奇怪的紧张感觉所占据。

大约八点时我的生活一下子中断了——房间里闯入一些陌生人，要把我带走，——打字机上还留着没写完的诗句：

……弹起所有痛苦的琴键，
但愿良心别对你责难，
就为我完全不知道角色，
所有朱丽叶和玛格丽特我都扮演……

就为我甚至不记得在你之前
那些人的脸面。我生来整个就属于你。

你两次为我打开牢门
依然没把我带出牢监。

莫斯科一九四九年十月六日

我不敢相信，这样的事会发生在我身上。我开始呼吸沉重。到底为什么，我想。难道是因为认识奥莉嘉·尼古拉耶夫娜？为了借给尼古拉·斯捷潘诺维奇的那笔钱？想法变得越来越怪异——难道是因为鲍里亚？

突然想起不久前的那个奇怪的感觉，今晚应该在一起的……“他们”开始翻找，把东西扔来扔去，而小米佳刚从小学跑回来，照顾阳台上的刺猬，我仍记得他瞪着圆圆的眼睛看着这一幕。他们中的一个，把手放在米佳头顶说“好小子”，我还记得米佳用一种成人式的动作把手从自己的小脑袋上拽下来。伊拉这时候在学校里，而妈妈和继父在家，正巧阿列克谢·克鲁乔内赫[①]也来找我。

继父吓坏了，他曾经历过妈妈被“莫须有”罪名逮捕。他坐在楼梯上哭起来，不停地说：“你一定马上就能回来，你又没抢劫杀人！”

---

① 阿列克谢·叶利谢耶维奇·克鲁乔内赫（1886–1968），俄国未来派诗人，画家，出版家，收藏家。

安娜·阿赫马托娃和鲍里斯·帕斯捷尔纳克,一九四六年

还在他们搜东西的时候，我就发现他们翻开书籍和纸页，找出所有和帕斯捷尔纳克有关的东西。他的所有手稿，所有只言片语——都被放到一边，然后收走了。鲍里亚这段时间送我的所有的书，上面写有热情洋溢的题词，所有的空白页都被写满——都落入别人的魔爪。还有我所有的笔记，我所有的信件——此外什么都不要。

很快我就被带走了，而搜查继续。

知道我被捕的消息后，鲍里亚·列昂尼多维奇打电话给柳霞·波波娃，让她去果戈理林荫道见面。她赶到时鲍里亚正坐在苏维埃宫地铁站附近的长椅上。他边哭边说：

“现在一切都结束了，他们把她抢走了，我再也见不到她了，就像死了一样，甚至更糟糕。”

鲍里亚开始在与不熟的人交谈中叫斯大林刽子手。在各家杂志编辑部不止一次地问：“这些为了一己私利可以在别人尸体上大踏步的马屁精们还要横行到几时？”他频繁地与阿赫马托娃会面，虽然这段时间她的大部分熟人都绕开她十条街远。他拼尽全力写《日瓦戈医生》第二部分。[……]

## “为了不朽的斯大林”

一九四九年十月,这是我第一次跨过某条不幸的边界,某条将人与监狱隔开的卢比孔河。女警们已经把我全身上上下下仔细地搜查了一遍,丝毫不顾及人的体面:我的所有东西都落到她们手里——所有我喜欢的女性的小物件:戒指、手表——他们都拿走了,甚至把我穿的文胸也脱下来,因为可以用文胸上吊,随后她们给我解释。

坐在单人牢房里,我脑子里只想着:我以后见不到鲍里亚了,怎么会这样?上帝啊,我该怎么办,怎么提醒他?当他知道我不在了的那一瞬间,会有多可怕?突然间有个念头刺穿了我:或许,他也被捕了;我们分开的时候,他还没来得及到家,就把他抓走了。

（当阿里阿德娜·埃夫龙从劳改营被押往流放地时，他写信给她："我那亲爱的，让我心头悲伤的人，跌入灾难，好像曾经的你一样。"）

我不记得自己在这间单人牢房里坐了几天，大概有三天三夜。只记得我从衬衫上抽下一根背带，把它绕到脖子上，开始用一种奇怪的动作将其拴在耳朵上。突然间有两个人冲进这个小隔间，把我拽出来，在走廊里拖着走了好远，扔进了一个房间，房间里已经有十四个女人。镶木地板，床钉在地板上，质量不错的床垫。所有女人都在眼睛上蒙着白色的布带，为了阻挡让人炫目的白色强光。"凶神恶煞的灯泡，让眼睛爆炸……"后来另一位犯人曾这样写过①。

很快我就明白了，这是一种巧妙的刑讯方法——用剥夺睡眠来刑讯。（半夜审讯，白天——"不让睡觉"，用强光照着眼睛）……

这种阴险的办法极其痛苦地折磨着被捕者。人们开始觉得时间静止，世界崩塌了；他们已经不再证明自己的清白，开始招认，还会搭上别人一起毁灭。然后在每一句

① 出自索尔仁尼琴的随笔集《牛犊顶橡树》中的《补记之四》。

胡话下签字，说出每一个施虐者们需要的名字，只为了完成某个消灭“人民敌人”的魔鬼计划。

很快我就会明白这些的。而目前，经历过没有空气和光线的单人牢房的恐惧后，我变得呆滞迟钝了，发现桌子上有茶杯，还有象棋。大家和我有说不完的话，尽情询问我在人间的事。我已经说过孩子的情况，也说自己完全不明白自己被逮捕的原因；我坚信着，不是今天，就是明天我就能重获自由——因为“他们”会相信，把我抓起来完全是没用的。我说了各种乐观可笑的事情，就像所有第一次进监狱的人那样。

之后是漫长的无聊的等待的日子。他们不再传唤我，仿佛没人在乎我的存在。日子一天天过去了，半夜我的狱友们被叫去审讯。

狱友中有位上了年纪的女性，薇拉·谢尔盖耶夫娜·梅津采娃——长着蓝眼睛的和蔼女人，脸颊总是红扑扑的。她是克里姆林宫医院的医生；新年聚会时有人说了句祝酒词“为了不朽的斯大林”；而突然另一个人说，这位“不朽者”其实病得很厉害，他由于抽烟斗，可能嘴唇上生了癌，剩下的时日屈指可数；另一位医生说，他治疗的据说是斯大林的替身。当时，每次聚会里都毫不例外会有告密者，所以这些不谨慎的医生都“搬家”去了监狱。仅仅因为出席了这次聚会，等待薇拉·谢尔盖耶夫娜的是不少于十年的劳改营，而她也理解这一点。

从我第一天进入牢房，她就对我非常友好温和，询问我被捕的遭遇，与鲍里亚神秘告别的最后时刻，当时我们多依依不舍，虽然几个小时后就会见面。我和她一起猜测，他怎样收到我被捕的消息，怎样走入没有我的房间，接下来会怎么办。之后，当我开始被频繁拉出牢房审讯，我总是想赶紧回来这里，投入薇拉·谢尔盖耶夫娜的怀抱。

还记得一位年轻姑娘，长得非常漂亮，眉毛有点连在一起，长着一对惊人美丽的灰色眼睛和长长的睫毛。我总是盯着她看，所以她问我：“您觉得我长得像谁？”我回答她：“不知为何您让我想起托洛茨基。”她边笑边回答：“那是因为我是他外孙女，所有人都说，我确实像他。”她是萨申卡·莫格林娜，托洛茨基亲生女儿的女儿，她母亲和儿子去了国外。萨申卡的父亲（《真理报》的编辑）又娶了一位妻子。当莫格林被逮捕枪毙后，萨申卡的继母被叫去审讯，出于惊吓她马上坦白自己抚养了托洛茨基的亲外孙女。当时萨申卡刚刚从地质勘测学院毕业：有人往她的邮箱放了张外国报纸，上面报道自己的哥哥被打死和母亲自尽的消息。这个姑娘当时几乎还是个孩子,她被逮捕的官方原因是因为两年前在笔记本上抄了玛格丽特·阿利格尔①几行公开发表过的诗:

燃起炉火,温暖双手,
又重新活了下去,
我的母亲说:"我们是犹太人,
这你怎么敢忘记?"②

当有人叫萨申卡莎"收拾东西"时,我和她艰难地承受着彼此的分别。(她与在隔壁牢房某处的继母被定为"社会危险分子",一起发配遥远极北地区流放五年。)

很多事我都不记得了,但至今耳朵里还回想着她被从我身边拖走时的哭叫声。她哭了,我的心都要碎了。哪里都不会像牢房里那样能让人亲近起来。在其他地方,不会有人像那些在你的经历中看到自身命运的狱友,这样倾听,这样诉说,也不会有人这样同情你,就像邻居。

---

① 玛格丽特·约瑟福夫娜·阿利格尔(1895–1992),苏联作家。

② 这节诗来自长诗《你的胜利》(《阿利格尔选集》,莫斯科:"苏联作家"出版社,1947)。——原注

# 彼得伦卡的妻子

有天半夜(我被捕一个月后)往我们牢房推进来一位身材有点惹人发笑的妇女——矮墩墩的个头,夸张的大脸上长了对褐色的眯眯眼。她受到过惊吓,脸上有泪痕。她对我们说,自己是皮亚特尼茨基民族合唱团的,——的确她的嗓音柔和动听,甚至在牢房里唱俄罗斯民歌。狱警们在门外也听得入迷:在冲进房里吼"不许唱歌,散步取消"之前会先让她把歌唱完。

这个女人(她叫利季娅·彼得罗夫娜)被关进来是因为自己的丈夫,倒霉的醉鬼会计。是她自己把丈夫推进监狱的。他们去城外她丈夫彼得伦卡的亲戚那儿做客(好像是在扎戈尔斯克)。他和兄弟喝多了,而她和小女儿把他锁在外面。

但这个彼得伦卡也真是个傻瓜,一定要在妻子的床上睡,不肯睡折叠床,所以开始一个劲地敲上锁的门。利季娅·彼得罗夫娜就是不给他开。于是这个倒霉的会计觉得委屈,为了显示自己的男子气概,他开始叫嚷威胁:

“你等着,婆娘!”他边骂娘边说。“最好开门!知道吗我现在什么都能做出来,我不仅能把这扇门拆了,还能把克里姆林宫炸了!”

到了早上利季娅·彼得罗夫娜在早餐桌上跟亲戚说,昨晚彼得伦卡喝多了,威胁说要炸克里姆林宫,希望亲戚能劝劝彼得伦卡不要行为过激:别因为这样的话给自己带来灾祸。而某个人确实采取了措施。结果就是彼得伦卡现在在我们隔壁接受审问:他是被哪个恐怖组织派来的,原计划何时炸克里姆林宫。

这个做妻子的也够傻的,出于同情一边痛哭,一边继续作证说,彼得伦卡那天确实要冲击政府驻地,只不过是在口头上的。按照那时的惯例,彼得伦卡面临八年徒刑,而她因为没有及时告发也应该被判五年。但是因为帮助揭发(尽管不是自愿的)罪犯有功,他们答应会释放她。的确,不管多奇怪,她被放出去了。利季娅·彼得罗夫娜重获自由，走之前用鱼骨针在头巾上记下了我们的地址。

让我先提前说一点后面的内容。在此之前，我发现自己怀孕了。利季娅·彼得罗夫娜获释后，把这一消息告诉了我母亲。我的怀孕给鲍里斯·列昂尼多维奇带来悲惨的境遇。

顺便说一下，当我确定怀孕后，我们牢房窗口开始送来白面包，凉拌菜，不再送粥，而换成了土豆泥。此外，允许我在监狱小卖部买两份食物。对我最重要、最明显的仁慈却是这一点：原本白天是不允许睡觉的，即使受审者整夜都要在审讯室度过，白天还是不许睡觉，只能在自己的牢房里徘徊，想这想那。如果受审者一旦打瞌睡了，狱卒会马上进来把他叫醒。而我被提审后，值班狱卒会进来用手指戳我，语气尊敬地说："您可以睡觉，躺下吧。"躺下的我马上跌入睡眠的深渊，连梦也不做，讲述到一半的又一次审讯经历便戛然而止。亲爱的狱友们为了不吵醒我，尽量把交谈声音放低，而我一觉睡到了中午。

# 部长审讯

当然,不是所有的室友都那么友善。比如,有一位奇怪神秘的利达奇卡(她姓什么我不记得了),在这儿已经关了六年。她是“卧底”,卢比扬卡的合作伙伴,替领导探听七号牢房里的一切谈话。[①]

“奥列奇卡,”她对我说,“您一定会被释放的,因为如果那么长时间都不审问了,意味着没有犯罪行为。”

我被捕后的第十四天。和萨申卡、薇拉·谢尔盖耶

① 当犯人们知道她是卧底后,用一种野兽般的方式把她杀死了:拖到粪坑把头按进去,直到憋死。这就是这个脸色惨白,穿着精心打理的丝绸洋装的姑娘悲惨的一生,她曾幻想着“沙皇的恩赐”。二战时期,她曾当过德伪警察的妻子,六年间她在卢比扬卡供出好多人,只为了从侦查员那儿拿几根烟。——原注

夫娜晚上吃完土豆和鲱鱼，日常聊了一会儿天（亲人们现在大概如何？我们将会怎样？还自由时看的最后一部电影），就躺下准备睡了。

但我还没来得及睡着，突然听到："您的名和父称缩写？穿衣服去审问！"我说了名字父称缩写。"缩写的全拼！"值班狱卒说。每次问名和父称的缩写时，都需要说出"全拼"。

因为迫不及待而颤抖，我赶紧穿上家里送来的蓝底白色波点绉绸连衣裙。鲍·列特别喜欢我这件裙子；看我穿着它，他不止一次说过："列柳莎，你就该这个样子，我梦里你就穿成这样子。"这次我穿上它，是怀着某种特别的好奇和希望的感觉：或许我将要迎来人生中特别的篇章，在这之后，毫无疑问，我会从这里出去，走在莫斯科的街道上，当鲍里亚早上走进波塔波夫胡同的家，看到我时该会多么惊喜。

但暂时我要穿过卢比扬卡这条长长的走廊，走过一个个紧锁的门；有时从这些门里传来断断续续的喊叫声。押解员让我在 271 号门前停下。与其说这是扇房间门，不如说是柜门。当我走进这扇柜门，才发现一切都变了样,仿佛是进了“长鸡脚的小屋”①。当这种转变停止后,我才发现自己来到一个大房间,里面有十多个戴肩章和奖章的人。然后穿过沉默的军人自动让出的小道,我被领进另一扇门。

我来到一个巨大的明亮的舒适的办公室,感觉到处都铺着柔软的灰色麂皮。斜对面摆着一张巨大的桌子,铺着绿色的呢布。面对我在桌子后坐的是一个英俊的胖胖的人。我对他的第一印象,是这个人长得真好看,保养得极好,胖胖的,深棕色的眼睛,长着柔软的分散开的眉毛,身穿长长的高加索款式的军服,小扣子系到喉咙。

他指指离他很远处的一把椅子,示意我坐下。桌上堆着一些书,正是搜查时从我家里拿出来的。其中有一本我特别喜欢——西蒙诺夫从国外带回来的。在扉页上帕斯捷尔纳克用他那狂放不羁的“仙鹤”字体飞满整页:“赠你留念,虽然它因我这难看至极的面孔而处境危险。”书的扉页是一个七岁左右男孩的速写画。男孩晃着光脚丫,在本子上画着什么。他写字的桌子只是用线条草草勾勒了一下。这是鲍里亚,被自己的父亲列昂尼德·

① 俄罗斯民间神话中连接人间和阴间的小屋。

列昂尼德·帕斯捷尔纳克，鲍里亚在写字，一八九八年

奥西波维奇·帕斯捷尔纳克定格在纸上。再往下是画家的自画像,全身灰色、头戴软呢帽的英俊男士。在他充满灵感而且美好、善良、智慧、平静的脸上,能察觉到一点鲍里亚那被移动过的、错位的、富有表现力的面部线条,那属于远古时期非洲的神像的面容。

还有一本红色封面的薄诗集;在一个四月的早晨鲍里亚的幸福被他亲手写在扉页上:“我的生命,我的天使,我深深爱着你。”日期是一九四七年四月四日,当我们的亲密被鲍里亚看作是激动人心的奖赏和功绩。

还有几本鲍·列的诗集和翻译作品,这都是他近几年签赠给我的;其中有些英语书。

而所有这些如今都在这个世界上最可怕的建筑里,这些我珍爱的书籍都被别人,被敌人的手碰过。我整个人缩成一团,预见了自己的命运:“抛弃希望,等待死亡,不要丢掉人的尊严。”①

桌后的人冷酷地问我:

“好吧,您觉得鲍里斯是个反对苏维埃的人吗?”

然后他马上嘲笑起来:

---

① 出自《曼德尔施塔姆夫人回忆录》第一卷《切尔登》一章。

“您生什么气？您不知为什么还为他担心！承认吧，我们一切都搞清楚了。您是担心吧？”

“所有人都会为自己爱的人担心，”我回答，“出门走到街上，会担心砖头掉下来。至于说鲍·列是不是反苏维埃，——你们的调色板上颜色太少了，只有黑色和白色。可悲地缺少了中间色。”

桌后的人挑起眉毛：

“您从哪里弄来这些书，”他用头示意桌上的那堆书，“您大概明白，为什么您现在会在这里吧？”

“不，我不明白，一点也不知道自己做过什么。”

“您为什么打算逃到国外去？我有确切证据。”

我生气地回答他，自己这辈子从来没打算逃到国外去，他有些扫兴，对我的回答置之不理：

“这样，建议您好好想想，帕斯捷尔纳克正放任别人传播的那部小说到底是什么，毕竟我们这儿已经有许多居心叵测不怀好意的人了。您清楚小说里的反苏内容吗？”

我再一次感到愤怒，前言不搭后语地试图讲述小说已完成部分的主要情节，努力将《男孩和女孩们》这一章当作全书的基本内容，这一章前不久鲍·列刚刚在阿尔多夫家朗读过，当时阿赫马托娃和拉涅夫斯卡娅也在场。[①]

桌后的人打断我：

“您还有时间再好好想想，该如何回答这些问题。但我个人建议您要明白，我们已经什么都知道了，您诚实与否决定了您的命运，以及帕斯捷尔纳克的命运。我希望下次再见面时，您不再帮着帕斯捷尔纳克隐瞒他的反苏嘴脸。他自己已经说得足够清楚了。把她带走吧。”他用沙皇般的手势指了下我，对此时走进来的押解员说。挂在卢比扬卡那仿佛没有尽头的走廊尽头墙上的时钟，此时指向夜里三点。

① 详见下文《“男孩和女孩们”》一章。

## 这是您的谦卑的侦查员

在炫目的强光下短短三小时的睡眠根本无法让人休息。日子过得像在迷雾中。我开始明白了什么叫用失眠和光照来刑讯。意识开始混乱,我日渐萎靡。当我刚刚等到解放的一刻,可以闭上强光下那沉重的眼皮,门就被哗啦一下推开了——“您的名和父称缩写的全拼……”

我又被引领,穿过长长的走廊——这次是个朴素一点的办公室,它的主人是位我不认识的穿制服的人。他问了我些问题,而我回答他,我已经被提审过,而且是另外一位侦查员,不是他。

“当然了,”他说,“我是您的谦卑的侦查员——就是我。自我介绍一下：阿纳托利·谢尔盖耶维奇·谢苗诺夫。昨天提审您的是部长阿巴库莫夫本人。[①] 难道您猜不到吗，看，我这间办公室多寒酸啊。昨天和今天的审问完全不一样。那么，您开始说吧。"

"我要说什么？"我问。

"您说一下，您和帕斯捷尔纳克是怎样想叛逃出国，诽谤苏联政权，说你们不喜欢当前的政府，听信国外的谣言，您说说，帕斯捷尔纳克的小说写了什么？当然了，他和您一定分享过。下面他要写什么？你们都见过哪些人？——这一切就是您应该考虑考虑，而我们得和您一起弄清楚的问题。"

"好，我都写下来，一切照做，但我应该回家，"我当时还存着荒谬至极的天真念头，"您知道吗，这简直太野蛮了，家里还有孩子，而我完全不觉得自己有罪。"

接下来我亲身领教到国家安全部那几年的工作原则："只要有个人，就能审出他的案子。"更确切地说，理智上我很久前就知道这个原则了——我们楼里曾住过许多

① 维克托·谢苗诺维奇·阿巴库莫夫（1908–1954），苏联政客，1946年至1951年任国安部部长，1951年因排犹不力被捕，1954年作为"贝利亚匪帮"成员被枪决，未平反。

军人(其中包括加马尔尼克[1]),夜里逮捕无辜的人已成为可怕的常态。但鲍·列却有自己敏锐的发现:"好像存在某种法则,规定在我们身上永远不会发生周围所有别人身上都发生的事。"这次却终于轮到我,所以很难接受这一念头。

谢苗诺夫笑起来:

"再过半年,过八个月我们就能确定,您到底是有罪还是没罪。"

我心冷了:"某条界线已经被跨过了,门已经关上了,我不可能从这里出去了。"

之后是一夜接一夜的审讯。谢苗诺夫对我并不是很粗鲁。他说话带着笑,语调尖酸,不停地重复那些刻板的句子,什么帕斯捷尔纳克已经站在英国和美国那边,但是吃着俄国的猪油。这些套话让我反胃,但不得不忍耐着听。终于,他直白地说,帕斯捷尔纳克本质上早就成为英国特务了。

很可能是在第二次审讯的时候,他给了我几张纸,让

---

① 扬·鲍里索维奇·加马尔尼克(1894–1937),苏联军事将领,国务与党务活动家,一级集团军政委。在因"图哈切夫斯基案"而不可避免要被逮捕前一夜开枪自杀。——原书编者注

我尽可能简要概括《日瓦戈医生》的内容。

我开始写。这是一位知识分子的姓，他是医生，艰难度过两次革命之间的日子。这是一个创作的人，一个诗人。即使日瓦戈本人没能够，那么他的同道们应该能活到我们这个年代。小说里任何诽谤苏联政权的内容都没有。每一位真正的作家，如果他不是局限于自己的小天地，而是想讲述下自己所生活的时代，都会写一写与自己时代相关联的真相与见证。

我字迹潦草写满了好几页，谢苗诺夫漫不经心地拿起一页，面露不满，对我说：

“不是让您写这些，不是！您应该写，确实读过这部小说，里面有诅咒苏联现实的内容。您应该很清楚——我们弄到了几页。别再装傻了。喏，例如，这首《抹大拉》，难道这是我们的诗人该写的吗？这属于什么时代？然后，为什么您从不对帕斯捷尔纳克说，您是苏联女性，不是抹大拉，给自己喜欢的女人题献这样题目的诗并不得体？”

“为什么您就觉得这首诗是献给我的呢？”

“这太清楚不过了，我们都知道这一点，所以您没办法抵赖！您应该说实话，这是惟一能减轻你和帕斯捷尔纳克罪行的办法。”

谢苗诺夫不满意我的小说概括，开始从摊在桌上的纸堆里挑选诗歌、字条、章节片段。

我在卢比扬卡的“工作日”就这样僵持着：原来在地狱里也有工作日啊。几乎每晚都要审讯我。我勉强坚持，由于怀着孕，我被允许睡到午饭前。午饭后是闲暇时间（连这在地狱里也是有的）。有时用针做些什么，针是用鱼骨制成的，上面打个小眼以供穿线，有时熨平连衣裙，准备穿着去审讯：把裙子用水弄湿然后坐在上面。而大部分时间还是聊天和读诗。

有段时间我们总是谈到一位叫多龙的可怕的人。他仿佛觉得自己有义务凭各种琐事给人判处最残酷的惩罚。

有时新犯人的到来会给我们的生活带来不同。突然进来一位女性，哭着画十字；然后进来另一位，一上来就开始咒骂：原来她在第一次审讯时就被打了几巴掌。

在这不计其数的夜里，我和谢苗诺夫也变得彼此多少有点习惯对方，开始谈论诗歌本身和帕斯捷尔纳克的诗歌。我靠记忆给他朗诵《施密特中尉》中的几行诗，他对我说：

“这才是您的帕斯捷尔纳克该写的嘛！您瞧瞧，是您把他毁了！现在读他必须得查字典，什么都看不懂，就比如这首《抹大拉》里的‘甘松膏’：

用小桶中的甘松膏
我清洗你神圣的双足。

这是什么，有趣吗？”

我大胆地回答，自己没有责任为他解释诗歌，但最后还是试图说清楚，甘松膏是一种从植物根茎中提取的芳香物质（后来鲍·列用“圣油”代替了“甘松膏”：用小桶中的圣油／我清洗你神圣的双足）。

他大概把抹大拉和圣母搞混了，问我：

“那您为什么要假装是抹大拉呢？害得两任丈夫送命，他们都是忠诚的党员，而现在一说到这个下流胚您就脸色发白，他吃着俄国人的面包和猪油，却为英国人办事！”

我极其厌恶猪油这个说法①，恼火地解释说，这猪油

① 帕斯捷尔纳克是犹太人，因此很可能不吃猪油，这或许是谢苗诺夫恶毒的种族主义玩笑。

是用《施密特中尉》的版税，还有翻译莎士比亚和歌德的稿费换来的。

还有一次谢苗诺夫开始怀疑起我对鲍·列的爱。

“你们有什么相同之处？”他生气地问，“我难以相信，您一位俄罗斯女性，怎么会真的爱上一个老犹太人；大概您在打什么算盘吧！我见过他，您一定不会爱他的。一定是什么催眠术！一走路骨头响的怪物。很明显您在打什么算盘。”

还有一次：

“让您的帕斯捷尔纳克写点什么合适的作品，祖国会认可他的。”

我记得那些人，他们曾试着写下“合适的作品”，但一个都没有回来：奥西普·曼德尔施塔姆、伊萨克·巴别尔、季齐安·塔比泽、叶吉舍·恰连茨、帕维尔·瓦西里耶夫、鲍里斯·科尔尼洛夫、伊万·卡塔耶夫、贝内迪克特·利夫希茨、布鲁诺·亚先斯基……还有多少人——“活活受折磨的人”，被枪毙，化作“乡间墓地的腐土”？[①]

① 出自帕斯捷尔纳克的诗作《灵魂》(1956)。

警卫不再追赶他们，
劳改营的押送队追不上，
只有马加丹的星座
闪烁，出现在他们的头顶……①

有一次审问时，外面的大铁门发出巨响，谢苗诺夫笑着对我说：

“听见了吗？这是帕斯捷尔纳克要闯进来呢！没关系，很快就会有人给他开门的……”

我到现在也无法想象，谢苗诺夫会当真不明白把我抓来是非常荒谬的。可能他考虑过，由于帕斯捷尔纳克的名气，以及我实在没有什么过错，会使得我很有可能相对快地获释。可能正因如此，他才对我不那么粗鲁，没有像我狱友的侦查员那样。他还同意从各种珍稀的书中发给我一本帕斯捷尔纳克的诗集，允许我带回去读。似乎他还操心过要让这本书一直留在我身边，直到我离开卢比扬卡。

① 尼·扎博洛茨基的诗。——原注

# 会　面

我在卢比扬卡监狱里的日子就这样缓慢、残忍地度过。正如审讯一开始谢苗诺夫向我承诺的，我的审讯还有半年之久。

有天提审时出现了第三个人。他是另一位侦查员，当着他的面谢苗诺夫对我比平时要严苛多了。他对我说：

“您经常要求的会面，今天就给您；准备好与帕斯捷尔纳克见面吧！”

我内心里开始发冷，但与此同时一种异乎寻常的幸福感包裹住我——甚至忘了，我要在这种情境下见到鲍里亚——被逮捕的他（当时我对此深信不疑）受到侮辱，很可能还饱受折磨。但我仍觉得这是巨大的幸福，我要抱着他，为自己找到一点力量，能对他说些柔情的、安抚的话语……

两位侦查员都在一张纸上签了字，开出通行证，交给押解员，我跟着押解员走出房间，幸福扑面而来。我被塞进一辆黑色的“乌鸦车”①，被带往某处（之后有人说是卢比扬卡在莫斯科州的分布，虽然我也不太清楚）。随后就是在无尽的陌生走廊里一直走一直走。有时会遇到台阶——向上的，但更常见的是一直一直向下走。这或许也是折磨人的一种手段，使其失去反抗的意志。

与此同时，我意识到自己要被带入一间地下室。当我已经完全晕头转向后，被突然推进一扇门，身后传来墓地般沉重的铁门关闭的声音。我惊恐地回头看，但后面一个人也没有。当眼睛逐渐适应了昏暗，我看到坑洼不平的石灰地，地上还有积水，铅皮桌子上摆着一具具盖着灰色麻布的尸体。

停尸房特有的甜丝丝的气味。一具具死尸……这意味着其中一具就是我的爱人！

---

① 指苏联产的GAZ-M1型轿车，因国安机构一直用刷成漆黑色的这种型号的车辆进行抓捕，它在民间被称为“乌鸦车”。

我吓得瘫倒在石灰地上，脚踩到水坑里，但我并没有发觉。但奇怪的是，忽然间我完全冷静下来。不知为何，仿佛是上帝在一旁提示，我突然明白这一切都是可怕的把戏，鲍里亚根本不可能在这里。

之后我知晓，几乎就是在这一天鲍里斯·列昂尼多维奇写了《会面》中的几节：

[……]
仿佛是用一块铁
浸入染料，
你被镌刻
在我的心上。

因此这雪中的夜晚
分成两个部分，
我无法在你我之间
划出那条界限。

但我们是谁，又从哪来，
当这些年月过去

只留下流言，

而我们已不在人世？

但是那一天我们还尚在人世：他——在佩列杰尔金诺，我——在卢比扬卡的停尸房。

不知道就这样过了多久，门又突然响起，我又被带走了——接下来是“会面”的另一个阶段。我沿着无穷无尽的走廊向上走，向下走，不停地打着哆嗦；不是因为恐惧，而是因为着凉了。停尸房地面的寒冷和潮湿侵入我的体内，再也难以褪去。

当我被带到一间亮堂堂的房间，谢苗诺夫带着饶有深意的微笑对我说：

“对不起，我们搞错了，把您带去了一个完全不对的地方。这都是押解员的错。现在您准备一下，有人在等您。”

又打开一扇门——门后的人让我大吃一惊，不是鲍里亚，而是谢尔盖·尼古拉耶维奇·尼基福罗夫，伊拉的英语老师，之前我提到过他。

和蔼的老人谢尔盖·尼古拉耶维奇变得认不出了：满脸胡楂，裤子没系拉链，皮鞋上也没有鞋带。

“您认识这个人吗?”谢苗诺夫问(这就是他说的与爱人的会面!)。

“认识,这是尼基福罗夫,谢尔盖·尼古拉耶维奇。”

“您看,您还不知道自己在接待些什么人,”谢苗诺夫带着讥笑说,“他压根儿不是尼基福罗夫,而是叶皮什金,潜逃境外的旧商人叶皮什金!您这个人真是稀里糊涂,上帝知道什么样的人在您的公寓待过。”

(之后我才知道,商人叶皮什金在第一次世界大战时期去了奥地利,革命后回国,娶了妻子,换成妻子的姓氏。)

“说吧,叶皮什金,”侦查员对他说,“你能否确认一下昨天坦白的供词,是否可以证明帕斯捷尔纳克和伊文斯卡娅曾经说过反苏言论?”

“是的,我确认,曾经听到过。”叶皮什金明显是准备好这样说的。

“谢尔盖·尼古拉耶维奇,您不害臊吗?”我生气地说。“您甚至都没见过我和鲍·列一起!”

“不许互相交谈,只能回答问你们的问题。”我被制止了。

审讯以一种极度令人不快的形式进行,虽然同时在本质上又是非常可笑荒谬的。

“您说过，伊文斯卡娅和您说过她和帕斯捷尔纳克的叛逃计划，他们和飞行员私下约好，用飞机把他们带去国外，有没有这回事？”

“是的。”叶皮什金麻木地回答。

我又被这无耻的谎言激怒了，谢苗诺夫用手放在嘴唇上示意我安静，但我依然破口而出：

“您就不害臊吗，谢尔盖·尼古拉耶维奇？”

气得我找不到其他词语。

“但您可不是自己都承认了，奥莉嘉·弗谢沃洛多夫娜。”叶皮什金小声嘀咕着。

明白了，他之所以被说服说出这些明显虚假的证词，是因为他们诉诸一种下流的挑拨离间式的审讯方式——侦查员们使他相信，我已经完全承认了这些没有做过，甚至都没有想过的罪行。

“说说吧，您是如何在伊文斯卡娅的朋友尼古拉·斯捷潘诺维奇·鲁缅采夫那里听反苏广播的。”叶皮什金的侦查员继续问，这是个放肆的恬不知耻的满脸痘子的年轻人。

但是，谢尔盖·尼古拉耶维奇好像明白了，我在审讯中没有捏造过一点对他不利的证词。他开始犹豫起来，说话含糊不清（“很可能也不都是这样”，等等）。

“那怎么回事，您之前在对我们撒谎吗？”他的侦查员向他猛扑过去。

谢尔盖·尼古拉耶维奇哭着躲避侦查员的拳头，他曾经的那种自信的平静如今连一点影子都不剩了。

这里我要补充一下，尼基福罗夫-叶皮什金一共只看到过两三次帕斯捷尔纳克长什么样子，还都是在公开的诗歌晚会上，是我帮他搞到的票。

当叶皮什金和他的侦查员离开后，谢苗诺夫满意地说：

“您瞧，并不是所有侦查员都像您的侦查员一样。我们回家吧。做客开心，但在家更好……”

接着又是走廊，又是“乌鸦车”……当我快抵达“故乡”牢房时，突然感受到一阵剧烈的疼痛：我早产了。经历了与鲍里亚见面的惊喜期待，在停尸房石灰地板上可怕的几分钟（或者几小时？），愚蠢的当面对质——所有这些精神上的刺激不会就这样轻易过去。

醒来时我在监狱医院。我和帕斯捷尔纳克的孩子刚一出世就在那里夭折了。

斯大林死后，劳改营的噩梦已停留在身后，我收到了一封信。信封上有一个回信地址："莫尔多瓦自治共和国，亚瓦斯邮局，385／7农居区信箱，谢·尼·叶皮什金"。

下面是这封信的一部分：

最近我偶然得知您回到了家。我想了很久——要不要给您写信？思考的结果是：一个诚实的人——而我一直都是这样的人，就像您周围的芸芸众生一样，而您已经回到他们身边——的良心提醒我，应该为我曾把您推去的那种处境自辩，请相信我——我是被当时存在的那些情况所迫。我知道，这些情况当时您也了解，并且还在一定程度上体验过。但是他们对我们男人运用这些手法肯定比对女人更慷慨，更残酷。和您那次见面之前，我拒绝了那两份文件，虽然我已在上面签了字。但是，又有多少人能勇敢但正直地走上断头台？很遗憾，我不属于他们；因为我不是一个人。我当时必须考虑并怜惜自己的妻子。

说得再清楚一点，当时那个年代的处境，就好像是一个人把另一个人拉进了同一个深渊。我拒绝和否认我签了字的这两份文件,是因为我就知道它们肯定是假的,是编出来的(并非由我);但就像前面所说,我不得不避免走上断头台的命运,哪怕只是暂时的也好……

一边重读这封信,一边把我被捕头几天的慌乱、在停尸房经历的恐怖与叶皮什金(以及成千上万像他一样的人)的所作所为进行比较,我特别深刻地明白:只有当一个被捕者是为了讨好上级和保全自己的皮囊才作假证,这时你才能指责他,但不能指责那些因惊慌失措和恐惧而说谎的人。叶皮什金并不孤例。有太多的人在入狱的头几天就被变成了告密人、控罪人和宗教裁判所的奴隶。叶皮什金的良心虽然迟到,但终究还是被唤醒了。

所以当斯大林死后叶皮什金回到莫斯科时,我、鲍里亚和孩子们都原谅了他。母亲直到不久前还在帮他(在他还能工作的时候),为他找有意愿上英语课的人。现在他好像已经不在人世。

## 帕斯捷尔纳克和卢比扬卡

悲剧与可笑常常比肩而立。

我已经提过的,“彼得伦卡的妻子”——利季娅·彼得罗夫娜——履行了自己的承诺:她被释放后,告知我母亲我马上要生产的消息。这时我已经遭遇了在停尸房的“会面”,孩子流产了。但是当时在高墙之外谁也不知道,我和帕斯捷尔纳克的孩子必定不可能留在这个世界上。

鲍里亚开始在莫斯科到处跑,跟熟悉的和不熟的人说我马上要在监狱中生孩子,希望获取同情。

与此同时,一个月后我出院了,审讯又开始了,尽管侦查员早已凭空杜撰出了指控内容,但显然还是要把规定的审讯时间给耗掉。

终于,我们开始在审讯时处理由侦查员搜集到的所有的纸页、诗歌和字条。有些是要处理掉的,扔进炉子,而有些要返还给亲属。其中某些带有“私人性质”题签的书审讯员“决议”还给帕斯捷尔纳克。所以他被叫来卢比扬卡。

于是一场闹剧开始了。鲍·列收到通知后给柳霞·波波娃打了通电话。她是这样说的:

“‘您知道吗,我要去个如此可怕的地方,’鲍·列说,‘您明白我要去哪里吗?我故意不想提我要去的那个地方的名字。’

聋子也能明白他要去哪儿!

‘您知道吗,他们说让我立刻过去,要交给我什么。可能,他们要把孩子交给我。我跟季娜说,柳莎不在的时候,我们应该把他喂养大。’

‘那么季娜伊达·尼古拉耶夫娜对此作何反应?’我问。

‘她跟我大吵一架,可怕极了,但是我应该忍下来,我应该以某种方式受难……这个孩子在监狱里会迎来什么样的人生啊,当然应该把我叫过去,把孩子接走。总之,

如果我被扣留了,希望您知道,我去了那里。'

'要不然我也过去,在附近找个地方等您出来?'我提议。

'不用,我不知道让您等哪儿好,我现在就过去。要是我出来了,马上给您打电话。'"

就这样鲍·列来到卢比扬卡,从一见到侦查员谢苗诺夫开始就与他吵起来,向他要"我的孩子"。但是孩子没给他,给他一包写给我的信,和几本有他签名的书,其中包括那本不幸的红色封皮的书,扉页上写着"一九四七年四月四日"。

许多侦查员找借口走进帕斯捷尔纳克与谢苗诺夫争吵的那个房间,就为了看一眼帕斯捷尔纳克真人。

没见到孩子,这让他整个人又着急又困惑,他要来了纸和笔,当场给国家安全部长阿巴库莫夫写了一封信。

之后侦查员让我看了开头的几行,遮住了后面的部分,他对我说:

"您瞧,帕斯捷尔纳克自己都承认了,你们对我们的政权犯了罪。"

其实鲍·列写的是,如果他们觉得我有罪,那么他可以同意这一点,但与此同时这是他的错;如果他还算是有过些什么文学功绩的话，那么他请求当局有鉴于这些功绩而让他去坐牢，把我放了。

我明白，他给部长写的这封相当真诚的信里当然存在着某种鲍·列所特有的装天真，但是他做的一切，对我来说都是那么可爱并且珍贵，足以证明他对我的爱。

他给柳霞·波波娃打了电话：

“没把孩子给我，而是建议拿走我写的信。我说了这是给她写的，应该还给她。但是我还是不得不拿走这整整一包的信件，和许多带我题词的书籍。”

“虽然没把孩子带回家，”柳霞说，“但是带着这些柔情蜜意的信回去，恐怕比带孩子回去也好不到哪去。”

她建议不要把这一整包书信都带回家，而是把书信和题签再读一遍，挑拣一下。

“是啊，您对物品的态度总是很清醒，”鲍·列回答，“和您聊天总是很愉快，但是我不会再允许任何人读我的任何东西。”

不过他还是撕掉了几本书的题词，等我回来后又重新补上。

终于迎来了这一天，一位满脸痤疮的中尉口头向我宣读“三人审判组”的缺席判决：普通管束劳改营流放五年[①],原因是“和间谍嫌疑人员交往密切”。

审讯了我多长时间,浪费了多少纸,全都只是为了一个人——帕斯捷尔纳克。

正如尼古拉一世时期,在第三厅有普希金的专门档案,帕斯捷尔纳克的整个创作生涯也都在卢比扬卡那里留有记录。不仅仅他写下的每个字,就连他当着数不胜数的告密者说出的每句话也都会被传到那里。于是他们就取得了“进展”：帕斯捷尔纳克不仅仅是逆反诗人中的一员,还干脆就是个英国间谍。这里面体现了他们的逻辑：他的父亲在英国生活过,并在那里离世,妹妹们也还留在英国,这就说明是间谍。所以,即使不能把他自己送去劳改营,那也要把我送过去。

几年后鲍里亚在给德国的雷娜特·施魏策尔的信里这么说我：

> 秘密机关认为她是我最亲近的人,所以把她抓起来,在折磨人的审讯中恐吓她,为了让她说出足够

① 苏联的劳改营刑罚执行系统分为普通管束、严格管束、特别管束三种。

用来起诉我的证词。我的生命,以及那几年我没有受到波及这一点都应该归功于她的勇敢和坚韧。

再之后我被送往布蒂尔卡中转监狱——跟卢比扬卡相比,这里简直是天堂。紧接着,把我们——所有从列福尔托沃和卢比扬卡送去布蒂尔卡中转疗养所的有害分子们——像罐头鲱鱼一样塞进普尔曼式火车车厢。火车动了,开向未知之地,车厢里闷热、恶臭。我被分配睡上层行李架,看到天空中悬着一弯令人惊异的明朗而自由的新月。一个君主主义者季娜挨到我身边,悄悄跟我说,那个害了她坐牢的女先知,被关修道院的嬷嬷预言马上就会发生政变,而我们会被释放。我看着月亮,写了首关于离别的诗,内心忧伤。真的很想相信季娜。

之后的徒步行程和一位年老的犯人一起走,他之前是位将军。他安慰我说"一切很快会结束的"。终于,我来到劳改营。

## 波季马上空的鹤

如今，每当录音磁带开始转动——当加利奇[1]触动灵魂的《白云》“飘向美妙的天际，飘向科雷马”，当歌里那个过去的犯人在二十年劳改营生活后回忆起自己曾如何“像马蹄铁般被冻在雪橇印里”，冻在他“用鹤嘴锹翻掘”的坚冰里的时候——我眼前都会浮现出另外一幅画面。回忆向我展示一九五二年在劳改营的一天……

在莫尔多瓦干燥的田野上，悬浮着酷热的天空，就像歌里唱的“植物幼芽上鞭子舞蹈……”。幼芽，是真没有：

---

① 亚历山大·阿尔卡季耶维奇·加利奇(1918–1977)，原姓金斯堡，苏联著名弹唱诗人、作家。他常带着七弦吉他上门弹唱自己的诗歌，他的表演被用录音带录下后在苏联广泛传播。1974 年被流放出境。

这是片灰暗干裂的土地。这片土地应该由"五十八条胚子"[①],也就是政治犯们在看守和狗腿子——被提拔的堕落政治犯——的鞭打呵斥下来开垦。

波季马的云飘得很慢。像泡沫般洁白的、炎热的云,在未开垦的干燥的土地上空。正午。我们从早上七点开始劳动。距离这一天辛劳工作结束还要在灼人的烈日下站八个小时。我在壮女人的组里,她是犯人中的农事专家。这是个干瘪的、瘦小的、尖鼻子的女人。组长很骄傲自己被劳改营的领导信任。对我们,莫斯科的"贵族小姐们",她怀有深深的敌意。分在壮女人的组里无疑是一种惩罚。我是作为一个无法胜任职责而被降级的队长落到她手里的。确实当我刚来时被分配了些管理工作,因为我只被判了五年——这么短的刑期很少见,总是让劳改营的领导们困惑不已。能在壮女人的队里"胜任",而不止是勉强达到规定份额的,当然也只有那些肥胖的"花裙子"们(спидницы)[②]——西乌克兰人、班德拉分子[③]、弗

① 《一九二六年苏俄刑法典》第五十八条为各类政治性罪名。

② 这是"裙子"一词的乌克兰语说法。

③ 1943 年至 1947 年乌克兰民族主义者在西乌克兰组织的军事抵抗组织成员。

拉索夫分子[①](诚然,有个老太被判了二十五年,只因为她给一个不认识的汉子喝了点牛奶,而结果他是班德拉分子),她们从小时候起就一辈子都在田里干活。

壮女人从一早就对我们大喊大叫,抓着我的手,把锄头塞给我。我沮丧地试图开掘土地——但凿不动。关于完成工作量(或者一半工作量),我想都不敢想。

真想快点把这一天赶紧熬过去,我诅咒太阳,这发热的球,在六月的威力里工作一天,久久地不愿意落下……哪怕有点风也好呀!但是如果有风也是热风,无济于事……我只盼着"回家",回营地去!

壮女人被判了十年。她跟集体化有过点啥瓜葛,两个儿子被发往北方的刑事劳改营。她工作努力,名字经常悬挂在劳改营的劳动突击手榜单上。她的职责就是不姑息任何人。必须为自己挣得踏在贵族小姐们身上行走的资格,于是她甚至常常在看守面前展示自己多么会羞辱这些手无缚鸡之力的人。后来她因为肺结核死在了劳改营医院。

还记得自己的绝望:工作量就在我面前——几公顷

① 在卫国战争时期为法西斯德国效力的"俄罗斯解放军"参加者。

被暑气粘得很结实的土地,需要我开垦,要用我这不习惯的双手一点点掘开,虽然当时我连锄头都拿不动。

为了不被热气给彻底熏傻,我们用纱布胡乱缠在铁丝上,做成一种可笑的帽子。壮女人因此瞧不起我们。她从来不遮挡阳光——脸上的皮肤被晒得粗糙起皱,要知道她还不到四十岁。我们分散开站成一排排,在这干燥炎热的土地上。

身上穿的灰裙子估计是用魔鬼的皮缝的,样式像衬衫,在后背和裙摆处用漂白粉蚀出了号码。这种料子不透风,汗成串滚下来,胸部仿佛在灼烧,苍蝇围着我飞,旁边的路上一点阴影都没有。就这样……

路在白色蒸汽中沉没,
睡着的神的尸体由于渴
从十字架垂下脑袋……

我的脑子里一直回响着这些诗句。我一直在回忆、默背着在监狱里写的诗:

有时,苍鹰眼瞳中的虹膜

瞬间浮现浑浊，
波浪变为层层玻璃……
就这样……但奇迹没有发生……

拿不动锄头。四十四码的人造革靴子，穿在我脚上显得特别可笑（我穿三十六码都大），双脚挪动不了。没有上帝。也没有奇迹。

壮女人夺走我的锄头，充满恶意地埋怨。她要写份报告，说我总是偷懒……“小姐，莫斯科女人，游手好闲的人！应该工作，不能白吃粮食！”……炎热，绝望，一切毫无出路。以后还有多少这样的日子？在莫尔多瓦，夏日毫无人性地漫长。哪怕是秋季，下点雨后道路泥泞难行，也要比这好得多。哪怕是穿着湿透的棉背心，也比酷暑天穿着这魔鬼皮做成的衣服要好！这简直是地狱！地狱里很可能也就是这样。

指标完不成，一半指标也完不成，——这意味着，不能收到信件和包裹。这确实是“一倍半的悲哀”——加利奇说的没错。

写的诗必须背下来，无处可写——巡夜的狱卒会无情地毁掉一切。

我试着背诵：

……从你崇高的十字架

我会沿着道路走向阴影……

鲍里亚过得怎么样——不得而知。没有信件。已经是很久前有一次，我偶然地在澡堂更衣室的窗户上发现了一张明信片。[①] 写着我的名字——鹤，这些随行而飞的仙鹤，从高墙外飞来的鲍里亚的仙鹤。

偶然的久远的消息。而且什么也不明白。这一天终于结束了。我们风尘仆仆地走着。落日预示着明天还是酷热的晴天——终于看到了营地的大木门。看守们跑出来检查——我们有没有带什么东西回来？夜里我躺在床上想，该怎样逃离明天的派班。在卢比扬卡流产后，我一直有出血症状。在炎热里根本无法忍受。但他们不会因出血就友好地放过我。于是我决定自负风险留下来。我把惟一的衣裙提前在水盆里浸湿。另一件在修女那里缝补。多么希望有一天我能留在营地，躲在窝棚的阴凉里。

---

① 看来，信件在地方审查官那儿被检查后，负责分送的女囚急忙去洗澡，而把这些明信片忘在澡堂的更衣室了。——原注

我记得,有谁不久前给我寄来了一件天蓝色的睡袍,但是不得不上交。严苛的制度规定所有个人物品都要锁起来,自己没有权利拿走。

我只穿着一件衬衫。所以现在我没有什么可穿的,那就留下吧。但派班还没有结束,我吓得浑身冰凉。当叫到我们小组时,发现没有我,于是便寻将起来,壮女人打了报告,然后他们把我抓去派班,威胁要对我各种惩罚,而我穿着一条匆匆拧干,还湿哒哒的连衣裙去列队。裙子上立刻盖了一层灰色的小灰尘,在烈日下戳着我。从早上就这么热!接下来会怎么样?

离回营地还有十四个小时。我永远也不会忘记这天,自己穿着湿漉漉的连衣裙站着,而看守站在岗哨的楼梯上,一边放行去田里干活的队伍,一边嘲笑地看着我。我不敢不去!害怕收不到家里的消息。我很羡慕那些修女。她们准备好了面对一切。她们像麻袋一样被拉出来,被扔进岗哨旁的烂泥和尘土里。躺在灼热的高温下,她们保持着摔倒时的姿势躺着。士兵们漠然地把她们往岗哨的各个方向扔来扔去——她们中有老妇,也有年少的美貌女性,都一样可怜。修女们不去工作,宁愿待在惩戒营房里,待在满是臭虫、没有空气的禁闭室里。她们不需要信件。她们有信仰，她们是幸福的。她们公开鄙视这些刽子手，默默唱着自己的祈祷歌——无论是在惩戒营房里，还是在田野上（如果被强行拖到那里的话）。营地管教者恨透了她们。但这些被他们折磨的女人的精神是如此坚定，让他们无计可施。比如，修女们连分给她们的那点数量可怜的糖都不去领取。长官们不明白她们靠什么活着。而她们靠的是信仰。我记得，当时有个仪表堂堂的小伙子，曾是守卫里的领导，后来因为与自己的派工员有染而被降职处分。当他出现在惩戒营里时，修女们完全不在意他，还是继续自己的仪式。有一位修女甚至挖苦他说：

“把帽子摘了，摘了！大家在祈祷呢……”

戴库班羊皮帽的年轻人不知所措地环顾四周，摘下帽子，骂骂咧咧。但别有什么非分之想。

我在文教组工作期间留在营里的时候，经常能看到对那些自愿走去营地后面的修女们的羞辱和讥讽……但这是谁的错呢，还不是因为太阳太毒了？！

派班太可怕了，长官们铁青着脸站在台阶上，这些修女像面口袋一样被仰面朝天扔在地上。还有些修女（她们分明是有劳动能力的！）被抬着手脚拖进禁闭室。而我们是弱者，我们需要家乡的消息。

其实没有必要描述这一切。只应该诅咒那些卑鄙小人，正是因为他们的意愿才会发生这种事情。

那我就继续回忆，这让我受到格外羞辱与伤害的一天，把穿着湿透贴身连衣裙的我赶去派班的一天是如何出人意料地结束的。莫尔多瓦深红色的日落，云彩映着不祥的光芒——预示着明天还是同样炎热。我们走到大门口，精疲力竭地等着那些带来幸福的警卫队："工作结束！""列队"……劳累和炎热让守卫们的警犬都吐出了舌头。大门前尘土飞扬，还有一项折磨人的进程——例行检查；大家简直就是扑向了那些搜身的手——只想快点回到营地，洗把脸，扑到铺上，连晚饭都可以不吃……

我冲到床垫上，还穿着肥大的鞋子，绑鞋子用的不是鞋带，而是白色缎带。双腿酸痛，强撑着力气脱掉衣服，马上就能睡着，或许还会梦到一只大鸟——飞往自由。但有人碰了碰我肩膀。是执勤的"干亲家母"……

还要我做什么？

在狱友们恶毒的注视下穿上衣服。我身边全都是那些"花裙子"，她们恨死了这些刑期少得可怜的莫斯科女人。五年！在她们眼里，我这种人只比劳改营的长官们好一点点。确实，我们是可怜人，我们还没有失去对重审的希望，我们期盼运气，而不是上帝。我们为了能通信而出卖自己，在星期天劳作。我们参加那些可鄙的营地演出——国事犯合唱队演唱《祖国进行曲》[①]！我们没有尊严。没有一个"西方人"[②]会在星期天和宗教节日工作——哪怕你拖她，把她像那些修女一样扔地上。没有一个人！但我们却要去！小头目、派工员、班长、值勤的、文教组的人——这些"傻瓜"都是从我们之中招募来的。"花裙子"们完全有理由看不起我们！

而现在半夜我被叫了出去……那还用说——去告密的呗！从"包厢"里走出来，尽量不看邻居们。外面是莫尔多瓦迷人的夜。月亮低垂，浇过水的花散发清香。一排排白色的木板房。可爱的白色小屋隐藏在花丛中——从高处往下看，谁也不会想到里面又闷又臭，时不时传出呻吟声……这是孤独者和被抛弃者的地狱牢房。尼古拉·阿萨诺夫[③]从劳改营回来后写道："和我一样的孤

---

① 苏联爱国主义歌曲，又译作《我们祖国多么辽阔广大》，由瓦西里·别别杰夫-库马奇作词，伊萨克·杜纳耶夫斯基作曲，原为电影《杂技团》片尾曲，因在官方场合被大量传唱，故被民间视为苏联第二国歌。

② 指劳改营中的西乌克兰人。

③ 尼古拉·阿列克谢维奇·阿萨诺夫（1906–1974），苏联作家、诗人。

独者之间的兄弟情谊让我满足。”而这里连兄弟情谊也被毁掉了。这里找不到真正的朋友——他们实在太少，而我们实在太累，无力再在营里寻找彼此。

我在树林中走。从一栋舒适的小楼里窗户里透出绿色灯光——这是毒蛇一般的“干亲家”巢穴。

我走进去。审问完我是谁，来干什么后，“干亲家”，这个长着麻子脸的矮胖墩子突然不高兴地冲我吼：

“这是给您寄来的信和本子。有些诗。不能交到您手里，您就坐在这儿读。然后签个字，说已经读过……”

他掏出一个夹子，我读到：

雪阻塞道路，
堆满了屋檐。
我想出去走走，
你却站在门外……①

鲍里亚的仙鹤在波季马上空飞！他想念我，他爱我，他爱这个穿着号服、四十四码靴子、晒红了鼻子的我……

---

① 与下面的四行引诗均出自帕斯捷尔纳克的诗作《会面》(1949)。

树林与篱笆

向远延伸,至暗处。

雪落的时候

你独自站在角落……

还有许多。还有福音书组诗。可能,这就是为什么不能把信交到我手中,但是不知为何却要证明我读过这封十二页的信,还有这些诗——整整一本绿色的小本子。

"没有把这些东西交给您的指示……""干亲家"嘟囔着,但我依然求他"给我吧,给我吧……"

这说明,有谁在下指示?谁在管理我们的事务?鲍里亚写道——"我们在为你奔走,而且会一直奔走!"

不把信留给我,相当于把信偷走了,这些该诅咒的人!我坐了很久,夜快结束了,头顶着黎明时分那苍白的星空往回走。回去后我没有躺下,而是在旧镜子碎片里努力看自己的脸庞。眼睛确实还是天蓝色,但是脸苍老了许多,鼻子上掉了三层皮。好你个美人。还有一颗牙也碎了一半。鲍里亚还是如往常般温柔:"亲爱的,你的鲍里亚在等待中给你写信……"在这里还要过一年——我已经是个老太婆了。

天啊！马上又要派班了，又是个炎热、残忍的一天，押送队，四十四码的靴子，壮女人……

但现在能够忍耐了。

我猜想，一切不会那么简单。鲍里亚不会让那些折磨我的人安生的，而他们不知道该拿我们怎么办。鲍里亚写道："我求他们，如果我们有罪，那也是我的罪，和你无关。让他们放了你把我抓起来。如果我还算有过些文学功勋的话……"

我还记得，卢比扬卡的院子里每次传来敲门声，谢苗诺夫就会微笑着对我说："听见了吗？这是帕斯捷尔纳克在敲门呢。"

他还让我相信帕斯捷尔纳克会在祖国面前承认自己的罪，因为他在信里写："如果我做错了，请把我抓起来！"这封信里他依然这样写。很明显，那个全能的委员会①给了我们些例外照顾……但是命令不许把信交给我！读——可以！这整整十二页的爱恋、忧伤、期待、承诺，这所有的诗句——都留在"干亲家"那里！这算什么！仙鹤飞过了波季马上空，在这一夜无眠后，我能够找到勇气出

① 指国家安全委员会，即克格勃。

去劳动了。我将会迎来幸福的一天,等到晚上我入眠,愿上帝保佑我能在梦里看到仙鹤!

所有巨鸟飞向自由……

# 信

我从劳改营带回鲍里亚写给我的一张字条和四张明信片。字条是夹在一九五二年十一月四日的信里的：

> 我亲爱的，我的天使！你好！你好！我经常在心里对你说话，你能听到吗？想到你都经历过什么，还要面对什么，就觉得很可怕，但关于这个什么都不要说了！不要灰心，勇敢一点，我们过去和现在都在为你奔走，不要丧失希望！你在自己的明信片里用几行字把所有话都概括了，真的很奇妙，我不会这样写明信片。我会向你妈妈打听你的情况。我不会写信给你，这样更好些。再说又何必？你全都明白的。

但鲍·列写过信,而且写了好几次。只是他的信没能送到:“不允许和非近亲通信。”之后他就开始用妈妈的名字写信。这些明信片让我发笑,让我入迷——甚至很难想象妈妈那样性格的人会写出这样复杂且充满诗意的信。

几张明信片上都写着我当时的地址:莫尔多瓦自治共和国,波季马站,亚瓦斯村,385/13 信箱,奥·弗·伊文斯卡娅收——还有寄信人地址:莫斯科,波塔波夫胡同,9/11 号,18 室,玛丽亚·尼古拉耶夫娜·科斯特科寄。

一九五一年五月三十一日。

亲爱的奥柳莎,我的喜悦!

你对我们不满,这是完全正确的。我们给你的信本应该直接从心底流淌出滔滔的柔情与忧伤。但不能总是纵容自己做出这种最最自然的行为。这其中混合着谨慎与关怀。最近鲍梦到你了,穿着白色的长裙子。他总是落到某个地方,陷入各种各样的境地,而这时你总会从右边出现,轻盈且满怀希望。他觉得,这预示着痊愈,——他最近总被颈椎痛折磨。有一天他给你寄了一封长信，还有许多诗，我给你寄了几本书。看来全都没寄到。上帝与你同在，我亲爱的。这一切都像梦。无尽地吻你。

你的妈妈

我亲爱的！

昨天，六号，我给你写了一张明信片，但外出时从口袋里掉出来了。我内心盘算着：如果它没丢，如果奇迹把它带到你身边，那么你很快就能回来了，一切都会好起来。在这张明信片上我写道，无论如何也不能理解鲍·列，并且反对你们的友谊。他说，假如他敢这么确信，那么他愿意说，你是他渴望的关于他的存在的最高表现。他的整个命运，整个未来是某种不存在的东西。他生活在这个幻想中的世界，说这一切都是你，与此同时他指的并不是家庭或其他任何方面的毁坏。所以他说的这些该作何理解呢？

深深地拥抱你，我的纯洁和骄傲，我的渴求。

你的妈妈

(邮戳日期——一九五一年八月七日)

一九五三年四月十日。

奥柳莎,我的女儿,我亲爱的!

命令颁布后,这段可怕的漫长的时间马上就要结束了!我们能够活到这一时刻,简直太幸运了!你又将回到这里,与孩子们和我在一起了,宽阔的人生道路再次在你面前展开。这就是我想说的,也是最让我开心的。剩下的都无关紧要。你可怜的鲍·列之前病得很重——我已经在信里写过了。秋天,十月他心梗了一次,在医院里躺了三个多月,然后又去疗养所待了两个月。现在他比之前更坚定,脑子里只有一个念头:写完自己的小说,以免发生不测时还剩下什么没有做完的事情。最近我们在清水池塘见了他一次。这是他隔了好久后第一次见伊拉奇卡。她长高了,也变漂亮了。

一九五三年四月十二日。

我的天使奥柳莎,我的小傻瓜!

前天给你的明信片没写完,现在继续写。我和伊拉在林荫路见了鲍·列，我们读了你的那封封起来的信，估算了什么时候可以在这里等你，还一起翻捡了记忆。你一如既往写得这般曼妙，而且你写了一封如此伤感的信！但当你写这封信的时候，大赦令尚未下达[①]，也不知道我们所有人将迎来多大的欢喜。现在惟一担心的，是这份期待的幸福不要因迫不及待而疲惫，不要被这行将到来的解脱的邻近与庞大规模所传染。所以，用忍耐充沛自己，也不要失去冷静。我们终于快要到目标了。未来的一切都会变好。我觉得自己身体还不错，很满意与鲍·列的见面。他发现，伊拉的外眼角往上翘了，变得匀称

① 指的是1953年3月底的大赦令，根据此令，所有刑期少于五年的在押犯，无论罪名，皆予以释放。伊文斯卡娅的情况符合此令之规定，1953年5月5日（释放证明签署日期为5月3日）她回到了波塔波夫胡同（在各种传记资料中她的释放时间被误写作9月）。她们是何时，又是如何与帕斯捷尔纳克再次见面的，我已经不记得了。在季娜伊达·尼古拉耶夫娜的回忆录中有间接提及："我正准备去乡下别墅，阿谢耶夫打电话给我，和我说发生了一件令人愤慨的事——伊文斯卡娅被从营里放出来了。鲍里亚又开始与她见面，而她则拖着他去进行一次次漫长的散步，在他心梗后这是极其危险的。"1953年夏天是帕斯捷尔纳克非同寻常的创作高潮期——在这段时期他写下了《日瓦戈医生》配诗中的十一首，其中就有《八月》《别离》《婚礼》《啤酒花》这样的杰作……而妈妈"拖"着他去的"漫长的散步"或许体现在诗作《旷宇之下》中，当时他们无处安身，而只能"相伴着满天星"……——叶梅利亚诺娃注

了。她的确越来越漂亮了。请原谅我,给你写了那么多愚蠢的话。

你的妈妈

就连对鲍·列而言,我的劳改营岁月也很艰苦。他把操心我家庭的全部重担揽到了自己身上,虽然他自己的能力也非常有限。假如没有他,我的孩子根本活不下来。

我被捕后不久鲍·列就心梗过一次。他那时刚满六十岁,但要知道无论是身体上还是精神上,他曾经都异常康健。

之后,回忆起我们的分离,他写道:

在痛苦的年月,
无法想象的日子里,
她被命运的波浪
从海底推到他面前。

而如今她的离开,
或许,是被迫的!

分离将把二人吞噬，
忧愁啃食骨头。

被织物中没抽出的针
刺破了手指，
突然他看到全部的她，
然后默声哭泣。①

妈妈保存了一封鲍·列写来的信，这是他心梗刚刚康复时写的。

挂号信
莫斯科
波塔波夫胡同（临近清水池塘），9／11号，18室
玛丽亚·尼古拉耶夫娜·科斯特科收
寄自帕斯捷尔纳克，莫斯科17邮局，拉夫鲁申胡同，17／19号，72室
一九五三年一月二日

① 出自帕斯捷尔纳克的诗作《别离》（1953）。

亲爱的玛丽亚·尼古拉耶夫娜!

我斗胆请求玛丽娜·卡济米罗夫娜[①]拆开您的信,通过电话读给我听。我通过这封信多么真切地了解您并且感受到您!您把自己热烈的灵魂写进这封信里,充满了您的心与生命!深深、深深、深深地亲吻您。我应该保持矜持些,所以没立即打电话给您,所以现在我也在尽力矜持,为了不再激动。谢谢,谢谢!伊拉奇卡,我亲爱的小姑娘,谢谢你,还有你,小米佳,谢谢你们的关心和眼泪。我的痊愈部分归功于你们,亲爱的孩子们,还有你的希冀与祈祷,伊鲁霞[②]。

现在说正事,亲爱的玛丽亚·尼古拉耶夫娜。我委托您从新巴斯曼街19号(或者18号)的国立文学出版社拿钱。我不知道会有多少钱:如果多的话,那就算作供你们接下来几个月的,如果少,就只是一月的。金额多少我们都是在领钱时才能得知。关于这笔钱以及我对您的委托,我已经给国立文学出版

---

① 玛丽娜·卡济米罗夫娜·巴拉诺维奇(1901–1975),翻译家,深受帕斯捷尔纳克信任的打字员和助理,曾帮助索尔仁尼琴藏匿手稿。

② 伊琳娜的指小表爱称呼。

社两个部门的人打过电话说过了：在俄罗斯文学编辑室您找尼古拉·瓦西里耶维奇·克留奇科夫，电话是1－96－29，在会计处，您找瓦连金娜·瓦西里耶夫娜·马斯连尼科娃，电话是E 1－89－45。您给前者多打几次电话，让他安排并催促一下付款事宜，再问一下后者能拿到多少钱，何时去取。您要提前跟这两位说一下，处理'这笔钱'不要'往我家里打电话'，就说我有位朋友(男性)，遭遇了不幸，四年时间不在，孩子们要上学，没人扶养。您是孩子们的奶奶，这笔钱我早就说好要给他们的。

除此之外我还请玛丽亚·赫里桑福夫娜转告您，"苏联作家"出版社(戈涅兹德尼科夫胡同10号)出版了朱成元的诗，广告上说这是"作者许可"译本。这很有可能是奥莉嘉·弗谢沃洛多夫娜的翻译，必须得搞清楚，如果是的话您能收到点翻译费给孩子们用，可能是非正式的。

到家后我也会设法查明，但我不会很快回家。

我写完了。请原谅我写了这样一封简短、贫乏的信，因为暂时不允许我写东西，这样对身体不好。

两个月的卧床治疗让我的脖子和头更不舒服

了,而原本秋天在菜园劳作后就感受不到疼痛了。

但感谢上帝!我在最危险的时刻,在送来医院的夜晚,都依然为这一生我所经历的一切而感谢上天,不再奢求别的什么了。当时我很平静,因为感动而哭泣,如果这就是结束,那这结束是多么仁慈,多么轻柔。我相信,我当时诉诸的那种维护您和我其他朋友,护佑我家庭的力量,即使在我身后仍会继续发挥效用。那些我贡献的力量,会照顾您和我的其他朋友们,会保护着我的家庭,即使我去世后也会发挥着作用。再一次深深亲吻您、伊拉、米佳。向玛丽亚·赫里桑福夫娜和柳德米拉·尼古拉耶夫娜致以诚挚问候。

季娜伊达·尼古拉耶夫娜救了我的命。我的生命应归功于她。所有我经历的和看过的,这一切都是那么美好和朴素。生和死是多么伟大,而人若不明白这一点,那他会是多么微不足道!

显然,与已故的德米特里·伊万诺维奇[①]的对照总是出现在我面前。而且也没让我感到害怕。

**您的鲍里斯·帕斯捷尔纳克**

---

① 我的继父德米特里·伊万诺维奇·科斯特科于1952年去世。——原注

## “我的灵魂，忧伤……”

［……］一九五一年，当鲍·列得知科斯佳·博加特廖夫[①]被捕后，马上给他的父母施以援手，给予物质帮助。科斯佳的父亲，鲍里亚的老熟人彼得·叶戈罗维奇是著名的民俗学教授，所以在金钱上不需要帮助，他的儿子因为“针对全体进步人类之领袖的恐怖活动”被捕，原本判了枪决，后被改为二十年劳改营徒刑。

鲍里亚给身在劳改营的科斯佳寄了一本厚厚的莎士比亚作品选：

---

① 康斯坦丁·彼得罗维奇·博加特廖夫(1925–1976)，德语文学研究者、译者，其翻译的里尔克诗集在苏联尤为著名。1976年被疑为克格勃特务的无名人士在家门口杀害。

致亲爱的科斯佳，带着最美好的祝愿和热烈的吻。

鲍里斯·帕斯捷尔纳克

这是些微不足道的东西，过一个月给你寄《浮士德》。打起精神来，科斯佳，您是好样的，我永远都这么想。

“微不足道的东西”指的是鲍里亚翻译的莎士比亚剧作，《罗密欧与朱丽叶》《亨利四世》《哈姆雷特》《奥赛罗》《李尔王》《麦克白》《安东尼与克莉奥帕特拉》，这些收到一本集子里。

等《浮士德》出版了，鲍·列立马寄了本样书给博加特廖夫：

亲爱的科斯佳！

不需要等很久了！打起精神，坚强点。谢谢您还记得我。您的爸爸会在信里写到我的。衷心希望您能有足够的健康和气力，不不，还要更多，有过剩的健康和气力。另外，就是要忍耐，忍耐。

永远是您的，

鲍里斯·帕斯捷尔纳克

一九五四年一月二十四日　莫斯科

这本样书被保留下来了。在书的蓝色扉页，鲍里亚的签名下面，写着：

允许个人使用。第十四劳改营管理所长官法捷耶夫少校。一九五四年八月十二日

关于这些日子，关于这些忧伤，他写下了：

我的灵魂，忧伤
为着我周围所有人！
你成为一座坟墓
埋葬活活受折磨的人。①

[……]但是在所有集中营的囚徒和无数流放地的居

① 出自帕斯捷尔纳克的诗作《灵魂》(1956)。

民中，鲍里斯·列昂尼多维奇最为关心和担忧的还是阿里阿德娜·埃夫龙。

阿利娅·埃夫龙——阿里阿德娜·谢尔盖耶夫娜，玛丽娜·茨维塔耶娃的女儿——在她从图鲁汉斯克回来之前很久我就熟悉她了，她在那里流放了很多年。可以说我对她是一种“背地里的”熟悉——通过鲍·列的启示和讲述。

他给她往那儿写信，说自己发生了不幸——一九四九年那个可怕的秋夜，他们把我从他身边夺走了。

我和阿利娅见面之前很久鲍里亚就跟我说：

“你们会亲如姐妹。我一辈子都应该关心她。我跟她说了我们之间神圣的关系，我的第二次生命，知道吗——她为我高兴，——她在信里写的话多让人难忘啊！”

我读了阿利娅给他写的那些奇妙的信，她把鲍里亚当作最亲近的人。我能够想象，她是在怎样的一个漫天冷星的夜晚去遥远的邮局，穿着毡靴，取回这些珍贵的、温柔的话语。在这图鲁汉斯克的无尽旷野中雪花如何肆虐，通过这些鼓舞人的话语，她如何与触不可及的遥远世界保持令人愉悦的联系。没见过阿利娅的时候，我就开始给她写信,并收到了她的回信。每个月鲍·列都会给她寄钱、书籍,并且收到她的回信。

阿利娅的信中不仅仅是温柔,还非常具体,鼓舞着自己的朋友,用一种有特色的,竖直的,清晰可辨的字迹,这完全像她的精神内核——直率、坚定,清楚地了解自己。

"她长什么样子,阿利娅?描述一下!"有次我问。他有些迟疑:

"她很特别,怎么说呢——她长得不好看,希望你不要因此而嫌弃。脑袋小得有点不成比例,不像玛丽娜,——但是她有如此的灵魂,还这么聪明!"

当然,后来我发现,这纯粹是胡扯——除了对阿利娅灵魂和性格的判断,他甚至有点害怕阿利娅的性格。她有点太果断直接了(就像她的母亲——玛丽娜),甚至指责他在日常生活中的言行不一,当然了,这位在日常生活矛盾中的软弱妥协分子肯定不喜欢这一点。

当我见到阿利娅时,被她那蓝得纯粹的美丽大眼睛震慑住了——或许就因为有这样一双眼睛,脸确实应该更大一点。我不知道,我觉得总的来说鲍里亚对美有着错误的观念。比如,他觉得贝尔戈利茨是大美女——苍白的、圆圆的、带刘海的脸。而他觉得阿利娅不是美女。

阿里阿德娜·埃夫龙,四十年代末

当我有点生气地告诉他，我觉得她异常美丽，就连外貌也是，他惊喜地回答：

“真好，你们互相喜欢！这太好了！”

阿利娅自从进到我们家，就很亲切，好像见面前就已不露踪迹地和我们生活在一起一样。一下子就融入我们中间。当然，长时间的艰苦生活条件反映在她的脸上：仔细看，就会发现那双美妙的蓝眼睛下面的眼袋。她早早地就不把自己当女人了，把自己封闭在玛丽娜身后的种种事务中，封闭在我们错综复杂的家庭事务中，为此她还时常嫌弃我不够强大——希望我能更直率，行为举止更坚定些；觉得我可能过于柔弱了，有点太“女人”。

相比于我，她更喜欢我的伊琳娜。没有孩子的她或许在伊拉身上看到了自己未实现的愿望。所以她慢慢变得比我跟伊拉更亲近了。她和伊拉融成了一体（也包括我在内）。她也经常说伊拉放弃了某种巨大的快乐——因为伊拉不喜欢动物。她能比我更敏感、细腻地理解伊拉那种少女时期的情绪化。不过为了公平起见必须说一句，我那个时候比她俩都更幸福，所以也更无情，因为我自己正在忘我地爱着，而且她和伊拉都能感受到，鲍里亚是多么爱我。

当我们所有的朋友都认为,我在我们最晦暗的时期犯下一些明显的错误时,阿利娅说:“放过她吧,关于鲍里亚,奥莉亚有第六感。她更能读懂鲍里亚。”

阿利娅总是在织一条永远织不完的围巾——为了安抚神经——并勇敢地分担落到我们头上的一切。当鲍·列去世后我被捕时,她常指责我耳朵软,轻信别人,在审讯时表现得很愚蠢。她一辈子都在关心伊拉,像母亲那样同情她,时常与她谈心,甚至我与她一度在生活中分开时也同样如此。她总是问伊拉:“妈妈怎么样?她没来信吗?那就意味着一切如常。”

还记得鲍里亚死后,充满绝望和不祥预感的我落入了暗无天日的境地,这种状态把我带到塔鲁萨,来到阿利娅身边。我向她倾吐,她带我会见朋友,见那些尊敬、爱戴地回忆她父亲谢尔盖·埃夫龙的人。她和我谈人生中具体的关切,她清醒的话语让我重新去面对自己的责任。

“你要沉浸到某件日常琐事中去!这是有益的。你应该如此!”

然而,当听说我不得不把伊拉也直接拖累进监狱,在审讯判时承认一切,丝毫不反驳时,她担忧地对伊拉说:“妈妈疯了,整个人垮掉了。”阿利娅的个性就是不会为别人辩解，也不会宽恕别人，她做不到。

是啊，她不能理解我的绝望灰心，那种对一切的麻木：鲍里亚死了——对我而言最重要的已经结束了，我生命的核掉落了，孤独感让我发疯。鲍里亚不只是死了，他把我从我的人生中抽走了。阿利娅不能明白这一点：死去了的亲人们对她而言都没有死，面对亲友的责任片刻都没有消失。

## “个人崇拜失掉光环……”

《个人崇拜失掉光环……》这首诗写在法捷耶夫自杀之后，表现了鲍·列对赫鲁晓夫和他周围人的态度。

鲍里斯·列昂尼多维奇对那些不像他自己一样如此一贯地保持着真诚与坚韧的人都怀着巨大的同情、忍耐，乃至痛心。其中就包括对亚历山大·法捷耶夫。法捷耶夫为服务斯大林体制毫无保留地奉献出自己毫无疑问的才干，对此鲍·列态度复杂。

法捷耶夫曾一度花费巨大的时间精力妨碍帕斯捷尔纳克创作长诗《火光》。诗中对斯大林时期的伪艺术表现出明显反对：

……要做寻找幸福的人，
作家不想写壮士歌。
他的人物患有癫痫，
燃烧，痛苦地明亮着。

我想，我们不要美化
那些无恶意的思想，
如果您允许，我们也可以
写得像海明威和普鲁斯特一样……①

战争时期，在奇斯托波尔，鲍·列说过："法捷耶夫私下里对我很好，但是如果上面命令他把我大卸八块，他会恪守职责地完成，然后提起精神向上汇报，虽然当之后再次喝得酩酊大醉时，他又会说为我感到惋惜，我是个非常好的人。有一种说法，说某人'有双重心灵'。这种人在我们这儿很多。但法捷耶夫不是这样的，他的心分散成

① 在《一卷集的原始材料》中保存了《火光》和帕斯捷尔纳克的标注："火光。全文：计划要写，已经动笔，且放弃继续写下去的一首长诗的已发表过的序曲和未发表的第一章。长诗是为《真理报》而写的，恰恰因为没有被它刊登，我杜绝了继续写这部长诗的念头。"——原注

许多无法探知的区间，就像潜水艇。只有酒精把一切搅乱后，所有的碎片才能一一浮起。”

他还说过：“法捷耶夫在佩列杰尔金诺喝醉酒后会到我家来，然后开始直言不讳。我又尴尬，又觉得被冒犯了，因为他只有和我才这样。”

我们都知道，法捷耶夫非常喜欢鲍·列的诗，经常一口气读很多。

爱伦堡回忆起一次这样的经历：“记得有次我和法捷耶夫在他的某次报告后遇到了，在那次报告上他批判了帕斯捷尔纳克等一干作家‘脱离生活’。会后在高尔基大街我家附近偶然碰见了他。亚历山大·亚历山德罗维奇让我和他一起去街角的咖啡馆，点了杯白兰地，立刻就说：‘伊利亚·格里戈里耶维奇，您想不想听听真正的诗歌？’然后他就开始背诵帕斯捷尔纳克的诗，一点停顿都没有，打断朗诵只是为了问我一句：好不好？”（出自《人、岁月、生活》）

而当斯大林死后，进入了爱伦堡所说的“解冻”时期，发生了意想不到的事。

有天，在我们租住的库兹米奇的小房子里，库兹米奇八岁的外孙女薇拉奇卡跑进来，气喘吁吁地说，费定[1]自杀了。鲍里斯·列昂尼多维奇大吃一惊：谁也不相信仪表堂堂、伪善的科斯佳·费定会走这一步。

但很快搞清楚了，自杀的不是费定，而是法捷耶夫。

“这还能说得通，”鲍·列说，“这样他自愿或非自愿犯下的许多罪行就一笔勾销了。”

下面说说《个人崇拜失掉光环……》这首诗的另一个原型。鲍·列始终将对斯大林的揭露，以及为无辜受难者进行大规模平反视为赫鲁晓夫的功勋，无论他究竟是出于什么动机策划了二十大报告。但他的夸夸其谈和粗鲁举止总是让鲍里亚厌烦。

鲍·列怀着苦涩观察了赫鲁晓夫的“解冻”，并不信任它，因为正是在我们的眼皮底下，它一会儿变成可怕的“倒春寒”，一会儿变成春天的泥泞路，粘在鞋底就甩不开：

---

① 康斯坦丁·亚历山德罗维奇·费定（1892–1977），苏联著名作家，帕斯捷尔纳克在佩列杰尔金诺的老邻居、老朋友，代表作为《城与年》《弟兄们》。时任苏联作协莫斯科分会理事会主席（1955–1959），之后先后任职苏联作协第一书记（1959–1971）与理事会主席（1971–1977）。在作协任要职后，逐渐从作家蜕变为官僚。

道路变得泥泞。
我勉强从旁边经过。
冰混着黏土，如同和面，
在稀粥里艰难行走。

“一个疯子和杀人犯统治了我们这么久，”鲍·列说，“现在换上了一个傻瓜和蠢猪；疯子有某种激情，他能用直觉感受到些什么，尽管他的蒙昧无药可救。现在各路庸人的王国又抓住了我们……”

有时鲍里亚甚至会边笑边说赫鲁晓夫连假领子“都穿不对地方”。

一边是上面这些思考，另一边则是法捷耶夫死于酗酒的官方说辞——于是一首即兴作品从灵魂中挣脱而出，尽管写下了各种“变体”，但其实它一直没有成为一首完成的诗作：

个人崇拜失掉光环，
但换上台的——是空话崇拜，

崇拜市侩和无个性
或许已增长了一百倍。

（这是本诗第一节的一个变体。）

个人崇拜已满身污点，
但在第四十个年头，
崇拜恶和崇拜单一
一如从前那样普遍。

它每天都有愚笨的产出，
实在让人难以忍受，
一组组照片里
全都是猪样的嘴脸。

显然，对市侩风气的崇拜
也依然受到尊崇，
所以要在醉酒之后饮弹，
因为无法忍受这一切。

他给我读了这首诗，随后想了一会儿，说："不，不能写这样的诗。不能放任自己。诗人不应该堕落为时事评论员。诗歌应该关切一切，它只能是忏悔，只有这样才能经得起时间的考验。"

或许正因如此，鲍·列在最后的岁月里才那么珍视丘特切夫和费特，看重他们的诗远远超过涅克拉索夫和马雅可夫斯基。

在因诺贝尔文学奖受迫害的那个秋天里，鲍·列多次回过头去对比斯大林和赫鲁晓夫两个人。有时迫害有愈演愈烈的趋势，按照逻辑，防止悲剧发生只能靠赫鲁晓夫的干预。但这没有发生。那时在悄悄插手干预的都是些二级官员们。

于是鲍·列回忆起斯大林给他打电话，和他谈曼德尔施塔姆的事情，他回忆说，诗人是斯大林的敌人、人民公敌、囚徒、死士、自杀者——尽管如此，他依然是诗人；专制政权明白，诗歌就是权力。

> 奈何伟大苏维埃的岁月里，
> 最高激情被赋予位置，
> 只留下诗人的空缺：

它危险，如果不是空的。①

［……］在最后几年，当鲍里斯越来越需要最朴实的人间的善意，他在电视上看到播出《水兵齐日克》，甚至会被其中斯坦纽科维奇那些滥情的句子感动得落泪，另外，我特别喜欢的涅克拉索夫的作品《一刻骑士》中的两节也是如此：

今夜我真想大哭一场
在遥远的墓地，
那里躺着我可怜的母亲……

［……］

是！我看到了你，上帝的住所！
看到屋檐上的题词
和持剑的使徒保罗，
他身穿浅色的法衣……

---

① 出自帕斯捷尔纳克的诗作《致鲍里斯·皮利尼亚克》(1931)。

“他们写得还是好啊!”“他们”指的是那些经典作家。而当他在《文学报》上读到,或更确切地说,看到某些诗时,他会说:“瞧瞧,他们押韵学得多好啊!但总的来说全是些空话,最好在报表里说这些东西,关诗歌什么事?”这里的“他们”指的是当代人。

很可能他常常有失偏颇。当读完他自己给我带来的特瓦尔多夫斯基的长诗《山外青山天外天》的几节后,他说:“一切都平顺,合情合理,写得比我们好,但就是太长了,而且搞不懂,干嘛硬要押韵。”我小心翼翼地反驳说特瓦尔多夫斯基是真正的诗人,有自己独特的世界观,也有自己独特的题材和风格。鲍·列将信将疑地听了我说的话,又读了一遍长诗,然后表示同意。

但最主要的是,他现在无法欣赏外在美。比如,在扎博洛茨基的新诗(在我看来,是非常好的诗)中,他不喜欢“在白桦丛中尽力歌唱”的椋鸟。莫非是因为他听到了自己的形象手法在他人阐释中的隐约回响,而这种阐释对他来说突然就显得过于夸张,乃至甜腻。

早在一九五二年五月十日鲍里斯·列昂尼多维奇就写过这样的题词:

致安娜·安德烈耶夫娜·阿赫马托娃，细腻的开端与终结，你是永远让我感到开心和鼓舞的人，你是让我感受亲近与认同的人，永远比我高妙的人。

帕斯捷尔纳克

但安娜·安德烈耶夫娜晚期的诗歌他不喜欢，更确切地说，主要是因为太难读了。很明显，她在情节构建方面的矫饰刺激到了他。收到她寄来的《没有主人公的长诗》的带题签的打字本后，他对我说出了他的疑问，但其中已经包含了答案：

"读吧。我已经看过了。全都写得很好，总的来说就是'滴滴滴'[①]，就是不知道写的是什么。"

这个评价却并没有妨碍他向阿赫马托娃表达自己对这首长诗的赞美。或许，是因为阿赫马托娃正处于被迫害时期，鲍里斯对她格外温柔。不过，不得不承认他的习性中有种迷人的伪善。因此尼基塔·司徒卢威在自己的随笔《和安娜·阿赫马托娃的八小时》中的记载并不偶然——阿赫马托娃在自己最后一次造访巴黎时说："帕斯

① 暗指旋律、节奏悦耳，但内容或许不够深刻的作品。

捷尔纳克是个神一般的伪善家。”鲍·列有时在我面前赞叹某位作者，而这之前他已经表达过完全相反的态度；一般这个时候他会像个密谋者一样向我狡猾地眨眼睛。

我有时会给鲍里斯朗读那些送来让他提意见的诗，有些是手稿，有些是诗集。鲍里斯听的时候总是不满意：“你不要给我唱读。”不知道为什么，他总是喜欢我的声音，但是不相信的不仅仅是我的声音。我记得他喜欢安德烈·沃兹涅先斯基的诗，那时他还不是知名诗人，而只是我们喜欢的小安德留沙，我们家庭聚会的常客，家里人，自己人。

一九五七年夏天，在我们家的小露台上，安德留沙带着他特有的元音辅音谐韵，炫耀着他天才的语言杂耍，为我们朗读自己新写的诗《第比利斯》。鲍·列对我说，虽然不知道“他能变成什么样”，但甚至哪怕在“声音上打些折扣”，还是能感受到沃兹涅先斯基和早期茨维塔耶娃的词汇有某种神秘的联系。不管是因为与茨维塔耶娃的近似，还是因为安德留沙以自己的独创性从自己的同时代人中脱颖而出，反正鲍·列真的很喜欢他。

而他对叶夫图申科的态度就有些模棱两可。

“知道吗，他在他们中间时髦极了，”鲍·列说，“但我不是很信任他。还是要仔细观察：看他是不是那种'用夏天和莱蒙托夫押韵，用大雁和雪押韵普希金'[1]的诗人。"

而我站出来支持叶夫图申科，因为在《新世界》杂志办公时我就把他当作自己的教子，当时我就欣喜地从这个胆怯的男孩身上看到诗人的影子。

但很快鲍·列的某个格鲁吉亚朋友就给他带来叶夫图申科在第比利斯出版的诗集《弓和里拉琴》。按照鲍·列的看法，这些确实是好诗。当鲍·列在斯·涅高兹[2]的音乐会上偶然遇到叶夫图申科时，向他背诵了一首他非常成功的四行诗，这让叶夫图申科很受触动：

我比别人更少获得世界的慷慨，
我的日与夜也稀少。
饥饿把我喂养长大，
渴望将我抚育。

① 出自帕斯捷尔纳克的诗作《"心爱的人——舔得腻人的称呼"……》(1931)。

② 斯坦尼斯拉夫·海因里霍维奇·涅高兹(1927–1980)，苏联钢琴家，海因里希和季娜伊达·涅高兹之子，帕斯捷尔纳克的继子。

他还说，喜欢叶夫图申科诗中第比利斯灯火和鳟鱼身上彩色斑点的比较。

我记得鲍·列非常诚恳地赞赏当时高尔基文学院的学生，伊琳娜的同班同学，楚瓦什诗人根纳季·利辛（艾吉）。他研究了艾吉的逐字译本（当然这也是艾吉读给他听的），认为逐字译本比韵体诗要好。鲍·列在艾吉的这些逐字译本中看中了他自己极为珍视的独特的诗歌感受力和诗人尖锐的眼光。

伊琳娜的两个同窗好友，尤拉·潘克拉托夫和现在已经去世的万尼亚·哈拉巴罗夫相比别人与鲍里斯·列昂尼多维奇更为亲近，但主要不是在文学方面，而是在个人交往方面。他们很积极地参加伊拉组织的“铁木儿的队伍”①，为获诺贝尔奖的那段艰难日子增添了一些亮色……

① 详见下文《是领袖打来的》一章。

# “男孩和女孩们”

我不想写小说的创作历史。就算想写，也写不成。逮捕我时笔记被抢走了;之后我在劳改营待了超过四年。

当我在一九五三年回来时,《日瓦戈医生》差不多快写完了。

第一次听鲍·列说起这部小说,还是在我们刚刚认识的时候。“您知道吗,”从《新世界》编辑部出来,他送我回家的路上,对我说,“我有一个好构思,尽管可能这个构思只有我觉得好。我带您去找一位钢琴家。她会为我们弹琴,我答应了在她家读几段新写的散文。我不会写成人们通常以为的那种长篇小说!我要翻阅过去经历的年月,这十几年,或许会停留在一件不重要的事情上。或许,我会叫这件新作品《男孩和女孩们》或者《半世纪日常图景》。我觉得,有一页会写到您！让我们走吧!”

就这样我们去找玛丽亚·韦尼阿明诺夫娜·尤金娜,坐在某个朋友的车里,我们在圣诞夜暴风雪下的雪堆中徘徊。除了我们,还有谢普金娜-库佩尔尼克的侄女等人。我们就这样在风雪中,在映着月光的雪地里,在莫斯科隼鸟区开外长得相似的小屋中间行进①,却找不到目的地。我脑子里总出现这样的句子:“不是那座城市,也不是那个午夜。而你迷路了,她的信使。”②

我望着鲍·列的侧影。他坐在司机旁边,微笑着向我转过头来:“我不记得楼号,地址忘记了。如果我们迷路那就有意思了。他们已经等了很久了。”我们的确迷路了。鲍·列穿着一双奇大无比的毡靴,总是跳下车去找路。突然我们看到房子中间有微微跳动着枝形吊灯那烛光状的灯光。这是等着我们的那扇窗子。

在一个完全陌生的地方,透过暴风雪闪烁着的蜡烛光亮,在我们今后的人生中具有重要的象征意义。

玛丽亚·韦尼阿明诺夫娜弹了很久的肖邦;特别容

① 隼鸟区位于莫斯科北部,那里的别墅区居住着许多文化名流。
② 出自帕斯捷尔纳克的诗作《暴风雪》(1914)。

易被音乐打动的鲍·列眼睛里闪着光。而我则因为幸福而忘我。

终于鲍·列开始朗读。“斯文季茨基家的圣诞树”装扮起来了。大学生尤里·日瓦戈和未婚妻冬尼亚跳着舞,看门人马尔克尔忽然出现,还有塞得满满的存衣间——老莫斯科生活的象征。

天快亮了,我们从屋子里出来,走到闪着亮光的蓬松的雪地里。当坐进车里,鲍·列跟我说:“我写了一首诗,准备交给你们杂志的特辑。这首诗叫作《冬夜》。[1] 我们迷路了是多么可笑,对吗?”

第二天他带了这首诗来编辑部给我:

雪飞扬,飞扬在整个大地上
所有角落。
蜡烛在桌上燃烧,
蜡烛燃烧……

这一天他送我回家的路上,对我说,这不知谁家的烛

① 杂志社请鲍·列将一首最新的诗作交给康·西蒙诺夫构思的专栏“文学片刻”,但后者最终也没有将这个构思付诸实践。——原注

火,在寒冷的玻璃上印下自己的叹息,在他的诗里具有多么强的象征意义。烛光,从外面看到,从寒冷中看到。这扇窗在深夜中那么明亮。他对我说,自己如何体会到了青年日瓦戈的一切感受:在这扇燃着烛火的窗后——是一段人生,将来注定要与他的人生永远缠绕,而现在还只是在呼唤。也许,这个结论更为深刻:“就像人们不会把点亮的蜡烛藏起来,而是将之插在烛台上,让它照耀家里的所有人,语言也应该这样被道出。”

日瓦戈医生就这样进入我的人生。

日瓦戈的名字出现得很偶然:有天鲍·列走在街上,看到一块刻着工厂主签名的圆形铁牌子——“日瓦戈”。他就决定要让他的主人公也这样,充满未知,又像出身商人阶层,又像出身半知识分子家庭。这个人成了他的文学主人公。

《日瓦戈医生》这部小说是精神的自传,而非外部环境的自传。有许多关于小说各位主人公原型的猜测。[……]

一九五八年秋天,在与瑞典的尼尔斯·尼尔松教授交谈时,鲍·列说过:“小说的女主人公拉拉是真实存在的人。她是和我非常亲近的一位女性。”

鲍·列在一九五七年五月七日用德语写给雷娜特·施魏策尔的信中提到过拉拉的原型：

> 二战后我认识了一位年轻女性——奥莉嘉·弗谢沃洛多夫娜·伊文斯卡娅……他就是我小说中拉拉的原型，这部小说也是那时开始写的（因翻译席勒的《玛丽亚·斯图亚特》，还有《浮士德》和《麦克白》而不时中断）。她是乐观与自我牺牲精神之化身。在她身上可以发现她人生中（已是在此之前）经历了什么。她既写诗，也会根据逐字译本翻译我们少数民族诗人的诗歌，在我们这儿一些不懂欧洲语言的人会这么做。她知晓我精神生活、我全部文学事业的奥秘……

一九五九年一月底，在英国记者安东尼·布朗的采访中，鲍·列说："她是我最好最好的朋友。在写书的过程中，在我的生活中她都帮助过我。她因为与我的友谊坐了五年牢。我的青年时代没有这样一位独一无二的拉拉……我青年时代的拉拉——是共同经验。但我老年时代的拉拉用自己的血和囚徒生涯刻进我的心里。"

完成了前四章后，鲍·列已经可以看到成型的整本书，看到自己将在书上写下的签赠题词："尤拉致拉拉"。

虽然很可能我不"绝对"是拉拉，而他也不"绝对"是尤拉。

鲍·列经常对我说，小说的主人公不需要与原型人物的人生经历完全相符。就让他们是融合的形象，冬尼亚身上既有我，也有季娜伊达·尼古拉耶夫娜的特质，同时拉拉身上也既有这些人，也有那些人（还有另一些人）的影子。

［……］鲍·列从不隐藏自己的作品，哪怕作品离完成还有很久，有时一章还没写成，他就迫不及待地给我讲接下来的内容。

"鲍里亚，如果提前都跟人讲了，怎么还能写作呢？我不懂。"我吃惊地问。

"不，这样我会更轻松！这样我就能顺着讲的内容往下写。"

他还没积攒几章，就愿意给大家朗读。就在不久前，与那些遥远时日相关的一个插曲让我想起了这一点……

怀疑论者确信——在这个世界上没有奇迹！但有时

我觉得,还是有的。分离二十年的人又聚到一起,群山与群山相逢[1]——一言以蔽之,一切都“返回转行原道”。[2]比如说,过了四分之一世纪,一九四八年的《日瓦戈医生》第一份手稿清样又“返回转行原道”,这怎么不是一个奇迹呢?而这份手稿上面鲍里斯·列昂尼多维奇用铅笔清楚地写着:

这份样稿给可怜的奥莉亚,世界上最坚强的人。

她的鲍里亚

这是很久之前的事了。《日瓦戈医生》还没写完。但前面四部我已经交给我们一如既往的好朋友玛丽娜·卡济米罗夫娜·巴拉诺维奇打印。她把稿纸装订在一起,更确切地说——缝在一起,我再交给鲍·列,而他特别慷慨地把稿子全都分给别人读。结果我连一本也没留下,我自然开始抱怨:“是啊,让我——带走,弄一下,结果可怜的我一本也没有!”过了一周,我觉得鲍里斯·列昂尼

---

① 反用俄谚:“山与山不能相遇,人与人总会相逢。”

② 典出《传道书》(1:6):“风往南刮,又向北转,不住地旋转,而且返回转行原道。”

多维奇可能自己也过意不去，便从某位崇拜他的女读者那里要回来那四份样稿中的第一份，然后在上面题词说送给"可怜的"，一无所有的奥莉亚，但与此同时也表示："你不要吝惜，无论是谁想读，都多给别人读读。别人怎么看这部小说——这对我很重要。"

于是我借出去了。之后就是四九年我意外被捕。鲍·列的许多书籍和手稿都被收走了，结果这本样稿却命定般地被保全下来。保全下来，之后回到我身边。

有意思的是，当我们重读时，发现前四部的样稿和后来完成的版本完全一样。只是在《日瓦戈医生》下面多了个副标题——《半个世纪的图景》。其余一点没改。我觉得这是因为整部小说在被搬上稿纸前，已经被考虑得相当成熟，因而都不需要改动了。

事情就是这样的……但让我们先回到那遥远的时光吧。

一九四八年五月末鲍里亚让我去阿尔多夫家。[①] 这个夜晚随后让国家安全部门的工作人员费神了好几个月。阿尔多夫的妻子尼娜·亚历山德罗夫娜亲切地接

① 维克托·叶菲莫维奇·阿尔多夫(1900–1976)，真名西贝曼，苏联幽默讽刺作家。

待了我们。老式红木桌子上摆着铜和水晶的餐具。阿廖沙·巴塔洛夫安静地坐在窗户之间的隔板上,那时候他还不出名,在剧院的舞台上默默试探自己的实力。[①]

安娜·安德烈耶夫娜·阿赫马托娃穿着传说中的白色披肩,从隔壁房间缓缓走来,她好像很怕冷,把披肩裹得很紧,之后庄重地坐到特别为她挪到房间正中位置的沙发圈椅中。在座的还有尼·埃尔德曼、法·拉涅夫斯卡娅[②],还有些谁我已经不记得了。

鲍·列坐在灯下,朗读小说中的章节,他读得像往常一样精彩,就像每一次他觉得所有人都在听他朗诵,懂他的意思时那样。我还能清楚地回忆起他崇高严肃的脸庞,喉头的一次次震动,声音中噙着的泪水。他特别爱模仿民间俗语,黑话俚语,自己有时憋不住笑出声。结束朗读后,他喝了点茶。而此时,经过很长时间的停顿,安娜·安德烈耶夫娜开始说话了。

---

① 阿列克谢·弗拉基米罗维奇·巴塔洛夫(1927–2017),著名俄苏演员。在《雁南飞》《莫斯科不相信眼泪》《迷人的星》《一年中的九天》等经典影片中出演男主角。

② 尼古拉·罗伯托维奇·埃尔德曼(1900–1970),苏联剧作家,代表作为《委任状》和《自杀者》。法伊娜·格奥尔吉耶夫娜·拉涅夫斯卡娅(1896–1984),苏联传奇戏剧演员,三次获颁斯大林奖金。

我记得，她指出小说的文体，以及如诗般简洁的散文都很美。但她觉得，文学作品应该让自己的主人公高于普通人——这符合莎士比亚的传统，她不同意鲍·列把日瓦戈写成一个“中庸”的人。我当时很吃惊，当她说无论如何也不明白为什么大家会喜欢契诃夫，因为他的小说中大部分角色都是庸人，而写庸人总是更简单些。她断言，在列宁的大雷雨降下前的时代氛围中，契诃夫的抒情听起来十分古怪。按她的观点，只应该书写人类的大动作。她建议鲍·列考虑一下，不要把尤里·日瓦戈写成各种历史事件中间的一个小皮球，而是让他努力去影响事件。她说，期待着帕斯捷尔纳克的小说有这样的诗意结局。

坐在这样的一群人当中，我不敢有任何反驳，但是鲍·列这个契诃夫狂热的爱好者，在列维坦的水彩画前会失声痛哭的人，竟然赞美着同意阿赫马托娃说的一切，而且用一种上流社会的甜腻语调。等我们一走出来，我就脱口而出：“鲍里亚，这么虚伪你不会难为情吗？”

他狡猾地笑了下，对我使眼色：

“就让她说吧，天啊！可能她是正确的呢！我压根不喜欢正确的人,或许我是错的,但我就不想当对的人。”

我记得朗读后埃尔德曼什么都没说。而坐在帕斯捷尔纳克身边茶桌旁的拉涅夫斯卡娅总是用轻得惊人、沙哑、低沉的声音嘟囔着:“天啊,快拧我一下,我竟然坐在了活的帕斯捷尔纳克身边!”

鲍里亚有点发窘,哈哈大笑说:“上帝啊,您在说什么……”他假装成窘迫,其实明显看得出很满足,为自己的成就感到高兴,尤其这一切都是当着我的面说出的——他在我眼里,也在他自己眼里整个人仿佛都变得高大了,我能很好地感觉得到这一点。

鲍·列时不时丢下小说分心去搞翻译,在三四年的时间里不断修改部分乃至完整的章节。后来他解释道:

“写下来的东西比进入小说的部分多得多,大约三分之一被丢弃了。不是说这些写得比别的差,而是不得不重新组合,我要写的东西太多了,材料淹没了我……应该毫不吝惜地删掉多余的地方!必须这样创作:要得到一个奇迹,要让人们根本不信这是人创作的产物,而要以为这是某种天成之作!一切的关键在于将什么视为成品。一件过去对我而言曾是工作之终结的产品,如今只是它的开端……应该努力做到真实可信,仿佛这些人确实在那个时代生活过，作者应离场，躲到一边，仿佛从未存在过……”

被删掉的章节中我记得有一章是写花的。鲍·列构思这一章是要试图领会花在人的生命与死亡中的位置：他出生时，婚礼时，坟墓前——在一切人的存在的闪光时刻。而且，每朵花说着自己的语言，有独特的含义：例如菊花是死亡的仆从。或许花的芬芳即是它的语言？生与死的联系是这一章的中心。通过开在坟茔上的花，死者向生者传递某种预言性的信号……这是非常意味深长的、诗意的、富含哲理的一章。但它和叙述主线没什么关系。所以这一章在手稿样稿中被错误地删除了，但愿国家安全部的档案中能保留下来这部分。或许，某天就可以重见天日。

一九五四年的春天对于我们来说非常美好。四月，很久没刊帕斯捷尔纳克作品的《旗帜》杂志上又出现了他的原创诗。这个特辑叫作《小说〈日瓦戈医生〉中的诗》。不用说，自然没有新约组诗，没有《八月》，甚至也没有《哈姆雷特》。但是却刊登了鲍·列的前言：

小说预计夏天就可以完成。时间跨度为一九〇三年到一九二九年，结尾则是关于伟大卫国战争时期的。

小说主人公——尤里·安德烈耶维奇·日瓦戈，医生，一个善思考的人，时常探索的人，有着创作与艺术气质的人，死于一九二九年。他死后留下了一些笔记，在一堆遗稿中有年轻时写的，后来润色过的几首诗。这些诗组成了小说的最后一章，现在部分刊登在这里。

作　者

这一天终于来了。鲍·列从佩列杰尔金诺给我打电话——声音颤抖，含着热泪：

“你怎么了？”我吓了一跳。

“你懂吗，他死了！死了！”他哽咽着重复。

原来，他写到了日瓦戈的死，刚刚完成最折磨人的一章。

夏天刚刚给小说的第一卷装订上漂亮的褐色硬书皮，这个书皮让鲍·列高兴得像个孩子。马上就装订了第二卷。我从出版社带回来两本褐色的精美厚书。这是编辑好，校对完，准备好要问世的小说《日瓦戈医生》。

一九五六年五、六月在给国立文学出版社的自传中，鲍·列写道："不久前我完成了自己最重要最关键的作品，它是惟一一本我无须为之羞愧，并且会勇敢负责的作品——配有诗歌的散文体小说《日瓦戈医生》。选在这本书里的诗歌是我一生中零散写成的，可以看作是走向这部小说的一层层台阶。我将它们的再版也视作筹备小说的一个过程……"

只有那些哪怕只领教过一次鲍·列那闻所未闻的自我苛刻的人才能明白这是多么高、多么客观的评价。

## 不幸的日子

[……]一九四八年鲍里斯曾和《新世界》杂志签订小说的合约,但由于不确定杂志会不会刊登他的小说,他自己解除了合约,退返预付金。

此时正值小说构思的演变中某种反叛开始成型,而他自己也才刚刚觉察到。这种反叛不是被他硬"拽"进小说的。他想要的只有真实,而他知道,真实会带来种种掌权者未必喜欢的情况与观念。

在一个暖和的秋夜,我像往常一样从莫斯科回来后,和鲍里亚一起沿着我们的长长的小桥穿过萨马林池塘,他对我说:

"你相信我,无论如何他们也不会出版这部小说的。

我不信他们会出版！我决定无论谁相求，就都要给他读——所有人都要读，让他们读，因为我不信这本书会被出版。”

在写书的时候，鲍里亚心里只想着小说的最高艺术真实性，以及必须要极端真诚地面对自我。但当他重新读那装订得很漂亮的褐色封皮的两卷时，突然发现：“书里的革命描绘得完全不像奶油蛋糕，然而迄今为止，革命都只应该被描绘成这个样子。”所以自然而然，虽然《新世界》杂志据说准备刊登小说节选（显然正在挑选可以刊登的部分）[①]，但是鲍·列还是对小说的出版不抱希望。

过了很久，小说也未见出版。负面评论也没有看见。

有人非常幼稚并且荒谬，指责帕斯捷尔纳克，说他背离了托尔斯泰-契诃夫的文学传统。在我看来，维克托·弗兰克[②]是对的；他如此看重帕斯捷尔纳克的功绩，是因为他将俄罗斯小说这架沉重的马车从一个死亡的地点推了出来，“他把俄罗斯文学带上了新的方向，既不是普鲁斯特式的，也不是乔伊斯式的，而是完全不同的道路，至

---

① 小说手稿于1956年1月交给了《新世界》杂志社。——原注

② 维克托·谢苗诺维奇·弗兰克（1909–1972），文学批评家，电台主持人，著名俄罗斯哲学家谢苗·弗兰克之子。

今未在地图上出现过的道路……”“难道可以要求一个大艺术家复制上个世纪的艺术手法,或是如同他的前辈一样看待世界?这就好比抱怨说托尔斯泰没有按照卡拉姆津的路数写,或是说普希金没有模仿罗蒙诺索夫!”

也有开心的事:国立文学出版社要出一本鲍·列的单卷本厚诗集。他决定要把小说中的组诗全部放进去(取名《散文体长篇小说〈日瓦戈医生〉中的诗》),鲍里亚兴致勃勃地创作“自传随笔”,想把它当作诗集前言。诗集的编辑是尼古拉·瓦西里耶维奇·班尼科夫。

关于那段时期,有一点可以肯定地说:无论我还是鲍里亚,都没想过要在国外出版这部小说。但事态发展从不根据人的意愿。

一九五六年五月初,莫斯科广播电台的一档意大利语节目宣布,将要出版帕斯捷尔纳克的小说《日瓦戈医生》,故事跨度为四分之三个世纪,终止于二战时期。

这则广播的悲剧后果马上展现出来。最后,它变为一场世界性风波。

五月底,有天晚上我忙完了各个出版社的事务,刚回到佩列杰尔金诺就大吃一惊:鲍里亚突然宣布,他把小说交出去了。我大叫一声。刚从莫斯科赶回来,远远看见沿着公路匆匆迎向我的鲍里亚，心里还想着说些什么能让他高兴，说他们又考虑出版小说的几个章节。突然他说："列柳莎，今天有两个年轻人来我的别墅，当时我正好在工作。其中有一个真是个让人喜欢的小伙子，俊朗、年轻，又迷人……你若在的话一定会赞美他的！知道吗，他的姓特别奇怪——塞尔焦·丹杰洛。[①] 你知道吗，这个丹杰洛和另外一个人一起来的，那个人好像是苏联驻意大利使馆的代表，好像姓弗拉基米罗夫。他们说听到莫斯科广播电台提到了我的小说，然后意大利最大的出版商之一费尔特里内利对小说感兴趣。丹杰洛同时还兼任费尔特里内利的特使。当然，这是他私下的兼职，"鲍里亚笑着补充道，"总之，他是共产党员，意大利广播电台驻莫斯科的正式工作人员。"

鲍·列明显感受到自己做得有点不太对，所以他很害怕，不知道我会如何反应。从他那甚至有些谄媚的语调我明白：他一方面很满足，一方面又有些不知所措，还非常想听到我夸赞他这一奇怪的举动。但他得到的却是我的极力反对：

---

① 这个姓在意大利语中有"天使"的意思。

"瞧你干了些什么?"我没有接受他的讨好,指责了他。"你看吧,现在所有人都会百般非难你。你还记得我坐过牢吗——我在卢比扬卡的时候,一遍遍地被审问小说内容!克里维茨基说杂志只能挑些章节刊发,他可不是随口说的。因为他们当然不能全印出来。他们想避掉一些尖锐的角度,发些不痛不痒的部分。你知道吗,他们是那种给自己留后路的人,我真是奇怪,你怎么能做这种事!然后,你想想吧——班尼科夫会第一个暴怒,你怎么能不跟任何人商量就把小说给了意大利人,这会让之前诗集的工作全都白费了!"

"你说什么呢,列柳莎,别瞎想,都是胡话,"鲍·列无力地替自己辩解,"他们很尊敬我;我只是说,如果他们喜欢这部小说,我不反对——让他们任意使用这部小说吧!"

"鲍里亚,这就是出版许可啊,你怎么就不明白呢?他们一定会把这当作出版许可!之后肯定会有一场风波,你等着看吧!"

我根本不觉得自己是多有先见之明,只是我还记得在劳改营的伤痛经历,而我知道自己吃第一个官司的理由是多么荒唐:"和间谍嫌疑人员交往密切。"绝对会这样，这个嫌疑人员就是鲍里斯·列昂尼多维奇，他在莫斯科走来走去，而那些人就是不敢碰他。我还清楚地记得，侦查员（不是侦查员，而是更高级的那个人，那个深夜在自己的办公室提审我的人）对小说还没写完的内容特别感兴趣：这会不会是本反对派文学作品？

我们的对话让鲍里亚伤心沮丧：

“哎，列柳莎，你觉得该怎么做就怎么做吧，当然，你甚至可以给这个意大利人打电话，因为没有你的同意我不打算做任何决定。所以既然你这么不安，你可以打给这个意大利人，让他把小说还回来。但是让我们好歹装次傻吧，去跟别人说：你们知道吗，这帕斯捷尔纳克什么人啊，竟然把小说交出去了——你们怎么看这件事？如果能够提前摸摸环境，看看这个消息会引起什么样的反应，这不是很有意思吗？”

但这些天他还是开始习惯性地认定，小说必须出版，如果我们这边不出，那就在西方出。

就在这段时间（一九五六年五月底六月初）科斯佳·博加特廖夫对我说起他亲耳听到的一段谈话。鲍·列在“大别墅”会见意大利斯拉夫学家埃托雷·洛加托（《俄罗斯文学史》《俄罗斯戏剧史》的作者）时已经在说，只要小说能出版，他就愿意面对一切不愉快的事。而季娜伊达·尼古拉耶夫娜说："我受够了你这些不愉快的事。"对此他只是气愤地甩甩手，置之不理。

塞尔焦·丹杰洛博士（这是他官方文件上写的身份）在事件发生十周年时发表了一篇长文《一部小说的小说》[①]，这个题目明显是从我们这里借鉴的（我很早就跟他说过，鲍·列跟很多人说："我正在经历包含一部小说的小说。"而我自己也考虑什么时候写一部《围绕一部小说的小说》）。

他是如此描述这有纪念意义的一天的：

"我在苏联已经生活了两个月了。意大利共产党把我派到这里，在'莫斯科之声'的意大利语部门工作。平时，我会留心注意那些能让年轻富有的出版商费尔特里内利感兴趣的书和作家，他是米兰人，有远大志向的共产党员……他嘱托我留心所有有意思的苏联新出版物。小说《日瓦戈医生》的讯息不可能让我无动于衷。如果我能在小说在苏联出版之前得到手稿，那么费尔特里内利在潜在的西方竞争对手面前就有了极大的优势。无须多

---

① 《一部小说的小说》，载《东欧》杂志，1968年第7期（7月），第489–501页。——原注

想,我就来到佩列杰尔金诺……那是个非常美好的五月的一天。作家正在花园里劳动,非常真诚地接待了我。我们坐在户外聊了很久。当我表明来意,他好像很惊讶(在这之前,他显然没想过要和国外的出版社打交道);接下来的谈话他变得犹豫不决,一直在沉思。我问他,有没有权威出版社的人给出过负面的评价,或者原则上就反对小说的出版?没有,这倒没有。我告诉他,要是更早公开宣布小说要发表的消息就好了,政治气候已经变了,他的不信任在我看来是完全没有根据的。终于,在我的强烈攻势下,他让步了。他向我道歉,走进房子一会儿,回来时带着手稿。当他把我送到花园栅栏外,和我道别的时候,他又一次半开玩笑地说出了自己的担忧:'您这是邀请我走上自己的断头台。'"

　　这些鲍里亚一个字都没跟我说过,而我相信丹杰洛没有说谎。

# 所有人都吓坏了

随后，当各个文学圈开始知道发生了什么，埃·卡扎科维奇在和阿利娅·埃夫龙谈起这件事的时候忽然有点牛头不对马嘴地哈哈大笑起来："我都能想象他们知道这件事后的嘴脸：马上就开始到处张罗！"但暂时只有我需要"到处张罗"……

正好从佩列杰尔金诺作家村某处开出了一辆出租车，原本回来的路上，我预想和鲍里亚愉快地散散步，现在只能又赶回莫斯科，去新巴斯曼街找班尼科夫。我紧张不安，走进他的办公室。他这边本来也不顺：一卷本诗集一直拖啊拖，帕斯捷尔纳克写的自传式评述被一再审查，不停修改，需要整段整段地修改。这一切都为鲍里亚的书敲响了警报，让我和尼古拉·瓦西里耶维奇不安。他当时在人际关系上处得也不太好。他在编辑部和某个古怪的人物——维塔舍夫斯卡娅——吵架了。以前她在某集中营当领导，现在不知道为何成了编辑。

她想和鲍·列搞好关系，所以给我机会为国立文学出版社翻译泰戈尔，甚至在我还没求她的时候就试图借钱给我，还对我说各种赏识的话。

留存下来一段鲍里亚的笔记：

> 维塔[舍夫斯卡娅]，班尼[科夫]——比起富有，我更相信贫乏。奥[柳莎]对于第一次造访的印象。不相信这些威胁的迫切性，不相信有可能，等等。公寓和厕所富有，而生活空虚而贫乏，必须用同情与不安来充溢生命。
>
> 努力推开这些友好的侵入，哪怕是无私的，哪怕是馈赠：如今负载了太多鲜活的，开动了的，疾驰中的东西，再也没有空间留给任何别的事情了。
>
> 今天早上遗憾自己需要堵住耳朵，不能去倾听那正在喧响的、充满预言与暗示的世界，不能去回答它，而是要工作——写这些愚蠢的信。

我记得班尼科夫知道意大利人的事后大吃一惊：

“他做了什么啊，要知道现在是什么时代啊，本来到最后明明可以出版它的：那部抽象的、智慧的，充满壮丽自然描写的长篇小说。现在他害我们连那本带自传的诗集也坑进去了。”

和班尼科夫的谈话让我情绪低落，我又出发前往维塔舍夫斯卡娅家。我也跟她说，瞧瞧鲍里斯·列昂尼多维奇干了什么事——永远无法预料他会做什么：来了两个意大利人，他突然就起意把小说给他们——于是他就拿出来给了他们。

维塔舍夫斯卡娅特别同情我：

“别着急，奥莉亚，”这个高大胖胖的女人用轻柔的猫一般的声音安慰我，“让我把小说给一个高层的人看看吧。很可能一切都会迎刃而解。”

后来我了解到，这个“高层的人”指的是和她有点私交的莫洛托夫。不知道是不是给了莫洛托夫，但反正维塔舍夫斯卡娅的确把小说交给了谁（未装订样稿中的一套就留在了这位大人物手里）。最有可能还是交给了那个在逮捕我后极端好奇这部反叛作品（按照他们的想法，帕斯捷尔纳克也不可能写别的东西）内容的机构。

当我回到波塔波夫胡同的家里，在电梯员那里收到一个封着的信封。打开后是班尼科夫写的纸条。他总结了对鲍里斯·列昂尼多维奇此举的态度："一个人怎么能这么不爱自己的祖国；可以和她吵架，但是不管怎么说，他做出的这件事是背叛，他怎么就不明白这一行为将会给自己和我们带来什么。"（具体用词我可能记不清了，但大概就是这个意思。）

我明白，这张字条证明班尼科夫在风波到来前内心的慌乱。

在波塔波夫胡同过了一夜后，我把字条带回去给鲍里亚看。他说，如果这件事让我这么困扰，熟人们的反应又那么激烈，那么我就应该试着去把小说要回来。他把丹杰洛的地址找了出来。我决定还是去一次。

我到达基辅火车站旁边的大楼，很轻松地找到房间号，按了门铃。开门的是一位非常迷人的女士，仿佛从意大利电影中走出来的：双腿修长，皮肤黝黑，头发凌乱，一张纤细的小脸，一双惊人的蓝眼睛。这是丹杰洛的伴侣朱莉埃塔。她只知道几个俄语词，就连这些词说出来也带着口音和错误，可我能对她说的意大利语就更少了。所以我们主要是在手势的帮助下交流。

不过她很快就明白了我到访的目的,于是便开始挥动双手,用可怕的动作幅度向我证明,她能理解我的担忧,她丈夫无论如何都不想让鲍里斯·列昂尼多维奇吃苦头。这样充满了声响和动作,却没有什么意义地“交谈”了一个半小时后,丹杰洛本人终于出现了。他的确很年轻,高挑匀称,一头黑色长直发,五官精致,面容神圣。看到他后我的第一反应是,真正的冒险家就应该是这样的,迷人又亲切。

他俄语说得很好,口音不重。当我解释完这会给鲍里斯·列昂尼多维奇带来什么后,他同情地点点头。

然后说:

“您知道吗,现在说什么都晚了,我那天已经把小说交给了出版商。费尔特里内利已经全看完了,并且表示,他无论付出什么代价都一定要出版这部小说。”

看到我很沮丧,丹杰洛接着说:

“您不要太担心,我会给詹贾科莫写信,甚至可能打电话给他。他是我的好朋友,我一定会向他解释您有多不安,或许我们会想出办法的。但是您自己也应该理解,拿到这部小说的出版商是不愿意放手的。我不相信他会就这样交出来。”

我请他建议费尔特里内利等小说在苏联出版后再出版。让他在国外享有优先权，但也得是第二个，而不是第一个出版。

“好的，我把这些都转达给费尔特里内利。”丹杰洛同意了。

我们和丹杰洛漫长而又复杂的关系就这样开始了。我们互换了地址。很快他来到我家，认识了我女儿。我期待着他能帮我们躲避这场国际级风波。因为他比住在米兰的出版商更能明白我们的境遇；他也知道，我不久前刚刚因为严重程度远不及此的小事经历过怎样残酷的事情。

但我还是不满意与丹杰洛的谈判，想了一想，决定还是去一趟《旗帜》杂志社。那里已经发表过《日瓦戈医生》里的诗，小说全稿留在那里了，应该由科热夫尼科夫[①]负责审读。我和科热夫尼科夫在国立高级文学培训班学习时就认识，希望他能不仅仅以主编的身份，也能以一个关心我个人命运者的身份来和我谈谈。他一个人在办公

---

① 瓦季姆·米哈伊洛维奇·科热夫尼科夫(1909–1984)，苏联著名作家，新闻工作者，1949年起任《旗》杂志主编。代表作为长篇小说《这位是巴鲁耶夫》《盾与剑》等。

室，我给他讲述发生了什么。

"哎，你就是这样子，"他叹了口气，"当然了，和俄国最后一位浪漫主义者搞在一起，现在你想想吧，好好想想。什么你都觉得不够，什么你都觉得不好。现在我跟你说——你让我们所有人都遭殃了，我也会因为第一个出版小说里的诗而被责罚。他们肯定会在小说里找各种造反的证据。这样吧，我有个好朋友——德米特里·阿列克谢耶维奇·波利卡尔波夫[1]，他在中央委员会工作，我给他打个电话，他会找你的，你把刚才跟我说的话全都跟他说说。"

很快，中央委员会就有人打电话到波塔波夫胡同，跟我说已经给我办好了去中央文化部找波利卡尔波夫部长的通行证。接待我的是一位消瘦的，看起来有点惊慌，眼眶深陷，有些过早衰老的男士。他听我说完后，建议我一定要试着跟丹杰洛谈妥：

"再见他一次，竭尽全力请求他，让他归还手稿。我们确实能够向他承诺，最终能想出个办法，会在国内出版这部小说——到时候再看是否需要删节，但无论如何，我

---

① 德米特里·阿列克谢耶维奇·波利卡尔波夫(1905–1965)，时任苏共中央文化部部长。

们肯定会给他们机会在我们之后出版。”

我跟波利卡尔波夫说，小说已经在杂志社放了很久了，很多人读过很多遍，但是就是没人做决定，我觉得小说在我们这不会出版了，意大利人也不想归还小说。

“一定要再试试，再试试，”德米特里·阿列克谢耶维奇说，“一定要再跟丹杰洛好好谈谈。”

我又开始劝说他，惟一的方法就是我们马上出版，这样我们就来得及做到第一个出版，因为翻译成意大利文是一项艰难浩大的工程，需要很多时间。

“不，”波利卡尔波夫反对，“我们必须把手稿要回来，如果我们删节了几章，而他们全刊登出来，这非常不合适。无论使用什么方法也得把小说要回来。总之，快行动，去跟丹杰洛商量，承诺他能第一个拿到校样，让他转交给出版商，他们应该不会生气的。但无论如何，我们应该自己决定小说的命运，为此要付出全部力量。”

记得之后我和丹杰洛谈过几次，再见到波利卡尔波夫时，我转告他，费尔特里内利拿走这部小说时只说想读一下，但现在却郑重声明不会把手稿还回来，准备好承担罪责；他不相信我们有朝一日会出版小说，并且觉得自己无权向人类掩盖这部世界级杰作——这会是更大的罪行。

德米特里·阿列克谢耶维奇拿起电话打给国立文学出版社。当时的社长是社里过去的文学顾问科托夫,一个和善友好的人。有段时间我们一起去开文学专家咨询会挣点外快。

“阿纳托利·康斯坦丁诺维奇,”波利卡尔波夫说,“奥莉嘉·弗谢沃洛多夫娜现在去找您,约定一下何时她带帕斯捷尔纳克来和您见个面。届时您得看看这部小说,指定位编辑,和帕斯捷尔纳克签订合同。让那位编辑决定什么地方要改,什么地方可以放出来,什么东西能原样保留。”

当鲍里亚知道这次谈话后,他一时没有表达自己的真实想法。想了一会儿后,他给我留了张字条:

> 阿纳托利·康斯坦丁诺维奇将会读这部小说,这让我很开心(他不会喜欢的)。我完全不求小说现在就出版,因为现在不可能以真实的样貌出版它。
>
> 我有其他希望:
>
> 1) 希望出版《玛丽亚·斯图亚特》的译稿。(叶梅利亚尼科夫为什么反对?他不喜欢我的翻译吗?)
>
> 2) 希望诗集印数多一些。

但我和鲍·列还是马上去找了科托夫。我记得很清楚,科托夫不知道他和波利卡尔波夫通电话时我在场,装作是他自己决定出版。

“亲爱的鲍里斯·列昂尼多维奇,”科托夫站起身迎接鲍里亚,“您写出了一部最伟大的作品,我们一定会出版的。我自己会亲选一位编辑,我们用合同的形式把这件事情都给定下来。诚然需要删减一些东西,可能还要增添一些东西。但是,不管怎么样,会有一位编辑与您共事,一切都会顺利的。”

编辑确实已经选好了。是帕斯捷尔纳克作品热情、温柔的拥趸——阿纳托利·瓦西里耶维奇·斯塔罗斯京。

“我要把这部作品做成对俄罗斯人民的神格化。”他开心坏了。

哎,他的神格化畅想落空了。我和阿纳托利·瓦西里耶维奇经历了这场小说保卫战的所有恐怖时刻,但最后的胜利者却不是我们。

# 校　样

一切都很明显：小说应该在苏联出版。但是恐惧已经束缚了那些应该做出关键性决定的人。

随后开始了漫长无聊的吵闹，为了书和出版社作战。一方面是国家出版社，希望快点出版小说和一卷本诗集；另一方面是作协领导，不希望发表帕斯捷尔纳克的一首诗，一部小说。喜欢帕斯捷尔纳克的人，善良的阿纳托利·康斯坦丁诺维奇·科托夫、亚历山大·伊万诺维奇·普吉科夫、阿纳托利·瓦西里耶维奇·斯塔罗斯京，遭到了讨厌帕斯捷尔纳克的苏尔科夫的反对。早在一九三四年第一次作家代表大会上高度赞扬帕斯捷尔纳克的作品和诗学理念后，苏尔科夫就曾表示反对，他认为“帕斯捷尔纳克的作品正在向不合时宜的方向发展”(谈及青年作家)。

其间还赶上一件糟心事:一九五七年鲍利亚患上关节炎。他被送往乌兹基的内城医院(曾经的特鲁别茨基镇,弗拉基米尔·索洛维约夫就是在那儿去世的)。他忍受着生理病痛,而死亡的念头带来的痛苦更加剧烈。当时的几张纸条我都保留下来了。

即使病痛也无法让鲍利亚停止工作。巴尼科夫、我、鲍利亚一起工作,当他的疼痛稍微缓解,勉强可以握住铅笔时。编订诗集用的材料有厚厚一包,里面有不计其数的诗歌版本和修改。在纸包封面上鲍里斯·列昂尼多维奇亲手写:“一卷集材料”。

在这之前一年他曾给我写道:

> 这些都只是为了让奥·弗和尼·瓦“了解”一下。四月我自己会认认真真地做这件事。奥·弗和尼·瓦得弄到所有单行本的初版。许多诗后来没放到各种总集里面。得从恰金处搞到我给他的那本被裁割过的小书,收入“苏联作家”出版社百佳书系之类的,薄薄的黄色硬壳封面。里面有许多重写的诗和许多不出名的诗。这都只是为了“初步概览和筛

选”——或许，这些诗一首都不会被放进去。从被遗忘的那些诗里——散布在各种单行本初版中——选择一些（比如，《第二次诞生》第一版中那首用了《期望荣誉和行善》的诗）。① 还有那些发在杂志上的（三一、三二年在《红色处女地》杂志上好像有过一首用了《童僧》的关于高加索的诗）。②

山旁（脚下）的两条河（？）
环抱着仿佛姐妹
它们流淌是为了不死的诗句
在被遗忘的（失落的）（？）士官生笔记本上
（完全记不清句子了）。

要弄到：三三年列宁格勒出的单卷本，三六年莫斯科出的单卷本，恰金一九四五年的选本，还有许多

---

① 指的是《一百多年——还没成为昨天……》（1931）一诗，诗中化用了普希金诗作《斯坦斯（期望荣誉和行善……）》一诗的诗句和主题。

② 指的是组诗《梯弗里斯（当我们顺着高加索山爬行……）》，实际刊载于《速率》杂志 1931 年第 10 期，诗中化用了莱蒙托夫长诗《童僧》的诗句和主题。帕斯捷尔纳克下面引用的诗句与原文相差较大，其中“士官生”指的就是莱蒙托夫。这首诗的修改版后来被并入《波澜》（1931）一诗，但是去除了指涉莱蒙托夫的内容。

零散的诗。

我觉得,这些工作要放到写自传之后(过两三周,三月或者四月,自己要做许多补充、修订、完善工作,还要和新的创作结合起来。还要附上一封没寄出的给恰金的信让他们评判是否发表)。

在这上面还写着:

很可能,这些会少于被遗失或遗忘的诗的一半数量,主要是《越过壁垒》之前的早期阶段。

这是另一张纸条:

《新世界》杂志社有一些信封。不知道有没有办法把那里面的文章和诗拿回来。同样在《旗》杂志也有一些(问题是,那些诗没定稿,还要改动)。我如何能知道哪天可以收到校样,以及是否可以按时收到?大概什么时间去打听一下?看散文将会花去两天时间。

诗集选编好后,鲍利亚一直担心是否能够按时收到校样。校样没有来迟——它来得很及时。但是至今我们也只是收到校样。但是后来的版本上多了些大写字母。

收到校样并不意味着一卷集的斗争结束了。很快,战争形势变得残酷起来——小说和一卷集都面临着困难。

曾有人想在《文学莫斯科》丛刊上发表一篇导言性随笔,但鲍·列坚决拒绝了。

玛[格丽特][阿利格尔——叶梅利亚诺娃注]那儿什么也不要做。请让《旗》知足于拉宾德拉纳特·泰戈尔。(我得把诗发给《丛刊》。此外,发到《旗》上不会被人注意到。但是,总体而言,比起那些“作家的”“合作的”新创举,我现在更喜欢“公家的”杂志和编辑部,他们敢做的事情如此之少,和官方杂志简直没有任何区别。这是在把他们所谓的“言论自由”偷换成一种东西,它需要双倍令人反感的作伪,而这种偷换早已为我们所知。要知道战后的《文学报》就是这样,作为“政府无权干涉”其观点的人民或作家群体的声音而出现。)相对于《丛刊》,我更偏爱《新世界》这一点应该跟克里维茨基提一下。他应该去提醒阿利格尔或卡维林[1]，说我最终决定《前言》不发在他们那里，而是发在《新世界》。如果他同意，就让他给这篇散文取名《人与事》。然后得用星号在脚注中解释："为国立文学出版社筹备中的诗集所写的文章。"

一卷集校样通读了一遍，加了些补充内容，修改订正了许多地方。但是关于印数的问题还是没有谈拢。

还赶上了电报的问题。我们那段时间要发一封电报，因为鲍里斯·列昂尼多维奇必须制止费尔特里内利在意大利出版小说。丹杰洛饶有兴致地写道：

"奥尔嘉来我这里，谈到了电报的事，说电报需要帕斯捷尔纳克签字。他请求我，无论如何尽快去拜访他一次，然后确保他在电报上签字，无论他多不情愿。这工作不轻松。每个熟悉帕斯捷尔纳克的人，都知道他有多么真诚，有求必应，心思细腻，思想深邃，但这次他想起自己的自尊心、多血质特性，忽然有了脾气。承担了太多压

① 玛·约·阿利格尔和韦·亚·卡维林是莫斯科作家们的文学艺术文集《文学莫斯科》的编辑。——原注

力，他突然爆发了，生气地回绝了我们的要求。他几乎是大喊大叫，没有一点同情，不念一点友情，绝对不肯在电报上签字。说我们不尊重他，我们把他当作没有诚信的人来对待。不久前给他还给费尔特里内利写信，说出版《日瓦戈医生》是他毕生的目标，发了这封电报费尔特里内利该怎么想？不会觉得他又愚蠢又怯懦吗？最后帕斯捷尔纳克得出结论，不会有人相信这封电报的，发出去无济于事，因为许多西方的出版社一定都拿到原稿的复印件了，许多国家都已经签好出版协议了。最后没办法，电报还是发出去了。”

一篇鲍·列回忆录的作者引用了他谈及电报的话：“我是抱着轻松的心情去做的，因为我知道，电报的风格会让那边立刻明白这不是我写的。”我不相信，我知道他内心不轻松。在与陌生人交谈时，他总是精神饱满地、微笑着谈起自己的经历。所以，通过一些回忆录看到的诗人形象仿佛远离尘世，对一切都毫不在意。实际上，每一段这样的经历（一共有过多少啊！）都在他心里留下不可愈合的割痕，这是他谈及自己这些难忘的屈辱时所形容的。

确实，费尔特里内利不相信这封电报。① 十月，苏联诗人代表团出访意大利。苏尔科夫，原来不在团员之列，删掉了某人之后加上自己的名字。莫斯科都在传，删掉的人是帕斯捷尔纳克。大概吧，具体我也不知道。

一九五七年十月十一日的《乌尼塔》报刊登了一条新闻，苏尔科夫在米兰的新闻发布会上宣称：

"帕斯捷尔纳克给自己在意大利的出版商写信，要求归还手稿，说他还要修改。而我昨天在《度假报》，今天在《意式浓缩》上面都读到《日瓦戈医生》出版的消息，出版是违背作者意愿的。冷战已经深入文学领域。如果西方认为艺术是自由的，那我要说，苏联对此有不同看法。"

有人跟鲍利亚说，苏尔科夫声称这部小说反对苏维埃政权：

"他说得对，"鲍里斯·列昂尼多维奇回答，"如果在苏联看不到生活应该有的样子的话。我们被迫为那些给我们带来不幸的事物高兴，被迫承认爱那些我们根本不爱的人，让自己反对本真。我们美化自己的不自由，像鱼

① 在和叶夫图申科谈话时费尔特里内利说，他不相信鲍·列的电报，因为它是用俄语写的；而他自称曾和鲍·列约定好，必须相信那些只用法语写的电报。

一样，让这成为本能。”

一九五七年十一月小说出版了。首先是意大利语译本，然后是其他语言。在之后，出乎作者意料，小说的热潮开始蔓延到全世界。半年内接连出现了十一个版本。两年内，小说被翻译成二十三种语言：英语、法语、德语、意大利语、西班牙语、葡萄牙语、丹麦语、瑞典语、挪威语、捷克语、波兰语、塞尔维亚-克罗地亚语、荷兰语、芬兰语、意第绪语、土耳其语、伊朗语、印地语、古吉拉特语、阿拉伯语、日语、汉语、越南语。

有意思的是，小说还出现在一种语言中（应该是二十四种语言了）——印度的少数民族语言乌利语。

# 我们的还是别人的

小说走遍了世界各国,引起欢呼与争论,但只有在我们自己国家暂时还只有一片模棱两可的死寂。也没有人动鲍·列。

春天前(一如往常几年)他生病了,住进医院。我这儿保存着几封这个时期的书信。第一封写给国立文学出版社的亚·伊·普济科夫:

亲爱的亚历山大·伊万诺维奇:

我自己是如此厌烦自己频繁的疾病与住院,想必您和我的亲友们应该会更为厌烦。我不相信我的诗集那复苏了的颤动,也不相信关于小说有可能出版的只言片语。这永远不可能实现了，这些传言不会导致任何结果。

但关于我富有程度的臆造神话却实在是夸大其词。或早或晚，可能很快，我就会需要一大笔钱。假如能像曾经的岁月那样，出版社不是空想那些无法实现的东西，而是同意再版我翻译的莎士比亚的悲剧，就像一九五六年的集子那样，那就真是太好了。请告知奥莉嘉·弗谢沃洛多夫娜您对我的各项事务有什么大体的看法，如果在这方面还有什么可想的话。诚挚的问候。

忠于您的鲍·列

一九五八年三月四日

第二封与《十月》杂志主编费·伊·潘菲奥罗夫的立场有关。他把我叫过去，谈了好久，说什么"我们不能把他交给别人……让他去次巴库吧，看看海上石油城的建设……他会写点新东西的……我们为出行提供汽车……"之类的话，还想去医院看望鲍·列。

所以鲍里亚从医院给他写信回应：

如果关于遥远的未来要谈的太多，那么姑且先在眼前的未来，不是通过自己的力量，而是依靠上头（尼·谢？[①]）某个非常有决定性的指令，为我搞到一个空，让我作为惟一的病人住进第一分部的双人病房，但要保证保持这种状态到最后，别再搬进来邻居。虽然这个要求有点过分了（我自己都这么觉得），而且闻所未闻，但我做了足够多的工作，足以配得上这种破例。我把自己的书和东西搬到单人病房，就可以开展工作了。如果上帝保佑，慢慢就会恢复健康。周四我等费奥多尔·伊万诺维奇来找我，要在此之前让他储备一些适当的、过硬的、有效的上头的关系，甚或可以直接给医院负责人打个电话。这件事（以惟一病人的身份搬进小病房）要是能办成，那就会非常有意思，而剩下的一切暂时都不重要。

“我们的”还是“别人的”之类。真奇怪，为了当个“我们的”人，俄罗斯人之类的，必须在经受病情这样猛烈发作的同时，还东奔西跑，到处参观，如果不

① 即赫鲁晓夫。

到处跑，而是乖乖在家待着，那你就是荷兰人或者阿根廷人。真诚地、友善地对待一个人，应该让他安宁，不要这样复杂地、模棱两可地折腾他。

记得还在小说出版前，一九五七年夏天，作协就叫鲍·列去开会，研究一下他的问题（我不记得具体日期，也不记得会议日程）。我经鲍里亚授权代他和小说在国立文学出版社的责编斯塔罗斯京一起去开会。

之后不久鲍·列在给雷娜特·施魏策尔的信中写道：

> 因为日瓦戈事件，发生了数不尽的让人心烦的事，光光我就被两次要求就此事做个人交代。各个最高权力机关继续把奥莉嘉·伊文斯卡娅当作我的副手，她准备好代替我承受一切沉重的打击和谈判。

我怕这次如果让鲍·列去开会，他会激动，给自己招来心脏病发作，或者更糟。所以我把他留在波塔波夫胡同，跟他的某个朋友在一起，自己和阿·瓦·斯塔罗斯京来中央文学工作者之家开会。

这看来是作协秘书处扩大会议，会上讨论帕斯捷尔纳克把自己的小说手稿送到国外（事情已经过去一年多了——丹杰洛是在一九五六年五月拿走手稿的）这一不当行为。会议由苏尔科夫主持。他一开始对我很友好，把我叫到办公室，轻声细语地询问：到底发生了什么？

我试着去解释。鲍·列是一位心胸宽广的人，带着儿童般（天才般？）直率的思想者，国家之间的界限对他来说是无谓的小事，身处种种社会范畴之外的人——诗人、学者、艺术家——应该克服这种界限。他坚信：任何一种界限都不应该成为人与人、民族与民族之间相互沟通的强制阻碍。他认为，人类的精神交流不能被定义为犯罪；思想与人的交流不能停留在语言上，而是应该付诸行动。

我跟他说：当时这两个年轻人来的时候（一个苏联大使馆的工作人员，另一个是意大利共产党员），他把手稿给他们是为了阅读，不是为了出版；而且他也没允许出版，没有得到任何报酬，两个年轻人没有得到任何作者授权——这一切都没有发生。而且谁都没有悄悄做这件事，而如果真的有意要把手稿交去出版，那就不可避免地会要悄悄完成。相反，我们把这件事报告了各个机构，一直上报到党的中央委员会。

苏尔科夫同意我的说法。

“是,是,”他说,“这符合他的性格。但是现在这却太不合时宜了(我想援引鲍里亚的句子‘只有伟大的事物才能那么不恰当且不合时宜’[①],但是我忍住了)——应该拦住他的,毕竟他身边有您这样一位善良的天使……”

(上帝啊,我当时做梦都想不到,苏尔科夫之后会用怎样的脏水泼向这位“善良的天使”。)

我们的谈话结束了,便一起走进大厅。

来了很多人。我记得有年轻的卢科宁、纳罗夫恰托夫、卡达耶夫[②](当时刚刚入党)、索博列夫[③]、特瓦尔多夫斯基……

苏尔科夫开始作报告,讲述帕斯捷尔纳克和意大利人之间到底发生了什么。天啊,他之前的善良亲切消失得无影无踪。他从平静地朗读《新世界》杂志的书信开始,在演讲中逐渐给自己“上发条”,而从某个时刻起出现了“叛变”这个词。我刚才的解释他当然一点都没听进

---

① 出自《日瓦戈医生》第一卷第六部。

② 瓦连京·彼得罗维奇·卡达耶夫(1897–1986),苏联著名作家,代表作为《时间啊,前进》《雾海孤帆》。

③ 列昂尼德·谢尔盖耶维奇·索博列夫(1898–1971),苏联作家,擅长写作航海题材小说。

去。索博列夫在座位上殷勤地附和苏尔科夫，这让他更加兴奋了。他声称，我们已经讨论过、谴责过这部小说，但帕斯捷尔纳克不听取同志们的意见；声称他靠小说暗中勾结国外获取钱财，等等。

“您杜撰出的都是什么啊？”我生气地喊。但他们不让我说话。

“请不要打断我！”苏尔科夫喊。

我记得，特瓦尔多夫斯基在座位上插话说：

“让她说话，我想知道到底发生了什么。您为什么让她闭嘴？”

而卡达耶夫在沙发椅上四仰八叉地坐着：

“话说，您是来代表谁的啊？掐我一下，我不知道现在在哪个世界上，——把小说送出国，落到别人手里，竟然发生这样唯利是图的勾当……”

阿扎耶夫对如何把小说交给意大利人的“技术”问题很感兴趣；他百般打听：

“他是怎么把小说交出去的呢？假如事先知道，我们一定能截获它……”

索博列夫穿着连衫裤，像个长着大肚子的小男孩，说他觉得自己被侮辱了，说一个这么不知名的诗人，一下子用如此不成体统的方式被全世界颂扬。

“您还让我说话吗？”我很生气。

苏尔科夫叫嚷：

“为什么您在这里，而不是他本人？为什么他不愿意和我们谈谈？”

我回答：“是，他觉得和你们交谈很困难，所有问题我都可以回答。”

我又大致重复了一遍刚才会前和苏尔科夫说的话。

在我讲话时，越来越频繁地被粗鲁打断。当我跟苏尔科夫说，“这里就坐着小说的编辑斯塔罗斯京……”“还有什么小说，”他嚷嚷道，“我要把你们的小说连带国立文学出版社一起摧毁。”

“如果您不让我说，那我在这里也做不了什么。”我说。

“您本来就做不了什么，”卡达耶夫不知为何总是比别人都激愤，“您代表谁——诗人还是叛徒，或者说他出卖了自己的祖国，您压根觉得无所谓？”

已经无法说话了——我坐到自己的位置上。

之后宣布《日瓦戈医生》编辑阿纳托利·瓦西里耶维奇·斯塔罗斯京请求发言。

“真是神奇的事，”卡达耶夫听完发言后说，“竟然还来了个什么编辑;难道这玩意儿还能被编辑吗?”

“我可以跟您说,”阿纳托利·瓦西里耶维奇平静地说,“我拿到的是一部真正的艺术品,可以称之为对俄罗斯民族的神格化。而你们却把它变成了一个迫害人的借口……”

我不记得阿·瓦的发言具体是什么样子,只是能回忆起他表达了下列想法。

鲍里斯·列昂尼多维奇不认为准备好的文本是最终定版,也不打算抓着其中包含的那些激烈表述不放。他可以接受阿纳托利·瓦西里耶维奇帮他编辑。虽然鲍·列同时也说过:“您删减吧,只是别让我知道,也别让我参与。但是别抛弃任何一个过渡段,也不要加任何东西。”但作家协会的领导们不允许这么做,甚至不管党中央文化部明确鼓励这么做。明明可以把艺术家拉到自己的阵营,但是却推开他,不让他修改明明可以修改的东西。苏尔科夫对帕斯捷尔纳克的政治责难带有最可憎的布尔加林式特征[1],这是他骗了大家,把小说推向国外,并号召大

---

① 法捷伊·韦涅季克托维奇·布尔加林(1789–1859),帝俄保守主义刊物《北方蜜蜂》的出版人,常与包括普希金、别林斯基在内的进步文人进行激烈论战,因而在苏联语境下是“反动文人”的代名词。

家来迫害伟大的俄罗斯诗人。[……]

终于苏尔科夫宣布,作协秘书处要讨论作协内部生活问题,不希望无关人员在场。自然,我除了走向出口也做不了别的什么了。阿纳托利·瓦西里耶维奇说自己也是无关人员,然后也跟着我走了出来……

受这次丑陋的会议启发,阿·瓦写了一首诗,并通过我转交给了鲍里斯·列昂尼多维奇:

成群的恶棍聚集
举行隆重而无耻的庆祝,
为了侮辱骑士的思想,
为了诋毁他的姓名。

满嘴谎言,卖弄辞令,
眼睛流露出凶恶——
你怎敢违抗永恒的谎言,
说出未被收买的词语……

你怎敢写成这样,
当他们销声匿迹,

成千激动的人群
会匍匐在你的脚边，诗人！

而恶棍们不会明白，
跳跃的高度不会高过头顶
虽然还在发怒，狂吠，
他们早已经死去！

“你说得对，这些会议我确实不需要出席。”鲍里亚听完我讲述后，回应道。

很快，一九五八年九月十三日，举办了一场意大利诗人朗诵会（好像是在理工博物馆举办的）。主持晚会的苏尔科夫收到一张纸条，问为什么帕斯捷尔纳克没来出席晚会。苏尔科夫说，帕斯捷尔纳克写了一本反苏维埃小说，反对俄国革命的精神，还把小说交给国外出版。

这是第一次对帕斯捷尔纳克的公开控诉，暂时还只停留在口头形式。

## 诺贝尔奖

[……]一九五八年十月二十三日瑞典文学院把当年的文学奖颁给鲍里斯·列昂尼多维奇·帕斯捷尔纳克，以表彰他“在现代抒情诗方面做出的卓越贡献，以及延续了伟大的俄国小说传统”。

当天，鲍·列给瑞典学院常务秘书长安德斯·厄斯特林发电报：“无尽的感谢，我感动、骄傲、惊讶、惭愧。”

许多外国记者涌向别墅。鲍·列微笑着向大家朗读通知他获奖的电报；照片里的他不好意思地举起酒杯，回应科·伊·楚科夫斯基、他的外孙女[①]、尼娜·塔比泽的

① 即叶连娜·采扎列夫娜·楚科夫斯卡娅(1931-2015)，化学家、文学评论家，利季娅·楚科夫斯卡娅之女，曾写过有关帕斯捷尔纳克获诺奖的回忆录。

获诺贝尔文学奖当天帕斯捷尔纳克和楚科夫斯基

祝贺……而下一个镜头是过了二十分钟,鲍·列坐在同一张桌子旁,周围是同一些人,但上帝啊,他那失落的神情,忧伤的眼睛,下垂的嘴角是多么显眼。因为就在这二十分钟里,费定赶来,但并没有祝贺他,而是说为了避免他的小说和诺贝尔奖带来严重的不良后果,帕斯捷尔纳克应该"自愿"放弃领奖。

鲍·列吃惊又激动地来到我们在佩列杰尔金诺的房间:

“是的，列柳莎，想象一下，我得了这个奖，现在只想和你商量一下；费定竟然在那里等我，而波利卡尔波夫好像也去他那儿了。你觉得能不能说我收回这部小说？”

“收回小说”听起来好奇怪！

他说了好久，想自己向自己证明些什么，说着自己给斯德哥尔摩发出的感谢电报，最后离开我这里，回到“大别墅”。

晚上，他往莫斯科给伊拉打了个电话。

十月二十五日，星期六，一切开始了……

周六的《文学报》，整整两版都是对鲍·列的攻击：一篇长长的社论，再加一封“编辑部成员的信”……

“……一个恶毒庸人的传记……公开仇视俄国人民……一件渺小的、无益的、卑鄙的活计，一个文学中的恶毒势利小人……”

这天还有人“自发地”组织反对帕斯捷尔纳克的示威活动。这场“自发示威”是在高尔基文学院领导层的强压下精心准备的。学院院长声明，对帕斯捷尔纳克的态度成为检验所有学生的试金石。每个人都必须去示威，并且在反对帕斯捷尔纳克的《文学报》公开信上面签字。

[……]

十月二十七日，星期一。中午十二点，为审议“帕斯捷尔纳克事件”召开了苏联作家协会理事会主席团、苏俄作家协会组织处、苏联作家协会莫斯科分会理事会主席团的联合会议。

一大早，鲍·列就从佩列杰尔金诺来到波塔波夫胡同。维·弗·伊万诺夫（科马）①来到这里，伊拉和米佳当然也在家。一个问题立刻摆在面前：要去迎接迫害吗？我记得伊万诺夫第一个说：无论如何也不能。他非常爱鲍·列，愿意用自己全部的力量保护他，帮助他。所有人都同意他的看法，鲍·列也同意，但是请求给沃龙科夫②打电话，提醒他自己不来。他走到隔壁房间，给大会写了一封说明信。科马不知为何跑去隔壁公寓打了一通电话，说“信将由伊万诺夫送过来”。当他回来时，鲍里亚已从隔壁房间走出来，手里拿着用铅笔给大会写的几页信。这是一封有个人特色的书信提纲，信里完全没有

---

① 维亚切斯拉夫·弗谢沃洛多维奇·伊万诺夫（1929–2017），外号“科马”，百科全书式学者，杰出的历史比较语言学家、符号学家、文化人类学家，二十六岁凭副博士论文直接获正博士学位（即教授任职资格），1958年因捍卫帕斯捷尔纳克而被莫斯科大学开除。

② 康斯坦丁·瓦西里耶维奇·沃龙科夫（1911–1984），六十年代起任苏联作协组织秘书，被普遍认为是克格勃安插在作协中监视作家的密探。

交际辞令，没有一点搪塞，同时没有让步——整封信一气呵成。

我们所有人都是罪人，因为当时没有把这封信抄下来，保存下全文。

我只能凭记忆部分重现这封提纲，还有些内容来自在二十一日和三十一日大会参会者的笔记：

“1. 我收到了你们的邀请，准备去参加会议，但是得知那里将会有一场骇人听闻的示威，所以拒绝了这个提议……

2. 我现在依然相信，一个人在写完小说《日瓦戈医生》的同时仍可以是苏联作家，更何况它完成于杜金采夫的长篇小说《不是单靠面包》发表的年代①，后者的发表营造了一种局势已变的“解冻”氛围……

3. 我把小说手稿交给一个意大利共产党员办的出版社，等待经过审查的翻译。我同意所有的修改……

4. 不认为自己是寄生虫……

5. 我不自负。我曾经请斯大林允许我按我擅长的方

① 作家弗拉基米尔·德米特里耶维奇·杜金采夫（1918–1998）于1956年在《新世界》杂志发表揭露斯大林时代官僚主义作风的长篇小说《不是单靠面包》，引起巨大社会反响，成为赫鲁晓夫“解冻”的一个里程碑，但随后直到戈尔巴乔夫改革年代，作家都一直不被允许发表新作。

式写作…………

6. 我觉得,《日瓦戈医生》将会被评论界友好对待……

7. 什么都不能强迫我放弃领取诺贝尔文学奖这一殊荣。但是奖金准备捐给和平基金会……

8. 我不期待你们的公正对待。可以枪决、驱逐我,随便你们做什么。但请你们不要心急。这不会给你们带来任何幸福和荣誉。”

我们沉默着听完。只有科马用自己一贯的方式说:

“行啊,写得太好了!”

有人建议不要提杜金采夫,但他不听。

科马和米佳乘出租车在会议即将开始前把信送到会场。

一九五八年十月二十八日,第129期《文学报》。

巨大的标题:《关于苏联作协会员鲍·列·帕斯捷尔纳克的不符合苏联作家称号的行为》。

下面用小一号字:“苏联作家协会理事会主席团、苏俄作家协会组织处、苏俄作家协会莫斯科分会理事会主席团会议决议”。

下面两栏是决议:

“这种行为意图反对俄国文学传统,反对人民,反对和平和社会主义……成了资产阶级的宣传工具……污蔑所有进步和革命的活动……与反对历史进步运动的破坏活动结合起来……由于思想贫乏，导致作者的过度自负发展成一个被吓坏了的庸人之哀号，他因历史没能走上他指定的那些弯路而生气、恐惧……他切断自己与祖国与人民的最后一丝联系……是同一种力量，组织了对阿拉伯各民族的军事勒索，挑衅了中国人民，制造了围绕着帕斯捷尔纳克这个名字的喧嚣……背信弃义者……鉴于他对苏联人民，对社会主义、和平、进步事业的背叛——这种背叛由诺贝尔奖金支付，目的是加剧冷战……剥夺鲍里斯·帕斯捷尔纳克苏联作家称号，将其从苏联作家协会开除。"

出席本次会议的有：格·马尔科夫，谢·米哈尔科夫，瓦·卡达耶夫，格·古利阿，纳·扎里扬，瓦·阿扎耶夫，玛·沙吉娘，米·图尔松扎德，尤·斯莫利奇，根·尼古拉耶夫，尼·科·楚科夫斯基[①]，薇·潘诺娃，米·卢科宁，亚·普罗科菲耶夫，安·卡拉瓦耶娃，列·索博列夫，弗·叶尔米洛夫，谢·安东诺夫，尼·格里巴乔夫，鲍·波列沃伊，谢·谢·斯米尔诺夫，亚·雅申，帕·尼林，

---

① 尼古拉·科尔涅耶维奇·楚科夫斯基(1904–1965)，作家、翻译家，科尔涅伊·楚科夫斯基之子，当时是作协理事会成员、作协翻译家分部主席。

# ГНЕВ И ВОЗМУЩЕНИЕ

## Советские люди осуждают действия Б. Пастернака

### Голос московских писателей

*Резолюция общего собрания писателей гор. Москвы, состоявшегося 31 октября 1958 года*

### Из редакционной почты

### ПРАВИЛЬНОЕ РЕШЕНИЕ

### ПРЕКРАСНА НАША ДЕЙСТВИТЕЛЬНОСТЬ

### Пасквилянт

### Слово рабочего

### ВЫЗОВ ВСЕМ ЧЕСТНЫМ ЛЮДЯМ

### Строки из писем

### Лягушка в болоте...

### Строки из писем

## ЕДИНОДУШИЕ

*По телеграммам и телефонограммам из республик, краев и областей*

### Оплаченная клевета

### От эстетства—к моральному падению

### Позорный поступок



《文学报》

谢·瓦·斯米尔诺夫，阿·文茨洛瓦，斯·希巴乔夫，伊·阿巴希泽，阿·托科姆巴耶夫，苏·拉吉莫夫，尼·阿塔罗夫，瓦·科热夫尼科夫，伊·阿尼西莫夫。

根据报纸上的说法，他们"一致谴责帕斯捷尔纳克的背叛行为，愤怒地驳斥了我们的敌人将这位内部侨民呈现为一位苏联作家的一切企图"。

在编辑部简讯《一致谴责》中写道，会议的主席是尼·谢·吉洪诺夫——正是这位"科利亚"·吉洪诺夫曾在一九三四年八月二十九日第一次作协代表大会上的演讲中说道："帕斯捷尔纳克中难以理解的喋喋缀语是词语的雪崩，只有最细腻的节制感才能将其遏制，第一眼看上去如昏暗的重负，使读者惊讶，吓跑读者，它用技艺的奇妙力量让人燃起对生命新的信念：

与存在的一切有种亲缘关系，相信
并知道与日常的未来亦是如此，
无法不落入结局，像胡言乱语
落入从未听闻的空虚。①

① 出自帕斯捷尔纳克的诗作《波澜》(1931)。

过去鲍·列曾经送给伊利亚·谢利温斯基[①]一幅自己的素描像——出自父亲列昂尼德·帕斯捷尔纳克的卓越画笔。不久前谢利温斯基还公开感谢他：

感谢我所有的老师
从普希金到帕斯捷尔纳克。

但如今，自己老师生命中的危机时刻，谢利温斯基从雅尔塔给他寄来一封信：

雅尔塔，一九五八年十月二十四日

亲爱的鲍里斯·列昂尼多维奇：

今天我听说，英国的广播报道了授予您诺贝尔奖的消息。我立刻给您发了一封祝贺电报。如果我没记错的话，您是第五位获得此奖的俄罗斯人：您之前有梅契尼可夫、巴甫洛夫、谢苗诺夫和布宁——所以您站在一个看来很优秀的队列里。

然而您的书现在面临这样一种境遇，即如果去

① 伊利亚·利沃维奇·谢利温斯基(1899–1968)，苏联诗人，二十年代曾是构成主义诗人的领军人物。

领奖，就完全会被视为是您在挑衅。我知道，我的建议对于您一文不值(nihil)，而且总之您也从来没有原谅过我比您小十岁这一点，但是我还是想鼓起勇气告诉您，“无视党的意见”——即使您认为这种意见不对——在当前时期的国际局势下就等于是在打击这个您生活于其中的国家。请您相信我不能说准确，但也是“有点准确”的政治嗅觉。

友好地拥抱您。

爱着您的伊利亚·谢利温斯基

这封信只是这场书信雪崩的第一片小雪花，突然世界各地的信不断向我们涌过来，直到鲍里亚去世前都没能止息。

谢利温斯基写了这封信后还是不放心：万一没人知道他写过信怎么办？十月三十日，他和维·鲍·什克洛夫斯基[①]、鲍·谢·叶夫根尼耶夫(《莫斯科》杂志的副主编)和鲍·亚·季亚科夫一起前往当地报纸编辑部：

① 维克托·鲍里索维奇·什克洛夫斯基(1893-1984)，著名作家、文学研究者，文学研究形式主义流派的主要奠基人之一，曾与帕斯捷尔纳克同为“列夫”小组成员。

“‘帕斯捷尔纳克总是一只眼睛看向西方，’伊·谢利温斯基说，‘疏远苏联作家集体，犯下了卑鄙的背叛行为。’”

但这还不能让谢利温斯基安心。在一九五九年第11期的《星火报》上，他发表了一首诗：在讲述了一个被母亲揍了后想拿邻居棍子报仇的不孝子的寓言后，他写道：

而您，诗人，被敌人抚弄，
只是想肆意任性，
您纵容，让任何混蛋
走近献舞，翻个跟头。
为何让心灵之火被慷慨
挥霍，它曾经如此纯洁，
如今您为了赫罗斯特剌托斯的荣誉①
把故乡置于危难之地。

“‘帕斯捷尔纳克听到对《日瓦戈医生》的批评意见后，说这‘好像是对的’，但立刻就拒绝接受批评，’

① 赫罗斯特剌托斯，古希腊青年，为了出名焚毁了世界七大奇迹之一，位于以弗所的阿尔忒弥斯神庙。

维·鲍·什克洛夫斯基说,'小说不仅仅是反对苏维埃,它还充分暴露了作者对苏联生活实质的彻底无知,完全不知道我们国家的发展方向。与作家集体的隔离,与苏联人民的疏远,使他贪图小恩小惠,投身于猖狂的帝国主义反动派阵营。"(1958 年 10 月 31 日,第 213 期《疗养地报》)

# 绳索套在喉咙上

一九五七年十一月小说在米兰出版后,我们几乎立刻就开始遭受迫害,这种形势到鲍·列获诺贝尔文学奖后变得歇斯底里起来。第一波半官方的审问我已经在《我们的还是别人的》那一章写过了。报纸虽然没有积极参与迫害鲍·列,但是也并没有沉默。例如,在一九五八年九月九日的第108期《文学报》上刊登了批评家维·佩尔佐夫的评论文章《生命的声音》:"帕斯捷尔纳克的宗教模仿诗带着一九〇八至一九一〇年的象征主义大木箱的陈腐樟脑味……"(这说的可是鲍·列的福音书组诗!)

但各位迫害者从一开始就很明了,由于所有的杂志、所有的出版社,简而言之,所有的工作全都在国家手里，毁灭我们这种小知识分子最便捷的方法就是饿死。所以小说出版后，我们不断收到通知，各种翻译合同接二连三地作废。在我们得知获得诺奖、公众舆论风波爆发前，我已经完全没有工作了，鲍里亚似乎只剩一份合同未被撕毁——翻译尤利乌斯·斯沃瓦茨基①的诗和剧本《玛丽亚·斯图亚特》。靠什么生活——不知道。

与此同时，我们看来也准备采取某种强硬路线：奖是应得的，应该领取它，绝对不能做任何的让步。

而有天晚上在波塔波夫胡同（如果记得没错的话，是十月二十九日星期三），所有人都聚在这里，鲍·列来了，态势非常隆重，然后展开了一场奇怪的对话。“现在，对诺贝尔奖的第一轮反应已经要过去了，他们所有的计划都基于我会领奖，那么我现在去拿，然后又立刻放弃——看看他们什么反应，应该会很有意思……”

我气得不行：明明已经定下一些方案了，明明他们那儿已经定下调了……

“是啊，”鲍里亚说。“但我已经往斯德哥尔摩给安德斯·厄斯特林发电报了。”他给我们看电报的副本：

---

① 尤利乌斯·斯沃瓦茨基（1809–1849），波兰诗人、剧作家。《玛丽亚·斯图亚特》是他最早的剧作，写于1830年。

鉴于我所属的社会对我获贵奖所作的理解，我应该放弃这份已授予我，而我配不上的荣誉。请不要因我自愿放弃而感到不悦……

就像第一封（感谢）电报，我们全都吓得惊慌失措。这就是他的办事风格——先去做，之后再宣布，再和别人商量。

当时好像只有阿里阿德娜马上走过去，亲吻他并说：“好样的，鲍里亚，好样的。”显然她心里并不是这样想的，只不过事情已经做了，剩下的只有支持他了。

但是这次的惊喜还没结束。给瑞典学院发电报的同时，鲍里亚还给中央委员会也发了一份。没留副本，但大概意思如下：“已放弃诺贝尔文学奖。请恢复奥莉嘉·伊文斯卡娅的工作。”

如今当我试图用匆匆一瞥回顾整个事件，我开始觉得，放弃领奖并没有得到任何一个高层掌权者的赞许，包括波利卡尔波夫。他们并不想实现这个，这不是他们的目的。一大笔外汇对于政府来说并不多余。他们不想要他放弃领奖，而是想要其他的。

直到后来我才明白，这“其他的”就是要羞辱诗人，要他公开悔过,承认自己的“错误”——随后粗暴力量和狭隘精神就会欢庆自己的胜利。但鲍·列从一开始就我行我素,给了他们一个惊喜。

与此同时,笼罩在我们头顶的乌云逐渐变浓了。他们用粗暴的跟踪来加剧我们的不安——总有一些可疑的人跟在我们后面,无论我们去了哪里。他们的工作方式特别粗鲁——竟然还穿上女式连衣裙,在我们波塔波夫胡同楼梯间的空地上跳舞,表演“民间欢庆”节目。我得知我们的乡下别墅也被安装了录音设备。

鲍里亚一开始不相信有录音设备,但[……]大部分时间我们还是悄悄说话,世上的一切都让我们担惊受怕,我们甚至对墙壁也将信将疑,它们在我们眼里也成了敌人。许多人在那时背离我们而去。

还在鲍·列放弃领奖的前两天(也就是十月二十七日星期一),我们和阿里阿德娜去找了班尼科夫。会面后我们都坚定地认为,班尼科夫怕了,他和我们还有鲍·列划清了界限,甚至明显不满我们的到来。当我们走出来后,阿里阿德娜不停责骂我:为什么要来?回到波塔波夫胡同,发现密探(有些我们都能认出来)就待在入口处。于是我就决定要拯救一些书信和手稿,而其中某些则应该烧掉。

当鲍里亚给我打电话时，我提醒他明天要去佩列杰尔金诺。第二天我和米佳抓了几包书信和手稿来到乡下库兹米奇这里。刚一进门，鲍·列就走了进来，用断断续续的语气说：

“列柳莎，我要跟你说件重要的事，让米佳以后原谅我吧。我厌恶现在的一切。觉得应该离开这个世界，已经受够了。但是我不能现在抛下你。如果你明白我们应该在一起，那我就留下一封信，让我们今晚一起，就两个人，让他们以后发现我们时我们就这样两个人在一起。你有次跟我说，吃十一片宁必妥就会死。我们去弄二十二片。让我们就这样结束吧。兰恩夫妇[1]就是这样做的！而‘他们’会为此付出惨重代价……这将是一记耳光……”

米佳是个有教养的男孩子，他打耳一听就知道这是一场非常谈话，马上离开房间。鲍里亚跑出去拦住他：

---

① 几天前我跟他说起兰恩夫妇自杀的事。兰恩就是叶夫根尼·利沃维奇·洛兹曼(1896–1958)，文学研究者，小说《老英格兰》和几本沃洛申、康拉德、狄更斯研究专著的作者。茨维塔耶娃曾这么评价他：“让人受折磨又让人赞叹的人！……他的诗对我而言完全格格不入，但——又像雪崩一样！”——原注

“米佳,别怪我,亲爱的孩子,原谅我拉着你妈妈一起,但我们不能活下去了,我们死后你们会过得更好一些。你们将会看到他们有多慌乱,看到我给他们闹出多大的动静来。发生的一切我们都已经受够了。她不能没有我,我也不能没有她。所以请原谅我们。你说,我这样对还是错?”

我记得米佳当时脸色煞白,但仍以一种斯多葛式的冷静回答道:

“您是对的,鲍里斯·列昂尼多维奇,妈妈应该像您这样做。”

我让米佳出去找一筐木柴,等他离开后,扑到鲍里亚的怀里:

“再等等,让我们从旁观者角度看这些事,让我们找到勇气再忍一忍……悲剧或许会转变成闹剧……我们的自杀会正中他们下怀——他们会解释成我们太懦弱,会说我们认罪,会幸灾乐祸!你不是相信我的第六感吗,让我再试着去走动走动,搞清楚他们到底想怎么样,还会对你做什么。只是别问我去哪里,——我自己也不清楚。你回到自己房间去,坐下来,静一静,写点什么。我搞清楚状况,如果情况其实很荒谬可笑,那最好就还是笑一笑,然后争取点时间……如果不是,如果我看出这确实是结局了,那么我会诚实地告诉你……那时我们再结束,再找些宁必妥。但你要等到明天,没有我你什么都不许做!”

重新读一遍上面这些话,我吃惊地发现它们确实苍白、无助,不能让人信服。大概,我当时本能地找到了一种无法形容的语调,成功说服了他。他投降了。

“好,你今天就去走动吧,随便你想去哪里,然后在莫斯科过夜。明天一早我就去找你,然后我们再决定怎么做——我已经无力抵抗这样的侮辱了。”

我们就这样分开了。鲍里亚自己沿着小路走回别墅,时不时回头,向我们挥挥手。

而我和米佳沿着泥巴路艰难地走向相反方向——去费定家。如果我跟他说我是要去哪里,鲍·列无论如何不会让我去的。

路上全是黏稠的脏泥巴,泥泞难行。天空飘下来让人厌恶的秋天的小冰碴。想起了鲍里亚的句子:

> 那是一个昏暗的,多雨的,只有两种颜色的日子。有光的地方是白色,没有光的地方——是黑色

内心也是同样简化的晦暗,没有缓和的过渡色与半透明色调。[1]

我和米佳浑身又湿又脏,精疲力竭到达了费定的豪华别墅前厅。费定的女儿尼娜一直不让我们进去,解释说他父亲现在生病了,谁都不见。

“我是伊文斯卡娅,如果现在不见我,他一定会后悔的。”最终我说。

这时楼梯间响起声音:“过来,过来,我的上帝啊,小马卡尔,过来。”这是康斯坦丁·亚历山德罗维奇(有次我们和他一起在著名的“阿德莱尔”疗养院疗养后,他就开始叫我小马卡尔,因为不管碰到什么事我总是说“所有球果全都掉到可怜的马卡尔头上”这句谚语[2])。但他突然想起什么,开始摆出官样,把我引到自己的办公室。

我说,鲍·列在自杀的边缘,就在刚才他向我提出这种解决办法。

“鲍·列不知道我在这里,”我补充道,“您是他的老朋友了,您是知识分子,应该明白,在这样的喧闹的混乱

① 出自《日瓦戈医生》第二卷第十一章。

② 这句谚语意为一切倒霉事都落在一个人头上。

中,您的话对于他来说至关重要。现在请您告诉我——他们到底还要他做什么? 难道他们真的在等待他结束自己的生命?”

费定走到窗户边,当时我觉得他眼睛里有眼泪。

但他回过头来。

“鲍里斯·列昂尼多维奇在我们和他之间制造了这样一条无法跨越的鸿沟,”他说话时,手部动作非常戏剧化。短暂停顿后,他换了一种完全不同的语气:“您给我说了一件可怕的事情;您能在其他地方再说一次吗?”

“即使在地狱对魔鬼我也敢说,”我回答说,“我自己也不想死,更不想眼看着鲍·列自杀。但是你们自己把他引向死亡的。”

“请您等一下,我现在打通电话,会有人接见您,到时候您把刚才说的话全都再给他说一遍。”然后他还是打给了那个倒霉的波利卡尔波夫。“您明天三点能去一趟作协吗? 德米特里·阿列克谢耶维奇会见您的,但不是在中央委员会,而是以作家的身份,在文学工作者之家。”

“去中央,去克格勃,去作协,对我来说都没区别: 我一定会去的。”

“您自己也要明白,”临别时费定说,“一定要保住他,不能让他再给自己的祖国第二次打击。”

此时我明白了，他们不希望鲍里亚自杀。目送费定走上干净的镶木地板，我和米佳也走了。

我知道费定后来把我这次来访和与他的谈话称为冒险家的冲锋。而驱使我去找他谈的，正是每次鲍里亚有危险时，总会在我心头冒出来的那种第六感(阿里阿德娜非常懂这种第六感)。旁人看来，我有时会做一些特别愚蠢的事，但是这些行为都是源于一种自保的意识，而这些行为确实保护了鲍里亚。在这种时候要相信我。

第二天(星期三)一早，鲍·列来到波塔波夫胡同，我见到他的第一句话就是：

“你可能要杀了我，但我昨天见了费定。”

“为什么去见他？只要不是费定，只要不是科斯佳·费定，那个把微笑当衣服穿在自己身上的人。”鲍里亚说。才知道昨晚他和科尔涅伊·楚科夫斯基谈了很久，振作、清醒一些了。

“就让我们等着看吧，接下来会发生什么！”

我们决定等等看。

鲍·列打车带我到文学工作者之家，我应该在那里见波利卡尔波夫，而他自己则回佩列杰尔金诺。

波利卡尔波夫已经在那里等我了。

“如果你们让帕斯捷尔纳克自杀了，”他说，“那就是帮他往自己祖国背后捅了第二把刀子（这一个刀子！）——这场风波应该止息了，我们需要您从中调和。您可以帮助他回到自己人民的一边。如果他发生了什么，那么您将要背负道德责任。不要在意那些无端谩骂，也不要有任何荒谬的想法……”

但我问道，具体该做些什么？德米特里·亚历山德罗维奇回答得相当隐晦，他说鲍·列“应该立马说些什么”。明明连领奖都放弃了，还希望他继续做些什么？但很明白他们在盼什么。第二天我就懂了他们到底要什么。只是和波利卡尔波夫的谈话让我心安了些。

之前一天，我已经全身心感觉到我们的死亡的临近，但当我明白，“他们”不想让我们死，心情才轻松一些……

带着相对来说比较好的心情，我冲回佩列杰尔金诺。我和鲍里亚好好谈了谈；我尽量幽默地转述自己和当权者的会面。

“一定要再看看，之后会发生什么，必须要等着看看。”我们这样决定。

我又去了莫斯科——需要安慰孩子们，和阿里阿德娜、斯塔罗斯京谈话。鲍里亚从佩列杰尔金诺的电话局不停给我打电话。我很累，几天都没睡好觉，这一切都给正在发生的事情打上了某种奇怪的印记。傍晚我想好好睡一下，嘱咐孩子们不要叫醒我。

但是过了一会儿米佳就把我摇醒了：

"妈妈，阿里阿德娜·谢尔盖耶夫娜请你一定要听电话。"

"我睡了，"我说，"搞什么鬼啊？"但还是去接电话了。

"你在那里谈得怎么样？"她生气地问，"你怎么这么早就睡了？"

当我反驳她说我也会累，也要休息时，她解释说：

"快打开电视。"

谢米恰斯内[①]正在发表演讲："我们有只害群之马……他就是帕斯捷尔纳克……当面侮辱了人民……猪都不会做他做的事情……他在自己吃饭的地方排泄……让他当个真正的侨民吧，让他去自己的资本主义天堂吧……"

一切又开始了！这意味着，又要开始行动，又要商量，又要采取些什么措施，又要做好防卫。

---

① 弗拉基米尔·叶菲莫维奇·谢米恰斯内(1924–2001)，苏联党务活动家，时任共青团第一书记，1961 年至 1967 年任克格勃主席。

鲍·列第二天在《共青团真理报》赏读到了这段“友好的”表述。一时间我们又要面临一个新问题：如果当真驱逐我们，是走还是不走？伊拉第一个发表意见：

“应该走，”她勇敢地表明看法，“可以走。”

“或许，或许，”鲍·列支持她，“我以后能通过尼赫鲁索要你们。”①

当时我们听到传言，说尼赫鲁愿意为帕斯捷尔纳克提供政治庇护。

“要不然，我们就走吧？”他突然对我说。然后坐下来开始给政府写信。

鲍·列写道，既然大家都把他当作流亡者，那他请求政府放他走，但是不想“留下人质”，所以请求带我和我的亲人一起走。

写完后，他把信撕了②，对我说：

“不，列柳莎，我不能离开祖国，哪怕让你们和我一起

---

① 贾瓦哈拉尔·尼赫鲁（1889–1964），印度开国总理。印度舆论界高度关注这场风波，尼赫鲁曾多次出面声援帕斯捷尔纳克。

② 这封给赫鲁晓夫的信的底稿被保留下来了。在信中，鲍·列请求，如果驱逐不可避免，“请让我带着家人一起走，还有我最亲密的朋友奥莉嘉·伊文斯卡娅和她的孩子，与她的分别，对她命运的缺乏信心，对她的担心将导致我的生存变得不可思议。”——伊琳娜·叶梅利亚诺娃注

出去。我期待去西方，就像期待过节一样，但是无论如何我无法每天都过节日生活。就让我们过着故乡的平常日子，守着故乡的白桦林，就让这我们习惯了的不幸，甚至——习惯了的迫害，一切照旧吧。而且——还有希望……我要承受自己的苦难。”

是，这只是片刻的情绪，而“走不走”这个问题不再成立了。鲍·列永远觉得自己是俄罗斯人，真正地热爱俄罗斯。

剩下的只有一件事了。给政府写信，给沙皇赫鲁晓夫。

波塔波夫胡同的厨房里，伊拉、米佳、维·弗·伊万诺夫（科马）、阿里阿德娜坐在一起。我们从一切角度讨论这封信的结构和内容。我耳边一直嗡嗡响。阿里阿德娜说了很久；然后伊拉固执己见，认为不应该寄这封信，不应以任何形式忏悔。

现在看来，只有伊拉的看法是正确的。但当时一切看起来都不是这样。甚至我很信任的人，比如亚历山大·雅申和马克·日沃夫都极力建议我写信。① 最重要的是，一

① 亚历山大·雅科夫列维奇·雅申（1913–1968），真名波波夫，作家，诗人，曾在斯大林死后的第二届作家大会上承认自己在斯大林时期的写作并不真诚。马克·谢苗诺维奇·日沃夫（1893–1962），文学研究者，翻译家。后文提及的尤利娅·马科维奇·日沃娃（1925–2010）是他的女儿，作家，翻译家。

切变得越来越可怕：一封封恐吓信、学生示威游行、要打砸别墅的传言，谢米恰斯内的公开侮辱，威胁让我们“滚到资本主义天堂”。一切都越来越骇人，让人不得不重新考虑。而我担心鲍·列的生命安危。

这种做法现在看来是十分野蛮的——我们写了这么一封信，而鲍·列起初甚至不知道这封信的存在。但当时我们实在是着急，这所疯人院里的一切当时在我们看来都是正常的。

鲍·列在信末签名，并且只修改了结尾一处地方。他还签了几张空白页，这样如果需要的话我还能修改。他给我用红色铅笔写了张纸条：“列柳莎，一切保留原样，惟有一点，如果可以的话，要写上我不是出生在苏联，而是出生在俄罗斯。”

最后这封信是这样写的：

敬爱的尼基塔·谢尔盖耶维奇：

这封信我写给您本人、苏共中央和苏联政府。

从谢米恰斯内的报告中我得知，政府“不会给我离开苏联设置任何障碍”。

对我来说这是不可能的。我与俄罗斯血肉相

连，这是我出生、生活和工作的地方。

我不曾想过自己的命运能够独立或远离它而存在。无论我犯下了什么样的错误，我都无法想象自己会陷入这样的政治运动之中，让他们利用我的名字在西方兴风作浪。

意识到这点后，我给瑞典学院写信，讲明自愿放弃诺贝尔文学奖。

离开自己的祖国对我而言等同于死亡，所以我请求不要以这种极端的方式对待我。

扪心自问，我认为自己为苏联文学做过点什么，且今后还将为其效劳。

鲍里斯·帕斯捷尔纳克

这天夜里伊拉和尼娜·伊格纳季耶夫娜[1]把信送到中央委员会所在的老广场。把信送到入口窗口时，军官和士兵怀着极大的兴趣看了伊拉好久。

当诺贝尔文学奖授予另一位俄罗斯作家——亚历山

① 尼娜·伊格纳季耶夫娜·巴姆，1937年被非法镇压的著名批评家、翻译家谢·罗莫夫的遗孀。1946年在莫斯科出版的安·谢·阿利卢耶娃（斯大林的大姨子）《回忆录》就是她润色的。——原注

大·索尔仁尼琴时，我再次想起一九五八年十月那些可怕的日子。现在我特别强烈地意识到那时我们是多么不坚定，甚至可以说有些愚蠢，没有坚守住“伟大的时刻”，让它变成了耻辱的时刻。

是啊，现在已经无法明白，放弃领奖到底是挑衅，还是胆怯。

如果再替自己辩解几句（或许也没什么说服力），那就是当索尔仁尼琴被授予诺贝尔文学奖时，他比鲍·列几乎小二十岁，而且经过了三重历练（大概，这样的人世界上从未有过）：四年战场生活，八年集中营苦役，癌症。

典型的“身体柔弱的知识分子”鲍里斯·帕斯捷尔纳克能和他相提并论嘛？鲍里亚能死在自己的床上，而不是像尤里·日瓦戈一样死在某个偶然的有轨电车站，这已经是幸运的了……

本不应该寄这封信。不应该！但是——寄出去了。这是我的错。［……］

因为我们已无法忍受。

所以他才在信上签字。而且很轻易就签了，因为他毫不怀疑自己最后的胜利。因为，他明白最重要的一点：

**事情已经都做完了**——书写完了,出版了,不光被国人读过了,还被全世界读过了,《日瓦戈》完成了自己的"宇宙航行"(鲍·列的表述)游遍全球。除此之外,当时他就明白一个真理,虽然现在所有人都觉得这是显而易见的:这些信不会损害什么,除了那些强迫他写信者的声誉。之后他自己清楚地,毫不怀疑地写道:"当被怀疑蒙难的人声言自己其实是在蒙福,那么大家就会怀疑他这番话是被折磨出来的。"

事实确实如此。

# 给赫鲁晓夫的信

这是十月三十一日,一个漫长的周五。经历过昨天一系列的历史事件,给中央写了那封信,我又很晚才躺下睡觉,而且睡得很糟。白天我去索比诺夫胡同母亲那里,为了好歹能小睡一会儿。

不过这是不可能的——妈妈很快把我叫醒:

“来电话了,说是中央打来的,有很重要的事。”

只能爬起来了。原来是黑辛打来的。他说话的语气很激动,但又挺和善,仿佛我们上次谈话时什么都没发生,那次谈话后我是摔门而去的。[①]

---

① 格里戈里·鲍里索维奇·黑辛(1899—1964),曾任文学基金会会长,后任全苏著作权保护局局长。本书初版(巴黎,1978)中曾有一段关于黑辛的插曲,但在后来的版本中被删除:在电视上看到谢米恰斯内的演讲后,伊文斯卡娅前往著作权局,寻求一向热情对待她与帕斯捷尔纳克的黑辛的建议,孰知黑辛大打官腔,斥责帕斯捷尔纳克叛国,拒绝提供建议。伊文斯卡娅遂摔门而去。

“奥莉嘉·弗谢沃洛多夫娜,亲爱的,您是聪明人,鲍·列的信收到,一切都正常,坚持住。但是要告诉您,我们必须马上见一面,我们现在就去找您。”

“格里戈里·鲍里索维奇,我连话都不想和您说,”我生气地回答。“您说要来找我,我听到都觉得奇怪。在我最困难的时候,认识到了您是怎样的朋友!我不想再和您有任何来往。”

黑辛沉默了很久,然后说把电话交给波利卡尔波夫。

“奥莉嘉·弗谢沃洛多夫娜,亲爱的小鸽子,”我听到波利卡尔波夫安抚的声音,“我们在等您。现在我们去索比诺夫胡同。您把大衣披一下就出来,我们一起去佩列杰尔金诺。必须火速把鲍里斯·列昂尼多维奇接来莫斯科,去中央委员会。”

昨天晚上才把给赫鲁晓夫的信送过去,现在就让鲍·列去中央委员会,看起来像一切早就准备好,就等这封信了。

我的第一反应是找伊拉,让她先去佩列杰尔金诺,提前告知鲍·列,马上会有人来带他去中央。最重要的是要让他放心,最可怕的事情都已经过去了——让他把一切都当成一出闹剧。我明白,这封信送出后,整个事件的高潮就过去了,我们现在正没有痛苦地下滑。接下来是私下谈话的官方程序。和谁谈话?谁心里都没有疑问:既然是波利卡尔波夫本人去佩列杰尔金诺接鲍·列,那要见他的一定是赫鲁晓夫本人。

我给伊拉打通了电话,她同意去。我要尽量拖延时间,为了她能完成自己的任务。然而我们刚通完电话,忽然听到汽车鸣笛。波利卡尔波夫、黑辛乘坐政府的黑色“吉尔”轿车出现在大门口。

我出来和他们说还需要拿点东西,然后回到妈妈房间,惟一的目的就是拖点时间,让伊拉能赶在我们之前去佩列杰尔金诺提醒鲍里斯·列昂尼多维奇。

但一切不如我所愿:我们坐的汽车沿着公务专用通道开,在路口不需要等信号灯。一直到佩列杰尔金诺几乎畅通无阻。

“现在一切希望都在您身上,”德米特里·阿列克谢维奇带着微笑,转身对我说,“您要安慰他,政府马上会回应他的信。多余的话一句都不要说。现在请保持安静。最重要的是——把他从佩列杰尔金诺带出来。但愿他不要拒绝跟我们走。”

当我回溯这个周五的每个细节片段时,我吃惊地发现——他们所有人都多么害怕鲍·列不跟他们走啊。不是每个军事统帅都会在兵力优势悬殊的情况下还如此费尽心机地策划一场行动,像他们策划“把帕斯捷尔纳克运到中央”那样。

我们第一次停车是在“法捷耶夫酒肆”。旁边停着几辆车,而在车旁边站着的是格·马尔科夫、康·沃龙科夫,还有另外的几个人(这么多力量都被牵扯进来!)。波利卡尔波夫在这里说,让我和黑辛换乘另一辆车继续往前开,而他在“酒肆”附近等着;等我们和鲍·列往莫斯科方向开时,他再从后面跟上来。

他们为我设计了这样一个计划:伊拉去别墅找鲍·列,让他出来找我,我劝说他去中央委员会,等到了波塔波夫胡同,我们得进去坐一会儿。我应该换套衣服,所有人再喝一会儿茶。汽车会等我们,然后再把我们送到中央委员会,到时候通行证应该都准备好了。总而言之,还是应该拖延时间。

当我们到佩列杰尔金诺的别墅时,天已经有些黑了。开始下起小雨。但是别墅周围没看到伊拉的出租车。我开始生气,紧张得不得了——毕竟已经帮她争取到四十分钟……什么也做不了,计划就是计划——不能破坏……我们沉默不语地盯着路，在黑暗中等待了大约十五分钟。伊拉的出租车终于开过来了，原来她在莫斯科到处找科马……可真会挑时间！于是我们看着伊拉走上台阶。受到惊吓的季娜伊达·尼古拉耶夫娜给她开门，说鲍·列马上换衣服。看来，他明白了些什么（或者被伊拉的突然到访吓到了），穿着日常的灰色外套和灰色帽子走出来。

边走边搞明白状况，坐到车里时他已经心情不错，只是抱怨伊拉不让他换裤子。

“你知道吗，我穿上一件非常好看的皮夹克，阿根廷款式，深蓝色的；和我脸色很搭，但是伊拉不给我时间换裤子，就没穿！”

“伊拉奇卡，”他转向伊拉，“我的小姑娘，现在我要给他们瞧瞧，你会看到我要闹出什么动静来。我全都要跟他们说出来，全都说出来。”

“鲍里亚，他们不会给她通行证的，”我说，“没必要带她过去，然后在那里搞事儿。”

“没有她我不去，别担心，列柳莎，我会弄到通行证的。”

这时我悄悄跟他说，想办法先回一下波塔波夫胡同，喝点茶,我换件衣服,这样可以冷静地去中央委员会。这个主意鲍里亚非常喜欢——可怜的人,他甚至丝毫没有怀疑这点“自由”其实是波利卡尔波夫设计出来的,在他的战略计划中至关重要。

有那么两三次,我悄悄推了推鲍·列,指着司机用耳语对他说:“鲍里亚,小点声,他在监听。”但他一点都没收敛。他滑稽地抱怨着自己气色不好,昨天没睡好,还穿着在乡下的裤子;他该怎么跟中央委员会解释?他想说,当时正在散步就把他拉来了,没来得及换衣服;最重要的是气色不好,他的气色不好。他一直斜眼看司机的反光镜:“上帝啊,他们在那儿见到我一定会说——就是这么个丑八怪惊动了全世界!”我们笑了一路。

政府的车一辆接一辆跟在我们车后。我知道,有一辆车里坐着波利卡尔波夫。

终于到了波塔波夫胡同。鲍里亚脱掉外套,来回走着,喝了些浓茶,要求我不要戴任何首饰,也不要涂太多唇膏。

“奥柳莎,”他说,“上帝又没亏待你,请别涂唇膏。”这是我们永远的分歧。

然后鲍·列嘱咐伊拉带点药。她带了一大瓶缬草滴剂,一些瓦洛科定[1],以防万一发生冲突时可以救急。车子在等着我们,但是我们一点也不怕迟到,因此或许还有一丝歇斯底里的快乐……

我们沿着柠檬街一路开到了老广场上的中央委员会二号大门,鲍·列走向看门人,开始解释说自己被指定会见,但他没有任何证件,只有作家证。

“这是你们那刚刚把我开除的协会给我发的证,”他给士兵解释说,然后又把话题转向裤子,“您瞧,我在散步时被他们拉到这儿来,所以穿着这样的裤子!”他真的是脑子里想什么,嘴上就说什么。

士兵明显有些吃惊,但还是和气地说:

“咱们这儿您穿什么都可以,都可以,没事的。”

和我料想的一样,鲍里亚和我被带去存衣处,然后走上楼梯,但伊拉被拦住了。

“没关系,我的小姑娘,”鲍里亚轻声说,“在这里稍坐一会,我现在给你弄通行证,没有你我就不去那里。”

上楼梯时,鲍里亚冲我使了个眼色,小声说:

“你等着看吧,等会儿肯定很有意思。”

---

① 原产于德国,后在苏联广泛使用的一种镇静剂,可用于心脏病急救。

当然了,他毫不怀疑,等着他的人是赫鲁晓夫。

但是推开禁地之门,在大桌子后面,我们看到——还是德米特里·阿列克谢耶维奇·波利卡尔波夫。只不过他刮了胡子,看起来更精神了,就仿佛这慌乱的一天没有发生过。看来,和我们去佩列杰尔金诺跑了一趟后,他还抽空收拾整理了一下自己的面容。于是我们明白了,为什么他要设计让我们去波塔波夫胡同待一会儿。只是多少为他感到有些难堪,他耗费了多少精力啊,就是为了把鲍·列弄到这儿来,现在却努力装作从早上就没有离开过自己的办公室,与鲍·列的来访毫无瓜葛。

波利卡尔波夫旁边坐着一个很瘦的男人,我好像见过他的照片,但他一直沉默,所以关于他我很难说什么。之后有个拿文件夹的人出现了一会儿。但是,这个房间里最主要的角色就是波利卡尔波夫。他让我们坐下。我和鲍里亚面对面坐进舒适的皮沙发椅。

鲍里亚第一个开口,而且当然一开始就是给伊拉要通行证。

“她拿着缬草酊剂,可以救我的命。”

波利卡尔波夫皱起了眉头:

“说得好像我们的命就不必救了似的。鲍里斯·列昂尼多维奇，为什么要让一个小女孩卷进来？就算没闹这一出，她也天知道已经听见些什么了！”

“我请您给她通行证，”鲍里亚坚持，“让她自己决定来不来！”

“算了，”我出面调停，“我们很快就能离开这里，就让她稍微等等吧。”

纠缠完伊拉的事，波利卡尔波夫清了清嗓子，郑重其事地站起来，用广场宣谕人的嗓门告知我们说，作为对信的回复，赫鲁晓夫允许帕斯捷尔纳克留在祖国。至于现在如何与人民和解，这就是他自己的事了。

“但是现在很难用我们的力量去消除人民的怒火，”与此同时波利卡尔波夫说，“比如说，我们完全没法撤回明天的《文学报》……”

“您还有良心吗，德米特里·阿列克谢耶维奇？”鲍里亚打断他，“哪有什么怒火？如果您还有一点人性，怎么能做到随口编出这样的套话？‘人民’！‘人民’！就像随便从裤子口袋里掏出来的。您应该心里明白，自己完全没有资格说这个词——人民。”

可怜的德米特里·阿列克谢维奇气得大口喘着粗气，在办公室里走来走去，保持着耐心，再次劝说鲍里亚：

"现在一切结束了,现在我们就别再计较了,一切都会渐渐平复的,鲍里斯·列昂尼多维奇……"突然他友好地拍了拍鲍里亚的肩膀:"哎,你这个老头子,老头子,看你捅的娄子……"

但鲍里亚生气了,因为被当着我的面叫老头子(他觉得自己既年轻又健康,是这个时代的主人公),愤怒地把手从肩膀上推开:

"行了,请您收起这套说辞吧,不许和我这样说话。"

但波利卡尔波夫却没有立刻放弃他那费好大工夫培养出的口气:

"哎,往俄罗斯背后捅了一刀,现在倒想着来调解了……"又是这该死的刀子,就好似那句"和投靠他们的谢皮洛夫"。[①]

鲍里亚暴跳如雷:

---

① "莫洛托夫、马林科夫、卡冈诺维奇反党集团和投靠他们的谢皮洛夫"是在苏联报刊上使用的官方称谓,用来指代一群试图在1957年6月罢免赫鲁晓夫苏共中央第一书记职务的高阶党务工作者。德米特里·谢皮洛夫支持前三位,并公开发表了自己对赫鲁晓夫的不满。在苏联民间流传着一个笑话,说世界上拥有最长姓氏的人是"德米特里·和投靠他们的谢皮洛夫"。——原编者注

“请您收回这句话，我不会再跟您说一句话了。”随后站起来往门外走。

波利卡尔波夫绝望地看着我：

“拦住他，拦住他，奥莉嘉·弗谢沃洛多夫娜！”

“您这样诽谤他，指望我拦住他？”我面无表情地说，“先把说过的话收回去！”

“我收回，我收回。”波利卡尔波夫惊恐地嘟囔着。

在门口鲍·列放慢了脚步，我把他劝回来，谈话在另一种语调中继续。

离开时，波利卡尔波夫把鲍里亚送到门口，然后拦住我说：

“我很快还会找您的；这两周我们都先平静平静，但很明显，还得以鲍里斯·列昂尼多维奇的名义写个什么声明。我和您亲自操刀，就在这个房间里写：但这都是十月革命纪念日之后的事了，所以先安心过节。您是不是也觉得一块石头落了地？承认吧！”

“哦，我不知道。”我回答。

“看见没，列柳莎，”下楼梯时鲍里亚说，“他们有多无能……他们也想立刻就放手去干——那事情就会完全两样了，但他们不会，他们还是在关注细枝末节，他们害怕表达,这就是他们的基本错误。他们也想立刻就和我说人话。但他们没有感情,他们不是人,是机器。你也看到了,那些墙面多可怕,这里就像是由机器在发动……而我毕竟已经逼他们担惊受怕了,这都是他们自找的!”

于是我们和伊拉三个人一起乘着一辆宽敞的公务车疾驰回佩列杰尔金诺。鲍里亚就像来莫斯科的路上那样,激动,高兴,话多。他跟伊拉上气不接下气地生动转述我们和波利卡尔波夫的谈话过程。好几次我扯他的袖子,朝司机的方向点头——但不起什么作用。伊拉听完后,背了几段《施密特中尉》里的诗:

在混乱年代寻找
美好终局本是徒劳。
有人惩戒和悔恨,
有人——蒙受苦难。

大概,你们不会颤抖,
在戕害他人的时候。
或许,苦于教条,
你们也是牺牲品——被时代牺牲。

我知道，那柱子，我
将站立的地方，会成为
历史中两个不同时代的分界，
而我满意这样的选择。

鲍·列高昂的热情戛然而止。一直处于亢奋中的他听到自己写下的句子，突然流出了眼泪：

"你想想，写得多好，多真实！"

我们把他送回到"大别墅"，自己则得返回莫斯科。但是大公务车不小心陷到泥洼里，我们和司机推了很久，也没能把车弄出来。伊拉不得不回到别墅求助。塔季扬娜·马特维耶夫娜（帮佣）带着鲍里亚的小儿子廖尼亚出来帮忙，塔季扬娜推车推得最卖力，伊拉奇卡说，这甚至有某种象征意义。

这漫长的十月三十一日星期五终于在深夜结束了。

## “沿着猫的足迹，沿着狐狸的足迹……”

每天邮局都送来几十封信。《文学报》可以因其挑选信件的“客观性”而被授予桂冠，但我可不羡慕这顶桂冠，所以我要立刻声明：虽然送来的绝大部分信件都还饱含善意和同情，但不仅落进来了批评性的信件，也有纯粹就是恐吓性的信件。对于恐吓性的信件无须多言，但面对同行的评论我不能沉默。

前面已经把谢利温斯基的信件全文展示给大家了，但是对加林娜·尼古拉耶娃[1]的信我不能这么做，虽然它就在我手上，因为她用铅笔写了满满的十二页纸：她说自

① 加林娜·叶夫根尼耶夫娜·尼古拉耶娃(1911-1963)，真名沃良斯卡娅，苏联作家，代表作为长篇小说《收获》。

己曾非常喜欢帕斯捷尔纳克的《施密特中尉》,但接下来又写道:

> ……应该向背叛者的后脑勺开枪。我是个女人,见识过许多苦难,不是个坏人,但是面对这样的叛国行为我的手不会软。

在表明了自己想尽到刽子手(而且是这个词字面上的、物理上的意义)的责任后,为防止她作为"不是个坏人""并不残酷"的女性提出的慷慨提议不被立刻执行,尼古拉耶娃建议诗人走遍全国,去了解一下他诽谤的人民,理解一下他们是什么样的人,去集体农庄里看看那些建设者,看看"伟大的共产主义建设事业",她希望写出过《施密特中尉》的帕斯捷尔纳克不会无动于衷。

在报纸上刊登《人民的怒火》的那一天,鲍·列给尼古拉耶娃写了回信:

> 一九五八年十一月一日
>
> 谢谢您的真诚。斯大林的恐怖年代改变了我,我在这些恐怖被揭露前已多少有所耳闻。

如果我是您，我还是会稍稍降低音调。还记得韦列夏金和《战争与和平》中百姓的义愤场景吗？[①] 无论您怎样强调您的话语与声音的主观性、独立性，它们都混入并淹没在这种义愤之中。

我想安慰您那正在抗议的正义感与诚实品性。您比我年轻，您能活到大家用另一种眼光看待一切往昔的时候。

您的信里充满了预言和建议，但在您的信寄达之前，我就已经放弃了诺贝尔文学奖。给您写信是希望您不要认为我在躲闪回答。

鲍·帕

同时鲍里亚给我写了张小纸条：

奥柳莎，我应该回复加林娜·尼古拉耶娃吗？

读一下，帮我想想。如果不应该回复，把这封信毁掉。吻你。如果不是现在肩膀和肩胛骨的疼痛，

① 详见《战争与和平》第三卷第三部第二十五节，莫斯科总督拉斯托普钦称韦列夏金为叛徒、莫斯科覆灭的元凶，随后愤怒的民众将韦列夏金活活打死。

我现在感到无比幸福。你呢?

我没有把这封信发出去,如今它保存在伊拉那里。

这类信有一些,但我不记得内容了。

支持和同情的细流每天聚集涌来。有时最朴实无华的信会让鲍·列落泪:

其中一封是这样的:

敬爱的鲍里斯·列昂尼多维奇:

今天我寄出很多祝贺信和明信片,同时也想给您写一封。

整整一周,我怀着巨大的悲哀看着报纸上的一篇篇文章,为我们的文学家们感到羞耻。

……但我不相信那些反对您的文学家说的话。他们的行为坏透了……

有位作家说,现在任何人都不会向您伸出手。他错了。我要紧紧握住您的手,愿您身体健康,精力充沛,挺过所有这些考验。

请记住,最重要的是自己的评判,自己良心的评判。那些坚信自己的真理的人,一定是正确的。

您不要认为自己是孤独的。可能，现在您收获的同情与理解，比您一生中得到的都要多。

祝您幸福。

敬爱您的Г.津琴科

定制服装厂剪裁工

基辅，五八年十一月四日

《真理报》编辑部给我们转送了一封来自列宁格勒的设计局总工程师C. A. 奥博连斯基从729信箱发来的信。他写道：

尊敬的编辑同志：

我是一个上了年纪的生产者……不是评论家，但我是个诗歌的热烈爱好者，诗歌鉴赏家。当读到第154期《真理报》上面刊登的弗·叶尔米洛夫所写的评论文章《为了社会主义现实主义》时，我想："如果我们生产者**也这样**互相批评，如果我们每个人也这样**乐于**看到他人的失误，极力把它们夸大——那么我们的生产之路就走不远……

之后他详细揭露了叶尔米洛夫反对帕斯捷尔纳克诗歌和小说的真实原因。

П. 亚茨克亚维丘斯从立陶宛给鲍里亚寄来自己的长文的复印件：

帕斯捷尔纳克经受住了时代最艰难的考验。能鉴赏他的人为数不多，但一个人一旦进入其诗歌的不可复制的世界，就永远都不会背叛它。

如今应该把真诚与正直视为作家的功勋。帕斯捷尔纳克是为数不多的宁愿沉默，也不愿不真诚的人。他已经走过了自己路途中最危险的那一段。而在未来的时代，他将不再是"诗人的诗人"，而将成为"所有人的诗人"。

还有这样的信：

诗人鲍里斯·帕斯捷尔纳克：

我向您深深(及地)鞠躬，以感谢自从我知晓您的诗以来，您借由它们为我带来的幸福与喜悦。我的生命即将结束，但我会带着它们离去，我把它们给了很多人，而他们也将知晓且不会忘怀这些诗。

K. 普鲁茨卡娅

还有些信没有署名。其中有一封在反对声最激烈时期寄来：

深受敬爱的鲍里斯·列昂尼多维奇：

数以百万的俄罗斯人为我国文学中出现了一部真正的巨著而欢欣鼓舞。历史不会亏欠您的。

俄罗斯人民

除去这种性质的信件，回应每天都从国外，从世界上几十个不同的城市通过信件传来。写信人从事最最不同的职业。

我记得，鲍·列有次曾为一位汉堡的木偶戏艺人流下眼泪。他在信中讲述了自己木偶剧院中的种种失败，但并未提出任何求助。鲍里亚马上给费尔特里内利发去指令，让他在圣诞节前给这位木偶戏艺人寄去一大笔钱。

我觉得，他在很短的时间内以赠礼的形式给那些翻译过他作品的人、多多少少参与其中的人，或者纯粹只是向他求助的人发了超过十万美元。

阅读信件和回应当时占据了很多鲍·列如此珍视的时间，但写回信对他来说是必需以及最最重要的事。他只要看到信中有鲜活的人的灵魂，几乎就一定会回信。

给叶·德·罗曼诺娃回信的结尾就很典型地反映了他的立场：

> ……我快速结束这封信，不是因为缺乏情感，而是因为在充斥眼前的事务、工作、关怀和外国信件的重压下完全不能有一丝喘息，这些外国信件中有一定比例我会回复，而动机就像回复您一样——就是说促使我回复的不是给我写信的具体个人，不是礼貌规范，不是那些预先知道的、自然流露的感激之情，而是信件本身，那一封封充满崇高精神，使人喜悦和惊奇的信件……

写给鲍里斯·扎伊采夫[1]的信：

---

① 鲍里斯·康斯坦丁诺维奇·扎伊采夫（1881–1972），俄罗斯作家，1922年侨居海外，1924年起居住于巴黎。——原编者注

在我人生将要走向终点的时候，巨大却又不应属于我的幸福降临到我身上，我与这广阔辽远世界上的许多值得交往的人建立了私人的直接的联系，与他们进行轻松、亲密但是重要的对话。很不幸，这一切来得太迟了。

根据格尔德·鲁格的统计，从鲍·列获诺贝尔文学奖到他去世，他共收到了两万至三万封信件。

留给写诗的时间所剩无几。人生中最后几首诗中有一首是关于书信的：

沿着猫的足迹，
沿着狐狸的足迹，
我带着整包书信回家，
在那里我有快乐的自由。[1]

在我们去中央委员会前两天，根据上面的指示，写给鲍里斯·帕斯捷尔纳克的信都被拦截了。这件事让他气

① 出自帕斯捷尔纳克的诗作《大千世界》(1959)。

愤,甚至超过了整场迫害行动。所以,当与波利卡尔波夫拟定“协议”的条件时,他提出的第一件要求就是恢复通信。第二天邮差就送来两大包信件,都是这几天攒下的。他幸福极了。

## 是领袖打来的

波利卡尔波夫保证过让我们安安静静地过节，过两周后，他会邀请我去重新写一封信。我们心里清楚，他们不会停止侮辱。但还是希望哪怕能够安安静静地过完这承诺的两周也好。

但这并没有发生。十一月四日，星期二，我和鲍里亚还有米佳在波塔波夫胡同，一早就开始清捡厚厚一包的信件。

米佳撕开一个信封，里面掉出来几页纸，是从书里撕下来的库普林的《革除教籍》[1]。鲍里亚看见特别高兴。

---

① 这部短篇小说的背景是托尔斯泰晚年被教会革除教籍这一事件。

除了这几页纸,一行字也没写,——什么意思呢?

电话铃突然响了。我们让米佳接电话,说我们不在家。——只想安静地坐着,哪怕与这个仇视我们的世界隔绝一个小时也好。但是米佳用手掌捂住话筒,我们听到了悲剧般的低语:

"母亲,是领袖打来的!"

"这是中央委员会打来的。奥莉嘉·弗谢沃洛多夫娜,我是德米特里·阿列克谢耶维奇,我们该见面了,让我们请鲍里斯·列昂尼多维奇给人民写封公开信吧……"

显然,鲍·列给赫鲁晓夫写了封信,然后事情就这么结束,这本是最简单的处理办法。但他们既欠缺这样行事所需的才智,也欠缺基本的人道精神。

一切又重新开始了。

鲍里亚立刻坐到桌边,开始构思将刊登在《真理报》上的公告信的草稿。他写道,在他看来诺贝尔文学奖应该是他的民族的骄傲,而他放弃领奖,不是因为他觉得自己是错的,或是为自己担心,而是由于亲友的压力以及担心他们的处境……这封信显然波利卡尔波夫不能接受。

第二天我带着鲍里亚写的草稿来到中央委员会。就跟预料的一样,波利卡尔波夫说,我和他要"自己来加工这封信”。这是一项应由伪造狂来实施的工作。我们挑出鲍·列在不同时间、不同场合、因不同理由说出的句子，把它们拼到一起。脱离了语境，这些句子就不再呈现鲍·列想说的语义。白的变成了黑的。①

但是这样做立刻就有了收获：波利卡尔波夫用坚定的语气宣布，他会帮助我们重新出版《浮士德》译本，而且允诺把我和鲍里亚从国立文学出版社的黑名单上除名，于是我们可以重新通过翻译工作来养活自己。

当我拿着新的公开信方案回到鲍里亚身边（信里几乎都是他说过的话，但完全不反映他的想法）——他只是摆摆手。他累了。他只想赶紧结束这种意料之外的处境。两个家庭需要钱，他习惯帮助的其他人也需要钱。（他曾说过：“我周围建立起一整个财政局，许多人靠我维系生活，我要赚很多钱……”）波利卡尔波夫允诺我们可

---

① 这么说是明显的夸大。如果我们比较一下鲍·列最初的文本与1958年11月5日出现在《真理报》上的那封信，那么就可以看出，“白的完全没有变成黑的”。在这封信中，帕斯捷尔纳克既没有收回自己的小说，也没有收回发表。只有“对自己生活的时代的自豪”这样的话听起来有些格格不入。信的其他地方都充满了一个正常人——他在精神分裂般的压力之下，被迫为自己完全自然而然的举动辩护——应有的尊严、思维方式和逻辑，这一切都是如此帕斯捷尔纳克式的准确！鲍·列自己并没有去中央委员会“加工这封信”。妈妈给他带去了波利卡尔波夫提议的修改。他只在他认为可以接受的文本下面签字。——伊琳娜·叶梅利亚诺娃注

以继续从事翻译工作,支撑起了我们重建往日生活的希望……鲍·列在对自己的意愿做出了无法补救的强迫后,在第二封信下面签了字。这封信于十一月五日星期四发布:

我请求《真理报》编辑部刊登我的声明。

对真实的尊重,促使我写了这样一封信。

就像所有发生在我身上的事都是我的行为导致的自然后果一样,当诺贝尔文学奖授予我时,我的所有做法都是自由自愿的。

我视诺贝尔文学奖为崇高的文学荣誉,为此而高兴,并在向瑞典学院的主席安德斯·厄斯特林发出的电报中表达了这一点。

但我错了。我的错误是有根据的,因为我五年前就被列为诺贝尔文学奖候选人,当时还没写这部小说。

在一周时间里,当我看到围绕我的小说展开的政治攻势达到了何等规模,当我确信这次授奖是一次政治行动,并且现在引发了骇人听闻的后果时,我根据自己的意愿,在没有任何人强迫的情况下,发出了自愿放弃领奖的电报。

在给尼基塔·谢尔盖耶维奇·赫鲁晓夫的信里我声明,我的血脉、生命、工作与俄罗斯息息相关,让我抛弃它,离开它去别的地方是不可想象的。这种息息相关不仅指与祖国的土地和自然的亲密关系,还与祖国的人民,与它的过去,光荣的现在,以及它的未来不可分割。

但我与这种亲密关系之间还竖立着一层阻隔,它是因我个人的罪责被这部小说带来的。

我从来不想给我的国家和人民带来伤害。

《新世界》出版社曾提醒过我,读者可能会把这部小说当作反对十月革命和苏维埃制度的作品。我从未认清这一点,现在为此感到遗憾。

事实上,如果关注一下从对小说的批评分析中得出的结论,那么就会认为我仿佛在小说中表达了以下错误观点。我仿佛断言说所有革命活动从历史视角来看都是不合法的,而十月革命就是这样一个非法现象,它给俄罗斯带来了不幸,给俄国知识分子世家带来毁灭。

我明白,这种断言被演绎到了荒谬的程度,我不会承认自己有这样的想法。但是我被授予诺贝尔文学奖的作品给了这种可悲的阐释以借口。由于这个原因,我最终放弃了该奖。

如果这本书的出版被暂停,就像我请求我在意大利的出版商做的那样(而在其他国家,小说是在我不知情的情况下出版的),那么很可能我还能做出些修改补救。但是小说印出来了,说什么都为时已晚。

在这暴风骤雨般的一周里,我并没有遭到迫害,也绝对没有受到生命、自由和其他任何方面的威胁。我想再次强调,我的所有行为都是自愿的。所有我身边熟悉的人都清楚地知道,世间没有什么能让我扭曲心灵,或做出违背良心的事情。这一次也没有。请让我再一次重申,我没有受到谁的胁迫,做出这份声明完全出自我自由的灵魂,出自对一切和对我个人未来的美好信仰,出自我对自己生活的时代,对那些在我周围的人们的自豪。

我相信,我会重拾力量恢复自己的声誉,恢复已经破损的同志们的信任。

鲍里斯·帕斯捷尔纳克

一九五八年十一月五日

像往常一样,闹剧也伴随着悲剧接踵而来。

写完第二封信——那件“净罪神业”——我们去莫斯科的次数越来越少,更愿意待在佩列杰尔金诺。我们的房东库兹米奇,一个狡猾有趣的老头,是个诡计多端的人。鲍里亚有时喜欢和他聊天,欣赏他卓越的口才,不止一次和他喝自酿酒,从所有人的陪伴和餐桌聊天中获得极大的愉悦。

库兹米奇从“酒肆”微醉着回来时,他经常唱起一首老歌:“就让坟墓把我惩罚,只因我爱她。我连坟墓都不怕……”他感觉到我们喜欢他的演唱,所以总是当鲍·列在场时唱歌,或者当他想巴结我,让我提前付房费的时候。

有时,老人们在另一间房的对话也让我们发笑。那个瘫痪的婆娘——库兹米奇的老婆——害怕丈夫抛弃她,而他则给自己抬价。

所以看到醉醺醺的库兹米奇,婆娘也谄媚地唱着:“我们的雄鹰在哪里?他在哪里飞翔?”

而库兹米奇开始吹牛,大放厥词:他要从“联欢节”带回来一个包头巾的土耳其女人,还大声说自己曾经“特别有女人缘”,要是在以前,一定“把奥列奇卡从鲍里斯·

列昂尼多维奇那里抢过来”。

库兹米奇总是小心翼翼地讨好鲍·列，奉承他的慷慨与玩笑。虽然有次他特别不满意。三月八日那天，我和鲍·列争执起来，吵了很久。而谢尔盖·库兹米奇在等着他日常的那“半斤酒”。鲍·列摔门离开了。

“他带来了吗？”库兹米奇用同情的语气问我，戴着皮帽的脑袋从门里探进来。沮丧的我把他赶走了。“真是个难搞的人……”库兹米奇叹了口气。

那天晚上，我和鲍·列为库兹米奇的挫折哈哈大笑。

夏天谢尔盖·库兹米奇有时戴我的软宽檐草帽。他那大得像水罐的鼻子好笑地从帽檐下伸出来。当我们在小桥上遇到他，看到他高大驼背的体型，和从帽子下露出来的小胡子，总是忍不住笑出声来。

我们能从他这里得到一丝喘息，这让库兹米奇非常得意。

但此时喉舌们向全天下散播谣言，说帕斯捷尔纳克卖身投靠了资本主义阵营，这种声音也传到库兹米奇的耳朵里；老头公正地判断，资本主义者应该有很多钱。

隔着墙我们听到了库兹米奇的演讲：“你知道吗，我们这位原来是个百万富翁！谁能想到呢——穿得靴子破破烂烂，还不如我的呢；自己天知道是个什么东西，还掌管着几百万呢……”

我笑了，但很意外的是鲍里亚非常生气。他飞快地站起来，健步跑过凉台，冲向库兹米奇大喊（我在屋里听得一清二楚）：

“什么几百万，谢尔盖·库兹米奇？要知道我放弃领奖了！现在都只会说：几百万，几百万，却忘了这几百万是怎么回事——我可明明放弃了！”

库兹米奇为了不破坏与鲍·列的关系，开始随声附和：

“是，是，知道，听说了，您放弃了，放弃了……”

“你想想，他说的话什么意思，”鲍里亚穿过凉台回来，火冒三丈，“他根本不想听到我说放弃领奖，他只想听别人说那几百万……”

我试着安慰他，但库兹米奇对发生的事情的怀疑态度却占了上风，我们清楚听到他的埋怨声：

“呵，谁会不要这么一大笔钱？‘放弃了’！”

之后，我们搬到另一栋小房子里，邻居变成了看守员玛露霞。她是个健康漂亮的姑娘，三十岁左右，长着一双蒙古式但大大的褐色眼睛，结实的胸脯，明亮黝黑的红脸颊。她有个舅舅常来看望,矮小、秃顶、活泼健谈。她的小房间有单独的门廊,房间开一扇小窗,面向公路,直对“法捷耶夫酒肆”,那里总是聚着一些酒鬼。我们的三扇小窗面对着平静的河谷,可以望见谢图尼河的支流,河流在不远处注入湖泊。在鲍·列五十年代末的诗歌中,这个湖泊被多次吟诵。

如今“酒肆”被拆毁了,茂盛的小树丛覆盖了小河,艾蒿和杂草占据了它原来的位置,路上再也见不到一个酒鬼,玛露霞也不知道去哪里了。原来从公路到我们的小房子要踩着树木的根茎艰难地走过去,现在那里修了楼梯。那里至今游荡着我的回忆——只有我的,但依然鲜活……

就这样,也不需要遮掩什么,玛露霞欢乐的舅舅经常来我们这做客,在小棚子里大造自酿酒。玛露霞也会稍稍给我倒一些,我勉强喝了,只是为了不让她生气——虽然喝的时候既厌恶又恐惧。我们和玛露霞以及她舅舅的关系一直很好。现在我们不在的时候,玛露霞一直给我们的房间烧暖,而不是库兹米奇。我把钥匙放在她那里,鲍里亚对她宽容、亲切、友好。我感觉玛露霞不想让其他人住进来。

四月的某个半带春意的潮湿美好的日子里，我们看到玛露霞的门廊边有两个不认识的男人。他们像主人一样拖来几个脸盆，拉着箱子，礼貌地介绍自己是玛露霞的亲人。玛露霞看起来有些难堪，貌似对我有些歉意，解释说，他们不会住很久。

早上我被奇怪的电钻声吵醒。

“你们一大早搞什么工程呢？”我问玛露霞。

她慌忙看了一眼门，跟我说，那两个男人压根不是她的亲戚——这是他们强迫她这样说，为了避免不必要的恐慌。实际上他们是刑事犯罪科的工作人员，在墙里钻孔是为了方便观察经常出入“酒肆”的一个大罪犯。他们自称想把整个犯罪团伙一网打尽。玛露霞请求我千万要保守秘密，所以一开始，除了鲍·列，我谁都没告诉。

这些人住了几天就离开了，然后又返回来，还不止一次。之后我们的一个朋友提醒，说有人在我们这里安装了录音机（有个在相关机构工作的人住在他家，喝醉酒后说漏了嘴），甚至还告知了这台录音机的型号。我开始恐慌，并用自己的担心去刺激鲍·列。但是，他还是像往常那样嘲笑我，还问我：如果我愚蠢的想象属

一九五九年

实,为什么要在墙上钻孔呢?这个孔和我们有什么关系?玛露霞不在的时候,我曾经偷偷给他看过那个孔。真正同情我的担忧的只有海因茨;他给我满怀激情地讲述现代技术如何实现远距离监听,这可不太能安慰到我。我们的一个俄罗斯朋友建议找"自己的弟兄"——一个无线电技术员在墙里和地下室敲一敲。即便是找到了"地狱机器",那么我们不仅不会受到指责,相反,我们就会有权利指责他们,因为在墙内安装这些东西似乎属于非法手段。

我的这位朋友——虽然不是立刻,而是过了很久派来了这个无线电技术员。我还记得,当玛露霞离开屋子后,我们把所有动物都赶出房子,小伙子认真敲打了每面墙和地下室。冬天我们把地下室打开,让猫儿可以躲在里面取暖。小伙子从地下室出来时,脚底沾满猫咪粪便,满身的蛛网和灰尘,这笔钱他赚得很诚实,但却什么都没有找到。我们答应小伙子,如果他找到什么,就给他一千卢布,如果没找到,酬劳减半。总之,我们的钱白花了,鲍里亚又可以尽情嘲笑我了。

但洞孔还留在那里,玛露霞的"亲戚"还是时不时出现。我心里还是有些恐慌,感觉不安。但这个洞孔的作用，有一天得到解释。我们所有人正在喝茶——鲍里亚、妈妈、谢尔盖·斯捷潘诺维奇①，还有我，至今记得，那是个玫瑰色的傍晚，玛露霞突然跑来找我，让我从洞孔看出去。公路上停了一辆黑色“乌鸦车”，有个人被塞了进去。

“查出来了！抓到了！”我再一次被嘲笑。

“你不会认为，”鲍·列语带讥讽，“他们为了你专门安排假装抓小偷的桥段，还派了辆‘乌鸦车’？他们有多需要我们啊！再说我们的观点他们已经清楚了——还需要‘他们’花这么多钱吗？我们又没有躲起来。”

当我们和朋友们庆祝新年时，我谈到这件事，嘲笑自己的疑神疑鬼。朋友中有位著名律师——他后来还得为我辩护。我还记得他出乎意料认真听了我的讲述，然后神秘地说：“或许正是为了你们他们才这么做的。你们觉得自己不值这些钱？”我把这些话告诉鲍里亚，他只是很生气，觉得我又疯了，相信这些蠢话！

但事实上很快真相大白：根本不是在抓捕传说中的强盗，而是监视我们。我们配得上那些：墙上的洞孔，道具“乌鸦车”，还有录音机（它也是之后被发现的）。

---

① 伊文斯卡娅的第二任继父谢尔盖·斯捷潘诺维奇·巴斯特雷金。

让我感动和吃惊的是，鲍·列完全不在乎这个世界上强者们的看法，他珍视与女邮递员的关系，珍视女佣塔季扬娜那沉默的忠诚，还会因为锅炉工人“像往常一样”和他打招呼而开心。

有一天散步后，好像发生了什么重要的美好的事情一样，他的眼睛里含着眼泪，说在路上遇到了佩列杰尔金诺的警察，他的老熟人。警察依然向他问好，仿佛什么都没发生过……

在那段时间，大家不约而同地保持幽默感，尽可能发挥它，好像这样我们以这种看似“轻松的”方式对待正在发生的事，最终也感染了鲍·列。于是他在讲述与最近的经历相关的各种事情时，总是表现出高超的技巧与机敏。[……]

我明白这多少有些做作，也知道，这些事情让他多心痛。但至少表面上——表面上一切都好：我们哈哈大笑，局外人会以为这些事情既轻松又无所谓。

孩子们也在驱散我们的担心和不安。在伊拉的领导下（我们把她的小团体称为“铁木儿和她的队伍”①），孩

---

① 化用儿童作家阿尔卡季·彼得罗维奇·盖达尔（1904–1941）的名作《铁木儿和他的队伍》。

VI/27

Ты прелесть Ирочка и с тобой в жизни будет все хорошо. Желаю тебе, чтобы все, что ты сделаешь хорошего, далось тебе легко, без труда и препятствий.

БП.

五十年代末。“六月二十七日。你真迷人，伊拉奇卡，有了你在生命里一切都会好。愿你所做的一切事都有好结果，愿你能轻松地应对，没有困难和障碍。鲍·帕”

子们每晚都来找鲍·列，而这对他非常重要：让他知道，孩子们依然尊敬爱戴他，依然崇拜他，为他骄傲。

每当孩子们来的时候，鲍·列愉快地和他们坐在库兹米奇的小房间里一起聊天。聊完后，他们全都沿着我们的篱笆和窗户间的小路送他回去，穿过萨马林池塘上的长桥，走在古老的白柳树下。鲍·列很兴奋，滔滔不绝，像孩子一样毫不掩饰因别人爱他产生的喜悦，在那段时间，对伊拉格外好。

正巧在那几天他送伊拉一台非专业摄影机，她把我们一次散步的过程拍了下来，虽然拍得很糟。保留下来一些镜头，里面的鲍·列那么鲜活，那样亲近，以至于如今回看这部侥幸保存下来的"电影"，我们很难不落泪。

"她是我的聪明姑娘，"鲍·列这么说伊拉，"就是这样的姑娘我一生都盼着。我有过多少孩子，又有多少孩子在我身边长大，但我只爱她一个……"

当我责备他对伊拉有时宠爱过了头时，他回答说：

"列柳莎，别针对她，真理总是通过她的嘴说出来。你不是说过，她更像是我的，而不是你的女儿，那就按照她说的来做吧！她是个非常聪明的姑娘，什么都明白。那个能理解她的灵魂有多么敏感而特别的人，将会是多

么幸福啊。她不是一下子能被看透的,但当她完全展示自己的光芒时,不,不,我从没见过一个人,能够配得上她。”[……]

## 日常之光

关于帕斯捷尔纳克生命的最后一年，我想单独地说一说。

是的，这场悲剧我们看来是经受住了，如今正尽全力使生活不偏离正常轨道。我们还从未有过如此的和谐一致。小说中写得太对了："他们彼此之间的爱不是出于必然，不是因为'被情欲灼伤'，这是不真实的描述。他们彼此相爱，是因为他们周围的一切——他们脚下的土地，他们头顶的天空、云朵和树木——都愿意这般。他们的爱被周围的一切认同，也许比他们自己更认同。街上的陌生人，散步时整齐排列的远方风景，他们定居与相会的小房间。"①

① 出自《日瓦戈医生》第二卷第十五章。

当我去莫斯科的时候，鲍里亚在“大别墅”里也坐不住，早上他会飞奔来找我。我们在波塔波夫胡同接待那些不害怕来找我们的客人。几乎每天，严肃、镇定、非常坚毅的阿里阿德娜都和我们在一起，还有尼·米·柳比莫夫[1]、科马·伊万诺夫，科斯佳·博加特廖夫、尤利娅·日沃娃、伊娜·马林科维奇[2]也经常来。

鲍里斯·列昂尼多维奇用了多年时间制定、几乎成为某种仪式的日常作息逐渐得到恢复。

我往返莫斯科，在波塔波夫胡同和尼古拉·米哈伊洛维奇·柳比莫夫一起清校各种翻译稿件，然后小心翼翼地请求鲍·列修改那些尼古拉·米哈伊洛维奇发现与原文差距比较大的段落。很快寄来了那场风波后的第一笔翻译卡尔德隆的酬金。波利卡尔波夫承诺的重版《浮士德》依然遥不可及。

有些外国人来找我们，这无论如何不能避免。小说在意大利出版，又出现在全世界后，“上面”很快就两次传召我们。目的是一样的——劝导鲍·列和我“不要见任

---

① 尼古拉·米哈伊洛维奇·柳比莫夫(1912–1992)，苏联著名翻译家，主要翻译罗曼语文学作品，亦有回忆录、文艺论著传世。

② 伊涅萨·扎哈罗夫娜·马林科维奇(1928–1992)，起初是伊拉的中学老师，之后成为我们家的亲密朋友。——原注

何外国人了!”时间已经证明没有什么比这种要求更荒谬和不明智的。

第一次“上面”叫的是鲍里亚。都不是传召,而是非常野蛮,不期而至,几乎是强行把人塞进车里带走——慢慢反省去吧。那(一九五九年三月十四日)很可能是我生命中最艰难的一天。

前一天晚上我去莫斯科,想第二天留在那。但我刚刚抵达,他就从佩列杰尔金诺打电话过来,让我放下手中所有的事情,早上九点前赶回我们的小房间。我回去了,但他不在。等待,担心——什么可能性没想过啊,简直想用头撞墙。叫我回来——人却没了!有些可怕的事或许已经发生了。

到下午五点时,已经完全病态的我才想到去村电话局往莫斯科打电话:或许,那里有什么消息?我没猜错:接电话的是联络员米佳;他说,老经典打过两次电话,告知自己意外地出现在莫斯科,而且转告说,如果我想到打电话过来,那就一定要在佩列杰尔金诺等他。我的不安转变为愤怒。从电话局出来,我吃惊地看到一辆政府的车停在我们的小桥旁,鲍里亚从车里下来,迎面走向我。我飞奔向他,但他漫不经心地听完我的抱怨,解释说,他们突然出现在桥上，跑过来直接把他带走了。

“不要生气，奥柳莎，”他安慰我，在路中间就亲吻我，“好处是我接下来能和你讲多么有趣的事情！知道吗，我和一个没有脖子的人谈了话……”

如果我没猜错的话，这个人是检察长鲁坚科[①]。他试图让鲍·列写下书面保证，不再接触外国人。[②]

“如果你们觉得有必要，可以派警卫，不让外国人来我这里，”鲍·列回答他，“我可以签字，只能写了解了你们的文件，但是不作任何保证。总的来说，让我舔打我的手，却不允许我向给我打招呼的人致意，这种要求太奇怪了。”

“您是个两面派，鲍里斯·列昂尼多维奇。”检察长气

---

① 罗曼·安德烈耶维奇·鲁坚科(1907–1981)，长期担任苏联总检察长(1953–1981)一职，纽伦堡审判时担任苏方主要公诉人。三十年代参与肃反，五十年代积极参与为肃反受害者平反，并实际领导贝利亚案的调查工作。

② 这次由苏共中央主席团同意了的苏联总检察长的传召与《诺贝尔奖》这首诗有关。这首诗在 1959 年 1 月和伊文斯卡娅吵架后写成(见后文)，并转交给《每日邮报》记者安东尼·布朗。鲍·列称，他把诗交给外国记者并不为了发表，而是当作“手迹”。但由于记者违反伦理的行为，这首诗马上在外国广播里被宣读，并且附带政治评论发表在 2 月 11 日的《每日邮报》上面。为此在帕斯捷尔纳克家掀起了轩然大波。(参见《季娜伊达·涅高兹回忆录》)在审问期间，检察官鲁坚科指责帕斯捷尔纳克“欺诈和两面派作风”，并威胁要根据“叛国罪”条款提起刑事诉讼。审讯笔录中没有提及与外国人的会见。——伊琳娜·叶梅利亚诺娃注

愤地说。

但鲍里亚满意地应声附和：

“对对，您找到了正确的词语，我的确是两面派……”

回到“大别墅”，鲍·列往门上贴了一张用英语、法语、德语写成的告示：“恕不接待”。

很快我也被“报复”了。大约过了十天，鲍·列就不得不在波塔波夫胡同为我担心了。孩子们告诉他，两个陌生人开着黑色“吉姆”轿车把我带走了。出于特别关照，他们给我机会在中午打电话回家，告诉家里人很快回来。他们把我带到了卢比扬卡，一位瘦小的长官请我喝茶，并且也想让我书面保证不再和外国人来往。按照鲍里亚的经验，我只是写下自己知道这个要求，但是任何保证都没做。长官还说，他们已经对我和鲍里亚撒手不管了，只是要从我们手里拯救孩子：他们听到了不该听到的。

“想想，‘他们’都开始教孩子了，瞧瞧，变得多‘温柔’啊，”鲍里亚对我的转述表示惊讶，“我以为你不会回来了，准备好向全世界跟他们大闹一场。”[……]

一切都是逐步酝酿，且旷日持久。慢慢地鲍里亚和

五十年代末，乌兹科耶

原本的家庭形成一种冷漠敌对的关系。“大别墅”里的人觉得我是一切灾难的原因，同时，他们不能也不想理解鲍里亚。

一九六〇年一月二十五日，鲍·列给雷娜特·施魏策尔的信里写道：

> 你会认识我的妻子季娜伊达，看到那栋房子和房子里的生活。你过来，或许会看到某些多少能代表我的人和事，也会看到一些虽然距离我明显很近，但却完全无法代表我的人和事。所有这些都视情况而定。之后我会带你去见奥莉亚……

但随后他实在难以忍受，决定和“大别墅”永远断绝关系。原来他和帕乌斯托夫斯基①说好了，要我们去塔鲁萨他家过冬。②

---

① 康斯坦丁·格奥尔吉耶维奇·帕乌斯托夫斯基(1892-1968)，苏俄著名作家，代表作为《金玫瑰》《一生的故事》等。

② 实际上是叶·米·格雷舍娃和尼·达·奥腾邀请鲍·列和妈妈去塔鲁萨住一段时间，腾出自己的空别墅。这份邀请由阿里阿德娜·埃夫龙转达，她一直非常公允地为妈妈担心，担心她不受帕斯捷尔纳克名声保护的未来，总是劝妈妈把他们的关系合法化。——伊琳娜·叶梅利亚诺娃注

从一开始，我就不相信鲍里亚能够抵御离家出走带来的风暴。能向一个六十九岁的人要求这个吗？但这是他自己决定，而且看起来——非常坚定。

一月的暴风雪越来越猛烈，我的灵魂阴郁而焦虑。

到了约好搬去塔鲁萨的那天，鲍·列一大早就来了，脸色苍白，说他做不到。

“你还需要什么呢，”他这样说，仿佛导致他起意变卦的是我，“当你明白你是我的右手，我整个人都与你同在之时？——但是不应该掠取那些配不上这种荣誉的人，现在他们什么都不需要，除了能看见熟悉的生活方式；应该和解，就让两栋房子、两个家同时存在吧。”

他还说了许多，都大概是这个意思。

我很生气，没有开玩笑。我凭直觉猜到自己比任何人都需要受到帕斯捷尔纳克这个名字的保护，而且这是我应得的。这不好的预感在一年半后应验了。如果说他的名字在一九四九年帮到了我的话，那么在一九六〇年（假如它被正式固定下来的话[①]）它本来也可以阻止这场灾难。

---

① 指的是通过婚姻的形式。

但当时，一九五九年一月二十日，我只能模糊地猜测到将要发生的事，而在我心中主导的不是这些猜测，是出于某种鲍·列在我心中唤起的女性的抵抗意识，虽然他自己并不想看到这种结果。我指责他，觉得他只想保全自己的安宁，却牺牲我的，并且宣布我会马上离开他去莫斯科。

他无助地重复，说我现在当然可以抛弃他，因为他是一个弃民。

我骂他扮可怜；他脸色苍白，小声嘟囔，说我马上就都会明白的，然后离开。我没有留他。

出发去了莫斯科。晚上就在电话里听到他有负罪感的声音说着那司空见惯的开场白：

"奥柳莎，我爱你……"我放下话筒。

早上接到中央打来的电话：

"鲍里斯·列昂尼多维奇现在搞出的这些事，"波利卡尔波夫语气愤怒，"比小说那件事还要差。"

"我什么都不知道，"我回答，"我昨天白天和鲍里斯·列昂尼多维奇分开了，晚上在莫斯科过的夜。"

"你们吵架了？"波利卡尔波夫生气地问，"真会挑时间。他写了一首诗，交给了一个外国人，现在全世界的广播都传遍了。这又会引起风波。快去和他和好吧，竭尽全力阻止他做更疯狂的事……”

我开始穿衣服，此时接到鲍里亚从佩列杰尔金诺的电话局打来的电话。

“列柳莎，别挂断电话，”他开始说，“我都说给你听。昨天，当你非常公正地对我生气并离开后，我完全不愿意相信发生的一切。回到住处，我写了一首关于诺贝尔奖的诗。”

我坠落，如陷阱中的兽。
仿佛有人影、光和自由。
追捕的喧闹紧跟身后，
我已没有逃出的路。

昏暗的森林和池塘的岸，
锯倒的云杉原木。
各方的路都已被截断。
让该发生的发生吧，都一样。

我究竟做了什么坏事，

我，恶徒和杀人犯？
我只是让整个世界哭泣
为了我故土的美丽。

包围圈越收越紧，
我又做下另一桩错事——
让我的右手不在身上：
心灵的挚友不在身边。

我宁愿，把绳索套到喉咙，
当死亡临近的时刻，
只为让我的右手
帮我拭干眼泪。

“我写完这首诗，列柳莎，就去找你了，”鲍里亚说，“我无法相信你会离开我。然后我遇到一位外国记者。他跟在我身后，问我，想不想说点什么？我说自己刚刚失去爱人，给他看了想带给你的诗……”

我回到佩列杰尔金诺，给鲍里亚说了波利卡尔波夫的那通电话。我们的伊兹马尔科沃小破屋又重归和平了。

“你不会真认为自己搞出一件什么事来，我就当真会抛弃你？我的糊涂鬼。”

第二天，从佩列杰尔金诺的商店回来的雪路上，尤里·奥列沙[1]追上了我：

“请等一下！”我停下了。“请您别抛弃他，”尤里·卡尔洛维奇说，用祈求的眼神看着我，“我知道，您是一个好女人。不要抛弃他！”

但《诺贝尔奖》这首诗虽说不是写来发表的，但还是传遍全世界了。

有时一颗小石头掉落，也会引起天崩地裂。只不过在这个意义上，我们的吵架成为《诺贝尔奖》出现的原因。但主要的原因还是对鲍·列的迫害，他“陷阱中的兽”的境遇。这首诗让那些迫害他的人、试图蒙骗后代的人的努力全都化为灰烬——他们制造假象，仿佛他“完全自愿地”拒绝领奖，公开忏悔……由于担心亲近的人受到伤害，面对驱逐出国的威胁，鲍·列在那两封信上签了字，

① 尤里·卡尔洛维奇·奥列沙（1899–1960），二十年代苏联重要作家，代表作为长篇小说《三个胖人》和中篇小说《嫉妒》。三十年代起几乎不再写作，后酗酒，靠其他作家接济为生。

如今他充满尊严地报复了这两封信。

就在同一周的星期天，鲍·列在纸堆里找到两张版画，这是一九〇八年斯特罗加诺夫学院印制的一百张列昂尼德·奥西波维奇·帕斯捷尔纳克画作中的两张。这是那张出名的写生肖像画：书桌前的列夫·托尔斯泰。

鲍·列把这两张版画送给我的亲人：儿子米佳和继父谢尔盖·斯捷潘诺维奇。在送给米佳的版画背面，鲍·列写道：

> 给亲爱的米佳·维诺格拉多夫，才华横溢的冒失青年，希望，他崎岖难行的青年之路能变得平坦轻松，怀着爱意和对他的信念。
>
> 一九五九年一月二十五日
>
> 鲍·列·帕斯捷尔纳克

总之，我们又和解了，恢复平静的生活。但这怎么可能是我们最后一次争吵？如果是这样就好了……

二月初波利卡尔波夫又找我。他说，英国首相麦克米兰将率团访问莫斯科，不希望鲍·列和任何一个英国

一九六〇年十月

人见面。他或许会轻率地接受访问,然后损害的会是他自己。如果鲍·列这段时间不在莫斯科,那就再好不过了。

不出意料,鲍·列大发雷霆,并且宣布哪里也不去。但恰好此时收到了尼娜·亚历山德罗夫娜·塔比泽的邀请。季娜伊达·尼古拉耶夫娜与尼娜·亚历山德罗夫娜交好,把鲍里亚一起带去了第比利斯。

临行前,和我分别时,鲍里亚无助地反复叨念:

“奥柳莎,这不是你,说出这种话的不是你了。这全都是从一部差劲的小说里搬来的。这不是我俩该说的话。”

但我冷漠得像个旁观者,出发去了列宁格勒。伊拉把鲍里亚的信都转寄给我,但我没有回复。我们生命中的这最后一次争吵的痛苦至今折磨着我。

通常,当他声音颤动,双手也难过得发抖时,我会不顾一切奔向他,用吻覆盖他的双手、眼睛、脸颊。他是那么柔弱无助,我们那么相爱……

鲍里斯·列昂尼多维奇一九五九年二月二十日到三月六日都待在第比利斯,从那里给我写了十一封非常美好的信。

刚一回到莫斯科(三月十五日)他就往巴黎给扎伊采夫写信:

无法向您转达……您的来信让我多么开心。或许,谁也不能想到,我常常希望自己过上另一种生活,常常处于忧伤和恐惧之中,而这些忧伤和恐惧都源于自己,由于自己不幸的个性,它要求精神探索及其表达的极度自由,而这种自由恐怕哪里都没有由于命运的曲折,给自己亲近的人带来痛苦。您的信正是在这样一个最忧伤折磨的时刻到来——感谢您。

一九六〇年二月七日,已是生命终结的不久前(或许他有预感),鲍·列写给身在纽约的乔治·莱维:

实际上,我现在应该像克努特·汉姆生临终时所做的那样消失并隐藏,秘密地写下我尚可以做的一切,但是在俄罗斯的情况下这是不可能的。

## “朋友，亲人——可爱的废物……”

早在一九五八年九月三十日鲍里亚就给雷娜特·施魏策尔在信中写道：

> 我倾向于这样的交往方式——互相介绍并且聚集自己最亲密、珍重的朋友。他们之间经常见面，甚至比和我还要频繁，我们围绕着奥丽嘉的伙伴们很可能就是这样。而我们通常的客人，也就是我们的家庭伙伴们，对我来说更无关紧要一些。他们都是些周日伙伴，完全不了解奥莉嘉，是艺术和戏剧世界那些显赫的、有钱的人，但我的灵魂不属于他们，而属于那些年轻的、没名气的、被奥莉嘉所吸引的人。

在那些受折磨的昏暗日子里,“大别墅”的“家庭伙伴”不仅仅让鲍·列觉得无关紧要,甚至常常让他生气。

“朋友们奇怪地变得暗淡,褪去了颜色。谁也没能保留下自己的世界,自己的名字。他们在他的记忆中要明亮得多。看来,他之前高估了他们。”①

鲍·列通常愉快地同意所有建议和批评。

“是是是,您完全正确,”迫不及待地点头微笑,“这非常不好。”但事后会不开心地回想起这个人。

“能与他的轻信相当的只有他的多疑。他能够相信(甚至是信赖!)第一次遇到的人,但其实他内心甚至不信任——最好的朋友。”玛丽娜·茨维塔耶娃曾这样说。

一九五九年初秋,瓦赫坦戈夫剧院的演员阿斯坦戈夫邀请我和鲍·列去看话剧《日出之前》。鲍里亚既喜欢米哈伊尔·费奥多罗维奇这个人,也喜欢他的演技。他欣然接受邀请,我们丝毫不怀疑将受到心灵的震撼,出发前往剧院。

鲍里斯·列昂尼多维奇的眼睛几乎没有离开过舞

---

① 出自《日瓦戈医生》第一卷第六章第四节。

台，沉默、认真地看剧。我觉得他对剧情的高度关注不仅在于对艺术作品的兴趣，还在于某种深深隐藏的个人经历。我的直觉得到了证实，在剧院出口，鲍里亚说：

“阿斯坦戈夫出色地扮演了我，而那位采利科夫斯卡娅却没演好你。”

任何一位了解豪普特曼《日出之前》这部剧的人都能明白，鲍里斯·列昂尼多维奇把自己比作马蒂亚斯·克劳森，把我比作因肯·彼得斯是什么意思。误解和恶意的围墙把老学者最后的爱情包围，让他与所有亲友疏远，导致了悲惨的结局。

鲍里斯·列昂尼多维奇充满了类似的预感。因此，落在我身上的每一块石头（无论谁扔的）都会激怒他，而对小说的谴责（通常又与我有关）会使他愤慨不已。那时平常善良友好的鲍里斯·列昂尼多维奇会突然变得尖锐、不宽容，有时甚至变得粗鲁。

并不是所有亲近的人都能理解这一点，并在和鲍·列的交往中引起重视。莫斯科艺术剧院的演员鲍里斯·利瓦诺夫试图渐渐地，但相当坚定地劝导鲍·列，说他首先是一位抒情诗人，在小说中投入大量时间和精力是不理智的。更不用说要捍卫这部小说存在的权利了。

对于鲍·列来说,这部小说却是他一生的创作目的,他将自己对世界命运、人生悲剧、爱情、自然和艺术之使命的思考全都写进小说里面。因此,一些朋友不断贬低小说的作用和重量的努力总是以他的爆发结束。

一九五九年九月三日,“大别墅”内周日午餐时利瓦诺夫又开始说起《日瓦戈医生》,鲍里亚忍不住了,要求他闭嘴。

“你过去想演哈姆雷特,那你是想用哪些手段来演他呢?”

利瓦诺夫一生都盼着演哈姆雷特,他说,甚至斯大林在克里姆林宫接见他时都曾向斯大林请教该如何演好这个角色。斯大林说,这个问题应该去请教涅米罗维奇-丹钦科,但他个人是不会出演哈姆雷特的,因为这部剧又悲观又反动。

因此利瓦诺夫不再继续尝试,但扮演哈姆雷特的愿望还存留在心里。鲍里亚不礼貌地提起他的“伤心事”。

不知道接下来他们又说了什么,但星期一早上鲍里亚来我这儿时写下了这首短诗:

朋友，亲人——可爱的废物！
你们迎合了时代的趣味。
哦，我还能怎样背叛你们，
总有一天，骗子和懦夫。

这其中能看到神的旨意，
你们没有其他的路，
除了被各个部委召见
一次次地踏破门槛……

诗的第三节我记不清了。他当即给利瓦诺夫写了一封长信：

一九五九年九月四日

亲爱的鲍里斯，当我们聊波戈金和安娜·尼康德洛夫娜时，我们之间还没有裂痕，而现在裂痕存在，也将持续。

大概有一年的时间，我虽不能自夸身体强健，但确实不再失眠。但昨晚你来过我们这里后，我厌弃自己和生活，无法找到自己的位置，连两倍的安眠毒药都不能帮我入睡。

事情并不错在负罪感或你不体面的行为，而是我早就从此抽身，远离灰色的，令人嫌恶和烦闷的过去，并觉得我已经忘记了它，而你从头到脚都是在提醒我那段记忆。

我早就请求你不要那样赞美我。但你做不到。我再也忍受不了你的颂歌了。我不喜欢你把我上溯到什么细腻，什么良心，上溯到我父亲、普希金、列维坦。一个绝对者是不需要谱系的。我也不希望在你有影响力的支持下变得伟大永恒。没有你的保护我也多多少少能活得下去。你在自己的生活中或许已经习惯了夸张，但我不是青蛙，没必要把我吹成牛。我知道我玩世不恭，但相较于分享你呼吸的烟雾与谎言，我觉得死亡更甜美一些。

我经常见证你用你那长舌报复那些和你断交的人，伊万诺夫们、波戈金们、卡皮查们，还有其他人。愿上帝帮助你。什么都没有发生过。你在我面前全都对。

相反，我对你不公，我不信任你。如果远离我，不和我见面，你什么也不会失去。我是个不忠诚的朋友。对你、涅高兹和阿斯穆斯①，我说过温柔的话，将来也想再说。不过我最想做的当然还是把你们全都吊死。

你的鲍里斯

当然，他对谁都不会生气很久，很快他就打电话给利瓦诺夫，邀请他来别墅："当然，如果你愿意跨过我的那封信。"

这怎能让人不想起尤里·日瓦戈的话：

"亲爱的朋友们，哦，你们，你们所代表的圈子，以及你们喜欢的名字和权威的才华和艺术是多么无望地平凡。你们惟一的生机和光明是与我活在同一时代并认识我。"②

之前还写过："我不在乎你们，唾弃你们，不爱你们，愿你们全都见鬼去吧。"③

---

① 瓦连京·费迪南多维奇·阿斯穆斯（1894–1975），苏联著名哲学家、哲学史家，尤以对康德的研究闻名，后因在帕斯捷尔纳克葬礼上演讲而险遭莫斯科大学开除。

② 出自《日瓦戈医生》第二卷第十五章。

③ 出自《日瓦戈医生》第二卷第十一章。

每当回忆起他人生中的最后一年,我都觉得,对他来说,孩子们或者随便某个库兹米奇般的人物都比"大别墅"里那些德高望重的访客要亲近许多。

这种说法似乎是有道理的,就是一个人越深刻,越有修养,就越能在身边发现有趣的人;只有那些有局限的人难以发现人与人之间的差别。

柳霞·波波娃的儿子祝贺鲍·列生日快乐,送了他一幅画,上面是他想象中鲍·列的样子。五九年二月十六日,鲍·列感谢七岁的小男孩:

我亲爱的基留沙,衷心感谢您的祝福。您写得已经这么好了!画得也这么好:您太棒了!只不过把我画得太好看了,我这辈子从来没有长得这么好看。

基留沙,您太美好了,给我带来巨大的快乐。祝愿您一生中获得许多成就,快乐并且顺利。愿您的外婆和妈妈健康长寿。向她们鞠躬。

深深亲吻。

您的鲍·帕斯捷尔纳克

他给我的继父谢尔盖·巴斯特雷金写道：

五九年十月二十日

亲爱的谢尔盖·斯捷潘诺维奇，天使日快乐。还记得我们曾在您的老公寓里度过那样一个美好的夜晚，但是很遗憾，今天我无法再办这样的晚会。我觉得，玛丽亚·尼古拉耶夫娜①应该在一段时间内使您的生活变得无趣一些，不要一直让精神激昂，搞庆祝活动。这种对平静的需求毕竟只是暂时的，而且会过去，我有过经验，所以了解。

我非常开心，生活的境遇使我们变得亲近。我很少相信人与人的观念和信仰是相似的（很可能我也没有观念和信仰），但我非常重视在业已发生的命运方面，在生命之中的毗邻性。我非常高兴在您身上找到这种邻近感，拥抱并且亲吻您这位邻居。此外，也要祝福玛丽亚·尼古拉耶夫娜，这场庆典上最主要的天使。

您的鲍·帕斯捷尔纳克[……]

① 玛丽亚·尼古拉耶夫娜·巴斯特雷金娜是我的母亲。——原注

我非常珍视《日瓦戈医生》上的题词[①]：

一九五九年六月二十七日，在奥柳莎生日这天把这本书连带我全部的悲惨人生送给她。

鲍·帕

① 这里说的是送给母亲的小说的第二部分。小说第一部分题词上写着献给季娜伊达·尼古拉耶夫娜和儿子廖尼亚，保存在帕斯捷尔纳克家庭档案中。小说的第二部分有另一种的命运——1960年伊文斯卡娅被捕后，这半部小说被当作“与外国的犯罪关系”的重要证据归并入案宗。1988年我们被平反后，根据莫斯科市法院的判决，这半部小说应该归还我们。但是鲍里斯·帕斯捷尔纳克的亲人对这一判决提出异议，经过十年的诉讼，法院判决我们被捕时没收的全部档案归鲍里斯·帕斯捷尔纳克的儿媳，其幼子的遗孀纳塔利娅·阿尼西莫夫娜·帕斯捷尔纳克所有。——伊琳娜·叶梅利亚诺娃注

## 《盲美人》

鲍·列很早就有创作一个剧本的念头，显然从战争时期就开始了。

他自己也会写一部剧，
灵感来自战争，
伴着森林不断的低语，
病人躺着，思索。

他要把不存在的人生
无法想象的进程
用外省人的语言
归入明确和严谨。

在鲍里亚送给亚·格拉德科夫的《古老的庄园》的变体版本里还有这样一节：

他所有梦想都在戏剧中。
要与妻子和孩子
隐藏在彼尔姆某处
悄悄地度过两年，三年……

在自己的最后一个秋天和冬天，他开始创作《盲美人》，这是一个关于农奴制的、盲目的俄罗斯的剧本。他思考了很多，辛苦工作，但同时也抱怨自己一天不能写超过两小时。他跟我说：

"要工作，要工作！……要在今年写完它！"

在这个剧本中，鲍·列想对文化的自由和继承性提出自己的看法。起初写的是农奴制改革前关于自由的讨论，以及历史和民族视角下的社会自由诸问题。之后改革发生了，泛泛的社会自由的幻象变得清晰起来，可以确定，人只有在创作中才能获得自由。

这应是剧中农奴演员阿加福诺夫论述的内容。

鲍·列经常说，这个剧本写得好或者不好，现在已经不重要了：

“我是为自己写的，就像小说一样；那个时代非常吸引我：尚处于奴役之中，而与此同时——解放似乎马上就要到来；在这种背景下一个演员、艺术家的命运正处在某个分界点上，农奴制将要结束，马上开始另一种生活。”

鲍·列除演员外，还构想出了一位家庭教师，未来的民意党人；剧中应该反映时代、各人的命运和一些事件（比如亚历山大二世遇刺事件）和伟大爱情的命运。

但是创作剧本需要大量时间，与世界各地的通信阻碍了剧本的创作进程。

有时他会像小孩子一样叹气：

“如果一起床就能看到完成的剧本就好了……”

当被问起剧本写作进度如何时，他总是回答说：

“在用墙纸糊墙之前，要先用报纸糊一层。目前的剧本就是报纸的那一层。”

当时只写了序幕和第一幕的第三、四场。总共一百六十九页，用紫罗兰色墨水（鲍·列最爱用普通的铅笔创作，甚至不是铅笔，而是小笔头，有时也会用 86 号学生用

鲍里斯·帕斯捷尔纳克在生命的最后一年

蘸水笔;从来不喜欢用自来水笔)。

一九五九年十月四日他往巴黎给鲍里斯·扎伊采夫写道:

请祝愿我不会被外界不可预料的事情阻碍这部把我俘获了的作品之进展,以及它尚遥不可及的完成。当任性或尝试慢慢变成珍藏的愿望或激情,剧本就从一个冷漠的时期走向成型,而我先前就是怀着这种冷漠逐渐接近有关剧本的念头的。不要把我状态的稳定程度过分夸大。它永远不会变得固定、可靠。但是无论如何都不可能用另外一种方式生活和思考。

一九五九年十一月二十二日他往巴黎写给雅克利娜·德普鲁瓦亚尔:

如果我能完成这部剧就好了。因为日益繁重的事务,我累倒了,这些事务常常影响我工作。所有这一切,所有这些和整个世界的精神联系来得太晚了……

大约在同一段时间，在一封解决帕斯捷尔纳克与意大利和法国出版商之间复杂关系的事务信函中，我给詹贾科莫·费尔特里内利写道：

现在，我要告诉您一些愉快的事情。一直以来，我都对鲍·列的新作品保持怀疑，这是关于俄罗斯农奴制时代的一部戏剧。首先，我认为鲍·列会被体裁限制住，之后会被材料吓到。现在我有信心告诉您，新剧本将像小说一样，与他的命运和艺术本质息息相关。这暂时还是一段具有戏剧性的生动的叙事，它将被剪裁成可以演出的剧本。语言丰富多样，每个词都充满活力，戏剧冲突鲜明，舞台效果极佳。对于我——他的第一个听众——这部剧是个极大的惊喜，是个礼物。实际上，还有两个月他就可以完成工作。因此，应该给他机会，使他完全专注于这项工作，而不应该被事务性纷争妨碍。

稍早前在给塞尔焦·丹杰洛的信中我写道：

鲍·列给我读了点剧本的片段。非常高兴地告诉您，体裁完全没有限制他，剧本中有许多让人惊叹的地方——他的才华完全释放，我认真地听，目瞪口呆，注意力高度集中。在这件事情上我并不盲目——我之前完全不相信他能写出这样一个剧本，甚至有些害怕……

我不知道，过几天后他就会确诊致命的疾病，距离他的死只有三个月了。

一九六〇年四月二十七日晨鲍·列写给我写的小纸条：

我特别想知道你们（你，伊拉，科马，科斯佳）对这没有加工过的半个剧本的那种实在、理智的看法……里面有那么多不自然的废话需要删除或修改……

五月五日，已经完全病了的他还在担心剧本：

我拥有的或我脑海里最好的一切，现在告知或

帕斯捷尔纳克在佩列杰尔金诺，一九五八年（杰瑞·库克摄）

转交给你：剧本的手稿，还有证书[①]。请把写有剧本的笔记本缝一下。这样读的时候就能不把纸页弄散了。

早在一九五九年六月十五日，鲍·列就在给雷娜特的信里写道：

让我痛苦，让我心碎的是……我在与奥·弗以及与你的关系中……从你们那里获得一切，享用一切。但我惟一能够用来感谢你们和报答你们的就是这部新作品，而它进展得这么缓慢，这么懒散，我对不起你们二人；但作品已经诞生了，我相信它……

① 已经患上不治之症的鲍·列收到美国艺术文学院的证书，1960年2月他被授予荣誉成员的称号，以"表彰其在艺术领域的创造性贡献"。这份证书鲍里斯马上通过科斯佳·博加特廖夫转交给我。"只是得悄悄带过去，想办法藏起来。"他对科斯佳说。偷偷带一个32厘米×42厘米的硬壳子——这几乎是不可能的。但他谁也没碰上，也没有人送他，这在当时的环境中是很常见的事。——原注

# 最后的约会

鲍·列生命中的最后一年,一九六〇年来到了。

日子好像和往常一样。我因事务往返莫斯科,回来时,鲍·列还是会在我们的小房子旁一边散步,一边等着迎接我,或是等我一进门,刚刚把炉子升起来,他就会赶过来。

星期天我们有时会滑着雪去散步,鲍里亚当然不参加。之后通常聚在一起吃饭,来的都是亲近的人。莫斯科的熟人里有科斯佳·博加特廖夫,妈妈和谢尔盖·斯捷潘诺维奇从隔壁的别墅赶来,有时海因茨、乔治、伊琳娜也会来。用餐时鲍里亚像往常一样开心,充满活力。

二月十日星期三,鲍·列满七十岁。在这个年纪,他保持着令人惊讶的年轻状态，身材匀称：总是目光炯炯，热情洋溢，像孩子一样鲁莽。

每个认识鲍里亚的人，都会震惊于他那永远的青年气质，甚至在他死前最后一刻，这种气质都没有消失。回忆起自己与鲍·列的相识过程，柳霞·波波娃说道：

“他给我留下的一个深刻的印象是，他与预期的外表没有任何相左的地方，而同时又以某种方式让人完全难以相信，绝对的与众不同。似乎无法想象一个这样的人，但他依然恰恰就是我心中所期望的样子。他那么年轻。主啊，他一直很年轻！直到他去世，他还很年轻。之后，当我与他相熟，不仅在公开场合看到他，不仅看到他‘处在激昂状态’的样子……我看过他不健康的样子，沮丧、疲倦甚至绝望的样子，但他从未看起来像个老人……”

我还记得他七十岁那天早上我们喝了些白兰地，在噼啪作响的火炉边热烈地亲吻，他看着镜子里那张好看的面容，叹了口气，说：

“一切都还是来得太晚了！我们两个摆脱了所有麻烦，列柳莎，快乐而幸福！永远这样活着就好了。但还是为给波利卡尔波夫的那几封信感到羞耻。很遗憾，你逼我在那几封信上签字。”

我非常生气——他这么快就忘了我们那致命的不安！

他说：

“承认吧，我们只是出于礼貌才表示惊吓！”

在我们的小山冈上的小屋里，他和我一起怀着享受读来自世界各地的贺信。一起欣赏礼物：用马堡的黏土制成的纪念品、拉拉的塑像、蜡烛、德国产的透明小圣像。

鲍·列七十大寿时收到的一些礼物，在他死后保存在伊拉这里。比如尼赫鲁寄来的皮制座钟，从马堡寄来的几只陶罐，那是他难忘的初恋之城。我还保留着鲍·列的纸条：

> 陶罐是马堡的一家加油站的老板贝克尔夫人寄来的，红色心形蜡烛是雷娜特·施魏策尔寄来的，应该在未来某个机缘巧合的日子为伊拉把它点燃。

不久之前（一九五九年十二月中旬），在古斯塔夫·格林德根斯的带领下，汉堡德意志剧院抵达莫斯科。鲍

里斯·列昂尼多维奇希望在他的别墅里接待剧团的主要成员,因此给海因茨·舍韦发了一封信(原件用德语写成):

> 亲爱的舍韦先生,我坚定地请求您不要就奥·弗请求您的那件事拒绝我们。[①] 如果您再次见到汉堡剧院的女士和先生们,我想明确表达一下于佩列杰尔金诺我的别墅接待他们的愿望。如果他们在莫斯科停留的时候正好有一个空闲的周日,那对我而言再好不过了。只不过原本我邀请他们光临的时间太晚了——下午三点左右。但我忘记了,有那么多重要的和令人兴奋的事情要跟他们讨论。所以现在我想请他们下午两点,甚至一点就过来。如果他们周日没空,那么可以是任何他们方便的时间。最坏情况下甚至演出结束后的晚上也可以。无论如何,请事先及时通知我。部里派的剧院的翻译人员认识康斯坦丁·彼得罗维奇·博加特廖夫,B-1-77-67,他可以做联络员(如果剧院没有其他通知我一切

① 舍韦发表这封信时在这里做了注释"奥莉嘉·弗谢沃洛多夫娜·伊文斯卡娅——拉拉"。——原注

事宜的方式）。可以让这部戏里的十到十二位主演来，可以让非凡的格林德根斯来决定派谁来。除了亲爱的埃拉·比希自不用说外，请让我有幸见见贝塞尔、格贝尔这两位女士，还有非凡的瓦格纳——洛维茨先生。

就此向您道别，我亲爱的朋友。请不要拒绝向您的母亲传达我崇高的敬意，以及最美好的圣诞、新年祝福！旅途愉快。希望您度过一个充实而又快乐的寒假，不要被任何事、任何人打扰和扫兴。

您的鲍·帕斯捷尔纳克①

我和鲍里亚一起观看了《破瓮记》《浮士德》。演出第一晚，演员们把鲍·列拉到台上，之后我们来到后台，导演和整个剧团都聚在一起。鲍里亚迷醉又快乐，他和古斯塔夫·格林德根斯拍照，称他为“真正的撒旦般的梅菲斯特”。在送给这位演员的照片上，鲍·列用德语写道：

---

① 最终帕斯捷尔纳克没能在别墅接待演员们。——伊琳娜·叶梅利亚诺娃注

关于戏剧：

缺憾——

在此处成为事件；

无法言说的——在此处被创造。

鲍·帕

扮演玛格丽特的女演员塞给我一个装满礼物的袋子。赞美，邀请，对鲍·列恭维，说他英俊、年轻——这些都让他非常开心。周围的一切都那么快乐、平淡，没有阴霾。我们谈戏剧和世界上的一切一直谈到凌晨三点……

之后我开始发觉，鲍里亚的健康状况变得越来越不好。只要是我们一坐下修改译文，他马上就会感觉疲倦，大部分工作只能我自己完成。

和以前一样，我们走到街上，有时沿着巴科夫卡的森林走很长一段路。但是我觉得鲍里亚不再那么活跃，越来越经常在他脸上发现一些灰色阴影——以前没有过。这让我很害怕。有一次，看着枕头边鲍里亚的脸看起来好像凹陷下去的，我感受到死亡的气息。我知道自己有一个奇怪的特异功能：一个活泼又健康的人如果在我看来突然像个死人——那么很快他就会死去。我立即驱散了这个可怕的想法。

鲍·列开始抱怨胸痛；腿也开始酸疼——以前的病痛逐渐复发。我突然有种感觉，上次他住院之后，并没有完全康复。某种紧张、可怕的感觉正在降临。

每逢晚上的时候，他的身体欺骗我和他，显得精力旺盛。十二月和一月这段时间内他曾三次向我长时间朗诵自己的剧本。

受到剧院观剧的鼓舞和启发，他朗诵得非常有表现力，满怀愉悦地复现普通人民的说话语调，还在自己觉得很好笑的地方停下来，用铅笔注释和补充。

有天，当他的家人再次去观看汉堡剧院的演出时，他把整晚都献给《盲美人》。但他不是光给我读，而是也读给自己听——听着自己的声音，在手稿上画了许多急遽的标记。

忽然他说："你知道吗，奥柳莎，我想我们应该在能出版小说的地方出版这个剧本。反正在这里不能出版。"

我在莫斯科时踩在楼梯上扭伤了腿。腿上打了石膏，我留在波塔波夫胡同的公寓里。鲍里亚非常难过。我们的日常作息改变了，他必须常到莫斯科来。

四月初回到佩列杰尔金诺，我发现鲍里亚在这段时间仿佛恢复健康了。他长篇大论，兴奋地讲述了他与尼·米·柳比莫夫的会面以及自己的其他各种事。

四月和每年的四月一样快乐。我们的小院非常美好，松树、盛开的花丛、浅绿的白桦，阳光在地面洒下斑点——它给人感觉那么可靠，那么美好，是我们的避风港。

鲍·列仿佛健康快乐，日子又慢了下来，我很高兴地确信，三月的担忧（三月对我来说总是一个可怕的月份）飞走了。

复活节，雷娜特·施魏策尔终于来与鲍里亚进行第一次也是最后一次约会。

正如鲍·列答应雷娜特的那样，他既在"大别墅"迎接她，也在我这儿——在我那位于"法捷耶夫酒肆"对面的有三扇小窗的小屋里。

在复活节期间一个明媚的日子里，雷娜特坐在我们的桌前，她与帕斯捷尔纳克已经通信了两年多，如今终于见到他，兴奋不已。她说她的母语，把它按"俄罗斯的方式"拆得支离破碎；她说，所有人都和她想象中的一样——鲍·列、我、拉拉。

雷娜特带来的风信子散发着香气，桌子上有一个大盘子，盘子里有彩蛋，窗外是透明稚嫩的春天。

鲍·列穿着他心爱的蓝灰色上衣,清新、亮丽、慈祥,出奇地可爱。他非常滑稽而笨拙地矜持,拒绝雷娜特抚摸他,而她抑制不住自己的喜悦,一下子扑到他怀里。

“真是个无赖!”他虚伪地表示愤怒,因为怕我吃醋。我却有点担心:如果雷娜特能听懂俄语单词呢?

把雷娜特送到车站回来后,鲍·列在我母亲那里找到我,我们都在看电视,把我叫到阳台上,跪在地上,泣不成声地说。

“列柳莎,你不喜欢我对这个雷娜特温柔,上帝不会原谅我这件事。我不想再见到她了。如果你愿意,我就不和她通信了。”

我惟一不喜欢的是他的焦虑和预示着病痛的紧张,我担心他,尽量让他平静下来。

“列柳莎,你不觉得生病是对我的惩罚吗,因为那个雷娜特?本来一切都很好,突然胸口又有些疼痛。我需要看大夫。”

于是,当已经过了大半个四月的时候,我又一次在鲍·列的面容中感觉到了某些让人不安的东西,平时早上他的脸是粉红色的,气色很好,而现在突然一切变了:脸上明显透出了某种黄斑。

我还把他认识的一位内科医生(某位蒂森豪森女男爵)带到了我们在伊兹马尔科沃的家里,她非常了解病人,能够让他们振奋精神。

女男爵仔细为鲍里亚敲打,称赞他体格的年轻,他的肌肉,并保证鲍里亚没有什么危险。

鲍里亚深受鼓舞。他说自己只是不适,只是疲劳,他过度紧张,"写过头"了,说也许推迟剧本创作会比较好,但马上打断自己的话:"必须工作,必须工作。"

然而四月二十日星期三,他感觉非常不好。一个医生被请到别墅,是伊万诺夫一家的熟人。医生又给鲍里亚做了检查,怀疑他得了心绞痛。尽管如此,鲍里亚还是在常规时间来到我们的小屋。

"列柳莎,我得躺一阵子了。"他声音平静地说:"我把剧本给你送来,在我感觉自己健康之前,你不要还给我。"

他在我这里没有停留很久。

他离开时说:"我希望你不要打破我们既定的日常生活习惯。我会让你知道我的每个动态。如果我还得多躺一会儿,那么我们会定下来如何保持联系。也许什么时候来我的别墅会变得方便。但在我通知你之前,你看在上帝的分上,不要做出任何来见我的尝试。我一定要好起来,健康地来找你,这样才配得上你。真的,也许这是上帝在惩罚我!"

他怀着这种心情离开了。无论是那一天还是第二天,我都没有离开佩列杰尔金诺,但也没有非常着急。我甚至觉得,似乎不会再在他脸上看到三月的阴影。

后来我知道他有时候会敏感多疑,甚至会毫不含糊地迷信。有一次,当卓娅·马斯连尼科娃①给他用橡皮泥雕的肖像在阳光暴晒下融化歪倒后,他开始半开玩笑半认真地大谈死亡。

当我让自己接受我们至少要分开十天的时候,仅仅过了两天,四月二十三日星期六,我就在小路上看到了鲍里亚,手里还拿着一个旧公文包。当时我多么惊讶。

高兴的我飞奔到他面前。

"鲍连卡,"我说,"你怎么起来了,你答应过要躺一阵的,我没有担心,我会等你的!如果有什么新情况发生,我会马上派人去找你。"

当时他正等着一些钱,因为耽搁了而担心,因为当时

① 卓娅·阿法纳西耶夫娜·马斯连尼科娃(1923–2008),苏俄雕塑家、画家、诗人、作家、翻译家。

他那里住着十个甚至更多的人，他需要很多钱。鲍·列请求海因茨·舍韦做一些事情，但他已经离开了，上一次来的时候鲍里亚给留了一张前往“大别墅”的特别“通行证”，保证他或那些意大利人能进来。

我高兴得太早了。我觉得鲍里亚的变得苍白、瘦削、病恹恹的。我们走进我们清凉幽暗的房间。

他没有回答我那些不安的问题，亲吻着我，仿佛想回到健康的状态，找回他以前的一些力量、勇气、活力……

于是我想起了我们的第一次这样的约会，也是在四月，在已是遥远的一九四七年……

我去送他。我们在水渠边停了下来，一般我不会再往前走。

他忽然想了起来：“列柳莎，我可给你带来了手稿啊。”他从公文包里拿出一叠被他一如既往整齐包好的纸交给我。那是《盲美人》剧本的手稿。

“你拿着它，在我病好之前不要给我。而现在我只关心自己的病。我知道，我相信你是爱我的，你我只会因此而强大。不要改变我们的生活，求求你……”

这是我们最后一次面对面说话……

# “我结束了,而你活着……”

五月二日,激动不安的科马·伊万诺夫出现在我们别墅的院子里:他给我带来了鲍·列的纸包,这都是他用铅笔写的字条。

科马说,最乐观的情况是医生怀疑是鲍·列得了轻微心梗,但另一种疾病阻碍了治疗,这种疾病临床表现为气喘。

沉重的日子已经到来。我等待着鲍·列派来的人,而他们也时常前来。他们是:科斯佳·博加特廖夫、科马·伊万诺夫,以及所有拜访过鲍·列,并由他派来给我带他的字条的人。

什么时候病情加重?五月六日星期五,看起来没什么事了。鲍·列起床、洗漱,甚至打算去日常散步。他一时兴起要洗头。结果很糟糕:情况骤然变坏,叫来了救护车。不幸的是,当时并没有立即确定这是心梗,后来才发现心脏多处破裂,但程度不深。

在这个令人担忧的夜晚之后,我收到了一张鲍·列的纸条,用不清晰、不习惯的笔迹写的。

我前往莫斯科,寻求拉一些医疗界的关系。文学基金会和克里姆林宫医院的一个分院向鲍·列派出了他们的援助——一位医生和日夜守护在他身边的轮班护士们。

而这时,玛丽娜·拉索欣娜来找我,她是鲍·列的轮值护士,只有十六岁。原来,他一有机会说话,就把我们之间的亲密关系和生活中的种种悲剧告诉了她。于是他就把她派到我这里来,告知我说以后每次值班后她都会来找我。

白天值班后,玛丽娜经常在我那过夜。她告诉我,鲍·列不断地要求我和他见面,虽然不允许任何人去见他。他一生病就搬到楼下去了,玛丽娜应该把我带到他在下面房间的窗边。

心脏病发作后,他的假牙被摘掉了,因为他极为担心容貌受到影响，所以我们的见面一拖再拖——我怎么能看到他没有牙齿呢？

玛丽娜完全用一种孩子的语调，却带着那种非孩子所能有的眼泪，向我转述他的话：

“列柳莎会不爱我了，想想看，一定会的——我现在真是个怪胎。”

没有字条了——他们不给鲍·列铅笔。他求玛丽娜递给他一个小笔头，那笔头就在桌子上，但玛丽娜不敢这么做，虽然当时除了她，屋里没有其他人。

五月中旬，我去莫斯科请著名的心脏病医生多尔戈普洛斯克教授给鲍·列做检查，并告诉我他的真实健康状况。

当我把多尔戈普洛斯克带到别墅时，鲍·列的弟弟亚历山大·列昂尼多维奇说，鲍里亚不能受到任何刺激；而热尼亚还补充说，我无论如何不能见他的父亲，因为只要当谈话稍稍提到我时，他就开始激动和哭泣。

最后多尔戈普洛斯克教授出来告诉我，鲍·列已经挺过了心梗。现在正确的治疗可以让他重获新生。他说得那么自信，让我看到了希望。

玛丽娜的一次次造访成了我生活的坐标。我知道，当她从我这里去找他时，她会给他传达鼓励、亲昵、我的温柔和我的爱的话语——他现在需要这些。

一天，在年长的护士玛尔法·库兹米尼奇娜值班期间，鲍里亚又不好了。就像她后来跟我们说的那样，他断断续续、有气无力地给她讲我们的故事。

玛尔法·库兹米尼奇娜当过战时护士，有很强的自尊心。她来找我，说认为这样做是一种道德责任。她就是这么做的。

玛尔法·库兹米尼奇娜多次谈到鲍里亚怀着多大的勇气承受着病痛。伊拉立刻把她的话记录下来。

我与鲍·列的长子热尼亚建立了事务性的联系。我往他的市内公寓打电话。他说没有好转，相反，鲍·列的血液中的血红蛋白下降的速度快到令人不安。

会诊后，他告知说怀疑发现一种比心脏病更可怕的疾病——血癌，白血病；这种情况下，死亡是几天甚至几个小时的事。

五月二十七日，热尼亚说，借助便携式X光机确定癌症病灶已转移至肺。开始给他输血，之后鲍·列的身体有些起色，所以我继续抱有希望。但热尼亚气愤地跟我说，现在只有我一个人还不明白，他正在死去。

二十八日，情绪高涨的玛丽娜来找我，说鲍·列让我做好准备，他很快就会叫我去他打算已久的这次见面。

我不顾一切常识，对鲍·列的康复又燃起了希望。

二十九日上午，我在公路上遇到了卓雅·马斯连尼科娃，她告诉我，病灶正在持续扩大，已经没有希望了。

最近两年，她一直在为鲍·列雕塑肖像，她真诚地、用人的方式爱着他；在他生病的时候，她想尽一切办法来取悦他：她时而给他带了一条活鱼，时而带一本有趣的书，或者去打探了一些对他重要的消息……她在别墅里知道了鲍·列病情的诊断，给我打了电话。这次她十分震惊、不安，说什么也救不了他了。

在别墅栅栏旁，我看到了谢·伊·利普金[1]，他流着眼泪问道："彻底好不了了吗？"

"不，不，你说什么呢"我回答，"我们还可以怀有希望。"

不知道为什么，我固执坚持我的希望。

到了五月三十日星期一。

---

① 谢苗·伊兹拉伊列维奇·利普金（1911–2003），苏俄著名诗人、翻译家。

关于那天发生的事情我是后来从玛尔法·库兹米尼奇娜那里得知的。

她告诉我，鲍·列叫来两个儿子，让他们照顾我。[①]然后，他转向玛尔法·库兹米尼奇娜说：

“我死了，谁会过得不好，谁？只有列柳莎会过得不好，我什么都没来得及安排，只有她——她会过得不好。”

玛尔法·库兹米尼奇娜哭着把这些话传给我们。

到了晚上，鲍·列情况更糟糕了。

玛尔法·库兹米尼奇娜用她温柔的大手抱着鲍里亚的脑袋，当时鲍里亚已经快完全窒息了，他对她说了最后

---

① 帕斯捷尔纳克的儿子提供了父亲的另一种遗言：“他告诉我们法律将保护我们作为合法的继承人，并要求我们对他存在的另一些非法部分——他的国外事务——不要参与。”这份遗言还有另一个版本：“你们是我的合法孩子，除了我的死亡会给你们带来自然的悲伤和痛苦外，没有什么能威胁你们。你们受到法律的保护……但是我的存在有另一个不受法律保护的部分，它在国外广为人知，包括诺贝尔奖和近年来的所有事务。这一方面是非法的，我不会把它委托给你们。我希望你们不要参与。”显然，鲍·列所指的“另一部分”是我们家。但是，诗人的儿子针对伊文斯卡娅规律性的恶意且不知分寸的说辞很难被称作“不要参与”。这个家庭对“国外事务”也并非没有参与——早在1966年，涉外法律事务所就立案要求向法定继承人支付《日瓦戈医生》的稿费。仅仅因为费尔特里内利的坚持——他没有忘记帕斯捷尔纳克曾请他将奥莉嘉视为自己的“右手”——她才被列入继承人名单。

所以看起来妈妈在此处是把愿景当成了现实。——伊琳娜·叶梅利亚诺娃注

的话：

“不知为何我就要听不见了。仿佛有团雾在我眼前。但这会过去的吧？别忘了明天把窗户打开……”

一九六〇年五月三十日二十三时二十分,鲍里斯·列昂尼多维奇·帕斯捷尔纳克去世了。

## “不是去埋葬，而是去加冕……”

这是安德烈·沃兹涅先斯基写的。

那是五月三十一日上午，我还不知道鲍里亚已经死了。早上六点，我出门去接值班的护士，问她鲍里亚的情况。

在村里的十字路口，我看到了玛尔法·库兹米尼奇娜。她走得很快，低着头。我追上她，好不容易才挤出一句话：“怎么样了？”没等她回答，我就明白了：他死了。

不记得我怎么就立刻到了大别墅。门口没有人拦我。

鲍里亚还很温暖，手也还柔软，他躺在一个小房间里，在晨光中。影子落在地上，他的脸还活着，和之后大家看到的那张冷冻后的脸不一样。

耳边响起他的预言般的声音：

如同诚实地履行承诺，
清早太阳浸透房间，
像斜曳着番红的光带
从窗帘漫至沙发。

它用炽热的赭色覆盖
邻旁的树林，村里的房屋，
我的床铺，泪湿的枕头
还有书架后的墙沿。
[……][1]

是的，一切都成真了，最糟糕的一切。一切都按照这

---

[1] 出自帕斯捷尔纳克的诗作《八月》(1953)。这首诗的下一节内容为：

我回忆起，什么原因
枕头变得濡湿。
我梦到，你们为我送葬
紧随着在树林中行走。

部不祥的小说所写的进行。它真的在我们的生活中扮演了一个悲剧性的角色，把一切都吸入自身之内。

“……我们又在一起了，尤拉奇卡。上帝又让我们见面了。多可怕，你想想看！哦，我不能！哦，我的天！我要喊，我喊！想想看吧！这又是某种我们的方式，我们的风格。你的离开，我的结局。又是一件大事，不可改变的事……”

“再见了，我最亲爱的，再见了，我的骄傲，再见了，我的湍急的蓝色小河，我曾多么爱你那日夜不停的拍溅声，我曾多么爱投入你冰冷的波涛……”①

而我听到回答：

“再见了，拉拉，另一个世界见，再见了，我的美，再见了，我的快乐，无尽的，不会枯竭的，永恒的快乐……我再也见不到你了，永远，永远……我再也见不到你了……”②

那几天——周二、周三、周四，在回忆中总是透过一张细雨的网，虽然其实只有周四葬礼快结束时才开始下雨。

有些事情正不仅发生在我的视野之外，也在意识

① 出自《日瓦戈医生》第二卷第十六章。

② 出自《日瓦戈医生》第二卷第十四章。

之外。

柳霞·波波娃那天径直在鲍·列的棺旁和阿·祖耶娃就费定的事发生了冲突。祖耶娃说费定生病了，连鲍·列的死讯都不知道，大家没有告诉他，因为他们担心他的健康，因为他太爱鲍·列了。

“费定有多爱帕斯捷尔纳克，”柳霞脱口而出，“我们可以从报纸上知道，而他透过家里窗户明明就能知道别墅里发生了什么。”

后来韦·卡韦林写信给康·费定说：

“比如说，谁不记得围绕帕斯捷尔纳克小说发生的那起没有意义的、悲剧性的，给我们国家带来许多害处的事件？你在这个事件中的做得如此过分，已经到了被迫装作不知道诗人死讯的程度，他曾是你的朋友，在你身边生活了二十三年。也许从你的窗户看不到有一千多人送他，看不到他被人伸出手臂抬着经过你家门口？”[①]

我模模糊糊记得熟人那一张张忧伤关切的脸庞。在我身旁是我的母亲，我的孩子们，阿里阿德娜，乔治·尼瓦，谢尔盖·斯捷潘诺维奇……

---

① 亚·格拉德科夫补充说：“听说费定宣称自己病了，他就待在自己位于附近的别墅里，命令人拉上窗帘，以免听到人群的嘈杂声……”——原注

还有这些白衣护士：玛丽娜说，从现在起，在她认识鲍里斯·列昂尼多维奇后，她的生活将大不相同；玛尔法·库兹米尼奇娜，高级护士，鲍·列最后死在她善良的怀里，为了不忘记他的面容，用橡皮泥塑了他的脸。艺术家济·维连斯基为他制作了遗容面模。

六月二日星期四。到了出殡的日子，时间定在下午四点。

这一天，《文学报》上出现了一则通知。

“苏联文学基金会理事会通知，作家、文学基金会会员鲍里斯·列昂尼多维奇·帕斯捷尔纳克于今年五月三十日因长期患重病去世，享年七十一岁，向死者家属表示哀悼。”

报纸上对葬礼的地点和时间只字未提。但在通勤火车的车厢里，在基辅火车站的城郊线售票处和其他许多地方，都挂着在笔记本和大纸片上手写的公告。我还保留着其中一个的原件。“同志们！一九六〇年五月三十日至三十一日晚，我们这个时代的伟大诗人之一鲍里斯·列昂尼多维奇·帕斯捷尔纳克去世了。今天下午三点将举行追悼会，在佩列杰尔金诺站。”

前一天晚上我们住在佩列杰尔金诺，但那些在一大早抵达的人说，进入佩列杰尔金诺的路口已经有许多警察，甚至还是高级别的警察。一小时之后来的人都被赶下车，人们只能步行前往。

别墅的大门敞开着——没有主人的院子。有苹果树开着粉色白色的花朵，丁香盛放。陌生的人四处游走，几乎到处是陌生人。

我的到来伴随着窃窃私语，和半转过身好奇的目光。几乎没有意识到这一切，我走进房子。人们从凉台进入，经过棺材，从门廊出去。

半装满鲜花的棺材停在凉台上。棺材的脚下摆着花圈：来自伊万诺夫一家、楚科夫斯基和文学基金会。

鲍·列穿着深灰色的西装，这是他最心爱的、节日时穿的衣服，英俊、年轻，大理石般的面容。

正好是七十岁！死亡的年龄！也许是激动与不安完成了自己的工作，但对他和我们这些亲人来说，谁都没有发现。谁也不知道，从什么时候开始，这致命的疾病进入他的血液。但疾病就这样进来了，做着它那不起眼的可怕的工作，像小偷一样，渐渐地把他从我身边夺走。我就这样和我的帕斯捷尔纳克告别，感觉他还活着，我正在像之前在他活着时那样做了些错事，也正在为这些错误付出同样沉重的代价，这些代价带来的是临终的失望和痛苦。很少有人理解我。而他看起来还是活着的样子，还那么年轻，我跟他说话就像他还活着一样。他什么都明白。不，他还不敢死，不敢抛下我……

画家们在画速写。隔壁的房间里，斯维亚托斯拉夫·李赫特、安德烈·沃尔孔斯基[①]和老了许多的玛丽亚·韦尼阿明诺夫娜·尤金娜交替演奏钢琴，尤金娜已经需要人搀扶着胳膊。

人越来越多，迎着人潮站在那里保持不动非常困难，我从房子对面的门廊离开。

帕乌斯托夫斯基马上向我走过来。在这个风和日丽的可怕夏日，透过从早上起就笼罩在眼前的迷雾，我看到了康斯坦丁·格奥尔吉耶维奇干瘦苦涩的轮廓。我在帕斯捷尔纳克别墅的窗外坐下，康·格就立刻出现在长椅旁。窗后是一场告别。我的爱人躺在那里，和所有来看他的人完全疏远了。而我坐在我的上了锁的门前。

---

① 斯维亚托斯拉夫·特奥菲洛维奇·李赫特(1915–1997)，苏俄著名钢琴演奏家。安德烈·米哈伊洛维奇·沃尔孔斯基公爵(1933–2008)，作曲家，羽管键琴、管风琴演奏家，1972年起侨居西方。

在棺旁，一九六〇年

康斯坦丁·格奥尔吉耶维奇靠近过来,我哭了,这一天的第一次。我的心稍稍松弛了,一切都那么难以置信,我平静了下来。

看得出,康斯坦丁·格奥尔吉耶维奇以为我无法和鲍·列告别,鲍·列家庭阻止我见他:他了解我们的生活、我们的爱情有多么艰难。[……]

“我想和您一起从他的棺材前走过。”他说着,把我扶起来。

我们又绕着桌子,棺材和躺在棺材里的那个静止的、英俊的、已经陌生的人走了一圈。他身体变得僵硬,离开了我们,一秒一秒的越走越远。

“我已经和他好好告别过了。”我尴尬地说,“现在的他不太一样了,刚才他还很温暖。”

我们走出房子,我像梦游一样坐回长椅上,康斯坦丁·格奥尔吉耶维奇和他的同伴站在我身边,这是一位年轻女士,脸色绯红,长着一双浅色眼睛。他跟我说,这场葬礼具有真正的民族特性,这次葬礼是俄罗斯典型的葬礼,这个国家延续着数百年来杀死诗人的传统,要向自己的先知们投掷石块。他愤愤不平地说,现在的场景能让人想起皇家廷臣为普希金举办的葬礼,廷臣们贫乏的伪善,他们虚假的骄傲。

“您想，”康斯坦丁·格奥尔吉耶维奇说，“他们多富有，有多少帕斯捷尔纳克，就像尼古拉一世的俄罗斯有那么多的普希金……是的，您想——他们拥有那么多真正的诗人，以至于可以如此灾难性地不珍惜他们，向诗人扔石头……事实上，什么都没有变……怎么办？他们害怕……”

现在我记得，在鲍·列的葬礼结束后不久，我们的一份报纸上就有人为了纪念某个日子而愤怒地回顾了普希金的死亡和葬礼的详细情况。的确有人做了必然的联想，但是谁……我不记得了。

玛尔法·库兹米尼奇娜的那第一句话——“他死了”——投下了我所生活的迷雾，这种迷雾还在继续，只有日常生活才能让我得到一丝喘息。我忙着为葬礼找一件合适的衣服……跟着阿里阿德娜去商店，把疲劳当作一种救赎，希望自己累得睡着，醒来后——发现什么都没有发生。我梦到他还活着，用树枝敲了敲窗户。也许将来我会梦到这个风和日丽的可怕日子。

虽说出殡还要等很久，但院子里还是有不少人。我只认识几个。不可能记住所有的人，因为保守估计，有四五千人参加了葬礼。没有人组织，没有人要求别人出席，没有人是单位派来的——所有的人自愿前来，甚至还要冒着上黑名单的风险。

亚·格拉德科夫如是回忆葬礼：

“还有个阴暗的记忆。在人群中可以看到一些人，他们一直用心观察，认真听着别人的对话，按动照相机。有一个人我记住了，观察了很久。他装作和众人一起走进屋里，在原地踏步，扫视周围的一切；穿牛仔衬衫，敞着怀，窄前额，脸上有种掩饰不住的表情。这些人，再加上同样也是来工作，而且也只是为此而来的外国记者，是这群形形色色，但被一种共同情绪笼罩的人群中惟一的异样因素。”

来了一大批带着设备的外国记者。他们精干地为自己的摄像机架起一个个台子。其中一个用挡雪板临时搭的台子忽然倒塌了，人和机器轰的一声摔到地上。

当时有几千人，但明显能觉察到一些重要作家没来——尼古拉·阿谢耶夫，列昂诺夫，卡达耶夫，费定……

“不由自主地想到，”格拉德科夫写道，“到底懦弱有多少变形和色调——从体面的、近乎好看的到歇斯底里般紧张的，从无耻的到虚伪的、隐秘的。”

到了最艰难的时刻——出殡。一切由沃龙科夫和阿里·达维多维奇·罗特尼茨基[①]安排。花从打开的窗户递出来放到花园里，一捧接一捧。再从门里运出来花圈，棺材盖。敞开的棺材被摇摇晃晃地抬到门廊……

一辆公共汽车开过来，负责安排的人手忙脚乱，但青年人把鲜花、花圈塞进公共汽车，而用手抬着棺材。送行队伍跟在棺材后面——内心悲伤，而且的的确确是老百姓。

我和亲人走散了。只有伊拉的朋友南卡、柳霞·波波娃和舍韦紧紧簇拥着我。海因茨扶着我走出人群，我们几个穿过一块马铃薯田，直奔小丘上三棵松树下的坟墓。

多少年来鲍·列一直从自己的窗户欣赏这三棵树。

过田野的时候，我们被一个法国人和一个意大利人拦截。海因茨握紧我的手肘，说没有必要接受任何采访。

---

① 阿里·达维多维奇·罗特尼茨基(1885-1982)，文学基金会与中央文学工作者之家员工，专门负责帮助患病和高龄作家，以及处理故世作家的殡葬事务。

他用含混不清的自己的母语说:“她这么难过了,再问问题还有没有良心?”

但是我们刚走一会儿,就被第三位外国记者拦截,让我就说“一点点”:《盲美人》的手稿在哪里?最好还是让他读读。如此粗暴原始的奸细?!

但我们遇到了送行队伍。打开的棺材直接放在花篮上。外国记者就连在这里都及时给自己搭建了一个平台,摄像机响着迅猛的滴答声。几乎每个记者手上都戴着微型录音机。

追悼会开始了。以我当时的状态,很难弄明白发生了什么。但后来有人说,似乎帕乌斯托夫斯基想发表演讲,但却是阿斯穆斯教授讲了话。他穿着浅色西装,系着鲜艳的领带:他看起来更像是来过节,不像出席葬礼。

“作家去世了,他与普希金、陀思妥耶夫斯基、托尔斯泰一起共铸俄罗斯文学的荣光。即使我们不能事事赞同他的观点,但是,我们都应该感谢他,因为他以不屈不挠的诚实、无愧于心的良知和对自己作家职责的英雄主义态度为我们做出了榜样。”

当然,他还提到帕斯捷尔纳克有“错误和妄想,不过,这并不妨碍人们承认他是一位伟大的诗人”。

“逝者是一个很谦逊的人。”阿斯穆斯最后说，“他不喜欢被人多说……追悼会到此结束。”

戈卢边采夫①朗读了鲍·列的诗《哦，我真该知道，总是如此》。然后某个很年轻的声音，带着内心最深沉的痛苦感读了《哈姆雷特》。

诗的最后一节……

但场次已经排定，
路的终点不可更改。
我独自一人，一切都沉入虚饰。
活过人生——而非穿越田野。

这首诗仿佛一阵电流，触动了在场的每个人。但看不见的导演们决定尽快完成墓地的仪式。

他们已经在搬棺材盖了……我最后一次扑到鲍里亚已经冰冷的头上……

这些可怕的日子里，一直笼罩在我身上的恍惚消沉突然被眼泪取代。我开始哭，哭，哭。我哭了，不再想自

① 尼古拉·亚历山德罗维奇·戈卢边采夫（1900–1978），综艺演员，尤以朗诵闻名。

己在外人眼里是什么样子，不再想自己必须坚持下去，“让人们说吧……”

与此同时，墓地里发生了一件奇怪的事情……已经要盖棺了，一个穿着灰色裤子的人（是沃龙科夫吗）激动地说：“够了，这些追悼对我们没有意义：盖上吧！”但人们都想说些什么！

某个看起来像工人的人穿着杂色衬衫，敞着怀。

“平静地睡吧，亲爱的鲍里斯·列昂尼多维奇，我们没读过你的所有作品，但在这个时候，我们向你发誓，有一天我们能够读到它们全部。我们不相信你的书能有什么不好。至于你们这些作家兄弟，你们把自己的脸面都丢尽了，无话可说。愿您安息，鲍里斯·列昂尼多维奇！

而主持人说着“追悼结束，不要再发言”，抓住那些试图发言的人的袖子，把他们塞回人群中。

一个外国人说着支离破碎的俄语，愤愤不平：

“如果没有人愿意再发言了，那么才可以说追悼结束了。”

又有一个年轻人突出重围：

“上帝用荆棘标记了被选中者的道路，而帕斯捷尔纳克是被上帝选中和标记的，他相信永恒，他将属于永恒……托尔斯泰被逐出教门,陀思妥耶夫斯基不被承认,现在我们又在放弃帕斯捷尔纳克。我们想把所有的荣耀都甩给西方……但我们不能允许自己这么做。我们爱帕斯捷尔纳克,把他作为一个诗人尊重……”

突然他大声叫起来:

“荣耀属于帕斯捷尔纳克!”

众人接过这句话,田野上的呼喊声开始如波涛汹涌。

“荣耀属于帕斯捷尔纳克! 和撒拿! 荣耀! 荣耀!”

这时发生了一件意想不到的事情:佩列杰尔金诺主变容教堂的钟声响起。可能是巧合吧:打钟是为了让人去晚祷。(也可能不是巧合:出殡前夜,在“大别墅”里按正教仪轨为鲍·列举行过安魂仪式。)

这彻底吓坏了葬礼主持者,他们说着“盖上吧,不要引发抗议示威”,自己抬起了棺材盖。

非常忠心爱护鲍·列的女佣塔季亚娜·马特维耶夫娜和我一起站在棺材前,形影不离,在鲍·列的额头贴上了安魂祷文,然后棺材盖被合上了……

当棺材下入墓穴,第一块土敲打在棺材盖上时,墓地上空和周围的田野上一次次地响起海浪般的声音:荣耀属于帕斯捷尔纳克!

再见了，最伟大的！永别了，鲍里斯·列昂尼多维奇，永别了……荣耀！和撒拿！荣耀！荣耀！

年轻人久久没有离去。他们在墓前读诗，点燃蜡烛。忽然响起轰隆隆的雷声，伴随杂乱的暴雨。人们用手掌为蜡烛遮挡重重的雨滴……一遍遍读，一遍遍读……这一天，大自然把一切都充分地奉献了出来：野花盛开，和风伴着太阳，甚至还有雷雨。

每逢鲍·列逝世周年纪念日，年轻人聚集在墓前，朗读他们自己和他的诗歌，并点燃蜡烛。

有一天，我听到了电影《日瓦戈医生》中拉拉的主题片段：

> 就让那黑暗永恒，
> 黑夜中也有光芒，
> 还有帕斯捷尔纳克
> 和拉拉在一起，就像两根蜡烛……

# 我再一次成为罪魁祸首

我们从墓地回到我的小房子,那里已经准备好了筹客宴,大概可以招待五十人。这时,海因茨给我看了费尔特里内利的电报:“我要去拥抱您,在您身边陪着您,您的朋友詹贾科莫”。

“你们的政府不会同意的。”海因茨说,“必须告诉詹贾科莫,他不需要来这里,也不能来。”

我说好,海因茨就去和费尔特里内利打电话。然后他回来了。之后是宴席、香烟和我的麻木。

两天后我去了莫斯科。结果,在路上我们错过了不速之客。

还没等我脱下丧服,那位著作权局局长黑辛就打来了电话,要求立即见面。他说,他陪同一位“贵宾”约见我。当我明白无论做什么也无法避免这次约见,不受欢迎的客人仍然会到访后,我给班尼科夫夫妇打了电话。我想让他们出席这奇怪的会面。

我们家的女工波琳娜·叶戈罗夫娜已经给我们端上茶,这时又传来了黑辛的电话铃声,这次是从我们胡同的药房打来的。

与黑辛一起的是个陌生男人,黑眼睛,很结实,穿着一身棕色的西装。他介绍自己受作协的沃龙科夫委托,让我把《盲美人》的手稿给他看一下。我让他去伊拉奇卡的房间,让他在那里读打字稿中的一本——这本未经校对,有许多错误(就是这本在一九六九年由列夫·奥泽罗夫当作“手稿”发表在《辽阔》杂志上)。

几分钟后,米佳跑过来——说这位客人找我。他出示了克格勃特工的红本证件,说他需要的不是复本,而是手稿——只是要读一读,翻一翻。

我下楼来到十号公寓,之前把手稿藏在那里。但到了稿子交到“客人”手里,他就说要把剧本带走。我极力抵制,好不容易才夺回稿子,放到另一个房间。

黑辛打出最后一张底牌:一位“最高级别”的大人物

正在车里等着,我无论如何也无法反抗他。

波琳娜认为,肯定是尼基塔·谢尔盖耶维奇[①]在车里。她开始抱怨冰箱里什么都没有,都被吃光了,无法招待贵客。

一个看起来像外国人的男人走了进来——穿淡紫色的西装,打着淡紫色的领带,梳着平整的外交官分头。

“我可以进来吗?您好,奥莉嘉·弗谢沃洛多夫娜,很抱歉就这样闯进来。”他用亲密、俗气的声音说。

“我家现在谁想来都可以来。”我一点也不客气地回答。

他给我看了一份克格勃最高军衔证件,名字叫 K.(姓我忘记了),殷勤但明确地要求我交出手稿。

我说,稿子不是我一个人的,要和孩子们商量。

孩子们被叫进来——米佳(身子挺得笔直,好像马上要跳起来似的,但脸色苍白)和伊拉(在艰难时刻还是一如既往的坚定);伊拉用毫不动摇的声音说道:

“妈妈,稿子不只是你的,你无论如何不能把它随便就交出去,让他们出示许可证明。”

---

① 即赫鲁晓夫。

“伊拉奇卡,可能您不明白,我们现在这么做是为了您好。”那人笑道。

“我不是伊拉奇卡,”伊拉生气地回答,“我是伊琳娜·伊万诺夫娜,我也不知道你们是不是为了我好,只知道母亲不能把手稿交出去——这些手稿不仅仅是她的,也是我们的。”

“我们现在还不想请奥莉嘉·弗谢沃洛多夫娜到局里去谈,在那里的谈话肯定要比在私人公寓里更伤害她。”“客人”说。

他的同事补充:

“别忘了,我们车上有六个人——我们可以强行带走稿件。”

毫无办法。手稿被带走了。受了惊吓的我们在餐厅里坐了很久。我不记得班尼科夫夫妇是什么时候离开的,也不记得那天是怎么结束的。但迫害才刚刚开始。

七月二十四号,我的命名日。

我刚从塔鲁萨回来,在阿里阿德娜家住了四天。海因茨带来了他和费尔特里内利送我的礼物。

我说:“这是我送给你们的‘礼物’。”然后他把我提前准备的《盲美人》手稿复本放进了公文包。当然,没有发表权，只是为了保存。

客人走后，我送海因茨往车站走（他没有车）。在巴科夫卡森林中间的某个地方，我们说了再见，我转身回到了别墅。可是，回过头来，我看到：海因茨不知为什么停了下来，我跑回他身边，他用眼睛示意——灌木丛后面趴着一个人。很害怕，我们返回别墅。那人在树丛里追着我们爬，灰白的头发可怕地炸立着，后来他蛮横地跺着脚，明目张胆地从我们身边跑过马路。

妈妈和谢尔盖·斯捷潘诺维奇正在别墅里看电视。妈妈很害怕——我的脸色非常苍白。海因茨人站在院门口。当我出去把他叫到房间的时候——他已经消失得无影无踪了。

幸运的是，公路上缓缓驶过一辆“绿眼睛”——空的出租车。我甚至没有感到惊讶——为什么在我们的荒野中半夜会出现这样的奇迹——于是赶忙乘出租车回到城里的波塔波夫胡同。

一夜无眠，在惊恐中度过。直到早上，我和米佳每隔十分钟就往柏林饭店打一次电话，但舍韦的电话没有人接。他去哪了？我们想到各种可能。明天，报纸上可能出现这样一条消息：“在巴科夫卡森林里发现了一个不明身份的人的尸体”，等等。然后经证实他是《世界报》的记者，我的朋友舍韦……“被流氓谋杀……”

早上八点，公寓门铃响了：门外站着海因茨。

“车刚走。”他平静地微笑着解释道，“我去一个地方，为了保护稿子，我想您可能会猜到。”

我骂了他，他甚至不明白为什么。

两周后，舍韦给我带来了费尔特里内利的一封信。詹贾科莫保证，未经我同意，不会刊登《盲美人》。

八月十六日，在一个晴朗凉爽的日子里，我记得自己在空荡荡的伊兹马尔科沃的房间里。我还记得自己绝望而又悲伤的遐想：悲伤的命名日已经过去了，第一个没有鲍里亚的命名日，夜里我给海因茨送去了不幸的《盲美人》，海因茨本人的离奇失踪也让我焦虑不安，那个夜晚被电话和担忧占据。

鲍里亚死后的这段时间里，贝内代蒂夫妇已经带着丹杰洛的信和一背包的钱来看过我，这些钱被分成小捆，让人忧伤地看似饼干，而我也已经把它们都分发了。丹杰洛的这两位朋友将要在我未来的命运中要扮演悲惨的角色，他们离开了，去了无忧无虑的南方旅行。乔治也已经与我们分别,在谢列梅捷沃机场的转盘旁泣不成声;伊拉奇卡还是没有和他登记结婚……他没有等到赫鲁晓夫对他的电报的答复,就病怏怏地,不幸地走了。

多年后(一九六六年十二月八日),乔治·尼瓦从巴黎写信给我在赫尔辛基的朋友里玛·敦德:“那是一段异常美好的时光,生着病,发着烧。我经历了很多,很长一段时间都不能愈合伤口。”

为了正确理解这个阳光灿烂的星期二和随后几天发生的后续事件,我们必须回到鲍·列为出版小说而遭受迫害的黑暗时期。

这个话题很不愉快,但我不能默默地绕开它,因为在恶意歪曲的谣言中,它被扭曲误解。帕斯捷尔纳克是个无私的人,但我们的工作被剥夺了,没有任何收入,靠什么生活?同时,国外出版小说带来了巨额稿费。鲍·列被叫到涉外法律事务所。我们一起去的。他写了一份申请——要求把从挪威和瑞士的银行寄到他名下的钱让季娜伊达·尼古拉耶夫娜和我平分,这样,就像他说的那样,“万一发生什么时”,他可以不必担心我们的物质基础。

在和事务所主席沃尔奇科夫谈话时,我就已经打断鲍·列,把他拉到一边,劝他在见到波利卡尔波夫之前不要安排任何钱的事情。

波利卡尔波夫当然不建议收稿费，因为是一本没有在这里出版的小说，但他答应再版一些翻译作品，让我们有份工作。我抱怨我们缺钱，他抛出一句值得玩味的话："要是能用口袋把钱给你们运进来就好了，这样帕斯捷尔纳克就能安心了。"

我给鲍里亚说了这个暗示，他认为他可以在当局的首肯下得到稿费，而不需要通过涉外法律事务所。

这时，出乎鲍·列意料，几位法国游客带来了好兄弟，给"大别墅"带去了苏联两万卢布(旧币)。他给我送来一些。这立即解救了我们的物质困境。然后，格尔德·鲁格拜访了我们，关于他的事我前面写过了。[①] 他也给鲍·列带来卢布。海因茨·舍韦也多次帮费尔特里内利给鲍里斯·列昂尼多维奇带钱。

最后又发生了一场意外，导致鲍·列死后伊拉被捕。事情是这样的。

一天早上，鲍·列来到波塔波夫胡同，我在光滑的地

---

① 格尔德·鲁格(1928- )，联邦德国学者，当时正在撰写帕斯捷尔纳克的传记。舍韦便是经其介绍与帕斯捷尔纳克、伊文斯卡娅认识的。帕斯捷尔纳克无视不准他会见外国人的禁令接待了他，伊文斯卡娅在回忆录初版中讲述了鲁格造访她家时发生的趣事。

方把脚严重弄伤了，只能打了石膏待家里，这让他很苦恼。我的愚蠢大意把他的生活拉出正常轨迹，这让他最恼火。忽然电话响了，一个操着外国口音的女人让我到邮政总局去取一些给鲍·列寄来的新书。我猜测是留在莫斯科顶替丹杰洛的记者加里塔诺的妻子米莱拉。

鲍里亚更不高兴了：我去不了，我们让他暂停与陌生人的所有会面，家里没有其他人，还要去拿一个包裹，里面有他非常想要的书。伊拉和米佳来了。当鲍·列让伊拉去邮局拿包裹时，我当然是支持他的。她是惟一一个认识米莱拉的人，但着急回学校，所以鲍·列让米佳和她一起去。孩子们拗不过鲍·列的要求，只好答应了。伊拉从米莱拉手中拿到一个行李箱，米佳带回波塔波夫胡同交给鲍里亚。

打开箱子后，我们惊叹：箱子里不是他们说的新书，而是一包包密封的苏联卢布，整整齐齐地排成一排。给我一包以应付日常开销后，鲍里亚把行李箱带回佩列杰尔金诺，而伊拉对行李箱里的实际内容一无所知，把她关进劳改营，只因为她转交了钱……

最后一件关于钱的事发生在鲍·列死后不久，并与游客夫妇贝内代蒂有关。他们去到了波塔波夫胡同，为了能与他们交流,我从佩列杰尔金诺叫来会讲法语的伊拉。她不情愿地坐车过来,仿佛预感到这次灾难。

贝内代蒂给了我一封信,是丹杰洛写的:他向我保证,他只寄来了应该还给帕斯捷尔纳克的钱的一半(五十万苏联卢布旧币)。不幸的游客从行李箱中取出装有钱的背包。不论我如何求他们把背包带走,他们都不明白,为什么一个人可以放弃自己的钱。

"您无权拒绝,"他们说,"这笔钱您应该用在为鲍里斯·帕斯捷尔纳克建造一座配得上他的纪念碑上,用在帮助那些本来会得到他帮助的人身上;再有,这是一笔私人债务,我们答应过丹杰洛一定要把钱送过来,虽然对我们来说非常困难。"

贝内代蒂告辞离开了。我、伊拉、米佳惊恐地看着背包……①

---

① 我被捕后,持旅游签证入境的丹杰洛来找过米佳。他手里拿着两个大包。不知道包里的内容,米佳猜测里面可能又有钱。与此同时,我和伊拉被捕的事向全世界保密,甚至公寓里还被安排住进来一个声音像伊拉的女人,米佳也被警告要保密(答应只有这样他们才会放我们走)。但米佳却做得很高妙:他设法把我们被捕的消息通知了丹杰洛,把拿着一个袋子的丹杰洛赶出了公寓。当埋伏的人扑进公寓找那剩下的一个包时,他们盛怒地发现那里面只有朱莉埃塔送来的尼龙裙和口红。后来才知道,丹杰洛把剩下的欠帕斯捷尔纳克的债——第二笔五十万卢布——装在他带走的包里了……我要强调的是(这一点非常重要),这些钱无一例外都是苏联纸币;我们甚至没见过一分钱的外币。——原注

“现在我们完了。”第二天，当我把贝内代蒂的来访的事说出来时，海因茨·舍韦一语成谶。

但毕竟在我们看来，当权者不可能不明白，这条收取《日瓦戈》稿费的道路是他们自己推我们上去的。虽然收这笔钱的整个来龙去脉绝对不违法，但它还是有一种被强迫的苦涩意味：总得靠什么活下来，还有什么比稿费更合法的呢？

而且也不应该由我来反对那个十四年间与我分享创作的喜悦，共同承担所有攻击，一起在伊兹马尔科沃贫瘠的屋顶下度过岁月的人的安排。

一九六〇年八月十六日……

妈妈和谢尔盖·斯捷潘诺维奇继续住在我们旁边对着“酒肆”的小山坡上的一间舒适的小屋里，准备把夏天过完，而从莫斯科回来的我想在这个美妙凉爽早晨去找他们。我记得米佳来过，从我这里拿了一百卢布，说是“办事要用”。

我慢悠悠地走去母亲的小屋，但是，显然，我坐下来就忘记了时间。一直到下午，一个悲伤的日落时刻，夕阳的阴影从露台的台阶上滑落。我坐在桌前给自己倒了一杯茶。我看到有几个人——领头的人身形肥胖，穿着轻薄的风衣——向我们的院门走来，停在那里。

“他们走错路了。”我记得妈妈这样说。果然，这群人犹豫着从妈妈的院门前走过，到了下一个，也就是我家的院门，然后又走了回来。穿着便衣的肥胖男人沿着摇摇晃晃的老台阶跑了上来。这个台阶我和鲍里亚这样走过不知多少次，他来找我的时候走，他不在的时候我去父母那里喝茶、看电视时也走……这个穿着风衣的男人跑进来，是为了强行、粗鲁地闯入我的生活，阴魂久久不散。他是我未来的侦查员，白白胖胖，像一头“好脾气”的猪。他的名字是弗拉季连·瓦西里耶维奇·阿列克萨诺奇金。

“当然，您预料到我们会来吧？”他自信地笑着问，“您不至于以为您的罪行不会受到惩罚吧？”

不，我不认为我和鲍里亚的活动是犯罪。当初在中央委员会有人就跟我暗示过。“该怎么办？”“得让鲍·列收到小说的钱。国外出版社用苏联货币来支付《日瓦戈医生》的稿费，这种生存方式仿佛是当局所能理解并接受的。”“那他们该怎么办？”“我们当然没想过这会招致刑事惩罚……”

但鲍里亚死后一切全变了。我开始明白，由于小说的缘故，当局落入了尴尬的处境，现在他们想到一个巧妙的办法，就是把责任推到我身上。我后来才明白，有的人是由于没有文化而做错了决定。后来提审我的季库诺夫将军[①]甚至对我说，是我“狡猾地耍了阴谋”，然后把自己写的这本有罪的反苏小说归到了帕斯捷尔纳克名下。

帕斯捷尔纳克太有名了，一直给他贴敌人的标签会不方便。因此在鲍·列去世后，人们再也不用害怕他呈献新的惊喜时(如《诺贝尔奖》这首诗)，当局更愿意把他搬进苏联文学的殿堂。苏尔科夫的态度来了个一百八十度大转弯：他宣布帕斯捷尔纳克是位受他个人尊敬的、诚实的诗人，但诗人的朋友伊文斯卡娅却是个冒险家，她强迫帕斯捷尔纳克写了《日瓦戈医生》，并把它转移到国外，以达到个人致富的目的。

伊文斯卡娅以一个伟大诗人的纯洁名字为掩护，写了一本有罪的小说并出售，然后收取稿费，而诗人本人则“不知晓这些被犯下的罪行”。这个简单的公式还能很好地容纳苏尔科夫长期以来的嫉妒，这是一个宠臣和工匠

---

① 瓦季姆·斯捷潘诺维奇·季库诺夫(1921-1980)，苏联政客，曾任克格勃副主席(1959-1961)，俄罗斯共和国内务部长(1961-1966)。

对一个大诗人的嫉妒。永远都是反对派——这是一个大诗人的悲剧性命运,这恰恰是因为真正的艺术是诚实的、不可被收买的。找到了一个冒险家——那就可以结案了。

但怎么就这么快!毕竟鲍里亚刚刚去世。刚刚过去两个月不到,而钱已经从两年前就送来了。

我的不幸早就在身边阴魂不散。我家楼道里聚集了一批热情洋溢的奇怪年轻人,他们关注着我们的一举一动——在商店里,火车上,电话亭旁边。但要说我在等待"犯罪行为"的惩戒,那也实在奇怪——我会因为一件鲍·列完全心平气和,仿佛是以法定程序接受了的事情而成为罪犯,我的许多朋友根本没料到会有这种天方夜谭。

八月十六日,克格勃的汽车排成一排停在我们小别墅门口,并立刻开始对两栋别墅进行搜查。我记得,米佳马上出现了,他比所有人都害怕,因为会在我面前暴露自己的小阴谋。他们在商店拦住米佳,那时候他正拿从我这搞到的"办事要用"的一百卢布买了两瓶什么酒。米佳像犯错的人一样坐在那里,耷拉着脑袋。我预感到分别,疼惜这个孩子,心都要碎了。我想起来他还是个小男孩的时候，就见证过母亲被逮捕。又是一次大抄家，收走所有的纸、书信，到处找现金，把一切可以拿走的东西拿走。我这时只有一个想法，就是他们可千万别找到藏在波塔波夫胡同下一层公寓里的那个声名狼藉的手提箱。那里面有我没来得及分发的钱，还有最重要的——与小说有关的书信和手稿。

最主要的是，下层公寓的主人自己都不知道行李箱里有什么。以为是让公寓的女主人帮我做裙子的布料。[①]

所以，对乡下别墅的搜索结束，我就被带到城里，带到卢比扬卡。我最后一次坐着轻型汽车看看莫斯科，尽管左右各紧紧挤了一位“同志”。街道上到处都是鲜花，现在正是八月开花的季节。

第一次见到侦查员时我得知，搜查在几个地方同时进行。侦查机关干得得心应手——窃听电话使他们可以轻松掌握所有线索。只要找到那些还是鲍·列授意寄来的钱，那么就可以归给“走私犯”伊文斯卡娅，把她的行为和帕斯捷尔纳克的安排划清界限——仿佛根本没有过这些安排。

---

① 我这样做是为了不牵涉邻居：正是因为他们不知道箱子里的内容，才没有受到任何控告。——原注

我的心如此之痛，以至于连死亡似乎都是一种救赎。于是一种奇异的冷漠笼罩着我。反正鲍里亚已经躺在坟墓里了，不如立即从这种无望的死胡同中抽离，用一些新的殉难转移注意力，不再想那些无可奈何的事。

从最初几次审问开始，他们就格外留意我的案子中出现的外国人：费尔特里内利、丹杰洛、舍韦、贝内代蒂、鲁格，等等。这些人都是我的定罪依据。

现在，正当侦查员阿列克萨诺奇金带着迷人的微笑，在波塔波夫胡同的公寓里往自己身上试要交给我的胸罩，并以此彻底俘获了女佣波琳娜的时候，"高墙之外"可怜的伊拉正拖着病体四处奔走，帮我找律师。起先她想到的是去找年轻的才华横溢的瓦·亚·萨姆索诺夫。萨姆索诺夫答应为我辩护。为帕斯捷尔纳克不久前的悲剧激动不安的西方不会将主人公本身与他的女友区别对待，在命运意志的趋势下，他曾不得不与这位女友共同完成"日瓦戈的宇宙航行"①，仅仅因为这一点就可以预料将会有一场令人发指、极为有趣的诉讼。

但萨姆索诺夫对我的热情伊拉却没法用上了。过了

① 指小说在国外出版，被世界各国熟知。

大概一个月,我记得是九月五日,卢比扬卡的大门也在她身后关上了。她事后跟我说,甚至觉得松了一口气,因为在她去找朋友的路上,去商店的路上,甚至在电话亭打电话时,都有一群让她讨厌的走卒热情地跟着她。各种浪漫主义手段再次被使用。波塔波夫胡同的六楼又迎来一群不知为何穿着女装的男人,而只要我们那台为卢比扬卡的利益忠诚服务的电话机稍有点毛病,紧张的电话员立刻就会跑上门。

律师的牌也不得不调整后再出。已经和伊拉相识的萨姆索诺夫答应为她辩护,而为我辩护的应是维克托·阿道夫维奇·科萨切夫斯基。我在卢比扬卡很久都不知道伊拉也被逮捕了。或许是阿列克萨诺奇金可怜我?大概吧……他虽然曾在我面前打开我的那些手提箱,想要吓唬我。但是之后又展现出上帝般的仁慈:利用我们回答中一些偶然的,没有意义的言语不一致,安排我和伊拉“对质审问”,让我们有机会在他的办公室见面。我的天,在监狱里我见到了苍白的生病的伊拉!为什么啊?只因为从米莱拉手里接过那个手提箱,而她以为,那是给鲍·列的书。

按照我们的法律,或许认为她的罪行是结识了一个外国女人，莫斯科电台的工作人员，意大利共产党员加里塔诺的妻子。可她怎么可能不认识鲍·列周围的外国人呢？他们一直来我们的小屋，鲍里亚也委托她去找过他们。还怪罪她，一个小姑娘，文学院的三年级大学生，作为共青团员，在鲍里斯·列昂尼多维奇的问题上没有告密，没有努力教育一个像他这样的落后分子！伊拉被呈现为一个活跃的走私者，一个因为老头意志薄弱而被允许插手其金钱事务的冒险家的女儿。

所以，伊拉也在监狱里，而我和那个不幸的裁缝铺会计单独关在一间牢房里，为赫鲁晓夫和他的家人制衣的荣誉曾落到这家铺子头上。

在卢比扬卡封闭院子的石头盒子里散步时，我试图听石头壁垒后面是不是伊拉奇卡的脚步。我写关于她的诗：

……石墙后面的某个地方。
也许向前，也许背对。
那个被我毁了的女孩
扎着金色的辫子坐在那里……

上帝是这样让我在第二次审讯快结束时认识了克格勃副主席季库诺夫。他不像阿巴库莫夫，鲍·列要是知道，会说他是“一个没有脖子的人”。[①] 他由三个球组成：一个屁股、一个肚子和一个头。在桌子上摊开一本《日瓦戈》的复本和鲍·列给我的信件后，他威严地朝着大桌子背后的椅子点了点头：

“您巧妙地伪装了自己。”他阴沉地说道，“但我们知道，这本小说不是帕斯捷尔纳克写的，而是您写的。这是帕斯捷尔纳克自己在信里写的……”

鲍·列的鹤群在我眼前飞舞：“都是你，列柳莎！没有人知道都是你，你用我的手在指挥，你站在我背后——一切，我的一切都是你。”

这个胖子以一种恶毒而又羞辱的方式用眼睛微小的细缝看着我，我问这个蠢胖的人：

“您很可能从来没有爱过一个女人，您也不知道人们是怎么爱的，不知道相爱的人会想什么，会写什么。”

“这和案件没关系。”胖子回答道，“帕斯捷尔纳克自己坦白说了不是他写的。都是您挑唆他，在认识您之前

① 见前文《日常之光》一章。

他还没这么恶毒。您犯了罪,还和国外联系……”

“审问我的是哪个傻瓜?”我之后问阿列克萨诺奇金。

“嘘……嘘……是季库诺夫本人。”他对我低声说。但我觉得他的眼睛在笑。

幸而幽默并没有离开我。审讯后在颠簸的“乌鸦车”里,我见到了可怜的伊拉,她扎着两条辫子,被判三年严格管束劳改营。我跟她提起和季库诺夫的会面:

“他奉承您呢,母亲,为此他应该被宽恕。”伊拉笑道。

阿列克萨诺奇金装作是我的同情者,并用这种“同情”轻松地骗过了我,差点让我这傻瓜放弃请律师。

“您的希特勒维奇来了,”弗拉季连·瓦西里耶维奇和蔼微笑,打趣科萨切夫斯基的父称——阿道夫维奇。“您不需要他,趁早拒绝吧!他会把一切都搞砸。一切都已经很清楚了。如果您突然想在法庭翻供,那一切都会变得糟糕!”

或者:“您的侦查员是保护您的最佳人选!”

或者说:“哎,奥莉嘉·弗谢沃洛多夫娜,我要早认识您就好了!给您出主意的人都太坏了,而您那么容易相信别人!”

我和阿列克萨诺奇金的友谊在调查结束时达到了

所谓的顶点。他甚至要求我在没收的一本我最喜爱的玛丽娜·茨维塔耶娃的散文集上为他和他的妻子题词“纪念”。

我还记得当我和阿列克萨诺奇金互相交换“理解”的微笑时，我的律师维克托·阿道夫维奇那惊讶的眼神……多么感人的同心一致啊！伊拉比我聪明得多！她要求和我对质，说我根本无权放弃请律师，至少为了她的利益也不应放弃。

所以，我还是请律师读了我的案宗——两厚本，了解了物证。蹊跷的是，他没有发现任何犯罪证据……

“我们会判您走私罪——这是个轻罪。”我的“朋友”阿列克萨诺奇金温和地笑着对我说。

“为什么是走私？”我很吃惊，“我和鲍·列一美元、一法郎都没见过，也没运过任何东西！”

“怎么说呢，只要有个人在，我们就能给他找出任何一条罪名！”阿列克萨诺奇金试图让我安静下来。“没有关系！您收的是苏联货币，但是难道不知道他们是怎么运进来的吗？”

“完全不知道。这都是鲍·列自己安排的！我和伊拉有什么错？钱是鲍·列为所有人收的，而且他想怎么分配就怎么分配。”

波利卡尔波夫自己建议我们不要接受涉外法律事务所的帮助:“你们哪怕把钱放到袋子里运进来也好啊！现在风头还没过去,通关官方途径收取这笔钱有点不方便!”

鲍·列也同意了这个“袋子”的主意,而我则被波利卡尔波夫牵着鼻子走——说服鲍里亚先别急着通过官方途径获取稿酬——总而言之,就是要看上天的旨意。

但现在这一切考虑都反而用来针对我和可怜的伊拉!

但无论如何,现在审问已经接近尾声。我们已经被转到列福尔托沃监狱,在起诉书上签过字的人都会被送到那里。我们已经从受审者变成被告。只有律师能去列福尔托沃,但当我在放风时被叫去监狱长办公室,在那儿看到了“可爱的”阿列克萨诺奇金时,我是多么惊讶。显然,他是担心我会拒绝在法庭上说那些对他有利的辞令。透过那副鲍里亚还在世时就给我戴上的玫瑰色眼镜(他甚至都没想过会有人能不爱我),我觉得他来找我确实是违反规定的,冒着仕途受影响的风险来支持我堕落的灵魂……

听起来很好笑,但我当时确实就是这么想的……

维克托·阿道夫维奇来看过我三四次。

这对我来说是节日,是自由人生活的高墙之外的气息。那些散发着清新气息,甚至是古龙水香味的人们。那些晚上可以去电影院,只要乐意,还可以去朋友家喝杯茶的人们。维克托·阿道夫维奇如此英俊、仁慈、高大,像家人般温柔。棕色的眼睛富有同情心,善良而给人以鼓舞。

我们用近乎耳语的声音简短交谈,经常写信沟通一些最为无害的事情。我记得我很担心海因茨·舍韦。阿列克萨诺奇金前几次审讯时的话让我觉得他也被捕了。

在鲍·列人生的最后时期,海因茨·舍韦成为他和费尔特里内利的委托人,他变成了我们的通信助手,经常用自己的红色"大众"运送我们那些无法过审的信件。

沙沃奇卡(我们这样亲切称呼他)对我和鲍里亚来说早就是自家人了。当伊拉的柔情转移到乔治·尼瓦身上,鲍·列特别同情海因茨,对他格外温柔,并在自己赠书的题词中让他相信,无论怎样他都是我们家的一员。

他也确实成了我们的家庭成员。无论鲍里亚的病,还是我们的处境——他全都理解,他极其喜欢为我们所有人做好事，可以不拘礼节地说一句，他爱我们所有人，就像那些同样如此顾家、殷勤的德国人爱自己的家庭成员一样。

可突然间，我们的沙沃奇卡被捕了？哦，我的天！很可能又是我的错！

与维克托·阿道夫维奇见面时，我在一片揉皱的纸上写下一首诗（有许多节我已记不清楚了）：

……你把我弄糊涂了，或许，
我只是还没疯癫。
我担心，当不该担心的时候。
仿佛住在残酷的地狱。

可见生活超出圈外
成为真实的梦境，
如果当同甘共苦的朋友
变成飞行员，轰炸莫斯科。

如果，不知疲倦地在全世界
鼓吹，敌方阵营的混乱，

米兰任性的出版商

主宰你我的命运……

维克托·阿道夫维奇向我保证,阿列克萨诺奇金胡说八道,他们的手够不到沙沃奇卡,他只是离开了而已。

顺便说一句,科萨切夫斯基和海因茨当时对彼此极其不满。海因茨开着他的"大众"来找维·阿咨询,并向受到惊吓的维·阿甩出五千美元:让他更好地保护我,并传唤他作证。(原来,费尔特里内利指责海因茨,说他没有保护好我。)

维克托·阿道夫维奇给天真的德国人解释,在我们这不能这样做,他不能拿这笔钱,而且不收这笔钱他也会做该做的事。

海因茨灰心丧气、忧心忡忡地走了。他后来一直跟我说,这不是个好律师,竟然对钱不感兴趣。

而我记得,维克托·阿道夫维奇在监狱里跟我会面时就发怒了,说海因茨在俄罗斯这么长时间,还是没理解这里的行事规则,他什么也没学会。

也是在这次会面中,维克托·阿道夫维奇给我说了许多有趣的事:我和伊拉被捕后在伦敦的游行示威活动;

面对国际笔会的抗议，苏尔科夫答以无耻谎言：他竟然说自己是鲍里斯·列昂尼多维奇的好朋友！我还记得，费尔特里内利曾多么不信任这份“友谊”，他让苏尔科夫在帕斯捷尔纳克的巨幅画像下面等他，因为苏尔科夫表示，愿意不惜一切代价购回这部小说。

如今，当我们的这位同情者、鲁莽者、冒险家，我的书信体小说的主人空，卢比扬卡两大厚本卷宗的始作俑者——费尔特里内利已经死去那么多年，我想为这位疯狂富翁的灵魂安息祈祷。一九七二年三月十五日凌晨三点半，米兰郊区的两个农民被看家狗退斯特警觉的叫声吸引。原来，输电线的铁塔上绑着几枚炸药，旁边躺着一具大胡子尸体：在军绿色的裤子里发现了身份证，名字叫温琴佐·马焦尼。这是一本假证件，因为同一天将近傍晚时，出版公司的官方代表就宣布，死者是詹贾科莫·费尔特里内利，他不是意外死亡，而是被人杀害。

除了在劳改营的那些日子，我和詹贾科莫的通信没有中断过。而早在他去世前很久，他给我的印象就是一个极度感性的人，他热衷于极左“革命”密谋活动和地下组织——却又时刻害怕被迫害。据说，他在去世前不久对自己的代理人说：“如果近期有人在任何一座桥下发现一具面目全非的尸体,不要忘记考虑是我。”又说:“我害怕背对着森林,很可能那里会有一把枪准备射杀我。”

我从他那里收到的最后一件包裹——由他出版的几本薄薄的极左翼革命杂志和一封用德语写的长长的信。他关心我的财务问题,并跟我说,自己正在奥地利躲避意大利警察,意大利警察因他的革命活动要追捕他。他痛骂帝国主义,表示对世界革命的胜利充满信心。

可怜的百万富翁詹贾科莫·费尔特里内利,年仅四十六岁就为世界革命而献身……

多希望他还坐在自己华丽的别墅里,在童话般的蓝色意大利,在诗意的——所有海洋中最富有诗意的——亚得里亚海边!!

然而,只有在我们的梦中才会有平静。而且真的能梦到吗?

但让我回到那时,那个我还坐在卢比扬卡的牢房里等待审判的时候,那个“米兰任性的出版商”还在世的时候。

## 审判与谤议

开庭的日子。十一月。浓雾，下着刺骨的霰粒。既不是雨，也不是雪。当“乌鸦车”开到位于卡兰乔夫卡的莫斯科市法院门口时，到处都是熟悉的面孔：大部分是伊拉的朋友，还有一些大学男生。大家都在等待。

庭审会议不是安排在普通的大厅里，而是安排在一个圆形的私密房间。我和伊拉坐在远离陪审员、律师和检察官的椅子上，他们都惬意地坐在一张椭圆形的非正式桌子后面。押送队留在门外。

我和伊拉见面后非常高兴，像傻瓜一样喋喋不休，说了好些话！证人们和拥护我们的人都在门外徒劳地等着，盼着我们好歹会要求去厕所。在那里至少可以亲一亲我们的脸颊……但我俩却说个没完。当然，不会让其他人上法庭，总之谁都不能放进来。因为一切都是假话，这整个有名无实的案子本身有多假，它的审理过程就也有多假。他们想在一天内完成审判，因为不想让外国记者进来。到处写着公开审理案件，房间里只有法庭成员和穿着便衣的侦查员。

我们的律师看起来很漂亮。就像来自另一个世界的人——优雅，有涵养。而法官看起来很糟糕。长满皱纹的脸，巨大的油亮的耳朵。我向成功顺遂的、迷人的维克托·阿道夫维奇投去怀疑的目光。他曾向我保证，格罗莫夫是最好的法官，“我们很幸运”。而某个克利莫夫好像是真正的禽兽。我不知道克利莫夫长啥样，但这个格罗莫夫可真不赖！

在为自己查明我翻译了不同民族诗人的作品这个奇怪的真相后，这位有文化的法官坚信我至少会十种语言，很明显，案件没那么单纯：我一定是间谍！他发不出帕斯捷尔纳克和费尔特里内利的名字：“皮斯季尔纳克和芬特里涅利”。而“皮斯季尔纳克”的案卷里只有我与一位意大利出版商的通信，而且通信有整整两大卷，这似乎让他有点摸不着头脑。

坐在这个陌生的房间里，趁他们在那里喋喋不休时，我回忆起与这位意大利出版商的通信友谊是如何诞生的。当鲍·列已经与费尔特里内利签订合同后，当后者为保护鲍·列而亲自为在意大利出版的俄语第一版撰写前言，称小说出版未获作者同意时，一位法国女性[1]来找帕斯捷尔纳克，而她手下有许多翻译。我记得恰恰在那时，鲍·列对在意大利出版的俄语首版中的大量校对错误特别不满意。不知是因为这个原因，还是因为这个法国人在精神上更接近鲍·列，他想把小说的优先出版权转让给另一家出版社，并与他们签订了合同。

之后困惑的海因茨来找我，并花了好长时间解释，鲍·列转投另一个出版社会造成什么样的后果。

海因茨说："这不会是好事。"我记得当时费尔特里内利让他转交了一封非常不愉快的信，请求我——他知道当时鲍·列的所有事务都是由我来打理的——劝说鲍·列，告诉他这个决定是错误的。费尔特里内利坚持说，他不是以出版商的身份出版《日瓦戈医生》，而是以朋友的身份，现在他将被迫与新出版商打官司。

---

① 即前文《"沿着猫的足迹，沿着狐狸的足迹……"》一章提到的雅克利娜·德普鲁瓦亚尔。

我认为在这场冲突中，费尔特里内利绝对是正确的。借着海因茨的支持（当时他代鲍·列在国外的文件上签字），我向鲍里亚发起攻势，向他证明这个决定有多糟糕，因为如果两条“资本主义大鲨鱼”互相打起官司来，这本小说未来在西方的发行会引起非常不必要的波澜。我记得，非常尴尬的鲍·列请求我“解开”这个难题，分别给两方写信沟通。

这件事的结局是：费尔特里内利将某些版本的校样交给了新的出版商，做出了一些让步，支付了一些违约金——优先出版权仍然属于他，矛盾得到了解决。费尔特里内利非常公允地说，这完全是在我的努力下达成的。

但最终正是“亲爱的詹贾科莫”的冒险倾向把我给害惨了。在我和他最后的那封通信中，我们的意大利朋友惊讶于尚在鲍·列生命的最后时日，我就把转寄其信件的任务委托给了丹杰洛派来的陌生人，于是他给我寄来了那著名的半张撕下的意大利里拉，让我只信任持有另外半张的人。正是这半张意大利里拉把我打造成了冒险家……我收到这封信，哭笑不得；我也没落到要用这种浪漫主义手段（仿佛拙劣的侦探小说）的地步，因为舍韦又回到我身边，而且我也不打算照詹贾科莫在寄给我那半张不幸里拉的信里所请求的那样,把帕斯捷尔纳克剩下的所有手稿寄去意大利。

检察官查看了我和费尔特里内利这厚厚两卷的通信,认为小说是伊文斯卡娅传到国外去的,帕斯捷尔纳克虽然终究是卖身投靠了军国主义分子,但却是在根据伊文斯卡娅的乖张要求行事。小说是谁写的,他不知道。检察官说,我不会因为上述这些被起诉,而是要和女儿一起因收受通过走私途径运入苏联的苏维埃货币而受审。

在对案情做出如此“有见解”的陈述后,我听到两位博学的辩护人的精彩演讲。①

我看向伊拉。她看上去让人又难过又可笑。两根小辫子,长着一双长长的眼睛的孩子般的、苍白的小脸。监

---

① 辩护人围绕这两个论题展开自己的辩护:

1. 费尔特里内利有一份书面指示,要求将伊文斯卡娅视为帕斯捷尔纳克的稿费管理者,为此应该传唤詹贾科莫本人作证,而这也是他自己公开要求的。

2. 给帕斯捷尔纳克送钱的外国人(如果他们带来的是苏联货币,那么他们也确实是走私者)没有一个被传唤到法庭作证。如果他们被传唤,这场闹剧就会破灭:只须出示一下银行的换钱收据——那么也就不存在任何走私了,得去刑法典里另找一条……无论是法官,还是陪审员(有两个人)都丝毫没有理会这两条辩护意见。在装模作样地跑去隔壁房间讨论一番后,他们完成了上面下达的指令。

1988年我和妈妈被平反,平反文件上写得非常简单:“为自己的作品从国外收取稿费不是刑事犯罪。”——伊琳娜·叶梅利亚诺娃注

狱给了她特殊的恩惠，甚至多给她一床床垫，否则她无法睡在坚硬的囚床上，实在太痛了——因为她浑身都是过敏性水疱。

……审判继续。归根结底，这场闹剧也可以被看作是和内心亲密的人们——案件的证人们——长期分离后的一次约会。

我们的唠叨鬼波琳娜·叶戈罗夫娜来了，面容严肃、全神贯注，受到剧烈惊吓。她强忍着眼泪，触碰我们的脑袋——还想亲亲我们。我那可爱的玛申卡也来了，也是脸色惨白，甚至有点发绿……我不记得强迫她们回答了哪些问题。

中间休息时萨姆索诺夫和科萨切夫斯基去安慰了我们激动不安的亲人、朋友、伊琳娜的同学，还有纯粹只是同情者的人们。让他们相信，伊拉肯定会马上回家找亲爱的外婆。而我会因为没立刻把意大利人带钱过来的事情报告给有关部门而被判个缓刑，尽管这些钱属于鲍·列，而且这些年分明已经用这种方式给他带了好几次钱。

但休息过后氛围就逐渐变了。法官手中有个密封袋，里面写明了对我们的判罚，而吃惊的押送士兵——都是些非常可爱的小伙子，尤其是他们的队长，一个乌克兰人——把结果告诉了等在走廊上的人——母亲八年劳改营,女儿三年。

我们全都懵了,走了出去。押送队退到了后面,虽然这其实是不允许的,而我立刻投入了痛哭流涕的谢尔盖·斯捷潘诺维奇,还有玛莎,米佳的怀抱……但伊拉奇卡不知道为什么旋风般飞到了押送队的前头,结果被押送队员自己拦了下来,他们很可怜她:让她和朋友们告个别吧……原来在来法院的路上,押送队的负责人就问过她有没有满十五岁。

# 在非人间的混乱中

我们又坐进了“乌鸦车”。送行的人把车围了起来。现在我和伊拉在一起了。没有成文的要求说我们要分开,我们获知上头甚至格外开恩,把我们发往同一个营地,泰舍特。

去往西伯利亚漫长、可怕的旅程开始了,伴随着在中转犯人牢房里那些折磨人的停留和夜宿。正值一月严寒。伊拉只穿着蓝色的春秋季外套,是用矢车菊蓝的英国粗纹布制成的。她有种愚蠢的偏好,为了时髦而把衣服都裁短,而我的心在痛。胳膊都从袖子里露出来了……一路上同行的都是些刑事犯,其中也包括我们的室友,押送的看守不停说着脏话。我还记得,当我们像罐头里的鲱鱼一样和这些刑事犯塞在一个车厢里,我们甚至怀着希望时不时看一眼我们的看守。这里面有好人,也有粗鲁的流氓,但万一我们的刑事犯“同道”们有什么过激的行为——看守就是我们惟一的希望。至少看守不会让他们把我们给杀了。

至今我也不明白:我们先是被发往严酷的泰舍特,一个月后又让我们转去莫尔多瓦,这到底是我们混乱的劳改营系统的正常操作,还是仅仅为了虐待我们,但我们结束了去往西伯利亚的旅途,只是为了在回程路上经历同样的苦难,再次被转到臭名昭著的波季马,这是关押最重要的罪犯的政治劳改营,但却被伪装成一个刑事劳改营。

但必须说一句,去莫尔多瓦的路还是要比去泰舍特轻松许多。我们在那里遇到几位被判了“临时隔绝”十年或二十五年,已经有点丧失气节的知识分子,但无论如何,比起我们的那些雄赳赳的旅伴们,还是他们和我们更合得来。

我至今回忆起来仍内心颤抖,我们是如何在泰舍特夜里零下二十度的严寒中走到劳改营的。安静的银色的充满月光的西伯利亚之夜,夜为西伯利亚幼松披上蓝色的低影。道路两旁是漫山遍野的灰色北方云杉,在月下显得不可思议地巨大。我们行走在真正的泰舍特森林之中，不祥而又耀眼的美丽。回过头来，我们看到了月光下马的影子看起来像骆驼。它搬运我们的行李。雪橇还没被赶到车站，押送队也不同意再等，所以我们在两个拿着步枪的幽灵般影子的陪同下，开始了未知的道路，脚下跌跌撞撞，身体蜷缩着——严寒对于当地人来说也许微不足道，但对我们这些不习惯的莫斯科人来说却冷到骨头里。忽然，如同童话故事中一样，灯火在雪地里的远方闪烁着，渐渐逼近。顺着结冰的台阶，我们幸运地走进一间相对温暖的牛棚，那里有值夜的犯人。我记得，年轻的立陶宛姑娘亚佳·热尔金斯凯特迎接了我们，她因同情立陶宛“森林兄弟”而被判十年刑期。她原来是一名护士，现在亚佳看管奶牛。

她给我们做的汤面特别好吃，而且最重要的是，它是热的，让我们感到很温暖。从那里出发，我们坐着已经是非常奢华的无座雪橇前往泰舍特劳改营。[……]

我的爱人！我终于快要完成你最后嘱托给我的工作。原谅我写成**这样**：我无法达到你的水平，永远无法达到。当我在《新世界》杂志社第一次见到你的时候，还不

# *Легенды Потаповского переулка* 波塔波夫胡同传奇

（俄）伊琳娜·叶梅利亚诺娃 著
黄柱宇 唐伯讷 译

伊琳娜·叶梅利亚诺娃，巴黎，一九九〇年

忘情地爱，一心一意，
以距离的平方之力——
我们孩童时的心期。

鲍·帕斯捷尔纳克，《安全保护证》

四月三十号，一个春日
天刚亮就投降孩子们……

鲍·帕

① 出自诗集《第二次诞生》中的诗作《四月三十号，一个春日……》(1931)。

波塔波夫胡同,传奇大楼9/11号

照我看,那天就是四月三十号。

我九岁。穿一条粉红礼裙,辫子上扎着相同颜色的蝴蝶结。我习惯了战时和战后的穷困日子,这时觉得很不自在。倒不仅仅因为穿了连衣裙。今天我们要正式接待一位客人——鲍·列第一次要来我们波塔波夫胡同,因此,大家对我有所期待。

母亲与一位已婚男人("都有我这把年纪了!"我们的外婆感叹道)搞恋爱,实在岂有此理,无论以什么观点看都不可思议;外婆大有意见,早就传到我们这些孩子耳中。每天晚上,我们院子里一排排"没睡够而郁郁不乐"[①]的椴树之间(后来我猜想,说的正是它们),两个身影久久徘徊——其中一个就是母亲,这时,外婆就值守在凉台上,对我们来说,这也不是什么秘密。他们互相道别,去了后院,外婆便转移到另一个窗口。直到鲍·列大

① 出自帕斯捷尔纳克的诗作《城中夏日》(1953)。

喊一声:“看哪,有个女人想从六楼跳下!”低沉的声音传遍整条胡同,才把她从这个观察点赶走。

除了椴树间黑乎乎的身影,在另一世界某处的活动,还有更明显的征兆:我们小小的住房不时响起敲击声,敲的差不多是莫尔斯电码——那是我们楼下的邻居在敲暖气片呼唤母亲。他们家有幸装了电话,这在当时还十分罕见。妈妈在因战时的潮湿而发胀的侧壁上敲一下作为回应,然后飞奔下楼。不一会儿,她回来了,心神不宁,若有所思。在这些流言、敲击声和窥探中,他们相恋的头一年过去了。现在,意识到这件事木已成舟,已经无法阻止,便正式接待鲍·列。

可怜的母亲心里焦急。她是担心外公。外公倒是个善良可爱的人,可是,唉,诗歌喜好方面却是“涅克拉索夫迷”,彻底落伍而毫不隐讳,甚至激烈勇猛地反对现代主义。外婆性格坚毅,在她面前,不消说,母亲总是诚惶诚恐。惟一的希望便寄托在我身上了。

前一晚,妈妈对我念了很久的诗。“现在你来念吧。我知道你会念得很好。”我读道:“汽车场的车库哆哆嗦嗦……”[①]不知为什么,这首诗我一个字也理解不了。就

① 出自帕斯捷尔纳克的诗作《叙事曲》(1930)。

连我肯定认识的字眼，车场车库之类，进了这些诗也变成另外的意思，不习惯了，我觉得好像是头一次看见。我不认识它们，便乱念字音，把车库念成拆库。母亲很不高兴，但是毫无办法。

桌子上摆着白兰地、巧克力。妈妈大概担心，我们一般的款待会让鲍·列觉得不够有文化品位，把他饿着。

他终于来了。九岁这个年龄的孩子完全能准确记住第一次看见的人，并对这人进行描述。但我并不记得一九四七年春天我看见的鲍·列是什么样子——他只留下了一个颇有点不凡的总印象：同他交谈的人还没开口，他就抢先发出低沉的声音，就是他那“越过壁垒”的著名的“是—是—是—是”，还老走题，“牛头不对马嘴”；他面孔黝黑，一头青丝（尽管那时已开始有了白发）；他那古怪的非洲人脸型……无论如何，他都不太像一九五三年后我经常看见那个身材轻盈、头发灰白、显得年轻漂亮的鲍·列。在我的记忆中，这个形象取代了一九四七年四月那个上午呈现在我眼前的“阿拉伯人和他的马”①的混合印象。

---

① 这是玛丽娜·茨维塔耶娃对帕斯捷尔纳克外貌的描述：“他同时像一个贝都因人和他的马”。

妈妈说我在写诗,我却羞愧得无地自容。鲍·列说,他一定要看看,但不是现在。突然,一连串的独白向我倾泻而来,说是他和马雅可夫斯基给俄国诗歌带来了许多危害,要是他们不写诗,而去缝衣服,或者扫大街,那有多好。"啊,不,不,您说什么呀,"我是极有教养的孩子,只嘟嘟囔囔地说道,"不必这么说呀,为什么呢,不,瞧您说的……"

我把我写的一首长诗抄给他,是写的西班牙美女伊索利娜·德巴尔加斯的故事。但鲍·列最终也没把这首诗读完——再没有"家庭接待"了,他们的关系"破裂"了。后来,他们重又互相来往。然后就是妈妈被捕,进监狱,去劳改营……正是那些年,我们成了无父无母的孤儿,鲍·列觉得自己负有责任,在无意中犯下了过错,便常常关心我的"创作"。(感谢上帝,我终于年岁稍长,开始藏匿自己写的东西)。这里有一张保存下来的明信片,是后来寄到波塔波夫胡同给我的,当时妈妈在莫尔多瓦服刑,外公受不住痛苦的煎熬,已经去世。我们困苦不堪,孤苦伶仃:

亲爱的伊拉奇卡[①]!

我老是没有时间,到你们家总是来去匆匆。为了能读完我们冬天谈到的你那些诗作,还有那部短篇小说,得由你抄写(当然是手写)下来,再由我带去阅读。这件事,请抽空做好。到时候我会写信或亲口告诉你我的意见。我相信,这一切很有趣,很好。

你的鲍·列

一九五二年五月三日

我要凌厉描写的事情
并非恶人隐秘的痛苦,
不过就是向你们讲述
一个俄国家庭的传说。

亚·普希金,《叶夫根尼·奥涅金》

这到底算是怎样一个家庭?什么样的生活,什么样的日常习惯,被彗星一样撞入它的大气层的洪流扰乱了呢?

---

① 伊拉奇卡,以及后面的伊尔卡、伊鲁妮娅等,都是作者伊琳娜的昵称。

妈妈是一九四六年在《新世界》杂志编辑部认识鲍·列的，当时她在那里工作。鲍·列把他的第一部长篇小说《日瓦戈医生》拿到编辑部来，那时书名叫《男孩和女孩们》。妈妈三十出头，人很漂亮。一个年纪轻轻的妇女，穿一件灰鼠皮大衣，向鲍·列迎面大步走来，形象极为优雅，一下子“刻”在了他的心里。不过，踏着《新世界》的地毯向鲍·列迎面走来这人，绝不是个小姑娘，绝不是在那个重要日子里他以为的那个天真无邪的格雷琴①。

在普希金广场头几次散步，当时母亲，用她自己的话说，还不能相信，还无法将鲍·列那些含混的表白，滚滚而来、一泻千里、热情急切的话语当作是说给自己听的；有一次，鲍·列就对她大概说过这样的话：“您不会相信，可是，我就是您此刻看见的那种人，既老又丑，长着一个怪吓人的下巴，可是，我曾经使好多女人泪流满面！”母亲没有对他做出回应。但是，他作这一番表白后，母亲回到家里，竟彻夜无眠——她在写她不平凡的往事。她写满了整整一个笔记本。而且在这个本子上，她是大有事情可写的，而当下一次同鲍·列见面，她把这个本子亲手交

① 即歌德诗剧《浮士德》第一部里的女主角玛格丽特。

给他时，也大有事情令她不安。我可以活灵活现地想象，她这种信任、坦诚肯定对鲍·列发生了不容置辩的影响，而且，在小说的第二部中，拉拉的形象——她的绝望、对命运的信赖，以及胜过一切的怜悯——一定程度上是要归功于母亲这个笔记本的。

这个笔记本上到底写了些什么呢？妈妈讲述了两个已故丈夫的遭遇，他们的遭遇都非同寻常，十分悲惨。大概只有在革命后的俄国，照托尔斯泰的说法，一切“翻了个个儿，最终也没搞好”的时候[①]，才会有这样的命运交错；一群人闯进了生活，假如没有巨大的社会震荡，跟这些人根本就不可能有任何交集。我知道，鲍·列在这两个男人各不相同、遽然中断的生命中，看见了怎样的时代征兆。

先谈谈我的父亲伊万·叶梅利亚诺夫。我们家的相册里，有个男人的照片，高挑个儿，一脸忧郁，但长得十分英俊，身形像参加最早那些体育检阅的竞技运动员。那就是伊万·瓦西里耶维奇·叶梅利亚诺夫，我随他姓。他是母亲的第二任（或第三任？）丈夫，他们在一起生活的

---

① 改写自《安娜·卡列宁娜》第三部第二十六节中的一句话：“我们这里现在一切翻了个个儿，刚刚开始搞好”。

时间确实不长。看他的面孔,很难相信他竟是阿钦斯克的普通农民。他的母亲,一个裹黑头巾的老太婆——是大字不识的乡下娘们。在这个家庭里,能发现人人身材匀称、长相俊美。

为响应共青团的号召,叶梅利亚诺夫从遥远的西伯利亚来到莫斯科,在这里读完工农速成中学,然后上完大学,成为青年工人学校的校长。我记得,小时候,我在书柜里找到留给我的"遗产"——一套制图仪器:"留给我的女儿小伊琳娜",一些儿童读物,是邦奇-布鲁耶维奇①的书,讲捷尔任斯基、奥尔忠尼启则、斯大林的故事,都写着同样的题字。这些书是父亲在我不到三个月大的时候买的。半年后,他得知妈妈想带孩子出走,就自缢身亡了。葬礼上,他的党内同志们责骂妈妈:"瓦尼亚②呀,瓦尼亚,你竟为个娘们,为……"那是一九三九年的事。

三十年代末……大逮捕,大审判……我们家的房子里(一九三〇年是合作社,后归国防部)住过许多军人——有加马尔尼克,有各路军事专家,还有图哈切夫斯

① 弗拉基米尔·邦奇-布鲁耶维奇(1873–1955),苏联党和国务活动家。写有关于列宁的回忆录。著作甚丰。

② 伊万的昵称。

伊琳娜·叶梅利亚诺娃，波塔波夫胡同，一九六二年

基司令部的军官们。这些年,房子已经空空如也,只有“乌鸦”(肃反人员)们在毁弃住宅的废墟中翻寻。同时,那些肆无忌惮的苏联行政人员则狂喝滥饮,“道德基础”轰然垮塌,在地方基层委员会,人们津津乐道那些“腐败”案件。叶梅利亚诺夫显然是另一种气质的人——他忠于家庭,顾恋家庭,是个要求严格、难以相处的丈夫。当然,母亲同他生活在一起很不轻松。浪漫之火瞬息燃起,旋即熄灭。这场婚姻注定以失败告终。

可怜的妈妈觉得不幸的瓦尼亚之死罪在自己,但无论她怎样悲痛,她服丧的时间却注定不会长久。酬客宴上,瓦尼亚的朋友们又对她诅咒一番。丧宴一过,家门口已经有个人在等她。这人穿皮大衣,与新苏联日常生活的品位完全协调。他就是亚历山大·维诺格拉多夫,我弟弟米佳的父亲。他是弗拉基米尔州清泉乡人。那是一个大家庭,贫病交集,酗酒成风。这人看上去积极主动,给人印象深刻,十四岁就执掌贫农委员会,很快又当上集体农庄主席,进了城。在城里,在一九二九年“大转折”的浊浪中,他跻身领导工作,成了行政人员,一名干部。还当上了当时非常时髦,隶属国防及航空、化学建设促进协会的《飞机》杂志的主编。母亲在这个杂志的编辑部工作。维诺格拉多夫有俄罗斯人开朗大方的气质，富于魅力，为人慷慨大度，很称母亲的心。他还有公务车，司机瓦夏笑起来一口白牙（我们相册里有他的照片），常在“突击手”俱乐部举办舞会，天刚亮就去别墅，高声按着喇叭，带上唱片，还有香槟酒。叫醒小孩子和外婆——大摆酒宴，留声机放在草地上，穿中国绉绸连衣裙的漂亮女人……不难想象，幸福在望。

不久，妈妈就嫁给了他。她已有身孕，快要生第二个孩子。可就在这个时候，外婆被捕了。长久以来，维诺格拉多夫和外婆关系并不好。他们压根儿就属于两个世界。他是虔诚的共产党员，热忱地接受十月事件，是提拔干部，正按苏维埃方式飞黄腾达。外婆呢，心存贵族偏见，对体制暗怀敌意，不忘点亮照旧挂在屋角圣像前的油灯。就在一九四一年新年前夜，她被带走了。据说，人们好不容易才把恸哭不止的外婆和我分开，我当时才两岁。母亲遭到嫌疑，痛苦不已。外婆玛丽亚·尼古拉耶夫娜·科斯特科被指控搞反苏宣传，特别是批判影片《列宁在十月》，这事她好像从来没对外人说过……不过，那些年抓人乃是家常便饭，谁也不会感到奇怪，尽管如此，在母亲和发誓没有过错的丈夫之间还是发生了激烈争吵。

尽管战争已经打响，法院还是准备开庭，妈妈请了律师。律师阿罗诺夫在阿尔巴特街寄卖行秘密会见妈妈，悄悄告诉她，他在案卷中看见了各色人等出人意料的口供。这位律师由于年轻而有欠谨慎，说了不少多余的话。不用说，妈妈没有履行对律师的承诺。她精神上实在受不了，便不假思索，把得知的情况一股脑儿告诉了丈夫。事情于是弄得一发不可收拾！审判的日子到来，人已清瘦，仍然乐呵呵的外婆被带上法庭。（啊，她可是完全相信，有这么个律师，一切灾难都会过去！）此刻，阿罗诺夫面色苍白，告诉妈妈说，法官刚才撤销了他对此案的代理权。但是审判并没有延期，维诺格拉多夫也作为证人出来说话，为外婆作了出色的辩护。结果只判了六年劳改营监禁！

在这件事情上，我们会留下一些疑点。或许某个时候，“纪念”协会①的一位年轻会员会在克拉斯诺戈尔斯克档案馆里，找到有关玛丽亚·尼古拉耶夫娜·科斯特科案件已经朽烂的公文夹，里面的人物会复活起来，开始表白。不过，那已不知是猴年马月的事情了。

---

① “纪念”协会成立于 1989 年 1 月 28 日，是一个寻找和纪念苏联统治牺牲者的社会团体。

玛丽亚·尼古拉耶夫娜·杰姆琴科，
伊文斯卡娅的母亲，一九一〇年

战争年代的考验无论有多艰难，却让我们多少松了口气——不再有告密，不再有怀疑，在家里也无须说谎话了。灾难已不是假想——而是一个现实：得活下去，要救孩子，救家庭。

维诺格拉多夫于一九四二年初死于肺炎，丢下了母亲、多病的外公和两个幼子，以及他乡下的一大堆亲戚。那些人他一直带在身边供养。在那些战争年代，妈妈一直英勇无畏地挣扎。她卖血，每天夜里去挖残留在地里的土豆，还到各个村子，用破衣烂衫换回一点面粉；外公也做起了鞋匠。外婆没有任何消息。我们只知道她在高尔基州苏霍沃-别兹沃德诺耶车站劳改营里。许多年来，外公和母亲都把这个地名叫作苏霍别兹沃德诺耶，它是由苏霍沃（干燥）和别兹沃德诺耶（无水）两个名字组成的。那地方让我和米季卡都仿佛觉得是个什么科谢依王国[①]，在那里滴水皆无的干燥土地上，到处白骨累累。有一次，我们得知劳改营遭到轰炸，囚犯或者饿死，或者病死。妈妈决定去一趟……没有车票，便躲在座椅下，搭取暖货车；士兵们把她藏起来，用口袋遮住，用靴子围住；她

① 科谢依是俄罗斯民间故事里的反面人物，个头儿高挑，骨瘦如柴，为人吝啬，心肠狠毒，却又长生不老。

好不容易到达了目的地。这次出行，妈妈把半死不活的外婆带回来了，还带回了士兵们行善的故事——谁也没有伤害她这么个年轻漂亮而又孤身独行的女人。相反，大家倒是帮助她，大概是想到了自己的姊妹或未婚妻。不过，这并不是母亲坐取暖货车的最后一次旅行，也不是她遇见的最后一批士兵——是啊，这就是善啊……

当外婆穿着破破烂烂的黑衣服，拄一根干枯的大棍子，出现在我们家里的时候，我吓得尖声大叫起来——那简直就是来自真正苏霍沃-别兹沃德诺耶的真正的科谢依呀。幸福的外公恳求亲一亲外婆，可是白费功夫。外婆是非常喜欢我的，可是整整一个星期，我都不能靠近她。

大约过了三年，一位长得并不像格雷琴的漂亮可爱的年轻妇女站在《新世界》杂志的窗前，肩上披一件旧灰鼠皮大衣。但是，对那些不幸的和死去的人们的记忆太过鲜活，他们活生生的影子还在我们屋子里游荡，鲍·列一瞥她那美丽的蓝眼睛，很可能会从中读出许多内容。

有些隐秘可怕的事情一直在我们家涌动，外婆这次回来并没有带来平静；这些事情像地下闷声的震动，一直传到了我，一个九岁孩子的身上。动荡不安而又怪异反常的一年过去了，母亲常常怒火中烧，在她屋子里号啕大哭；我和米季卡都非常喜欢外公，他是受涅克拉索夫影响的，他开始拿鲍·列的诗打趣，讷讷不接地试着念《生活——我的姐妹》，这时，刀叉盘碟就朝他飞过去。外婆则没有一点调和余地，事事都不满意，说鲍·列是有妇之夫，妈妈又有两个孩子，得考虑考虑孩子们的生活保障——需要有个丈夫，再说，鲍·列比妈妈年龄大太多了，而且各方面也“太另类”。她对体面的这种强烈渴求是从哪儿冒出来的啊？

吵闹戛然而止。家里平静下来，外婆满脸愧疚，在厨房里和外公窃窃私语。我和米季卡在妈妈那个突然变得空荡荡的房间里玩。妈妈不见了。老实说，我们早已习惯了同外婆外公一起生活，很少留意母亲在与不在。可是过了好几天，她仍然没有回来。从大人们压着嗓门的谈话中，我们知道了一些可怕的事情：母亲住进了疯人院，在加努什金医院。外婆亲自写了一份申请，要医院把她带走。这其实不是真的。母亲是服了毒，住在医院里，濒临死亡。不过也并非完全如此。她是服了毒，但没有住进医院，而住在她的朋友柳霞·波波娃那里，外婆认为

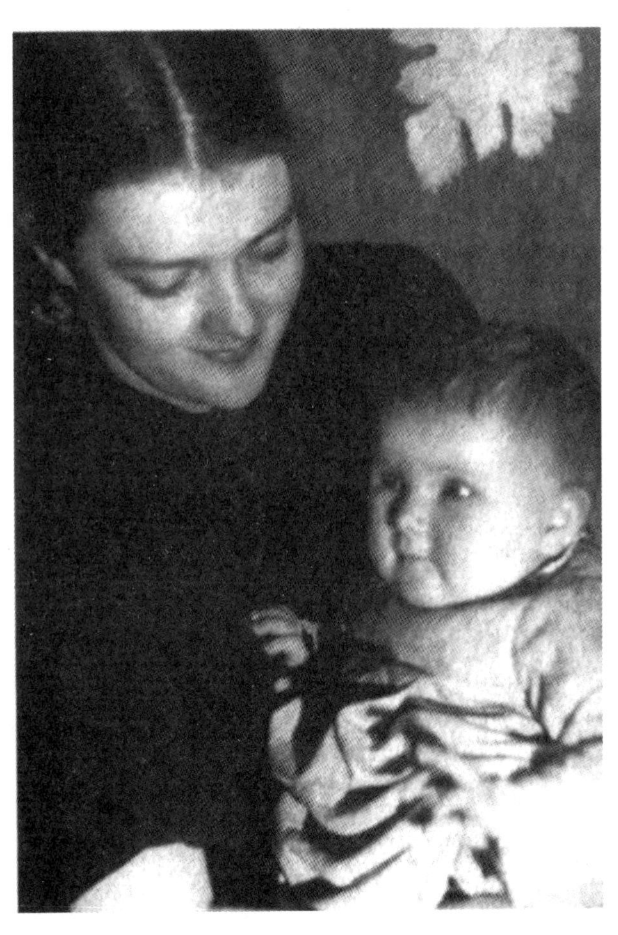

奥莉嘉·伊文斯卡娅和女儿伊琳娜，三十年代末

许多麻烦都是她这个朋友搞出来的。母亲不想再回到家里。我和米季卡安静下来，一声不吭。

我们已经习惯了没有妈妈的日子。可突然间，妈妈回来了，一张苍白的小脸探进门来，神情十分愧怍，按医院的新方式包着普通的头巾。她回来了，像个文静的小女孩，好久不出家门。不过，后来一切又跟往常一样。

过了一年，又是一个融融春日，四月的雪水在我们小巷里到处流淌，我穿着湿淋淋的，用外婆的皮袄改缝的大衣，和鲍·列"去市中心"购物。他领到了钱，想给我买一件礼物。我们去书店。我对这个人完全不理解，他把我们家本来就倒霉透顶的生活搞得乱七八糟。这是我第一次同他单独在一起，简直手足无措，不知道该怎么办。

"多潮湿啊。我们会弄湿脚的。"我说。

鲍·列马上回应，说了一大串话，这声音掩盖了溪水哗哗的流淌，同水声融汇在一起，洪亮而激动，我不禁惊恐地环顾行人。他说："你是觉得该说说话吧。是觉得不能闷声不响，该让我开开心吧。我太理解你了，对这种事，我太熟悉了！"

老实说，我过后并没有感到更自在。但这话一语中的，直刺我心境的要害，我那孩童式的，害怕尴尬的痛处。

我脚下的根基垮塌了。现在,他能猜透我说的每一句话。

幸好,我们叫上了一辆出租车,来到铁匠桥[①],登上作家书屋的二楼。鲍·列大声同售货员打招呼,向他们介绍我,弄得我很不喜欢,觉得他怪怪的。他在书店逼仄的上层走来走去,话音不断。但是我看见这里的人都很喜欢他,没把他当作怪人,才慢慢放下心来。他问我喜欢什么书。我忸怩不安地回答,想看看契诃夫的作品。我们买了各种各样的一大堆书——全是俄国经典作品,那些年广为出版的冈察洛夫、奥斯特罗夫斯基[②]、屠格涅夫的大部头著作。还买了契诃夫的。

然后我们回家,坐出租车,装上捆扎起来的一包包书。我为他拉住楼门,他也为我挡住楼门,终于,我们挤在一起,勉强没让书散落到融雪上,扛着这包珍贵的东西登上六楼——我们到家了。我听见鲍·列低沉的声音在妈妈房间的门后说:“奥柳莎,她想读契诃夫的作品,太好了!”

他定期买这样的礼物送我。这是一九四七年版国立

---

① 莫斯科市中心的一条街道,以商店众多而闻名。

② 指的是十九世纪剧作家亚历山大·尼古拉耶维奇·奥斯特罗夫斯基(1823–1886)。

儿童读物出版社出版的契诃夫作品，已经磨烂了，扉页上有叫人喜欢的龙飞凤舞的铅笔字：

亲爱的伊拉奇卡，我的亲，对不起，我昨天没来参加你的生日聚会。愿你一生幸福。好好学习，勤奋用功，这比什么都好。

你的鲍·列

一九四八年五月二十五日

国立儿童读物出版社一九四七年出版的《哈姆雷特》，扉页上写着：

你的孩子长大后，送给他们。不过那时《哈姆雷特》会翻译得更好，而且无论如何会印得更好。

祝你健康，幸福。

鲍·帕斯捷尔纳克

一九四七年十月一日

国立儿童读物出版社出版的《法拉第传》：

亲爱的伊拉奇卡留念,新年快乐。

鲍·帕斯捷尔纳克

一九四七年十二月十一日

国立儿童读物出版社出版的《亨利四世》:

送给我的伊拉奇卡。

鲍·帕斯捷(没有日期)

不过,这充满艰辛、记忆依稀的一年也快要过去了,而一九四九年,另一个真正可怕的年份正在到来。一幅幅清晰难忘的图景,永远铭刻于心。

遭搜查和逮捕是人一生中很重要的里程碑,在我看来,每个人都应该写出自己被捕的经历,就像过去人们写出自己的初恋一样。可是我该写什么呢?在我家,这种事多得不胜枚举。现在,当我极力想弄清其中究竟哪一件在我生活中起了最大作用的时候,却感到迷茫了。也许,是第二件,是妈妈被捕?(第一件是一九四一年外婆被捕。)因为我那时只有十岁,是什么事情都记得,却不怎么懂得的年龄。第一次敲击四面的墙壁,外公悄声说:

“他们是在找黄金，还是找密室？”门上第一次贴了封条。写了第一份启印书。翌日凌晨第一次想到：怎么去上学？怎么说这件事？怎么过日子？

十月六日，我放学回家。书包里有一本列·卡西里的新小说《切列梅什——英雄的弟弟》，是我的朋友加利娅借给我的，只借一晚上——班上同学在排队等这本书。我还没来得及按门铃，一位笑容可掬的军人已经猛地打开门。十月里天黑得早。虽然离夜晚还有很久，到处都开亮了顶灯，这是在特殊场合下才有的情况；每把椅子都坐着人。衣架上挂着蓝帽圈[①]、军大衣；令人不习惯的香烟雾，从妈妈的房间里一阵阵飘散出来。透过半掩的门，能看见零乱扔在地板上的杂志和书籍。我把大衣挂在军大衣外面，小心翼翼地，好像不是在自己家里，坐到一张椅子边上。我身旁，一个蓄小胡子的打扫院子的人，低着头打鼾。他穿短棉大衣，外面系一条白围裙。红色小沙发上，阿·克鲁乔内赫显得惊恐万状，嘴里嘟嘟囔囔地念叨。他晚上常来我们家（住得不远），吃吃饭，打打牌（他非常好赌，而且……赌起来是个滑头！），翻翻书——可这

① 蓝帽圈是苏联秘密警察装束的一个重要区别性特征。

下倒大霉了。他身边同一张小沙发上,是外公的兄弟阿法纳西怪异的身影,我们叫他福尼亚叔叔。他无意中朝灯光走来,吓得半死,一脸茫然,瞪着一双蓝色大眼睛——早就有点神不守舍。外婆脸上挂着泪痕。很明显,家里遭殃了。妈妈出什么事了。

屋子里弥漫着缬草酊味,还有些别的什么药味儿——这是外公身体不舒服了,他有心脏病。聋子姑妈从苏希尼奇来家做客过"十月的节日",她正在屋子里跑来跑去。她完全不会,也不知道该怎样帮忙,不知道药放在哪里,但是对发生的事情实质如何,她一清二楚:她的丈夫沃洛佳姑父战前被当作破坏森林的资产阶级专家在阿尔汉格尔斯克遭枪毙了。从那时起,她便在科泽利斯克和苏希尼奇一带当学校图书管理员。她个子矮小,两耳失聪,低调度日,从不张扬。家里全是我们这样的人:老人,寡妇,孩子——所有楼房里,这样的住户多的是,而这样的楼房遍布全国……我和弟弟、姨婆睡在一个小小的房间里,姨婆患不治之症,几乎从不下床,属于重度残疾。她只靠听收音机和阅读过日子,不知为什么却总比别人知道得多。是她告诉我说:正在搞搜查,母亲已在一小时前被送去了卢比扬卡。这个姨婆也不是第一次遇到这种麻烦，她高床旁边的小柜里放着一份通知书，告知她的丈夫维克托·斯坦尼斯拉沃维奇·沃伊采霍夫斯基，原波兰军官，因在阿拉木图毒死马匹被捕，于一九三七年被判枪决，判决业已执行。从她口中我还得到两个看法，两句关键的话："现在是个很复杂的时期！"对母亲犯了什么罪的问题，她回答说："无风不起浪啊。"

悲剧同闹剧在周围交织，汇成一场噩梦。来人一律被要求出示身份证明，证件，各种"文件"。连我的书包也打开检查一番。《切列梅什——英雄的弟弟》被扔进旁边一小堆书里，我在里面看到几本精美的小书，有《第二次诞生》《一九〇五年》……可只借我一晚上的《切列梅什》呢？明天我怎么对加利娅·秋林娜说呢？"明天"可是一定要到来的！我急忙上去护书。一名上校（或许是少校？我很难区分）态度突然变得温和，摇晃着书，摸着书脊，说："拿去吧，这东西有意思，值得一读吗？"

克鲁乔内赫没有随身携带证件。他解释说，他是诗人，未来主义者，苏联作家协会会员，马雅可夫斯基的朋友，刚刚出版了一本书《名人名言》，里面的"玄妙语言"这个词就是他的名言。他把手伸进皮包，那个已经烂得不能再烂的著名的克鲁乔内赫皮包，里面装着不少他通过各种渠道搞到的心肝宝贝。他掏出那本书,指着其中一段……

福尼亚叔叔吓得最厉害,当时,他在高尔基大街一家鸡尾酒店当值夜保安。他常常给我们带来鸡尾酒吸管,还给外公拿来餐巾纸、五颜六色的彩带。他认为遭报应的时候到了,“罪证”就是餐巾和手纸,那毕竟是偷来的东西。这大阵仗,这些军人,还有打扫院子的人,都是因他偷窃前来抓他。不过我并不知道他到底想些什么,但他从衣兜里掏出皱巴巴的餐巾,他那些“罪证”的时候,一脸的恐惧却不是装出来的。

表面看来,克鲁乔内赫虽然像个风流名士,其实迂腐得令人难以置信。他严守作息制度,每天十一点必定准时上床睡觉,现在却不许他回家了。他家里有安眠药,他习惯睡在自己的床上,他无非就是个邻居,跟我们没有任何关系……这些话都是他神经质地大喊大叫出来的,但是不起作用。最后,含了口水——他有这么个奇特的方法保护喉咙,让自己不能说话,并在小沙发上躺下来。

门砰砰地响,有人进进出出。一些消息传来。外公听见那个带走母亲的少校对头头说,“好不容易才送到了”，说她在车里哭哭啼啼。聋子姑妈怎么也搞不清楚他说的什么，大家就冲着她的耳朵大喊：“好不容易才送到……”这句被逐字重复的话，克鲁乔内赫的嘟哝，扫院子人的喘息，房门砰砰的响声——全在我脑子里混成一锅粥。我心里好像有只椋鸟啄击，一直在想：“明天怎么去上学呢？这件事在班上怎么说呀？今后怎么过日子啊？”

那个可怕的日子，还有个细节，一个小小的象征，留在了我的心中——有个圆玻璃罐，我在里面养着小鱼，是鼓眼龙睛鱼，霓仙鱼。小鱼需要每天换水，傍晚时分，它们会喘不过气来，浮到水面，张大嘴巴拼命呼吸。我目不转睛地望着这些小鱼。我得去找“头头”，请求他准许我去厨房，倒些水，给鱼儿换换。我弟弟米佳那时七岁，同样也有个刺猬的问题——刺猬留在凉台上了。他把刺猬拿去凉台遛一小时，哪知一小时后，这个家已不再是我们的家，凉台也不再是我们想去就可以去了。

是深夜两点或三点吧，侦讯人员查封了妈妈的房门，写了一纸“印封”文书，便来决定我们的命运。我和米佳躺在暗处，仔细倾听墙后传来的说话声。“送保育院，送保育院。”男人们一再地说，外婆则迟疑地表示反对。当然，我们现在成了十足的孤儿，父母都没有了。外公在残老院当制鞋师傅，总共就领六十六卢布工资。诚然，他有一双巧手，还能挣些外快。他不能再去教书后（神甫的儿子嘛，那还用说！），便学会了制鞋。他在家里做订货，每晚在厨房里用榔头敲敲打打，钉鞋掌，钉鞋后跟，挣点小钱。但这么一个大家庭，靠这点钱怎么过日子？

我们彻夜难眠，天快亮时，心情才稍稍平静，打起盹来。外婆和外公签了一份什么文件，不同意送我们去保育院，而由他们来监护我们。从这天起，外公便不再是我们的外公，变成了“监护人”。

不过，成为我们真正监护人的却是鲍·列。灾祸发生后，外婆容忍了妈妈不体面的罗曼史。鲍·列成了我们的生活来源，头几年还是主要来源，外公去世后则是惟一的来源。多亏他，我们才有了一个困苦、艰难，却依然充满人性的童年。我们不仅会想起小时候喝的豌豆粥，千百次改来改去的衣服，还不会忘记圣诞树、礼物、新书、看戏。鲍·列一直给我们送生活费。

在剩下的两间小屋中的一间（外婆把母亲那间租出去了）屋子里，他坐在我们铺旧漆布的大餐桌旁，也不脱下一直穿到生命尽头的那件黑色长大衣，头上戴着那时就很陈旧的卡拉库尔羊羔皮黑色无檐帽。跟平时一样，他总是来去匆匆——也确实没有闲工夫，可是，除此以外，他是不愿意看见我们这种倒霉的处境，想摆脱对我们怀有的非常强烈的恻隐之心。他对我们的同情之深，我只是在很久很久以后，从外婆讲的那些叫人心碎的故事中才能真正地想象出来。我听到这些故事的时候，真是羞愧难当：为什么要这样怜惜？为什么要做得这么过分？唉，我曾同八岁的米季卡一起带着包裹去佩罗沃（莫斯科不收寄这样的邮件）①，啊，还刮着风，啊，妈妈在来信中总是埋怨不休，但我们毕竟还可以过日子。我开始假装瞧书，而鲍·列跟平时一样，一下子就会注意到，他会走过来，说："伊拉奇卡，你当然不希望我走，可我实在有事得去忙啊……"然后作很响亮的礼节性吻别，房门砰地一响，便飞快地跑下楼梯——直到生命最后的日子，他都在这般奔忙。而此刻，外婆便把钱放进包里，去付房费，给我们买各样好吃的东西。

一九四九年，一九五〇年，一九五一年……那些可怕的年代绵延不休，就像埋死人出殡的灵车，一年年地过

① 佩罗沃位于莫斯科东郊，距离波塔波夫胡同将近十公里。

去,而且一年比一年糟糕。在那些日子里,外婆多少次翻来覆去地说一句话:“殃祸临,开大门!”十年后,我也无数次重复这句话。

侦讯还没有完。外婆突然得到了一个神秘的示意,去见了一位素不相识的女人。那人曾同母亲一起蹲过卢比扬卡,但已经获释。外婆回来的时候惘然若失。母亲已有五个月身孕。成夜受审,备受折磨。诚然,她得到加餐,放风时间也多二十分钟。我们把这事及时告诉了鲍·列,他来的时候显得十分绝望。他本人也很快被叫去卢比扬卡;他满怀信心地去了,以为在卢比扬卡,人家会交给他一个婴儿——他似乎还带上了一条小被子。但放在桌上的却不是婴儿,而是他的一堆书,是搜查时从母亲房间里没收的——那是热恋期间他赠送母亲的礼物,上面还有很温馨的题字;不知为什么,回家后他把那些题字全撕掉了。或许,是因为卢比扬卡的人研究过了这些题字?[……]

四十多年过去了,一九九二年,后改革时期的希望处于高潮,我来到卢比扬卡,要“从内部”了解这个案件——从那个十月之夜开始,遍读对妈妈的审讯记录。那时我们完全还是孩子,在等候对自己命运的处置。那个时候,监狱的高墙里面,到底发生了什么事情呢?

一九九二年的卢比扬卡已经不那么可怕——值班人员和蔼可亲,大门上方挂着三色旗,一位穿牛仔裤的上校,很讨人喜欢,为我拿来公文夹。我产生了一种错觉,血腥的大墙似乎正在垮塌……许多人想了解他们那些遭镇压亲属的案子,便在铁匠桥为这些人设了一个不大的房间——房间实在太小,完全无法满足所有渴求者的需要:“查阅”要排几个月的队。屋子里挤满了人。褪色的纸页翻得沙沙响,到处堆放着可怕的灰色文件包,标有案件编号的公文“登记簿”。在我身边,一个人正在阅读谢尔盖·埃夫龙案的供词。文件夹堆成整整一座小山,因为侦查是由各不相同的部门经办的——有检察机关,有情报机关,还有内务人民委员部。十多卷文件在桌上高高耸立,几乎遮住了查阅者。原来,在这座高墙后面,妈妈和阿里阿德娜·谢尔盖耶夫娜·埃夫龙——也就是阿利娅,我们家的忠实朋友——的命运又有了或许是最后一次的交集。在同一张桌子上,就放着她们的“案卷”,她们的秘密;她们同时走出来,重见天日,开始发声。

那是莫斯科闷热的七月，晒得灼热的铁匠桥对着窗户呼出热气。查阅资料的人，主要是些中老年人，一个个热得难受，不断用手巾擦汗；许多人在嘤嘤哭泣。一名中年妇女，俯身在一九三三年一个薄薄的文件夹上，仔细阅读一张枯黄的四开纸——枪毙她父亲的判决书。"开开风扇也好哇。"她请求那个讨人喜欢的上校。上校走到桌上那台胶皮扇叶老式大风扇前，将它打开。胶皮扇叶飞快旋转起来，刮起一股旋风，那张枯干的四开纸页直接就在眼前破碎，只留下一片尘埃，犹如吸血鬼德古拉暴露到了阳光下面。

我这个文件夹比较新，是一九四九年十月至一九五〇年七月的。我打开它的时候，老实说，心里有些忐忑不安。关于妈妈被捕，莫斯科有太多传闻，一些心怀叵测的人到处宣扬说她是刑事犯，拿了别人的委托书收取钱款，还有别的什么罪行，不记得了……（虽然每个人，甚至并不与那些年的惩罚制度直接接触的人，都明白，当时可以将任何刑事犯罪扣在任何人头上——例如，凭空捏造年事已高的教授强奸女助教，当年审判右翼托洛茨基集团时就是这么干的。）

我担心的是，他们会把这种乌七八糟的东西也塞进案卷。但是没有。结果摆在我面前的不多几页纸是绝对无可非议的。这是第五十八条中有关宣传鼓动条款[①]的一桩典型假案,而我可怜的妈妈对这种胡言乱语的坚强抗争也给我留下了深刻印象。当然,她没有像阿里阿德娜那样遭到拷打、折磨。令她痛苦的是半夜里的审讯,是威胁说要逮捕鲍·列,是要她与别人当面对质。还让她感到苦恼的是关于两个幼小的孩子只能交由命运摆布,外公外婆两个老人孤苦无助,还有她心爱的人会遭到逮捕的念头。但她对侦查员采取顽强对抗的态度,拒不接受那些愚蠢的指控。只是在她住进医院后(这一点在案卷中有记录),在她于停尸房发生的可怕事件后,她才开始稍许让步,承认"不客观地过高"评价了帕斯捷尔纳克的创作。

不过,还是让读者自己来评判吧——下面就是笔录。次要内容就略去不谈了——一些证人曾作口供,揭露她诋毁苏维埃制度。这些"揭露"意味着什么,今天每个人都知道。他们是怎样搞来这些东西的,每个人也都明白。在这些审讯中,当然是妈妈胜利了——她的任

① 指的是1926年苏俄刑法第五十八条第十款:"包含号召推翻、颠覆或削弱苏维埃政权内容的宣传或鼓动"。

何一句话都不能成为“帕斯捷尔纳克案”的证据，不能用来反对他。

卷宗　第3038号（档案号P33582）

起止日期1949年10月12日–1950年7月9日

**决　议**

……经查，此人具有反苏情绪及恐怖主义性格倾向……此外，其父于一九一八年投入白匪，其母于一九四一年曾被镇压……

据此，对伊文斯卡娅，奥·弗实行逮捕。

谢苗诺夫，基谢廖夫，沃尔科夫

**被捕人员财产清单**

铁床一张，花盆架一个，长袜三双……

**典狱长收据**

被捕人员没收物品：松紧腰带一根，玻璃项链一串，棉垫肩五副。

## 保证书

本人科斯特科,玛·尼自愿承担义务,在自己住所对伊·叶梅利亚诺娃(十一岁)和德·维诺格拉多夫(八岁)实行监护和教育,有责任依据苏联法律让他们接受教育。

(科普捷洛夫大尉记录了此份保证书)

## 汇　报

下列人员曾走访该住所,并已拘留:

1. 克鲁乔内赫,阿·叶,作家。
2. 弗兰茨克维奇,И.В,女退休人员。
3. 科斯特科,阿·伊(一八八一年生),亲戚。
4. 伊文斯卡娅,娜·伊(一八八九年生),亲戚。

对上列人员已作讯问,并于四点释放。

## 没收物品清单

安·阿赫马托娃:《没有主人公的叙事诗》(打印本),书籍《念珠》《白鸟集》,附题字"赠亲爱的奥·弗"。

奥·弗·伊文斯卡娅的诗作《红场》,《乳脉》(随笔)。

利·楚科夫斯卡娅的诗作，附题字“赠亲爱的奥·弗·伊文斯卡娅”。

伊文斯卡娅一九三〇年日记二十五页。

各类诗作四百六十页。

淫秽长诗一首。

各类信函一百五十七件。

《云雾中的双子星座》(打印本)。

《主题与变奏》。

伊文斯卡娅照片十三张。

## 收　条

1. “各种证件及照片，已按被捕者要求，归还其母亲。”

2. “属于鲍·帕斯捷尔纳克的书籍，已按其要求退还……”(鲍里斯·帕斯捷尔纳克的收条)

## 焚毁证明

“第一至第二十一件内容与本案无关，予以焚毁。”①

---

① 其中包括安·阿赫马托娃的那几本集子。烧掉的究竟是谁的信、谁的手抄诗，看来已经没人能知道了。——原注

业已焚毁。

签名：谢苗诺夫

## 揭露伊文斯卡娅，奥·弗触犯第五十八条第十款之物证归卷清单

《科尔尼洛夫案》。

《克伦斯基案》。

《一七年前夕》，亚·什利亚普尼科夫著。

《尼·列宁。格·季诺维也夫》。阿·波利瓦诺夫回忆录。

一篇含反苏内容的关于帕斯捷尔纳克创作的佚名文章（打印本）。

谢·叶赛宁诗：《给杰米扬·别德内》，伊文斯卡娅转抄。

约·布·铁托生平（二页）。

A. 涅多戈诺娃和鲍·帕斯捷尔纳克含反苏内容的信件二封。

## 审讯笔录

（侦查员阿·谢苗诺夫）

问：谈谈您的父亲吧。

答：据我所知，妈妈在一九一三年就和父亲离婚了。我从我叔叔弗拉基米尔那里得知，父亲于一九一四年死于伤寒。

问：您没说清楚。我们有材料，说他一九一八年参加了白匪。您母亲曾因反苏活动遭到镇压吗？

答：她没有从事过任何反苏活动。

问：说说您和鲍里斯·列昂尼多维奇·帕斯捷尔纳克是怎么认识的。

答：我是一九四六年十二月在《新世界》编辑部认识他的，当时我在那里工作。

问：你们什么时候有了私情？

答：那是一九四七年七月才有的。

问：谈谈帕斯捷尔纳克的政治倾向，对他在怀有敌意的作品中所贯穿的内容，以及他的亲英情绪和叛逆意图，您了解些什么？

答：不能将他列入具有反苏情绪的一类人。他没有反叛意图。他一直热爱自己的祖国。

问：可是，在您家里没收了一本书，是论帕斯捷尔纳克创作的英文书，这本书怎么来的？

答：这本书确实是帕斯捷尔纳克带给我的。这是一本专著，讲帕斯捷尔纳克的父亲，一位画家。是伦敦出版的。

问：帕斯捷尔纳克怎么得到了这本书？

答：是西蒙诺夫出国旅行时带回来给他的。

问：关于帕斯捷尔纳克和英国方面的联系，您还知道些什么？

答：好像他收到过一次包裹，是定居英国的妹妹给他寄来的。

问：是什么原因使您和帕斯捷尔纳克有了私情，要知道，他比您大很多啊。

答：是爱情。

问：不，你们有私情，是因为你们的政治观点和背叛意图十分投合。

答：我们可没有这样的意图。我过去和现在都爱他，是把他作为男子汉大丈夫爱的。

问：帕斯捷尔纳克和阿赫马托娃互相勾结的事情，您了解些什么？您看见过他们在一起，听见过他们交谈吗？

答：我看见过阿赫马托娃两次，第一次是在阿尔多夫家的朗诵会上。帕斯捷尔纳克朗读了他的新小说的部分章节。那是一般的聊天、茶聚。

问：这个所谓的"茶聚"，都有什么人参与？

答：有阿尔多夫兄弟，阿赫马托娃，拉涅夫斯卡娅，作家埃利希[①]，好像还有阿·巴塔洛夫。

问：帕斯捷尔纳克和阿赫马托娃交换些什么意见？

答：我已经说过，那是一般的聊天。对读过的小说谈谈看法。好像阿赫马托娃说，小说不可能如此详尽，应该是简明扼要的。我记得，她对契诃夫的小说持否定意见。总之，她对某些问题是持批判态度的。此外，阿赫马托娃那段时间没有工作，帕斯捷尔纳克让她为国立文学出版社翻译东西。他一来就说，已经谈妥了，让她翻译一些阿塞拜疆诗人的作品。她喜出望外，想要工作，做有益的事情。第二次我只见到阿赫马托娃几分钟，是去她那里取她题赠我的书。

---

① 可能是指新闻工作者、作家阿伦·伊萨耶维奇·埃利希（1896–1963），他曾是《真理报》文艺版面的负责人。

问：证人的口供确认，您经常对帕斯捷尔纳克的创作赞不绝口，并把它与爱国作家如苏尔科夫①、西蒙诺夫等人的作品进行对比，而帕斯捷尔纳克表现苏联现实的艺术手法是很有问题的。

答：我确实过分赞扬过他，视他为所有苏联作家的楷模。他的创作对于苏联文学具有巨大价值，他的艺术手法并没有问题，无非是他个人的手法而已。

问：您是否说过苏尔科夫似乎没有文学天分，他的诗歌之所以能够出版，仅仅是因为他大拍党的马屁？

答：对，我认为，他那些平庸的诗作只能败坏思想。而西蒙诺夫我从来都认为是个有才华的人。

## 狱医证明

由于子宫出血，将被捕人员奥·弗·伊文斯卡娅移送监狱住院部治疗。据此人称，她身怀有孕。

问：请您继续提供帕斯捷尔纳克反苏倾向的见证。

---

① 指的是阿列克谢·苏尔科夫。——原注

答：不错，他是流露过对于苏联生活环境的不满。我认为，这件事情的原因在于把他与读者隔离开来是很不公道的。但是他从不允许有人中伤苏联现实，也没有叛逆倾向。

问：说说他的亲英情绪吧。

答：不错，他确有亲英情绪。他喜欢翻译英国文学。

问：有什么外国人探访过帕斯捷尔纳克？

答：我记得，因为他的作品在布拉格出版，有些捷克作家访问过他。

问：都是谁？

答：好像，有作家尼耶德利①。

问：他跟那些被镇压的、有敌对情绪的人保持联系，您怎么解释？

答：他给予了他们一些资助，因为那些人处境艰难。他资助过阿·埃夫龙，阿·茨维塔耶娃。

问：他经常会见人民的敌人季·塔比泽的妻子，

---

① 兹德尼克·尼耶德利(1878-1962)，捷克历史学家、音乐学家、文学批评家、国务活动家，捷克斯洛伐克科学院第一任院长，苏联科学院通讯院士(1947年起)。

您知道吗?

答:对,我知道,他是在帮助朋友的妻子。正如我已经说过的,他曾给予安·阿赫马托娃资助,想帮她找个翻译的工作。

问:他否定中央关于《星》和《列宁格勒》杂志的决议,对此您知道些什么?

答:不错,他对这些决议持否定态度,一般来说也否定反普世主义运动①。我记得,他说过:"他们在搬起石头砸自己的脚。"

问:说说您是怎么认识安娜·伊万诺夫娜·霍尔德克罗夫特的。

答:我第一次听说这个名字。

问:您在对侦讯撒谎:这是英国大使馆的一名领事,她参加过帕斯捷尔纳克作品的朗诵会,当时您也在场。那是一九四八年"苏联诗人为和平民主而奋斗"晚会。

答:当时人太多,我不记得她。

① "反普世主义运动"是苏联官方对在国内发动的反犹运动的委婉称呼。

问：您还在否认。您怎么看待帕斯捷尔纳克在那个晚会上的发言？

答：他的发言并不怎么成功，因为帕斯捷尔纳克朗读的诗并不切题，太具悲观主义情调。在理工博物馆的讲话更成功一些，他朗诵了一些乐观主义的诗作：《三月》《暴风雪》《春天》等。

问：您在场的时候，帕斯捷尔纳克还见过哪些外国人？

答：我不记得了。

问：又撒谎。见证人波波娃说，在裴多菲晚会上，匈牙利大使曾同帕斯捷尔纳克交谈，而您就站在旁边。这位证人说，好像帕斯捷尔纳克的袖口破了，大使注意到了这一点，而您极力去掩盖。

答：不，那不是我，而是波波娃本人。我不记得任何衣袖的事，也不记得任何大使。

## 摘自对鲁缅采夫，尼·斯的审讯记录

问：您在哪里认识伊文斯卡娅的？

答：我是在克拉托夫残老院通过她的姐姐博格丹诺娃认识她的。我喜欢文学，曾尝试自己写作。

我把我的作品给伊文斯卡娅看，因为我对她评价很高，称她是诗人。她对我说，我缺乏写作才能，要我另辟蹊径。

问：您和她继续保持联系吗？

答：对，我在文学问题上一直征求她的意见。

问：您没把话说完。从您的日记中可以得知，您曾经迷恋伊文斯卡娅，还想跟她结婚。

答：我于一九四二年受过致命伤，从那时起我已经残废，不能跟任何人结婚。但谁也不能禁止我钟情于别人。

问：您是无线电爱好者吧？您为什么选择这种活动？

答：我的职业是工程师，因残疾无法行动，所以喜欢无线电。

问：您曾用您装的收音机邀请朋友收听敌台“美国之音”的广播吗？

答：对，我邀请过朋友，但并不是专门请来收听广播的。

问：其中就有伊文斯卡娅？

答：对，有她。有一两次。

## 起诉书

证人出示的证据揭露,您犯有如下罪行:经常咒骂苏联的社会制度和国家制度,偷听"美国之音"广播,诽谤苏联爱国作家,赞美敌对作家帕斯捷尔纳克的作品。

## 特别会议的判决

……鉴于起诉书所列证据确凿,判处奥·弗·伊文斯卡娅在严管劳改营监禁五年。

## 奥·弗·伊文斯卡娅一九五一年八月(发自劳改营)的几段申诉

……鲍·列·帕斯捷尔纳克不是变节分子,不是叛徒,不是间谍……由于我的影响,他并没有彻底与世隔绝。我向他证明,必须在拥护和平的阵营里发声,他也这样做了……

我承认我有过错,那就是:没有彻底清查我的书架,那里留有一些具敌对意识的图书,那是我已故的前夫历史学家伊·瓦·叶梅利亚诺夫的书……

……请原谅我对帕斯捷尔纳克持不加批判的态度……

### 案件重审申请(1955 年)

不予重审。

检察长　尼基京

### 副检察长阿·瓦西里耶夫的异议书
### (1988 年 10 月 19 日)

……鉴于伊文斯卡娅的行为和言论没有直接号召推翻苏维埃政权的含意,此案诉讼程序终止。

从一九五〇年秋天起,伏尔加河流域一个小小的共和国,连同它的"农居点号"和"信箱号",持久地走进了我们的生活——那就是莫尔多瓦共和国。鲍·列也往这个"快乐的"国度寄信,不过大多是寄的明信片——出于令人感动的保密考虑,是以外婆的名义发出的。落款总是:"你的妈妈"。这些信件能骗得了谁?有谁能够设想,我们头脑冷静而且事理通达的外婆,能写出如此离奇、富含诗意，半页纸都充盈着灵感话语的含蓄文字，能体验如此的情感高潮，坠入如此深邃的渊薮？不过这些明信片还是都寄到了。

一九五二年，经过一年半的熬煎，外公溘然去世。我们在一月的严寒中，将他装进简陋廉价的棺木。一群可怜兮兮、冻得发僵的老太婆，连把棺盖抬到汽车前也无能为力，另外还有两个忧伤的孩子。外公是个极好的人，性格随和，非常喜欢我们。他没有经受住妈妈被捕这个最后的打击。他应该得到这样的告别吗？我们甚至没有钱埋葬骨灰盒，整整三年，它就一直放在过道屋的柜子上。我们将骨灰盒放到这个柜子上的时候，依照法律便成了无父无母的孤儿，没有了监护人；对学校履历表上父母职业这个必须填写的问题，我们也没法回答。

又过了几个月，外婆一口气跑上六楼，气喘吁吁地告诉我们，说完了……全完了。鲍·列发了梗死。

玛丽娜·茨维塔耶娃曾经在谈到鲍·列的善良，谈到他生性悲天悯人的时候写道，他对人的怜悯是药棉，他用它来堵塞他自己对人造成的伤口。她的女儿阿利娅自己是个心地善良而仁慈的人，她也跟母亲一样说："帕斯捷尔纳克非同寻常地善良，富有同情心。不过，他的善心只是最高形式的自我中心主义：他，一个善良的人，能更轻松地生活、工作，睡觉也能更踏实……他是在用同情心洗刷身上那些真真假假的罪过。”

读着这些话，我并不感到愉快。我觉得在这件事情上反映出茨维塔耶娃（还有阿里阿德娜·谢尔盖耶夫娜）经常有一种愿望，要把话说得“有趣”；也反映出一个像背负十字架一样背负着自己家庭、友谊的责任的人，要理解这种同情很正常、合理实在是很费劲的。怎样才能把善心解释清楚呢？只有丘特切夫说的一句话：“我们有了同情，便能获得幸福。”[①]在某些情况下，当然可以为鲍·列常有的轻率的罪恶感找到解释（没有“劝阻”茨维塔耶娃不要回苏联，在斯大林面前“没有维护”曼德尔施塔姆；还有我们的悲惨遭遇，我们沦为孤儿，按苏联的逻辑也和他脱不了干系——因为他母亲才被捕，外公才忧伤去世）。可是，当一个人面临死亡的时候，这种庸俗无聊的逻辑还有意义吗？现在终于明白了，他的怜悯之心不是由这由那而生，乃是来自娘胎，一如眼睛的颜色，或者血型。

① 出自丘特切夫的诗作《我们不能预测……》（1869）。

他被送进了博特金医院。他躺在走廊上,用铅笔写下,更准确地说,是草草涂了一张字条给他的许多作品的第一位读者和誊写者玛丽娜·卡济米罗夫娜·巴拉诺维奇,要她想方设法搞一千卢布(旧币)送去某个地址,也就是我家的地址,那时候,他很可能并不曾想过自己对不起我们。

钱送到了。我们没有完蛋。鲍·列也康复了。

又一个春日来到。冬雪融化,流水遍地——记忆中,在积雪融化后深暗的林荫道上,我穿过一个又一个变得沉重的雪堆,向戴着熟悉的黑色无檐帽,坐在长椅上的一个人影奔去。我跑着,亲近、拘束、恼人的不安、由衷的喜悦之感鲜活热烈,第一次在我的心里交集。鲍·列发梗死后,已经不能登上我们六楼。我和外婆在中断了好长时间后第一次同他相见。这也是我们第一次在见他时已完全把他当作亲人——他很快就把这次见面的情况写信告诉了母亲。雪化后林荫道上暗黑的地面,他那副崭新的面孔(病后他瘦了,镶了牙齿),过往电车叮叮当当的响声,我们的亲吻,以及看见这一切的我们一个女邻居(后来)发出的惊呼:“玛丽亚·尼古拉耶夫娜,这是啥人哪,您亲得这么狠!”对我来说,这一切就像一个“水印”,大概永远印在了我的心中。

一九五三年四月,这是真正的春天许多年来第一次来到了莫斯科。一条条细小的水流汩汩喧嚣,在清池胡同的大雪堆上钻出孔眼;各种各样的消息,口口相传的离奇流言混杂在一起;一些人的名字也能听到有人说起了,虽然至今张口时也得左顾右盼……有什么能与解放前夕的春天相比拟呢?正是在这一天发出的明信片上(仍然是以外婆的名义),鲍·列给妈妈写道:“命令颁布之后,这个漫长可怕的时期很快就要结束了!我们终于活到了即将到来的这一刻,多幸运哪!……”

斯大林死后的第一次大赦(就在各族人民的领袖葬礼后没几天),使许多人燃起了希望。似乎上层也急于了结这笔可怕的遗产,不再追究罪名和所犯法律条文,把尽量多的人快快释放出来——所有判五年以下刑期的罪犯,无论犯哪一条,通通释放了。自然,其中并没有多少政治犯。莫斯科满城都是穿短棉衣的刑事犯,火车站挤满了释放人员,居民闭门不出,插上门闩待在家里——被人踹了一脚,受到压抑,充满戾气的生活袭入城市,骂娘之声不绝于耳,虱子肆虐,臭气熏人,一片呼天抢地……为数不多的判刑五年的政治犯也随“第一专列”,随“刑事犯”的这股汹汹浊浪被放回来——其中就有我的母亲。

我们曾日复一日地盼母亲获得释放，而且终于盼到了——黎明时分，老旧的门铃戛戛响起，“请开下门”，这声音传到挤满孩子、老人、房客，乃至充满惊吓和灾难的我们的家里。“我十四岁，过一个月，就满十五……”我一转身从床上翻滚下来，和弟弟在一位显得年轻、清瘦的妇女身边跳个不停；这女人穿着吓人的棉袄，扛一个肮脏的口袋——容貌亲切可人而又略感生疏。我心里没有一丝儿孩童的惧怕——而那是面对从“那里”回来的外婆时，曾经感受过的——相反，倒是欣喜若狂，如释重负：在学校里的恐惧、支吾、为瞒过警惕的女友们而编造的恼人的谎言……全结束了。永远不会再像某一次那样，用剃刀割破指头，只为跑出教室，说是去找医生，其实是为逃避填写履历表——那是新教导主任突然要求填写的，要求写上父母的职业……我为什么如此害怕这件事呢？儿童自有一番心思。一切都过去了，少年的噩梦终归烟消云散！再也没有任何邮包，任何佩罗沃，任何内务人民委员部的房客了！

外面春日融融。我就快读完十年级，明天进行第一场考试。我的妈妈依然非常年轻可爱！应当说，后来我身处劳改营的时候，曾不止一次看见这种奇迹——劳改营的女犯显得年轻可人，虽然劳动繁重，饮食恶劣；有个女犯，已经“拖”了十年，看样子还是个半大少女，身材匀称，晒得黧黑——不知年方四十还是二十。而且都不美容；妈妈在“高墙之外”的时候，是从来不会忽略这件事的（鲍·列常对她说：“奥柳莎，别抹唇膏了，上帝可没亏待你呀！”），枯干的头发，甚至前面的一颗断牙都没有损毁她的容颜，相反，不知怎么回事，还让她更加光彩照人。

我脑子里突然涌出一件奇怪的、要我去办的事情，那是在清池胡同见面时，鲍·列向我提出来的。同往常一样，这件事迷雾重重，伴随着不少风言风语，不过我明白它的实质，总归就是：他永远不会抛下妈妈，但他们过去的关系不可能再有了……这事我应该向妈妈说清楚。这么长时间过去了，他们两人都饱经磨难，她自己也应该感觉得到，回到过去是毫无必要的勉强之举；她应当摆脱出来，除了诚挚忠实的友谊，别抱任何希望……我已经读了许多书，性格变得温婉明礼，能领会这种表示是无可改变的，尽可能推辞了这个委托。不过，我心里仍然记挂着这件事情；只有看见妈妈跟以前一样高兴陶醉的时候，我才会真正忘却不久前那场令人不快、某方面足够残忍的谈话。他们自己会去处理的！

他们自己把事情处理好了。

一九五四年，一九五五年，一九五六年……那是一个越来越有希望的时期，人们神话般地归来了，生离死别之后再度相逢……我们家变成了中转站，它就是一个饶有意思的会见场所。来我们家的人，谁不是在从莫尔多瓦到乌克兰，从泰舍特到波罗的海沿岸，从哈萨克斯坦到列宁格勒，从科雷马到南方的途中……许多人的名字我已经忘记了，因为人们川流不息，有时令外婆很生气——家里拥挤不堪，没多少钱，孩子还要上学，可现在，很晚还有人按门铃，半夜里话音不断，过道上永远堆着棉袄和背包，随时都在开饭，浴室从来没有空过——总“轮到”有人洗澡……我记得安德烈·别雷的女学生尼·伊·哈根-托恩①，一位人智学者，还有魅力十足的娜杰日达·奥古斯丁诺夫娜·阿道夫，一位儿童文学作家和诗人（至今都很喜欢她那些令我爱不释手的劳改营

---

① 尼娜·伊万诺夫娜·哈根-托恩（1900–1986），苏联民族志学家、历史学家、民俗学家、回忆录作者、诗人。

诗歌）。以及康·博加特廖夫和基·兹达涅维奇[1]。当然，还有瓦·沙拉莫夫[2]，他出现在波塔波夫胡同的门槛前，穿一件粗帆布雨衣，肩上背着背囊，面庞非同一般，晒得很粗粝，被科雷马的风刮得永远黧黑，一双手几乎漆黑。他整个人就像是对一个人最好不要知晓的那些事情的鲜活纪念。当大家开始谈起劳改营受难者纪念碑的方案时（据说是赫鲁晓夫提出的），我觉得沙拉莫夫第一次站在我家门前的模样正好就是这么一尊纪念像。如果这种苦难还需要一个妇女的形象，也有一个化身——那就是阿利娅·埃夫龙。她长得美丽，匀称，头永远往后仰着——傲然不屈！——也经历了风吹日晒，变得黧黑粗粝，也背着她的"背包"来到我们家。是鲍·列打发她来的。

但是，在这群骄傲的、具有丰富阅历的人中间，好多是完全无辜、轻率冒失的柳多奇卡和尼诺奇卡[3]一类人（妈妈总是交游很广）。她们跟美国飞行员跳了一次舞，

① 基里尔·米哈伊洛维奇·兹达涅维奇（1892–1969），格鲁吉亚画家，未来主义诗人伊利亚·兹达涅维奇的哥哥。

② 瓦尔拉姆·吉洪诺维奇·沙拉莫夫（1907–1982），俄国散文作家、诗人，代表作为《科雷马故事》。

③ 常见俄语女名柳德米拉和尼娜的指小表爱形式。

瓦·吉·沙拉莫夫

沙拉莫夫的墓碑，莫斯科，昆采沃公墓，费多特·苏奇科夫雕

伊琳娜·叶梅利亚诺娃与阿里阿德娜·埃夫龙，

塔鲁萨，一九六二年

阿·谢·埃夫龙，莫斯科，一九六四年

不小心跟邻居讲了个笑话,或把西方生产的内衣夸赞了一番!她们哪里是什么德国军官的女友或盖世太保的翻译呀!她们为等待专门小组,拖延着自己的刑期;这些受难的女人鼻子脱了皮,在我们浴室里洗一洗,就赶快跑去邻近的理发店理发,回来时卷发上带着双氧水味,为在梅利托波尔什么地方苦等已久的孩子和老母大买莫斯科糖果。我们安抚所有的人,帮她们做准备,送她们走。

这几年,鲍·列又有了生活单纯充实、度日有序之感("我对自己的生活感到满意!"他常常说),觉得每一分钟都极其宝贵、十分重要,为他的晚年涂上了亮丽的色彩。"解冻"也在这里起了作用——那些备受磨难的人回来了,为这些人,他曾一度心如刀绞;噩梦就要结束,灵魂终于能够得到一刻喘息。他竭尽全力地创作小说。在小说的下卷,他为那个可怕的时代竖起了一座他的、帕斯捷尔纳克式的纪念碑。尽管那时候他感到幸福满满,听说阿利娅、格拉特科夫回来了,斯帕斯基等人就要获释了,"解冻"一点不假的时候,他还是喜形于色。"他们"(他这样称呼苏联领导人,宽泛点说,称呼苏联制度)遭到了永远的排斥,他再也不用考虑去尝试任何"同大家一起,与法制一致地劳动”①了。就连这个时候，他也不相信他这部小说能在国内出版，对正在酝酿的诗集，也没有特别的热情（“还是尽快重版翻译作品吧，这要现实一些！”）。有人想办一些“不受审查”的刊物（例如《莫斯科》丛刊），他并不支持，而是公开表示更喜欢官方出版社。或许，如果说他对斯大林的态度曾染上某种好奇的，甚至崇敬的色彩——虽然没有人性，但声名赫赫，神秘莫测，寡言少语，完全不显山露水，——那么，赫鲁晓夫的放肆无忌、滔滔不绝的讲演，关于绘画与文学的议论，滑稽的举止对他来说便无法接受。他像索尔仁尼琴一样，并没把我们这位秃头总统视为俄国沙皇尼基塔霸主，对此人遐迩闻名的形象和独特的禀赋完全置若罔闻。[……]

他也疏远任何自由派的创举，漠视将苏联“诚实的”文学家分成各种派系的意图，远离各类辩论会，不参加那些虚假的讨论。

现在，我稍稍打破叙述的顺序，前进到一九五六年。当时苏共二十大已经召开，“构成[这个时代]惟一历史内

① 出自诗作《一百多年——还没成为昨天……》(1931)。

容的对即将到来的变化的期待”[1]也已不再只是期待。看来，这期待甚至有可能成为现实，而那些被说成谋反的意图将获得具体的体现，并且公开存在。但鲍·列仍然持怀疑态度。

一九五六年，我考入文学院。招收我是因为鲍·列写信请求，尽管总的说来，无论诗歌押韵还是“命题作文”我都不比许多人差。但竞争太激烈，没有鲍·列的求情信，我是过不了关的。

为了表示感谢，我送我们校长维·奥泽罗夫一本鲍·列刚刚写完并装订好的（打印本）自传《人与事》，告诉他，不久就要出单卷本诗集，鲍·列要我把这篇序言转交给您……奥泽罗夫感到十分荣幸，他那略显粗糙、当时还相当漂亮的面孔洋溢着微笑……应该说，我这位未来的校长也是抱有自由主义幻想的人，他的各种辩论构思都很成熟（其中一场著名的“诗歌辩论会”，成了学院里为期不长的“解冻”的终结和失败）；他希望改变课堂讨论方式，经常举行联合课堂讨论，邀请“各种流派”的作家参与。奥泽罗夫给我看了一份拟邀者名单：那上面，好像肖

① 对《日瓦戈医生》尾声中一段话的不精确引用。

洛霍夫和奥维奇金①之后就是帕斯捷尔纳克。我拿起名单、请帖，说，我去转交吧……我被录取了啊！但我不能太多想象鲍·列会来我们的会议厅，来到高尔基和列宁的肖像中间，赫鲁晓夫的各种口号、语录下面（不过，当时最流行的语录还是中国人的口号“百花齐放”——会议厅和墙报上都用这口号作为装饰）。鲍·列能怎样对待这种机构，这个苏联作家孵化器呢？我记得关于高级文学培训班的一次谈话（他的不少崇拜者在这个班上学习，特别是来自格鲁吉亚的）。鲍·列向我们转述了一个学员讲的故事，是关于学生和老师在课堂上的一段对话：“为什么帕斯捷尔纳克那些年能幸免于难？”“为了留他下来离婚！”讲师回答道，传出一阵哄堂大笑。鲍·列讲这个故事，把“留他下来离婚”六个字说得恶狠狠的，完全不合乎他平时的性格，我明白了，他受到的伤害何其深重，尽管他平时总是心怀善意，睿智温和，比这“高尚”得多。在这一类地方，他能有讲话的愿望吗？

对我转交的这个请帖，他大概颇为不满，大声吼道：

---

① 瓦连京·弗拉基米罗维奇·奥维奇金（1906–1968），苏联作家，解冻文学代表人物之一，因一系列特写作品揭露了当时苏联外省的官僚主义现象而闻名。

“你告诉他们,说我有事,忙得要命,没时间外出……他们名单里不是有肖洛霍夫、卡维林[①]吗……他们会讲得很精彩的……不过他们也讲不了多久,你会看得到的……”

果不其然。匈牙利事件爆发了。在“百花齐放”的口号后,马屁精又添上了一句“毒草除外”;与“各种流派”的作家见面,以见瓦连京·奥维奇金开始,亦以见他告终。他在《新世界》刊出一篇篇辛辣而坦诚的特写后,被视为当今真正的英雄,未来非应景散文的先驱。大家给他递上许多字条。其中一张写道:“您怎样看待帕斯捷尔纳克?”回答这个问题的时候,奥维奇金勃然大怒,甚至气得满脸通红,几乎从我们这个小小的舞台大步跨到大厅,冲口说道:“对于他的诗,我是外行。不过听说他把小说送到了国外。那就是无耻之尤!!!”半个礼堂爆发出一阵掌声,另一半人双手紧紧抓着椅子的扶手。大家开始向我张望。

一九五六年十月。匈牙利事件爆发。我被平生第一场——没有看到,但是听到、读到了的——革命惊得目瞪口呆,以至于都没有时间去佩列杰尔金诺。我们坐在收

---

① 韦尼阿明·卡维林(1902–1989),苏联著名作家,代表作为长篇小说《船长与大尉》《一本打开的书》。

音机旁，手上拿着报纸——波兰报纸，不断翻查词典，看懂意思。

就在一个这样的十月的日子里（真奇怪，过了两年，在同样的日子里，不差一天，出了诺贝尔奖事件！），一位不速之客来到我们波塔波夫胡同。他没有坐电梯，直接登上我们的六楼，好一阵喘不过气来。他解开皮袄，吃力地坐到椅子上，断断续续、转弯抹角地对我们讲话，要我们明白这一刻如何重要，讲文学反动势力，讲科切托夫[1]和科热夫尼科夫们已在焦急地等待，要鲍·列别在一封什么信上签字。

此人就是弗·鲁德内[2]，文学家，大量发行的《文学莫斯科》丛刊的编委。他为什么来找我们，找母亲呢？原因大概就是：在更可怕的时代，鲍·列都没有在任何信件上签名支持镇压，更别说现在。但是，在来客再三强调的这封信中，讲的完全是另一码事。这更近于一纸安全保护证书，一个声明，宣布你属于生活和工作在其中的那个社

---

① 弗谢沃洛德·阿尼西莫维奇·科切托夫（1912–1973），苏联官方极端正统作家，新闻工作者，曾先后担任《文学报》和《十月》杂志主编，代表作为长篇小说《茹尔宾一家人》《叶尔绍夫兄弟》《州委书记》等。

② 弗拉基米尔·亚历山德罗维奇·鲁德内（1913–1984），苏联新闻工作者、作家。

会。签名的重要性仅在于别在这个社会中失去影响。小说交给出版商费尔特里内利后,鲍·列的处境变得异常复杂。很明显,如今在匈牙利事件之后,要在《新世界》发表这部小说是不可能了。而签名则可以大大巩固他的威望……

这样一来,事情就清楚了,他说的是关于签署苏联作家对匈牙利作家宣言的事情,这个签名要在第二天一早见报。

汽车在楼门口等着鲁德内。我们的客人喘着粗气,对我们解释说,他刚刚发过梗死,并讲了他的行动计划。他要把鲍·列从别墅里叫出来,陪他一起来妈妈这里,妈妈应该举出前面说到的全部理由。"无论如何,我们应该把我们能做的所有事情做好。"妈妈已经被关于小说的风言风语,被面临的种种麻烦事吓得半死,只好点头同意。

来客散发着皮袄的气味,抓住妈妈向汽车走去。当然,他说的一切都很令人信服。鲍·列会执意反对这些理由吗?

唉,计划并没有实现。妈妈老老实实地在她的木屋里等着。过了差不多半小时,鲍·列来了,是他一个人,神态无比平和。妈妈问弗·鲁德内在哪里，他只挥挥手，轻描淡写地说：“马上就走了。”应当说一句，必要的时候鲍·列也能很粗暴，或者用妈妈的话说，很“残忍”。我至今感兴趣的是，他说什么话，用什么办法撵走了这位代表。与我完全不同的是，对他来说这种事根本没有理由去考虑。

但无论是佩列杰尔金诺的小木屋，还是文学院，还是匈牙利事件，都是后来的事情，而现在正值“解冻”高潮。鲜活的诗歌在过去封冻的可怕年代被打入冷宫，现在像一道道羞怯的溪流汩汩涌出；时而这里，时而那里，到处都在半官方地举办晚会，都是一些半家庭晚会；在这些年里已忘却那些熟悉、珍贵名字的普通人开始靠口耳相传打听消息，努力去争取晚会的入场机会，关起门来聚会。如今想象起来会觉得奇怪，但比如说，中央文学工作者之家举办的纪念勃洛克的晚会就是一个这样的大事件。一九五五年，中断已久后，“诗人丛书”出版了他的一卷本诗集；中小学的文学课给勃洛克分配了一个课时；有幸参加他的纪念晚会的人（其中，我和妈妈在鲍·列的关照下也去了）觉得自己参与了业已开始的文艺复兴，预感到文化即将获得解放，无比幸运，心脏都快停止跳动了。

对马雅可夫斯基也是这么个情况——这已不仅是《好!》和《臭虫》了,也开始羞涩地提到《穿裤子的云》,还有未来主义。大家交口相传,马雅可夫斯基博物馆要放映他的老影片,我和妈妈恳求鲍·列带我们去看。不过,他只写了一张字条:

弗·弗·马雅可夫斯基博物馆:

请准许我的朋友奥莉嘉·弗谢沃洛多夫娜和伊拉奇卡·叶梅利亚诺娃入馆,参加四月十五日举行的马雅可夫斯基纪念晚会。

鲍·帕斯捷尔纳克

一九五五年四月十二日,莫斯科

有关卓别林创作的讲座,同时放映他的影片片段,演变成了一场真正的示威。一半的人没拿到票,要涌进礼堂。在自由主义高潮中,馆长允许打开走廊大门,数百人挤在楼梯上(其中也有我),通过扩音器聆听批评家尤列尼奥夫①对电影的评论,其间夹杂着一些电影音乐和

① 罗斯季斯拉夫·尼古拉耶维奇·尤列尼奥夫(1912–2002),苏俄影评人、电影研究者、编剧。

对白。

真正的嘈杂混乱发生在演员维·巴拉绍夫[①]朗诵《哈姆雷特》的时候——这是具有素简的舞台特征的独角戏——被称为"一个演员的剧场"。靠近中央艺术工作者之家的路已被人群堵住。我和妈妈拿着巴拉绍夫寄来的请帖勉强挤进大厅;已经没有座位了,只好站着。这完全就是一次大胜利,原因何在?没准是这出悲剧的翻译者鲍·列的名字起了作用(他的名字早已不出现在海报上)?鲍·列自然没有去参加晚会,可是后来他写信感谢巴拉绍夫,说他听到一些传闻,称这是一个"闻所未闻的大成功,出乎所有人的意料"……

一九五三年底,《浮士德》出版。这部译作对于鲍·列来说意味着什么,有多少个人的、超乎歌德之外的东西被加入其中,他写信给列宁格勒的表妹奥·米·弗莱登贝格说:"……这个浮士德整个儿就在生活中,翻译它用的是心里滴出的血;工作的同时,旁边就是监狱之类,以及所有这些恐怖、罪过、忠诚……"他喜欢安·贡恰罗夫为这本书作的铜版画,因为格雷琴的形象与妈妈相貌

---

① 维克托·伊万诺维奇·巴拉绍夫(1924- ),苏俄著名演员、播音员、电视节目主持人。

相似(确有某些相似之处),特别是格雷琴在监狱里的模样……要知道浮士德在发疯的格雷琴面前发出的忏悔带着多么强烈的帕斯捷尔纳克式风格:“你显得多苍白,我的美,我的罪!”在送给我那本书上,鲍·列写道:

伊拉奇卡,这一本送给你。我相信你,对你的未来充满信心。在精神、思想、理想、意志上都要大胆。要信任自然,命运的本质,而不是命运的错讹;在人中间,则只相信少数经过千百次考验,值得你信任的那些人。

几乎是你父亲的鲍·列

一九五五年十一月三日

佩列杰尔金诺

可以补充一句,他希望我只相信少数人,不知为什么,听起来完全不像是帕斯捷尔纳克说的,多少有些奇怪。这可以从一个具体的悲喜剧事件得到说明,这事发生在鲍·列与我在一起,为书题词那一天。我坐“作家”班车去佩列杰尔金诺。我身边坐着一位作家,他后来在格鲁吉亚非常有名(唉,好像已经故世了)。这是个非常

安・贡恰罗夫为歌德《浮士德》所作的

插图《监狱里的玛格丽特》

漂亮的年轻人,我们聊文学,他朗诵诗歌……我们到了佩列杰尔金诺,他请我去他家继续讨论。我回答说,有人正在等我(是鲍·列和妈妈),不过我还是同意了。在他的别墅里,他开始肆无忌惮地向我大献殷勤,可我才十六岁呀!我大喊大叫,冲了出来,至今还记得,在佩列杰尔金诺夜里黑灯瞎火的公路上飞奔过桥,跑进库兹米奇的小木屋,在木屋的斗室里("火团一样的灯罩怎样改变了我们的住宅"[①]),妈妈和鲍·列正舒适地坐在火炉边(那时十一月,夜里很冷!)等我。我泪流满面,跑进屋子,绘声绘色地讲起刚才发生的事情(当然,说得有些夸张)。

鲍·列勃然大怒。他马上要去此人的别墅。他不会让这件事不了了之。一个十六岁的小女孩,深秋的夜里!不行,必须对这个"火气太盛"的无赖予以回击!我和妈妈好不容易阻止了他。(此人是帕斯捷尔纳克诗歌的崇拜者,几年前,我们同他一起回忆起这件往事,他没有原谅我们。帕斯捷尔纳克本来要亲自来向他作个解释的!因为一个女人嘛!)大家在火炉边坐了一会,我的心慢慢平静下来。鲍·列临走时,突然想起:"对了,我给你带来

---

① 出自帕斯捷尔纳克的诗作《无题》(1956)。

一本《浮士德》!”于是便有了上面这个多少有点劝诫意味的题词的末尾,对我的不够谨慎有所责备。题词的其余部分,对我来说就是指南针、音叉、格林尼治子午线,有时候,我按这条子午线检查自己:看看被卷去了什么地方?不是卷去——而是陷进了什么地方?偏离了多少度?有希望游出来吗?不是游出来——而是爬出来?那些与命运的本质息息相关,“近在咫尺”的人离开后,不得已而只能依靠自己微薄力量的时候,如何去识透这本质呢?

一九五四年四月,好像在学者之家(或在作家协会),举办了一次《浮士德》第二部鲍·列译文的讨论会。不怀好意的评论界已在《新世界》上为“炮轰”做好准备。在寄到图鲁汉斯克写给阿·埃夫龙的信(1950年)中,鲍·列就这种批评的实质说道:“……在《新世界》上谩骂我这可怜的《浮士德》,理由是诸神、天使、巫婆、精灵、可怜的疯女孩格雷琴和所有‘非理性’的内容似乎都传译得太好了,而歌德那些先进的思想(哪些?)却被忽视,没有得到注意。”

“控诉”报告应该是莫斯科大学教授、西欧文学教研室主任塔玛拉·莫特廖娃作的。预计也会有争论:尼·尼·威廉-维尔蒙特好像准备小心翼翼地辩护。鲍·列参与了这场讨论，并预见到会被指责为“唯心主义”，感到必遭令人烦恼的失败。遗憾的是我不能去——我还在学校读书，功课很多，而且应该承认，我害怕会感到无聊。妈妈同我们一位年轻的亲戚一块儿去了，他是米佳的同父异母兄弟，当时是莫斯科高等技术专科学校一年级的学生。

莫特廖娃作了颇具权威的、揭露性的评论，维尔蒙特犹犹疑疑地尝试为译文辩护，之后，我们这位一年级大学生，鲍·列诗歌的爱好者，突然（写字条）请求发言。这甚至出乎妈妈的意料——她吓了一跳：我们可爱的瓦利亚，羞于社交，对诗无疑情有独钟，却连德语都不懂，能对《浮士德》说些什么呢？但是他朴实无华的发言立刻改变了会议进程。（瓦利亚说：“这里有人说，这部译文‘人民’不能理解，比歌德的原作还‘难读’，简直莫名其妙。那么，我可以以工科青年的名义说，我第一次明白了什么是《浮士德》，为什么已经两百年了，人们还在反复谈论它。”）会议厅里爆发出一阵热烈的掌声——这个辩护直接而又意外，如此无可争辩，如此“平易近人”，许多更内行的文学鉴赏家精神振奋起来，谈论便完全不同——更生动，更自由了。所有这一切，鲍·列甚至无法想象。在楼梯上，他扑过去吻了瓦利亚；周围满是人，都看见了他那冲动的感激之情，他也不害臊。这天晚上，妈妈和瓦利亚很晚才回家，直到深夜，还在绘声绘色地谈论这次巨大的成功。会议进程中这个意外的转折说明时代在变化，缝隙在开裂——“听取并通过了决议”，说明春天来了……那是一个“短暂的迷乱时期”……

我记得一九五四年的五月，鲍·列好像是最后一次在大庭广众面前发表演讲。那是在“匈牙利诗歌晚会”上。晚会在莫斯科一所大型技术学院举行——啊，尽管我参加了这次晚会，却没记住在什么地方。来了几位著名的翻译家，是匈牙利人。我记得其中有面容浮肿、身形笨重的安塔尔·吉达什，他是被枪毙的贝拉·库恩的女婿，而且，如果我没记错的话，他刚刚从劳改营回来。我为鲍·列担心极了。晚会组织得一塌糊涂，连海报也没张贴。大厅空着一半，人们发出嗡嗡的声音，显得漫不经心，实在叫人难堪。鲍·列挤上台。吉达什坐在我们身边，好像在低声地自言自语，但我们能够听见：“主啊，主啊，千真万确呀，天才不会老去！”

我和妈妈坐在一起。她从莫尔多瓦回来不久，人还像劳改营里那样黧黑、消瘦，依然穿着被捕时穿的那件小圆花连衣裙；我们都激动万分。我从没见过鲍·列演讲。

令人沮丧的大厅里坐着不算太多的大学生。灯光昏暗的舞台上,鲍·列身着父亲那件礼服,那是他出门才穿的,一直到生命的尽头,他都十分珍惜。我们感到在这里十分无助,似乎是偶然前来的听众。他看上去像被击落的大鸟,无力耷拉着两只漂亮的手臂。他多么悲伤,多么忧郁地朗诵裴多菲的诗《我的爱》和《冬夜》,那是他的翻译杰作。这些大学生并不认识他。他们稀稀落落地鼓掌,没有请他朗诵更多的诗。他难掩心里的忧伤,显然他还准备朗读另外一首的。

但吉达什说得不错。鲍·列的青春是某种奇迹。我第一次看见他的时候,他五十出头,而在一九六〇年,我们庆祝了他七十岁的生日。这些年,他不但没有衰老,而且正好相反,随着声名鹊起,获得认可,受到周围人的爱戴,他变得更年轻了。他到我们家来,总有过节的感觉——他讲故事,谈观感,带来礼物……仿佛不是从邻处走来,而来自什么远方,来自另一种生活,经历过许多大事。鲍·列的确喜欢赠送礼物。我至今还保存有五花八门的小玩意儿——外国橡皮擦啦,绘有歌德侧面像的颈饰啦,复活节蜡烛啦,小花盆啦。

他不仅在钱物方面出手大方,而且对别人从不吝惜

五十年代

五十年代末

美好的话语。不过,我的天,有时那些话说得实在不合时宜! 闹过多少笑话呀! 他得了个怪人的名声……“愿上帝帮助你们!”他对拆别墅栅栏木板的几个乡下人说。“哎哎,德米特里·阿列克谢耶维奇,您气色很不好啊,您是怎么了,病了吗?”他对波利卡尔波夫说,那是苏共中央委员会的意识形态专家,一九五八年诺贝尔奖迫害的领导者,那时曾因失眠而兽性大发。没准发兽性是演出来的?

但我也记得鲍·列不再年轻的日子。那就是一九五八年的秋天……我们都认不出他来了。他头发花白,死气沉沉,一副老迈不堪的样子。整个人都开始患病。他自言自语地讲着讲着,蓦地就不作声了,望着一个点,好长时间一眼不眨,像在发呆,这时,连他那如此神经质,如此细瘦,如此活力十足的双手,都会忽然无力地瘫落在膝盖上……

“帕斯捷尔纳克的外貌是很漂亮的,”茨维塔耶娃写道。这话没错。年事已高时也同样漂亮,算是又一个奇迹。花白的头发,凌乱得很有讲究,使他那仿佛一年四季都黑黝黝的面孔显得容光焕发。他经常住在佩列杰尔金诺的时候,我很熟悉他的这种面容。无论什么天气,他一早就神清气爽地在莫斯科郊外散步;他在菜园里干活;谢通河还很清澈时,他在河里游泳——这都使他变得像个精神饱满的乡村居民,一刻也不闲着,总有事干,衣着整洁,生气勃勃。我一旦遇到他,比如在我们伊兹马尔科沃的井边,在秋天的泥泞里,他穿着高腰橡胶靴,戴鸭舌帽,披着整洁的风衣(一切按天气而定),兴冲冲地赶去库兹米奇的小屋找母亲,这时,我那少女的伤感便烟消云散,仿佛一下子回过神来。“现在立刻就去给自己煎蛋!”他热情地劝我,这件事的确开始让人感到非常重要。“你得好好增加营养!妈妈给你做什么吃?”他总觉得我太瘦了,我好几次听见他充满关切地大声嚷嚷:“奥柳莎,要给她增加营养!”

他比妈妈大二十二岁。但这不值一提,无论母亲还是我,都没有在意这一点。诚然,有时候也会想起这件事,比如,必须填写委托书的时候,他就天真地耍个滑头,说是当时为了上大学,才给自己虚报了几岁……但妈妈只是笑笑而已。这看来也确实完全不重要。

他们相识的时候,他五十六岁。他对妈妈说,她使他想起了自己的初恋——在《安全保护证》中写到的 B 姐妹中的一位。或许,这就是青年时代旧情的复发。不过我更觉得,正是在风烛残年,他才应该对他在母亲身上发现的女性之美、温婉之美的形象感到亲近。母亲的文学化身是《浮士德》中的格雷琴。难怪他在一九五三年出版的歌德译本上,给母亲写了一句话:"奥柳莎,从书中走出来一刻吧,坐一边去,读完这一本。"母亲身上还有一点让他爱到落泪,那就是被叫作怜悯心的品性。要知道,小说中拉拉说那些话几乎就是她说的:"我为什么会有这么一种命,能看见一切,并为一切如此操心?"①

对他人的不幸,对贫困的老太太、患病的小狗,妈妈从来不能漠然视之。秋天,从巴科夫卡到佩列杰尔金诺的公路光线昏暗,来来往往的汽车却不少。有一次,我和弟弟在莫斯科的家里等候妈妈,要去什么地方做客。妈妈来了,大衣上沾满鲜血,手里抱着一只压伤的小狗。小狗在公路上已经躺了几小时,哀哀尖叫,但没有任何人走上前去,没有任何人救助它,抱起它,直到妈妈匆匆去赶电气火车时发现了它。小狗被送到管子街的兽医站,但已经无法救活。妈妈和弟弟去兽医站时,鲍·列打来电话。我把事情告诉了他。"我就知道,这一定是她……"

① 出自《日瓦戈医生》第一卷第二章。

他说,声音哽咽着,“已经有人告诉我,那只压伤的小狗呜呜叫了一整天……现在酒肆旁边的公路上,人们还在议论纷纷,说是一个女人把狗抱走了。我就知道,这一定是她……”

妈妈收容过几只冻僵的小猫,为一些不幸的老太婆向区苏维埃写过申诉(我至今保存着几卷就退还伊兹马尔科沃过去的富农居民住房事宜同奥金佐沃区苏维埃的通信),资助过她们,而人们轻易便可以诓骗她,偷盗她,欺负她……她的这一切鲍里斯·帕斯捷尔纳克都看在眼里。他可怜妈妈,爱妈妈。妈妈对人坦诚,对命运坦诚。她长得漂亮,具有女性那种满不在乎的性格,有些轻信,在血雨腥风的时代不善于隐匿,任凭被刮到可怕的风口浪尖——鲍·列眼中的妈妈就是这样,他喜欢妈妈身上这一点。

对他来说,阿利娅·茨维塔耶娃和阿霞·茨维塔耶娃首先是“殉难者”,是“受苦者”,尽管他不会不了解阿利娅各种正统的信念,不会看不见她阿姨的虚荣心。季娜,他的妻子——乃是持家天才,是妇女命运的严峻现实,富于责任心和自我牺牲精神。我,一个腼腆的、孤独的半大姑娘,全身心沉浸在书本里,诗歌中……他并没有发现我的轻率，我那总的来说不可饶恕的空虚生活。例如，他深信我在写日记，有时候会说："伊拉奇卡，在日记里记下，我这段时间被迫离开莫斯科……"

可是我呢！在日记中，我只写了那些不顺心的约会。我承认，我内心里常常抱怨鲍·列，说他似乎缺乏洞察力。照我看来，作家应该"阅人内心"，善于对人进行鞭辟入里的分析。我过去也不喜欢他这部小说中这种人物形象的模糊不清，这种性格的假定性。小说里有同样的"越过心理学"的观点，这些幼稚的痕迹也使习惯于托尔斯泰心灵辩证法的人感到讨厌。那时我们便深深叹息，寻求辩解的理由，说道："唔……这是诗人写的小说。这是一首展开的诗……"不过多年以后的现在，他这部小说读起来就完全是另一回事了。

没错，他可能察觉不到一出近乎独幕轻喜剧水准的那种骗人把戏，但却能洞悉幽微，并且总报以同情、微笑和支持。正值佩列杰尔金诺美妙的盛夏，夜晚的空气十分温润，湖上飘浮着潮湿的雾霭，低地里蚊蚋狂飞乱舞。我同大学的朋友，漂亮而才华横溢的年轻诗人铁木儿·祖利菲卡罗夫一道送鲍·列去"大别墅"。我们在妈妈的凉台上度过了一个美妙的夜晚。鲍·列兴致勃勃，他喜欢铁木儿,受到铁木儿的赞扬,他感到很享受。(诚然如此,妈妈后来问他:“伊尔卡这个铁木儿很可爱,不是吗?”他却声音低沉地回答说:“不过他皮肤那么黑,真是可怜……我在他那个年龄,因为这种东方人的相貌而多么苦恼不堪啊。真可怜他呀,这么讨人喜欢的一个人……”)倒没有什么特别值得可怜的,铁木儿魅力四射。(应该说,在评价人的外貌方面,无论是评价男人还是女人,我跟鲍·列很少一致——他有某种自己的标准。)

我们走下冲沟,好像进了一个满是薄荷、地黄瓜、金丝桃的温暖浴盆——傍晚时分,莫斯科郊外的水泛地上,百草的浸液叫人迷醉,使人忘记了交谈,只想默默地呼吸。那些地方过去是小河,现在已经变成了脏水沟。鲍·列心不在焉地回答着铁木儿的问题,铁木儿却忍不住要跟他喜爱的诗人谈一些话题,在二十岁的时候极感重要的话题:“鲍里斯·列昂尼多维奇,您怎样评价法国现代诗歌?您怎样看待卡夫卡?”鲍·列则含含糊糊、令人费解地说:“对,我知道,眼下他很时髦……我书架上有,别人寄来的。”显然,他没读过那些书。铁木儿大感失望。

过了冲沟,来到鲍·列别墅的栅栏门前。天已经黑了,别墅的窗户亮着灯光,我们不想再返回黑咕隆咚的冲沟。还有一条路——经过他家别墅，从另一面出去便是有路灯照亮的佩列杰尔金诺大道，从那条路可以回到我们乡下。可是鲍·列在栅栏门口迟疑了一下。“您听我说，铁木儿，”他对我的同伴说，“您最好还是陪伊拉奇卡由冲沟回去。我不希望她从我的别墅旁边经过，从这座华宅旁边经过（或是豪宅，我记不清楚他到底是怎么说的了），她会感到伤心的……”

返回的时候，铁木儿一路上不停地称赞鲍·列委婉有礼。“不，你想想看，他对你是怎样一种感觉！他把你看成了柯赛特①，他不可能马上就给柯赛特买一个洋娃娃……可你连这个甚至都不明白。”

是的，鲍·列自然是夸大了我的脆弱，我的敏感。一如他总夸大我的知识、品位、成绩这些优点——出于大方，他说我（像说其他许多人一样）极有才华，赞扬我敏锐，富于观察力。

我中学毕业了，该上一所大学了。我会画点画，讲几句英语，写点东西……当然，我特别喜欢电影和戏剧；在家庭会议上，大家让我去报考电影学院，进编剧系。考生

① 雨果小说《悲惨世界》的女主人公。

多如牛毛。就在那里授课的各位名导演的女儿所有方面都比我强，更别说几乎就是职业编剧那些人了。妈妈开始对鲍·列施压，要他张罗张罗。他拒绝打电话找人。他总觉得莫名其妙：在他看来，我已经准备得够充分，为什么还要他来"安排"呢？我们告诉他，竞争很激烈，说我只有十七岁，可人家要录取有经验的，人人都有"后门"……他答应只写一份如实的"评定"，即他对我的看法，而且只涉及允准我参加考试一事。他同意从自己的原则"退这么一步"。电影学院的院长当时是尼·列别杰夫[①]，一位相当出名的电影艺术理论家。鲍·列的两封信是这么写的：

国立电影学院：

报考人伊琳娜·叶梅利亚诺娃自幼时我即认识。该女孩有一定文学才能，读书不少，聪颖，酷爱电影和戏剧，且在这方面富于创造性，懂行，有很好的鉴赏力。我认为，她有资格获准参加入学考试。

**鲍·帕**

**一九五五年七月四日　莫斯科**

---

① 尼古拉·阿列克谢耶维奇·列别杰夫(1897–1978)，电影研究者，教育工作者，曾两度担任格拉西莫夫电影学院的院长。

一九五五年六月三十日

尊敬的尼古拉·阿列克谢耶维奇！

伊琳娜·叶梅利亚诺娃是我熟识的女孩，颇具文学才华，生来对电影和戏剧，尤其是对它们在剧作理论方面的基础心向往之，这种向往的发展从小为我亲见。她按我的建议，将向您所管辖的电影学院提出允其参加入学考试的申请。

以上所言和我对您的请求仅在于，勿让该女孩的寂寂之名遗落在众多考生之中，允许她参加考试。其余诸事自然靠她自己完成，取决于她的条件和学识。

向您预致谢意！

鲍·帕

极欲把自己的子女塞进这所名牌学校的家长们通过让中央打电话，搞威胁、恫吓，以及干脆行贿来纠缠院长，想到这些，鲍·列写的信显得多么老套，多么墨守成规呀！鲍·列很不情愿写的这些请求信，给人的感觉好像是贵族的书信模板！

应该说，在一九五五年，鲍·列的名字又大大管用了。在众多考生中，我并没有被人遗忘——无论院长，还是招生小组的叶·加布里洛维奇[1]对我都特别关注。可是，唉，我的条件，我的知识，都没有达到要求的高度。甚至根本谈不上高度——人家招收的是有经验，有技巧，能够在电影工作室工作的人。这里确实不是我待的地方。于是，我以失败告终。过后的秋天、冬天、夏天，我都跟妈妈在伊兹马尔科沃度过，那是位于巴科夫卡和佩列杰尔金诺之间的一个村子，有时候去一趟莫斯科，学习语言，准备考试。那是些幸福满满的日子。

太美妙了，好一个夏天！
简直如魔如幻——
试问无缘无故，
怎么就向我们展现？……[2]

在笔记本里，尤里·安德烈耶维奇·日瓦戈医生在战争和革命的暂息时期，在瓦雷金诺艰难的盛夏记下了

---

① 叶夫根尼·约瑟福维奇·加布里洛维奇(1899–1993)，苏联作家、编剧。

② 出自丘特切夫的诗作《一八五四年的夏天》。

丘特切夫的这些诗句。一九五五年夏天，鲍·列自己经常回忆这些诗句，当时他正好在写作关于瓦雷金诺的几个章节。这一年和以后几年对他来说是如同瓦雷金诺般的一段极为美好的喘息时期，工作不少，生活宁静而满足。这几年是他一生中最后的时光；有这样的晚年，他很幸福——日子过得怡然自得。这满满当当的幸福要求平静，害怕碰撞——不要溅出来才好。而且，人的自保本能向他暗示，时间宝贵，剩下的日子已经不多了。鲍·列自己变成了自己的守护人。我真的很难相信，我们面前就是这个人，关于此人，他的父亲曾经这样写道："鲍里亚来了，家里便没法住了。"我们面前，一切有条不紊，整洁有序，严谨认真到不可思议的程度。那时，鲍·列常常一再地说："要工作啊，要工作啊。半创作的工作——思考、交谈、听音乐会和看戏、答复来信，哪怕最重要、感人的答复——与真正的工作之间界线非常细微，难以分辨。因此让我们别用一个去代替另一个……"有一段时间，他比电影明星还受人欢迎，便不得不把大量时间花在这种"半创作"上，这时，他仍一直为自己没有努力工作而苦恼不堪。

他有一个严格遵守的作息制度，这几乎成为他的宗教仪式。偏离这个制度——去莫斯科啦，身体不适啦，来不速之客啦，失眠啦——总令他极不满意。工作时间神圣不可侵犯。休息有休息时间。散步有散步时间。去母亲住的那座库兹米奇的小屋也自有时间。于是，我们便怀着忧虑倒霉的心情，待在维持着这个奥林匹克平衡的天平盘里。

在萨马林池塘上，村子里“最无浪漫色彩”的地方，架着一座桥——那是一座小小的木桥，将伊兹马尔科沃村和佩列杰尔金诺公路连接起来。村边的缓坡河岸上，母亲向滑稽狡黠的库兹米奇老头租下一个很小的带凉台的房间（“奥柳莎，我请你租一个房间，可你却租了个灯笼啊！”鲍·列见了这个房间大声说道）。

库兹米奇这座房子大而老旧，是他从过去富农住户的手上顺利没收来的。高高的屋顶颜色深暗，有好多个小门廊。这幢残破的大房子，以及发出高大粉腐椴树那种噪声的栅栏，乌鸦没完没了的聒噪，都使人想起古老的诺亚方舟，特别是在秋天的恶劣天气下，雨水淹没了房子和池塘之间的隔界时。走在通往门廊的泥土小路上，双腿战战兢兢。晚上，乡下简直漆黑一团，鲍·列感到从他的别墅去库兹米奇那里，大概是件冒险而诱人的事情。

冬天里，可以经过冰面直接前往的时候，这条路大约要走十五至二十分钟。从寒冷潮湿的暗夜，来到我们温暖舒适的住室这小小三平米地方，丝绸灯伞发出橙黄的光，背靠在热烘烘的火炉上，旁边是疲倦的小猫在打盹，那感觉真是太好了。妈妈把她的各种衣物、瓶瓶罐罐、绘画作品都搬到屋里来了。当鲍·列写诗，把这个小角落叫作狗窝的时候，妈妈真是大感委屈。

看哪，火红的灯伞，
如何把狗窝，墙壁，窗户，
我们的影子，身形，
完全改变。

你盘腿坐在沙发上面……①

不过，那地方也只能这样坐着，因为地板透风，而在我们这几平米地方，又只能放一把椅子。

然而这个狗窝给我们留下了多少永志不忘的记

① 出自帕斯捷尔纳克的诗作《无题》(1956)。

忆呀!

一个蓝莹莹的雪堆堵住了小窗,只剩上角一小块地方,能看见冬日高天里一轮圆得惊人的月亮。我和母亲像土耳其人,盘腿坐在火炉边类似长沙发的地方。窗外传来的每一种声音都清晰而响亮。此刻,有东西从窗边匆匆跑过,结冰的爪子在门廊上敲击——小狗托比克浑身透湿,冻得够呛,闯进屋来,吓跑了小猫们。它经常陪同鲍·列一起散步。栅栏尽头,有一盏橙黄的小灯在移动,接着鲍·列登上台阶,必定用小刷子刷掉肥大白毡靴上的雪土。他仍旧戴着那顶已戴多年的无檐帽,肩上压着白雪。我们帮他脱下衣服。他向我们大声问好,在惟一的椅子上坐下。很快,暖烘烘的热气使他的面孔红润起来,眼睛炯炯有光;他仿佛奇异地变年轻了,比我当年在林荫道上看见那个人年轻得多。他侃侃而谈,我们仔细聆听。他说,一排松树,沐浴着月光,完整无瑕,无可争议,如何令他倾倒;他说,诗和自然界何其相似;他说,写诗应该像植树……还有,他想把对语言界和植物界完整性的探索联系起来,写一篇这方面的文章……他朗诵了一些诗歌的片段。“我想开拓诗,就像开辟一座花园……”这是最先吟出的一句。母亲悄悄递给他一支铅笔和一张纸，他在纸上写下一行，然后又一行[①]。今天他在我们这里待不住，答应明天早上再来。他在托比克的陪同下走了，我们久久地看着一个黄色的光斑，在蓝莹莹的雪堆上跳动，消失在对岸。

夏天，我们的诺亚方舟鼓着高大老椴树的风帆，几乎漂进了池塘，小桥仿佛架到了我们的台阶前。母亲觉得自己就是帆船的船长，到了约定时间，便盯着桥上一个老远就挥手致意的熟悉身影。

女人的激情和法外横行的悲剧似乎都已平息；也不再操心自己和家人是否有面包啃。这段美好暂息时期平静而明朗的日子正一天天慢慢地过去，不，它们更像是一动没动。一九五四年，然后是一九五五年，一九五六年，朋友们纷纷返回，仿佛春天的第一批燕子……他们来到佩列杰尔金诺的住所，人越来越多。我们这个“分所”总是殷勤好客：留人食宿，每天晚上还在萨马林池塘边生起篝火，朗诵诗歌，直至深夜，有时直到天亮，幽暗的水面上升起雾霭。鲍·列并不去篝火边朗诵诗歌，但每天都尽量来我们这儿。我记得，这段时间他特别精神焕发，充满

---

① 即诗作《对于一切我都想要……》(1956)。

一九五九至一九六〇年的最后一个新年

期望。他在准备出版选集。选集的编辑尼·瓦·班尼科夫也常来佩列杰尔金诺。按照他的提议,鲍·列写了一篇他的自传体特写《人与事》;他在我们别墅朗读过这篇特写的一些片段,我记得班尼科夫说,对他来说,这篇文章跟那篇《安全保护证》一样有力。

小说写到了最后几章。那是一个前所未有的时期,诸事顺遂……我获得了幸福的爱情,连外婆也在一九五六年出嫁了。她遇到了三十年不见的故人。三十年前,她曾经同这人亲密交往。两人都丧偶,最终互相找上了。我们的新外公谢尔盖·斯捷潘诺维奇,我们称呼他“老爷子”,有一副军人的堂堂仪表,受过良好教育——当着夫人太太的面不会贸然落座,而要吻她们的手,称外婆为“女神”。他给我们家带来了十分必要的节制得体、规整有序的情调。对于诗歌,他自然一窍不通,但高度评价鲍·列,说他是自己圈子里的人——因为受过良好的教育。我们这俩情侣彼此对视,确实目不转睛,这让鲍·列非常惊讶。要知道,在他的记忆中,外婆完全是另一副样子——焦躁性急,疯疯癫癫,一意孤行。

婚礼在私密小圈子里举行:妈妈,米佳,我和我的一位朋友,还有“捧场贵宾”鲍·列。谢尔盖·斯捷潘诺维奇舒适的房间里摆着绣花枕头，墙上挂了几幅画（他打格子临摹的希什金和萨夫拉索夫的油画），橙黄色灯伞低垂着，摆了一桌美食（老爷子厨艺精湛，把什么都擦成丝，炖好了），还有一位美女新娘（一直到老，外婆都十分漂亮）。鲍·列兴致颇高，妙语连珠地致了一通祝酒词，祝"新人"身体健康。

由于目光特别专注、集中，那个时期他写出的抒情诗独具特色，后来以一个"气象"名称"雨霁"冠名结集。诗里写到了那些年参与到生活中的所有事物：有在诗中被写成湖泊的萨马林池塘，有原野，还有谢通河。（暂息时间总共也就两年啊！）正是在这段时间，鲍·列不无原因地为自己重新发现了伟大的观察者丘特切夫。他朗读《我在大路上蹒跚地行走》[①]《灰蓝色的影子已经混杂不清》，当然还有"……你既是幸福，又是绝望"[②]这些诗歌，这时候他简直止不住泪流满面（是的，他经常流泪，特别当他读到喜欢的诗作时，这是大家都知道的）。

这样的一天就要结束……到了晚上六点左右。鲍·列该来了，母亲在我们那台质量很差的"莫斯科"牌打字

---

① 这首诗的正式名称为《一八六四年八月四日周年纪念日前夜》。

② 出自丘特切夫的诗作《最后的爱情》。

机上匆匆打好前一天拿来的部分小说。她面前摆着一份手稿，用紫色墨水抄写得工工整整，订成一册。

一般来说，母亲从来没有认真做过这种工作——我们的打字机不合标准，妈妈打字也不专业。只有打字员外出了，或者需要尽快打出什么段落，以作下一步修改的时候，鲍·列才偶尔把这种工作托付给她。有一次甚至允许我去干这件神圣的事情——重新打印《林中战士》一章的一个片段——因为有客人来，妈妈忙不过来，而鲍·列马上就要过来了。然而，我记得，我出了不少差错，尤其弄错了各位西伯利亚人的姓氏，结果再也不让我干了。重新打印的事情通常是玛丽娜·卡济米罗夫娜·巴拉诺维奇在做，有时又交给塔季扬娜·伊万诺夫娜·博格丹诺娃——她是妈妈的同父异母姐姐，一名职业打字员，曾在某部任秘书。不久前在巴黎蓬皮杜中心的一个展览会上，我看见了塔季扬娜·伊万诺夫娜打字的一册书稿，装着熟悉的长方形硬皮封面，纸页上没有一点涂改——洋溢着那个神奇夏天的气息，凉台上洒满炙热的阳光，妈妈在那里有一间“书房”，保存着珍贵的手稿。

快打完一页的时候，母亲说：“来不及了。其余明天再打吧。”我拿上装订成册那本手稿、被子，同女友因娜·

五十年代

马林科维奇一起到森林去,要在安静的环境中,把那些帕雷赫和戈拉兹德内赫[1]全读一读。我们在树丛里躺下来,没待十分钟,一滴雨水便掉到紫色的纸页上,然后第二滴,第三滴……我们赶紧起身。下雨了,而且下得好大!怎么办?我干脆把书稿本藏进连衣裙,裹着被子,我们匆匆向村里跑去。噢,好惨!整个书稿本都打湿了(一些字行变得模模糊糊),而且,揉得皱巴巴的。这些帕雷赫可真不走运哪!我试图把书弄平整,我的女友匆匆换了件漂亮衣服,因为妈妈在说:"鲍里亚已经到桥上了!"

那一天我拍下的电影镜头还保存着。一个小小的身影沿小桥从远处走来,越走越近,从独特的挥手姿势和草帽,能认出那是鲍·列。他走到很近的地方,发现我躲在桥边,不禁露出笑容,转过身去。摄影机在我手上颤动,画面不断抖晃,好像是卢米埃尔兄弟[2]早期拍摄的纪录片。

鲍·列喜欢同熟悉的老住户聊天。我们的女邻居

---

① 帕姆菲尔·帕雷赫和扎哈尔·戈拉兹德内赫都是小说《日瓦戈医生》里的普通人物。

② 奥古斯塔·卢米埃尔(1862–1954),路易斯·卢米埃尔(1864–1948),一对法国兄弟,电影和电影放映机的发明人。

(尼·伊·巴姆[①])在栅栏门边拦住鲍·列——她崇拜鲍·列——嘟嘟囔囔地热情问候,说什么"一看见你,我就决定跑过来,哪怕摸摸你的衣袖……"鲍·列响亮地吻吻她的手,她说"啊哟,我现在一礼拜也不会洗手",鲍·列咕噜回了句不太乐意的话。

我们高高兴兴地迎接他。餐桌上摆着因娜拿来的匈牙利托卡伊葡萄酒。因娜前来,不仅是看我,还要见见这位"经典作家"。匈牙利给世界提供了如此美妙的葡萄酒,鲍·列说了句颂扬这个国家的话。我们喝酒。酒的确棒极了。

"我最后一次看见您,是在全俄戏剧协会的大厅里,当时您正朗诵您的译作……"因娜怯生生地开口说道。

"怎么! 当时您在场吗?"鲍·列变了个人,问道。对他来说,此刻因娜已不再是不期而遇的伊琳娜的女友,而是关注他演讲的一位忠实朋友。感觉得出,这回忆对他何其珍贵,那些年,他经历了多少艰辛和快乐呀,他多么希望重新"回到人间"哪!

大家谈起国立文学出版社准备出版的那本书,而为

---

① 见前文《绳索套在喉咙上》一章作者注。

了不涉及那个令我们不愉快的话题——新版本旧诗的问题（我和母亲为了让他别更换《马堡》真的都哭出来了），我们只谈及封面设计和篇幅，我插一句说："最好用父亲那幅画来代替作者肖像，画上的头微微上扬……您记得吗？那脑袋瓜子多棒……"

这个字眼让鲍·列感到好笑。"脑袋瓜子……"他跟着说了一遍，脸上突然浮现出幻想的神色，"多好哇，这些脑袋瓜子啦，父辈啦，集子啦——现在都不重要了……都没有任何意义了，因为有了一个主要的东西——一部长篇小说……"我和妈妈交换了一下眼色。已经好久了，无论谈什么话题，鲍·列总要把什么事情全归结到这部小说上。他这个癖好在我们家都成了开玩笑的对象。而且这个过渡相当奇怪——譬如就像现在。好像任何时候，他的所思所想只是小说；对身边发生的事情他也只从这部小说的视角来理解。

"嗨，鲍里亚，又来了，"母亲叹着气说，"这事和小说有什么关系呀？拿你这小说，我真是没办法！"

那天晚上，她坐在平静的池塘边，几只野鸭在欢快地戏水。她哪里知道，过不多久，"这部小说"将独行于世，会把我们的命运也拖进它的激流。它将带来世界声誉，

列昂尼德·帕斯捷尔纳克，儿子鲍里斯的肖像，

一九一七年十月

又把他钉上耻辱柱;既是辉煌成就,也成殉难之地。为这部小说,将付出的代价是备受凌辱,心力交瘁,我和母亲遭受若干年牢狱之灾,乃至性命难保。但这些我要到后面再说……

书稿重新打印了几册,用漂亮的褐色衬布装订好,分发熟人。我们已经有他们的电话,只需按号码拨通,约好见面,把书稿交给这些幸运儿。一九五六年初,妈妈把稿子送到了《旗》和《新世界》杂志,可突然之间,鲍·列自己把事情转向了完全不同的方向。夏天一个晴朗的晚上,他来了,不知为什么,一副心满意足的样子,说刚把一册小说给了意大利人塞尔焦·丹杰洛。此人在莫斯科广播电台的意大利语编辑室工作,代表他的朋友,出版商费尔特里内利索要这部书稿。我们很快便同这位出版商认识了。母亲有种直觉,感到这一步极其危险,但她无法表达清楚。大家开始制订挽回局面的计划。最后的决定当然是赶快在苏联的出版社出版这部小说。

国立文学出版社的社长友善地接待了妈妈和鲍·列。甚至签订了一份出版合同(包括做一些小小的删改),还选定了编辑,那就是我们认识的阿纳托利·瓦西里耶维奇·斯塔罗斯京。他精通多种语言,博闻强识,热心于世界语活动(有段时间,我曾经去他的小组上课),完全是自己人。《新世界》杂志杳无回音。某种奇怪的沉寂开始了……

我记得,从我们头上掠过的第一阵雷雨是波兰杂志《观点》(*Opinia*)上发表了小说的节选。“上面”感到惶恐不安了,要求做出说明,从费尔特里内利手上收回书稿;无论多少篇幅都禁止他发表,即使少量片段都不行。为了禁止这部书稿,曾派遣阿·苏尔科夫去意大利。唉,这是玩的什么两面把戏,搞的什么两面三刀的名堂啊!通过一些渠道不断向费尔特里内利提出请求,在苏联发表这部小说之前停止翻译;又通过另一些渠道要他们继续翻译出版,因为这部小说在苏联反正是出不了的——“解冻”眼看就要结束了。这场运动以书稿从《新世界》退回,并附上一篇毁灭性的评论告终,而编委会所有成员都在评论下面签了字。

这场斗争费去了多少精神,多少力气呀!一九五七年八月我在南方的苏呼米度夏,只能从母亲和鲍·列的信件中猜到他们的行动多少还算顺利。这是“经典作家”的一封信,如我后来所知,它是在因《观点》杂志而导致的小“雷雨”后立刻写就的:

一九五七年八月二十一日

伊拉奇卡，亲爱的，你写给妈妈那封俏皮而又奇妙的信她此刻正在大声朗读，我们都赞不绝口。由于我的原因，这里下起了一阵可怕的雷雨，不过感谢造物主，我们暂时没被闪电击死。由于你不在，没有你的支持，我们只好放弃我至今持有的不妥协立场，同意给费发一份电报，提出各种暂停的请求。雷声震耳欲聋，你回来后，妈妈会把一切告诉你。她给你寄来一些钱，如果可能，她会再寄；你现在要保持信中那种情绪，各方面都不要亏待自己，容我吻别。

你的鲍·帕

妈妈的信仍然写得轻率不羁：

我把经典作家的信寄给你，还能补充几句：雷雨恰好在你出发那天（一九五七年八月十四日）降临，仅仅因为我采取了外交手段——这一点你不会相信，才在某种程度上防止了这场雷雨。我去找了我的好友米佳［波利卡尔波夫］，还有我的老朋友阿廖沙［苏尔科夫］。鲍里亚也去了，把他想说的话也说了。我揣着缬草酊和樟脑紧跟着他，由他说着。后来，我们同科利亚[班尼科夫]、托利亚[斯塔罗斯京]等一伙人讨论……现在我们能够暂时喘一口气，而在最艰难的日子里，鲍里亚令人感动地说："伊拉奇卡不在这里，不然她是会支持我的。"而且说得很认真，可你简直是头猪，很少给他写信……

还有一张忍俊不禁的便条，玩笑性的，写于一九五七年九月三日：

亲爱的伊拉奇卡，你真是才华横溢呀！你的信写得多么生动、多么睿智啊！我几乎是在楼梯上仓促给你写信，并深深地吻你，紧紧地拥抱你；如此跌跌撞撞地下楼，我们可别跌倒在电梯司机尼娜身上才好。如果你愿意，就留在热带吧，随便多久都行，妈妈会寄钱给你。

你的鲍·列

母亲还附带写了几句：

伊鲁妮娅,我和你的老经典两人喝了小半升酒,酩酊大醉。开始时我们骂骂咧咧,是你那涎皮赖脸的信才让我们缓过来。信中,你对你母亲的外交本事熟视无睹。嘿,你这个坏蛋!……我们爱你爱得神魂颠倒,我们孤苦伶仃留在人世的时候,你别把可怜的老经典赶出院子啊!你要让他喝一杯茶,再给他二十戈比坐车(别给他伏特加)。我很为他着急,很可怜他。伊涅萨可怜他,竟会哭起来。她来过我这里,我们什么都谈了谈……十五号后我会等你。我就不写信了,因为——一切都是犯罪。你要知道——母亲和经典作家,无论他们成了什么人,都是爱你的。我看见鲍里亚听我念你的信,露出了第一丝微笑,流下了眼泪。

可是,唉,妈妈的外交手段并没有预防住大雷雨的来临。这场大雷雨于一九五八年十月二十四日爆发了,几乎就在匈牙利事件两周年的同一天,也都在同一场十一月阅兵①前结束。

① 指的是十一月七日在红场举行的十月革命纪念日阅兵。

这一天，在白俄罗斯火车站光秃秃的、很容易从四面八方看清楚的小公园里，我和《团结报》记者朱塞佩·加里塔诺有一次秘密会见。这是因为意大利人塞尔焦·丹杰洛在离开莫斯科之际，介绍我们跟加里塔诺一家认识，并请我们通过他们同意大利费尔特里内利出版社保持联系。他们转交给我们几本用各种语言出版的小说、塞尔焦和费尔特里内利寄来的信件，还有一些礼物（其中甚至包括后来被当作“物证”的几件女上衣）。

不过，干这些非法活动的时候，这些可怜的意大利人吓到如此程度，看着都让人徒生怜悯。上帝保佑，他们不能来我们家，更别说叫我们去他们那里。后来，他们要没有受到怀疑的我或米佳去见面。最后，这种令人感动的胆怯使他们的行为十分古怪：由鲍·列签字并转交他们寄发的一纸同费尔特里内利的合同，照他们的说法，在南方某疗养地被偷走了。这件事已发生在鲍·列已经去世之后。于是开始了一次令人不安的摊牌。我的天，这是多么叫人啼笑皆非的事情啊！朱塞佩用半通不通的俄语恳求母亲不要激动，母亲答之以大声号叫：“杀人犯！毒死我吧！”他的回应是怯生生地问我：

“夫人想要什么?”当时我们认为,他们是把文件交给了克格勃。可现在我觉得,他们也可能是在为丹杰洛工作,丹杰洛当时已经对费尔特里内利宣战,并极欲拥有这些合同。

合同啊,合同……这些合同把我们如此短促的暂息时间淹没了,毒化了,变成了泥淖!它们从所有衣袋,所有皮包里钻出来,页数繁多,还有复制件,用三种语言书写……费尔特里内利和丹杰洛闹翻,雅克利娜·德普鲁瓦亚尔又跟费尔特里内利闹翻。每人都派出自己的密使,要求提交自己的修正案,指控自己的竞争者……啊,一阵西方商业气息——臭名昭著的竞争,好打官司,如海因茨·舍韦调侃的“公文产业”,向我们扑面而来。极其可怕,而且……无聊。因为所有那些争吵对于我们全是抽象概念,子虚乌有的事情。“我签字,不过是最后一次了!”鲍·列恳求道,匆匆签上名字,那些“修正案”“B款附加款”等什么的连看也没看。

文件在增加,越积越多,在卢比扬卡各个凉爽的办公室里装订成一个个文件夹……

于是,十月二十四日,我被朱塞佩叫去,在四面来风,空空荡荡的小公园里,冻得浑身冰凉(那天早上,我们的克格勃拍了我好多照片！就跟拍施季里茨[1]一样），直到我发现远处有个熟悉的身影在走动，戴一顶凄凉的无檐帽，拿一件像手提包的大东西。原来这是塞尔焦寄给我们的一部“鱼雷牌”打字机（作为贵重的礼品，很快也拿上了法庭）。朱塞佩是意大利人，长得像阿尔贝托·索尔迪[2]——体态丰满，坛子脸，一双忧郁的眼睛；脸上长满粉刺，愁苦沮丧，神色慌张，又显出某种异乎寻常的庄重。他把打字机交给我，问起鲍·列是否在考虑去斯德哥尔摩。

“怎么回事！为什么要去斯德哥尔摩？”

“他现在获诺贝尔奖了啊。瑞典学院都开过会了。”

原来如此！我害怕极了。现在该怎么办呢？

“不要紧，”加里塔诺安慰我说，“没准全能对付过去。”

我把打字机搬到出租车跟前。在高尔基大街上走了不久，然后沿林荫道回家，一路上我感觉到，我忐忑不安的情绪每分钟都在增加。很明显，对授诺贝尔奖一事，我

① 施季里茨是苏联电视剧《春天的十七个瞬间》的男主人公，是潜入德国帝国保安局的苏联卧底伊萨耶夫的德国化名。

② 阿尔贝托·索尔迪（1920–2003），意大利著名电影导演和演员。

们这个政权好坏一定会做出反应。所有情况告诉我，必定会是“坏”的反应——可是又怎么办呢？要知道，斯大林总共才死五年；要知道，我们畏葸不前的“解冻”早已成了明日黄花，现在又毫不留情地折回冬天；要知道，《新世界》那封毁灭性的退稿信拿在妈妈手上已经差不多一年——那是对鲍·列小说的判决书，而今天，他却因为这部小说戴上了桂冠。

鲍·列和妈妈都住在佩列杰尔金诺，依我想，他们还一无所知。我还没来得及打开我们的房门，电话铃已经丁丁响起。是鲍·列来的电话。

“咳，你都知道了，”他失望地说，“我刚给外婆打电话，谢尔盖·斯捷潘诺维奇走过来，不知为什么，连招呼也没同我打。不错，已经开始了，开始了！”他对我无声的问题回答道：“对，费定来过，他建议我拒绝领奖。他来了，好像我犯了罪，被揭穿了，而且这件事一下子大家都知道了。只有伊万诺夫一家、塔玛拉·弗拉基米罗夫娜在这里，哎呀，她真是聪明人！塔玛拉热烈地亲吻了我。不，我都没有同费定说话……”

他告诉一些人，说他决定领取奖金，说此意“已定”，说妈妈大概完全慌了神，身边的人张皇失措，这情绪对他大有影响；我突然猜到了，我显然是最早知道他的决定的人之一。瞬息之间，所有这一切在我的脑际一闪而过。我回答说，我太高兴了，只字未提我心里的恐惧。鲍·列非常感谢："是吗？你真的这样想？啊，真聪明，真聪明……"

就在当天晚上，半夜三点，我的熟人尤拉·潘克拉托夫从学院宿舍给我打电话，他那时对鲍·列非常忠诚。他说，我们学校炸锅了，好像捅开了马蜂窝，大家正准备举标语游行示威，要求将鲍·列开除出作协，逐出苏联，星期六（当时是星期五）要召开莫斯科分会理事会会议，会上要"做出决议"，等等。我和尤拉决定明天就去佩列杰尔金诺。

一大早，《真理报》和《文学报》便送上第一批"桂冠"：《国际反动势力的挑衅性出击》《犹大》《反苏宣传鱼钩上腐烂的钓饵》《人民的蔑视》等。我浏览了一下标题，又一次为鲍·列一直不看报而高兴。对各种侮辱他不能漠然视之。如今想起来觉得惭愧，不过当时我确实气恼，因为鲍·列很容易受到伤害，毫无防卫能力，而我在他身上无法找到能令二十岁的我景仰的那种"钢铁般坚定"的典范。他"成了所有人的手下败将"，仰给于一些小事：

熟识的女邮递员和蔼可亲,保姆塔季扬娜·马特维耶夫娜表现出无言的忠诚,镇上的锅炉工"一如既往"地跟他打招呼。我记得他曾经像谈一件重大事情般兴高采烈地说,他在路上遇到一位认识多年的佩列杰尔金诺民警,那民警"主动"同他打招呼,"好像什么事也没发生过"。他能很快忘记不愉快的事,一头扎进工作中,这本事与他的无限脆弱奇迹般地集于一身。

十月二十六日,星期六,我和同年级同学尤里·潘克拉托夫、瓦尼亚·哈巴罗夫①一道去佩列杰尔金诺。他们惊慌失措,愤怒不已(想想都可怕,其中一人已经故世,另一人完全变了个样)。我们经过熟悉的小桥,然后穿菜园,过水井,便看见妈妈小窗里亮着凶险的红光。佩列杰尔金诺的暮色,渐渐暗淡的萨马林公园,一座座作家别墅高高的屋顶,都弥漫着某种不安。

无论对我们的到来,还是对已经临到头上的新一轮灾祸,母亲都没有思想准备,她在门廊上迎接我们。小房间里的鲍·列也异乎寻常,像是换了个人。我们告诉他

---

① 原文如此,应为哈拉巴罗夫。诗人伊万·米特罗方诺维奇·哈拉巴罗夫于1969年暴亡,死因可疑。诗人尤里·伊万诺维奇·潘克拉托夫也已于2013年去世。

佩列杰尔金诺，一九五八年

们,看来情况变了——当局决定动手猎巫,出了非常吓人的报纸,确定在星期一召开作协书记处扩大会议,鲍·列必须出席,要根据他的表现做出某种决定。鲍·列忧心忡忡,我感到他多么希望躲过这场灾难,什么事情都没有发生,一切跟平常一样——工作,散步,写信,探访库兹米奇的小屋。

他身着我们十分喜欢的那件普通西服,戴鸭舌帽,穿胶靴,披"友谊牌"风衣——这件西服仿佛象征着稳定,即鲍·列在更年轻的岁月里就朝思暮想那种"少活动的生活"("让那扎根于生命的诺言 / 终其一生履行的任务 / 叫作少活动的生活吧——为这样的任务我也发愁"①),近年来他更是依恋这种生活,囿于这种生活!去莫斯科,他总是穿得整洁体面,他认为是他的责任;在那些不平静的日子里,从莫斯科一回来,他就急切地换上一套"休闲"装——有个瑞典记者在小桥边为他拍了一张照片,他就穿着这件风衣,戴着这顶鸭舌帽,一只手紧贴胸前,这便成为一个表演式签名,也就是表现我们致赫鲁晓夫"联名"信中的一段话:"扪心自问,我认为自己为苏联文学做

① 出自帕斯捷尔纳克的诗作《波澜》(1931)。见《帕斯捷尔纳克诗全集》,上海译文出版社,2014年,第967页。此处系顾蕴璞译文。

过点什么。”

不过这都是后来的事情了。那天晚上，一九五八年十月二十六日，星期六，我们送他回家，去“大别墅”。我们走到变压器棚，从那里往左，有一条沥青路通往费定、安德罗尼科夫、伊万诺夫，以及——帕斯捷尔纳克的别墅。我们通常就在这里同他告别，再往前就他一个人回去了。但是今天他把我们三个人几乎送到车站——一直送到了墓地附近的桥边。我们互相道别。一种可怕的忧郁不安之感因他的焦虑而加深。他感谢大伙儿来看他，仿佛这是一个不同凡响的勇敢之举——当时谁知道会发生什么事情呢？可是预感没有欺骗我们，这场运动是沿袭斯大林的传统推行的，除了它的结局。尤拉临别时低声念了几句诗，我不记得是什么原因：

> 为此，早春时节，
> 朋友们同我相聚，
> 我们的晚会是一场生死别离……①

---

① 出自帕斯捷尔纳克的诗作《土地》(1947)。

那些天我们常常读他的诗。那些诗帮助我们，让我们能够鸟瞰“围着诺贝尔奖转”的那些乱象，使正在发生的事情具有另一种尺度。这既不是牵强附会，也不是夸大其词。此刻，就在墓地旁边，他聚精会神，侧耳细听，好像这诗不是他写的；他两眼含泪，抽出花格手巾，擤起鼻涕来……我们便分手了。

回到莫斯科后我得知，我们学院有帮学生搞了一次臭名昭著的游行：尼·谢尔戈万采夫、弗·菲尔索夫、亚·斯特雷金、H. 涅克拉索夫（顺便说一句，他是诗人涅克拉索夫的后代，长得跟涅克拉索夫一模一样），还有德·布伦斯基等人，高举连夜绘制的宣传画——鲍·列拖着一只装满美元的口袋（写着“犹大，从苏联滚出去！”以及诸如此类的口号）——朝位于沃罗夫斯基街的作协走去（也就说，他们走过的地方并不那么多——只是两条林荫道和一条街[①]）。他们是把宣传画靠在围栅上还是钉在墙上，我不记得了，然后叫领导人出来。

出来的是作协理事会秘书康·沃龙科夫，据说他试图让大家冷静下来，说星期一就要开会，所有事情都要在

---

① 从文学院走到作协其实只需经过特维尔林荫道和厨子街（苏联时名为沃罗夫斯基街）这两条路，步行距离不到 1.5 公里。

会上决定。人们怒不可遏，提议立刻去佩列杰尔金诺，抄帕斯捷尔纳克的别墅，但沃龙科夫没有支持他们。他建议大家将愤怒转向正式途径——征集抗议信上的签名（这件事也做了，抗议信发表在《文学报》上，标题是“可耻的行径”）。

这次游行示威就此结束。但是我们很害怕——万一有些人“鬼迷心窍”，真要到别墅去怎么办？大家决定，不让鲍·列一个人去任何地方。从此以后——哪怕这么做令他非常生气——在莫斯科，他去哪里都由米佳陪伴；在别墅里则由科马·伊万诺夫（鲍·列别墅的邻居弗谢沃洛德·伊万诺夫[1]的儿子）随同。要是科马不在，就由别的人前去。妈妈认为这样的保卫工作意义非同寻常——只有当她知道，比如说，根纳·艾吉[2]今天要去别墅旁坐坐，也就是值值班，这时她的内心才感到平静。

我们学院搞起了征集签名的运动。新院长伊·尼·谢廖金（接替自由派的维·奥泽罗夫）说，“帕斯捷尔纳克事件将是检验大学生忠诚度的试金石”。人们拿着签名

---

① 弗谢沃洛德·维亚切斯拉夫·伊万诺夫（1895–1963），苏联著名作家，代表作为中篇小说《装甲列车14–69》等。

② 即楚瓦什诗人根纳季·利辛（1934–2006）。详见前文《“个人崇拜失掉光环……”》一章。

纸跑遍一个个寝室，而且选择最晚的时间，大家都应该待在宿舍里的时候。不愿意参与这个卑鄙行动的学生，把自己反锁在宿舍里，躲进厨房、厕所。征集签名的人甚至在电梯旁守候归来的学生。他们最终征集到一百一十人签名，而我们学院的学生有三百人左右！签名显著地放在信的后面；这封信与其他诸如此类的卑劣信件一起刊登在《文学报》的专栏里，专栏占了前后两页版面，冠以大标题："怒火冲天"。

我们同样也希望组织一次反击活动，更准确地说，这个活动本身自发地组织起来了：突然有些不认识的人开始给我打电话，邀我前去，约定见面，转交一些信件。我甚至不知道那些人从哪里打听到了我们的电话号码。关系密切的熟人就更不用说了，这件事如今是他们生活的全部：时而有谁收听"美国之音"或 BBC，希望我一定要向鲍·列转告内容；时而我的街坊邻居把我叫去，告诉我说，尼赫鲁向鲍·列提供政治避难（顺便说一句，这使鲍·列有点感到鼓舞），或 BBC 电台在播送雪莱的作品《被缚的普罗米修斯》①，并称在我们这个"大众天才"时

① 此系误说，雪莱只写过《解放了的普罗米修斯》。《被缚的普罗米修斯》是古希腊悲剧家埃斯库罗斯写的一部悲剧。

代，一个人能够获得的影响将可以推翻黑暗的奥威尔式社会发展观……当然，尼赫鲁、普罗米修斯，推翻奥威尔，这一切都很吸人眼球；但我们面对的是更现实的事情，那就是鲍·列的健康，是害怕有人半夜袭击他，是出版社解除合同，等等。我觉得来信对他是十分重要的帮助，我捎给他的信总是一叠又一叠。要知道我对鲍·列是非常了解的——后来，他在有关书信和邮票的一首诗[①]中承认，这件事对他比什么都重要。我记得，他经常对当时在邮政总局工作的我的弟弟米佳说："要知道，你是在一个对我最友好的单位工作呀！"而且，在拟定协议条件的时候，他对波利卡尔波夫提出的第一个要求，就是准许送达那些他们在不知如何处理这位诺奖获得者的时候扣下了好多天的信件。

但是，我带来的是没有贴邮票，有时甚至是没有信封的信——写信的人，要么害怕受到监视，要么担心邮寄无法递达。其中不少信件至今还保存在我们这里——鲍·列带来一些，并向我们展示——这是些令人震惊的文献！也有另一种邮件。在这些通过邮局寄来，

① 指的是帕斯捷尔纳克的诗作《大千世界》(1959)。

抑或是报纸编辑部乐意转寄的信件中,有两封信特别出众——那就是加琳娜·尼古拉耶娃的和伊利亚·谢利温斯基的信。爆出事端时,谢利温斯基在克里米亚,但他跑到地方报社,要马上对这起“令人愤慨”的事件做出响应。

于是,所有这些日子,我便在一个个出谋划策的人之间奔走,传递信件;如果妈妈在莫斯科,我晚上就去佩列杰尔金诺。有时候,鲍·列甚至不到我这里来——我们的保护令他厌倦。一句话,我忙得精疲力竭,一点点小事就足以使我倒下:有天晚上,我和科马·伊万诺夫乘出租车去别墅,下车的时候,偶然被车门夹了手指。当时我太着急了,起初甚至没当回事。后来坐电气列车回家,才感到手指剧痛。我赶紧跑到门诊部,竟然昏倒在那里。医生为我的指甲复位,包上厚厚的纱布绷带,我傲然将绷带挥了几下。尤拉·潘克拉托夫在学院遇见我,露出一片惊恐之色,跑到我跟前说:“让我看看,让我看看他们是怎么拷打你的!”我这“战伤”使妈妈和鲍·列多少忘掉了正在来临的噩梦。总的说来,鲍·列对所有割伤、烧伤之类都抱有过度的同情心;这一次,我这只手让他后来忙活了一整天,他甚至从电话局打电话询问伊涅萨最后是否把我送去看好的外科医生。

十月二十八日，星期一，是召开作协书记处扩大会议的日子。一大早，八点左右，我跑去找住在科兹洛夫胡同的一位女友，收取当前有关国际反响的信息（我们没有时间听广播），然后在波塔波夫胡同和电报胡同的转角处，我受约和当时并不认识的伊利亚·什迈因和热尼娅·费奥多罗娃见面，他们请我转交几封信给鲍·列。

我说，看来我马上就能转交，因为鲍·列今天上午就得来莫斯科出席会议。十点左右，我回到家里。这几天，妈妈惊惶不安，显得衰老，她在走廊上拦住我，说："小声点，经典作家已经来了，正在写信，大家决定不让他去。"餐室摆了桌子——是一瓶白兰地（鲍·列喜欢白兰地）。参加"抵抗"的人——米佳和科马·伊万诺夫——已经在这里了。这时我才第一次见到了传奇人物科马。关于他，我听鲍·列说过好多次："科马带那人来过，科马说了，科马拿诗来了，科马送了我一双我喜欢的白毡靴……"

那天上午，科马看来是同鲍·列一起从佩列杰尔金诺来的，他害怕让鲍·列独自出行，而且我觉得就是他坚持不让鲍·列去开会。我们在餐室里喝咖啡,鲍·列则在我小小的房间里写他那封著名的信。人们后来说,仿佛这封信花了差不多一个星期才写出来。其实他确实就是在我们面前写这封信的,是用铅笔一气呵成的。我们等着他把信写完,走出来念给我们听。然后,按计划,由米佳坐出租车把信送到作协。

妈妈说:"鲍·列想见你。"我走进房间,郑重地把几封信放在他身边,嘴里轻声说着诸如此类的话:"就这些了! 很快还有信来!"我真想如何安慰他几句。那两天,我一直没有见到他,他变化很大,瘦了,一脸病容,像妈妈说的,"面色死灰"。他穿得很庄重,那身父亲的西装,是从伦敦寄来的。他没有读那些信,只放进口袋,急切地对我说:"怎么样? 有什么消息?"因为妈妈告诉他,"伊尔卡四处奔走,什么事情都知道。"我叽叽咕咕地开了口,说些普普通通的套话;在那些日子里,我们都用这样的话来安慰自己,说是时代不同了,他们不敢,他们现在是看西方的脸色行事,而在西方说的是普罗米修斯,是推翻奥威尔,还有尼赫鲁……这些话都难以叫人信服,于是我不再吭声。这时,鲍·列说,他马上写完,立刻出来,让我等着他。于是他又飞快地写起来。激情满怀地写,甚至伸出舌尖——写得满意的时候,他总是这样。

作协理事会定在十二点召开。我和科马决定通知作协,说鲍·列不来,不过会带来一封他的信。出于保密的考虑(?),大家决定不在自己家打这个电话,而在邻居家打。电话另一端显然在问,信由谁带来,科马回答得很镇定:“由伊万诺夫带来。”这样一来,就没米佳什么事了,虽然,如果我没弄错的话,他们还是一起去的。我们回到自己的房间,几分钟后鲍·列出来,把信向我们读了一遍。

我们对历史考虑太少,甚至没把这几页信抄下来,简直难过得落泪!留下来的只是一个笼统的回忆,几个铭记未忘的句子。全信由几部分组成。开头是,他(鲍·列)起初曾想前来,但得知要举行什么示威游行,群众集会,发表蛊惑性演讲,便改变了主意。其次,是小说的发表经过。小说曾呈送苏联各级部门,并在似乎完全可以发表此类作品的时候才交到国外的——当时,杜金采夫的小说出版了,《文学莫斯科》丛刊也面世了。信的末尾是这样写的:“你们可以流放我,消灭我……这不会给你们带来任何幸福,增添任何光彩。”

老实说,这完全出乎我们的期待。比如,我以为信的调子会比较隐忍，办法会更灵活，会做出比较含混的承诺，然而，结果却是一派鲁莽，还来了个挑衅性的结尾！一句话，他这样做目的就是要把“他们”气疯。我们没吭声；妈妈呢，尽管这种语气令她担忧，但她知道，说什么都没用。科马则使劲晃动椅背（他一直站着），就跟他在极重要的时刻经常那样，平静地，不知为什么若有所思地说了一句：“好吧，照我看，这一切倒是很好。”我和米季卡立刻大声叫起来，表示赞许。然后，我们提议删除提到杜金采夫的那句话——因为打仗有打仗的规矩——用不着把其他人牵扯进来。但是鲍·列不同意。第一页好像重新抄了一遍。然后，我们把信装进信封，粘上，带走了。米佳坐在出租车里等候，科马上楼，把信交给了秘书。

这次会议的结果不出大家所料——理事会做出决定，将鲍·列开除出作协。秘书处通过了一项决议，叫《关于苏联作协会员鲍·列·帕斯捷尔纳克的不符合苏联作家称号的行为》。那有什么，我们对鲍·列说，这简直好极了。岂能与科切托夫、索夫罗诺夫[①]、费定、列修切

① 指的应该是阿纳托利·弗拉基米罗维奇·索夫罗诺夫（1911-1990），写过一些诗歌、浪漫曲和轻喜剧，先后担任苏联作协书记、《星火》杂志主编，素有文坛刽子手之恶名。

夫斯基[1]，以及数以千计的此类人物待在同一个协会里？

不过，事情也有另外一面，如果仍然依赖我之前提到的那种业已习惯的日常需求，那么这方面便比较悲惨。被开除后，住房马上成了问题——别墅是属于文学基金会的，公寓也是。还有各种合同以及钱的问题——一句话，每个爱国的退休者都要锱铢必究的饭碗都成了问题。还有生活和健康的问题——要知道，鲍·列已经年届七十。不久前还年轻漂亮的他这几天显得苍老了，面色确实变得死灰。他说，他的左手一直疼痛——其实早在一九五二年，他就发过一次梗死。

我们为他担心极了。不仅妈妈——那自不用说，而且那些天他身边所有的人都只有一个愿望——隔绝、减轻对他的打击。大家用自己的话转述报纸的内容，就是那些"有文化的"地质工作者、退休人员、值班突击手的来信。我们竭力用自己对这次运动诚恳的（诚然并非完全如此），轻松的态度去感染他——鲍·列对此也有响应。

---

① 指的应该是尼古拉·瓦西里耶维奇·列修切夫斯基（1908-1978），文学批评家，曾任"苏联作家"出版社总编、社长。三十年代积极参与告密和迫害作家的行动，对科尔尼洛夫、利夫希茨、扎博洛茨基等人受到的迫害负有直接责任。

我记得,他兴致勃勃地转述某人在地铁上听来的谈话:一个老太太对另一个老太太说:“你干吗冲着我大喊大叫,我怎么你啦,难道我是什么日瓦果?”有一次,我决定小心提起一个伤脑筋的话题——驱逐出境,我说:“为什么不走呢?”那是十月底的事情,当时我和科马事先想好了说什么,晚上去佩列杰尔金诺值班。鲍·列出人意料地赞同说:“有可能的,有可能的,然后再通过尼赫鲁把你们弄出去。”

不过,鲍·列尽管有令人吃惊的能力去排解、忘却不愉快的事情,直面现实地过日子,他仍然被折磨得苦不堪言。这种折磨是实实在在的,难怪他后来就这些日子写道:

> 我完了,像一头被驱赶的野兽。
> 别处有人,有光,无拘无束。
> 而我身后,穷追不舍,一片喧嚣,
> 我已经没有逃路。

有天晚上在佩列杰尔金诺管理处的场景我至今难忘。

帕斯捷尔纳克和伊文斯卡娅，伊兹马尔科沃，
一九六〇年一月（叶梅利亚诺娃摄）

我曾经说过,严格遵守作息制度对鲍·列来说几乎成了一种宗教仪式。按这个仪式,睡觉之前,九点左右,他要从佩列杰尔金诺的电话局打电话到城里。他事先就写好一份电话联系人名单,在名字旁边列出给他们打电话的目的。目的各种各样——口头回复来信,安排小说出版事宜——什么时候、交给谁,同摄影师们谈洗印多少照片,等等。我最常接到的他的来电内容是:"我星期二去莫斯科,劳驾,请提前帮买一百个信封,要黏胶素面信封,还有各种邮票,尤其是画着松鼠的那种。"我成了邮局主任——买信封,到我们基洛夫邮政总局去寄一包包挂号信,邮局的人都认识我了。

在那些日子里,我们安宁的生活——不仅是生活方式,而且是整个生活本身——都笼罩在一种可怕的威胁之下;鲍·列继续维持着稳定的假象,维持着它的基础——依然严守作息制度,不容许生活杂乱无章。他继续工作,恰好这些天(遵照马·谢·日沃夫的建议)开始翻译尤·斯沃瓦茨基早年的剧作《玛丽亚·斯图亚特》;尽量坚持午睡,散步,打"仪式性"电话。但他已经"不受法律保护",现在成了一名被告,一个受侦讯的人,只是还没有宣判,但那只是分分秒秒的事情,还不知道如何宣判。因此,夜间的电话铃声成了对他的折磨,他害怕听见戒备的或冷冰冰的声音,或干脆听见粗鲁的话,预料连所谓朋友也会说出这种话;意识到这对他是一种折磨,但他仍然打电话。

我记得,我和妈妈送他到管理处的门廊上,他拿着一张纸,走进晚上通常空无一人的屋子。纸上写着电话号码,也许已经不是那么必要的号码。我们在门廊上等他。管理处房门半掩。那是十月里一个寒冷的夜晚,佩列杰尔金诺的松树飒飒地响,墓地那边,电气火车的声音此起彼伏。两年后,已经身处列福尔托沃监狱的我回忆起这种孤独恐怖的感觉,诌了几句小诗:

发生的事情只让人难以忍受。
刚开始生活我就记得——
一盏灯在松间摇晃
还有灯旁橙黄的雪。

忧郁的十字架就在近旁,
电车在远处哐啷直响,
从小记得的诗句

写的圣柱和亡柱两样。

啊,心儿袒露,噗噗跳动
轻信而高尚。
啊,尽管它羸弱无助,
却获得了强大的力量。

共享之物——与众同享,
私人感情——何须张扬……
啊,这中了魔法的雪
在黑暗中落到世界上!

在这黑夜的一隅,
远方最后的亮处,
我看见让我信守誓言的
我的青春。

透过黑暗,铁轨上车来车往,
车厢的窗玻璃暗淡无光,
那些特别的年代,

需要翘首以望。

我们等待着，低声地交谈，突然听见一声大哭，差不多是号啕。我们一齐跑进管理处，只见鲍·列哭得不能继续通话。他完全无法控制自己，放下了听筒。原来他是给莉莉娅·布里克[①]打电话，莉莉娅·布里克一听见他的声音，反应是如此激动，如此令人意外，好像一直就在等他的电话："鲍里亚，我亲爱的，究竟出了什么事啊？"不难理解，鲍·列受到卑劣的侮辱，莉莉娅·布里克那惊惶不安的同情便使他忍不住热泪滚滚。[……]

于是，"历史正义大获全胜"——鲍·列被逐出"那堆写作者"（这是他的原话），是几乎被逐出了，因为理事会的决议原来还是需要通过广泛的"民主"讨论的，而讨论也举行了。关于这次讨论，亚·加利奇的诗写道："我们不会忘记这讥笑，不会忘记这无聊，我们会一个个想起，哪些人举手投票……"[②]

---

① 莉莉娅·布里克（1891–1978），马雅可夫斯基的女友与缪斯，苏联最重要的沙龙女主人之一。

② 出自加利奇的诗作《纪念帕斯捷尔纳克》（1966）。

奥莉嘉·伊文斯卡娅，一九六〇年六月

为这次开除，鲍·列感到痛苦吗？灾难、贫困、无处安身都令他恐惧，但轻松之感也随之而来。就在五年前，他给在流放地的阿霞·茨维塔耶娃写信说："……我在这些组织里挂了个名，还没有遭到开除，但已经差不多十年没在他们眼前露面了，没有参加过任何理事会；要是我去了，我的到来会因为不习惯而像一种示威，或被错误地理解。由于这堆写作者在过去几十年里表现出的道德破产和内心冷漠——至今他们都无法与之割舍，因为除了这些根深蒂固的恶习，他们一无所有——我不认为这些家伙（包括您提到的两位）还是人，我和他们也没有任何共同之处。"（怎么说呢，这封信还是寄错人了，此人在八十高龄实现了自己的理想，成了"这堆写作者"中正式的一员，为此跨越了道德上的小小困窘。）

但是，在莫斯科作家界进行广泛讨论之前——会对这个讨论感兴趣的，只有那些大大放弃了良心，当着天下人的面给自己抹黑的人——鲍·列则如过去人们所说，突然"耍了个把戏"，"胡闹了一场"。

秘书处已经做出开除决定后，有一天，鲍·列也不打电话，就出人意料地来到波塔波夫胡同。我们没想到他会来，以为过了昨天那个艰难的日子，他会在家里避避风头。鲍·列的样子显得又狡猾，又窘迫。他问我们，如果此刻，正是大家对他已经不抱希望的此刻，他放弃去领奖，我们会怎么看？我想特别强调的是，这一天在波塔波夫胡同偶然相聚的是我们三人：妈妈、阿里阿德娜·埃夫龙和我。这完全出乎我们的意料。我和妈妈简直不知所措。我们觉得，当局已经对获奖这件事做出反应，是否领奖的事实现在已经不那么重要。此外，谣言四起，说是为了“保面子”，会允许鲍·列出国领奖。为这份荣誉已经流了如此之多的血泪，莫非现在要拒之门外？在我们颇具虚荣的幻想中，已经勾画出一幅图景：鲍·列站在瑞典国王面前侃侃致辞，颁奖大厅某个地方没准还有亲朋好友的面孔。因为在那几天的忙乱中，绝望的时刻没有了，大家心里充满了最轻率的希望。这也要考虑到妈妈为人随和、乐观愉快的性格，小说中的拉拉那种最“使人高尚，无忧无虑的个性”——那是她身上最让鲍·列喜欢的性格。

这时，鲍·列就像抛出一张藏匿已久的主牌，告诉我们，他刚从电报局来，半小时前他往斯德哥尔摩发了一封放弃领奖的电报。妈妈感到非常伤心。我心里也很难过。

这一天，就像在我们几乎每一个艰难的日子里，阿利娅·埃夫龙和我们待在一起。她一早就坐在红沙发的角落上——那是她通常坐的地方，——在没完没了的电话铃声中没完没了地织毛衣，同我们一起分担诺贝尔奖的荣誉带来的煎熬。她走到鲍·列面前，吻吻他，说："好样的，鲍里亚，真是好样的。"我不知道她在多大程度上同意这个决定。不过，这个决定完全合乎她的"爱国主义"方式。

拒绝领奖的文稿很快在电台播出了，并且广为公布。

看来，正是十月三十一日，在莫斯科作家全体大会上产生了一种想法："该不该让这位内部侨民成为名副其实的侨民？"（谢·谢·斯米尔诺夫[①]的发言。）大会吁请政府剥夺叛徒鲍里斯·帕斯捷尔纳克的苏联国籍。

会议开始，宣读了鲍·列的信，然后大会发言。"知识分子们"，比如科尔涅利·泽林斯基之流，特别卖力地要同犹大划清界限。这位昔日的构成主义者宣称，现在说起帕斯捷尔纳克的名字，无异于在社会上发出不堪入

① 谢尔盖·谢尔盖耶维奇·斯米尔诺夫（1915–1976），俄苏作家、历史学家，广播、电视主持人，社会活动家。

耳的声音。科尔涅利·柳齐安诺维奇·泽林斯基是文学院文学批评讨论班的导师，我在那个班听过课。无论他讲课多么令人厌恶，这个发言出自我的导师之口，仍然令我感到意外：他依然显出一副人所共知的波兰派头[1]，还带有昔日那种学识渊博、举止讲究的模样。此外，一九五七年，他曾与鲍·列一起在乌兹科耶医院住院，由于要做一样的化验，他俩甚至似乎挺要好。可现在呢！又是"背后一刀"，又是"犹大"，又是"臭气熏天、卑鄙无耻的假面货"，又是"乔装打扮的敌人"，还动情地发出怨言，抱怨"作家中的教育工作太宽容"！那是七十五岁的科尔涅利·波柳齐安诺维奇（学院里给他取的绰号）[2]的教育工作！科马·伊万诺夫也受到牵连。科尔涅利惊人地爱记仇——因为报上那篇有关帕斯捷尔纳克的文章，伊万诺夫没有同他握手，他便号召大家揭露"假学员"伊万诺夫。

在这之后，我怎么能回到学校，走进课堂，去聆听泽林斯基的教诲呢？到了十一月，我只好请求转到别的班级，去最"中立"的翻译班。我们共有两个翻译班——立

---

① 泽林斯基是波兰裔。

② "波柳齐安诺维奇"这个绰号有"遗精诺维奇"的意思。

陶宛班和塔吉克班，班主任弗·罗谢利斯[1]很可怜我，他明白所有情况，便把我转到“塔吉克人”那里去了。

现在，会议速记记录业已出版。这个记录，如其前言公正指出的那样，无须作注。我不知道那次会议是否像亚历山大·阿尔卡季耶维奇的歌里唱的那样，开得沉闷无趣。或许会有人感到索然寡味，但不少人也真的杀气腾腾。

一些人的发言完全出乎我们的意料。例如，斯卢茨基，马丁诺夫[2]。据说，人们向斯卢茨基提出了最后通牒——要么发言，要么交出党证。对党外人士又如何威胁呢？有个熟人，并非作协会员，专门钻进去参加了这次会议，作了个简要的发言速记记录。他说，会议主席谢尔盖·谢尔盖耶维奇·斯米尔诺夫正是以自己的真诚给人留下特别沉重的印象。他不是像泽林斯基那样惯于撒谎的犬儒，不是像斯卢茨基那样明显的（在这种情况下）伪君子，不是像尼古拉耶娃那样正统的共产党员，而是一名

---

① 弗拉基米尔·米哈伊洛维奇·罗谢利斯（1914–1999），俄苏翻译家、文学家、文学批评家。

② 鲍里斯·阿布拉莫维奇·斯卢茨基（1919–1986）和列昂尼德·尼古拉耶维奇·马丁诺夫（1905–1980）都是在苏联有一定声望的诗人、翻译家。

真诚的苏联爱国者,某种意义上也就是个“阉人”,对他来说,在世界上另一个国家出版著作只可能是背叛。

这些天,鲍·列在写给中央的一封信中说:“……无论托尔斯泰还是高尔基都在国外出版过作品,也没有出事,房子仍然在那里,并未垮塌。”对斯米尔诺夫来说,正是房子垮了。

唉,多年来以一切艺术手段宣传“闭关锁国”,终于结出了苦果。那些诚实的人,胆怯的正派人,为一个念头而感到羞耻,即认为鲍·列“转走了书稿”。对他们来说,重要的是搞清楚小说一事实际情况如何,我们的报刊是否一如既往地在撒谎,或许他根本就没有把小说转出去?在我看来,特瓦尔多夫斯基就是这么一种心态——早在一九五七年,就小说出版事宜进行无休无止的谈判的时候,母亲(同时还有国立文学出版社编辑斯塔罗斯京)受邀参加作协书记处的一次会议,会上,费定、马尔科夫和沃龙科夫大喊大叫,说出现了背叛行为,特瓦尔多夫斯基则请求道:“你们说说到底是怎么回事?请让人说话。难道事情真是这样?”

莫斯科会议不仅批准了书记处有关开除的决定,而且新提出一个问题——是否要剥夺苏联国籍,也就是驱逐出境。第二天早上，我们打开报纸一看：《同心同德》——在这个通栏标题下，是几篇全国各地前一天召开作家会议的汇报文章（暂且还只是作家会议呢！）。各个城市和乡村都在那一天谈起了他们以前并不知道的帕斯捷尔纳克，那里的人不愿意“与他呼吸同一样空气”，“说同一种语言”，“登记在同一个人口普查里”。“他可不是什么普通的蜡烛，而是一挂耀眼的吊灯。刽子手一样的丑脸上，眼睛闪着诡诈的光。”没一个人决定投反对票。弄不好可是要坐牢的！

现在，这场运动真是畅行无阻。就等采取最严厉的措施了。我们怀着恐惧的心情互相转告：这两天就会发出信号，将拥护的大会转到工厂和企业去召开，“人民正义的愤怒”将对叛徒毫不留情。“不过也得知道，现在时代不同了，时代不同了，时代不同了……”——我们像念咒一样，互相反复地念叨。电话从斯德哥尔摩，从纽约打到了佩列杰尔金诺的管理处；合众社记者亨利·夏皮罗发来厚厚的求见电报；法兰克福和密歇根州的家庭妇女也写信来；我的法国朋友乔治·尼瓦寄来一张明信片：“我每天都心惊胆战地打开报纸……《哈姆雷特》一诗现在比任何时候更正确。”我们知道国外有什么人如何给苏联政府写信。但我们并不知道“上面”在发生什么事情。

在这些日子里的一天，妈妈从佩列杰尔金诺回来，完全变了个样：衰老，痛苦，泪痕满面。她径直走进房间，扶着墙壁，衣冠不整，大喊大叫，说在这件事情上，她永远不会原谅、忘记任何人，说“经典作家”哭得厉害，无法回家，说他们在路上难舍难分，几乎躺在水沟里，说他们决定一死了之。我和弟弟赶紧跑到她跟前——她浑身肮脏，和衣瘫倒在沙发上，呜呜恸哭不止。

这时，德·波利卡尔波夫打来电话，那时他在中央做意识形态工作，并“主管文学”。早在商谈小说出版事宜的时候，妈妈就认识了他，现在他来找妈妈作调停人——要么亲自来，要么通过全苏著作权保护局局长格里戈里·鲍里索维奇·黑辛，此人担任的角色总叫人十分费解。波利卡尔波夫要妈妈马上去一趟中央……

妈妈很快回来了。她蓝色的大眼睛里既没有了不久前的痛苦，连恐惧也不见了，惟剩一片茫然。只有“上面”才能使人变得这样傻呆呆的。她几乎像个机器人，对我们反复说，“有辆坦克正朝我们大家开来，你们明白不明白？已经不可能再说什么漂亮话了！”“上面”的意向相当阴暗。

这天晚上，科马来我们这里。妈妈把这些可怕的消息一股脑儿向我们全抖出来，她要不惜任何代价救鲍·列的命，她感觉到这个意愿遭到了我们的婉拒。科马说："不必自己成为这辆坦克的一部分啊。"妈妈听了，绝望地大喊大叫，说为了救鲍里亚，她会做一切事情，哪怕这种事情。

我和科马一起到清水池塘去。几个月前，我还无忧无虑地在那里划船；七年前，我穿过一个个雪堆，向坐在长凳上的鲍·列跑去。那时，他刚发梗死回来，同死神擦肩而过，而现在，他又站在死神的门槛上了……我们在冷森森的池塘边徘徊了很久……寒风刮掉的树叶在脚下窸窣发响……于是，为自己的思考方式付出代价的时候到了。我们商量受侦讯时如何应对。我记得科马说，这些事情恰恰在此刻，正当他还年轻的时候发生（已经发生了！），这对他来说可真好。他那时二十九岁。

我们踩得树叶窣窣响，伤感地告别过去，这时候，可怜的妈妈正在东奔西跑，寻求出路。深夜里——这一天中已经不知多少次了！——她纯粹出于直觉，跨出了出色的战略性一步。她回到佩列杰尔金诺，去了费定的别墅。她如此疲惫不堪，灰心失望，面貌丑陋，形容衰老，在早来的暮色中沿佩列杰尔金诺踽踽前行(大概她觉得,反正这是最后一次了),去敲这位苏联的达官贵人,妄自尊大而又唠唠叨叨的老人的门。想到她这副样子,我至今都感到心里难受。终于有人给她开了门(费定身体不舒服)。她在《新世界》工作时便与费定相识,费定也知道她在鲍·列的生活中扮演什么角色;不过,一九五六至一九五七年洽谈小说《日瓦戈医生》在苏联出版事宜的时候,他们的道路才有了交集——那时,费定作为作协主席①曾经参与这些洽谈。

可是,尽管相识,费定却没有让她跨进大门,暗示她是一个遭嫌弃的人。但母亲觉得无所谓。在一番请求帮助、干预、拯救之后,她哭哭啼啼地说到了关键意思——她和鲍·列决定一死了之,为这件事,他们已经做好一切准备(这是实话)。

妈妈好像无功而返。不过她觉得,对这个信号不会没有反应。后来证明确实如此。

现在我们已经知道,费定当天就把这次谈话报告了波利卡尔波夫(显然,向中央提供情报也是作协主席的责

① 确切地说,费定当时只是苏联作协莫斯科分会的主席。

任!):“亲爱的德米特里·阿列克谢耶维奇,今天下午四点奥莉嘉·弗谢沃洛多夫娜来找我,泪流满面地告诉我说,今天上午帕斯捷尔纳克向她表示,他和她‘只剩兰恩一途[①]了’。照她的话说,帕斯捷尔纳克好像问她是不是愿意‘一起走’,她好像是同意了……我认为,您应该了解帕斯捷尔纳克的意图是真是假,是认真要做还是演戏,是真正存在威胁还是试图玩什么花招……”写下这种话的人,是一个朋友,常常来家里做客的别墅邻居,曾经的“谢拉皮翁兄弟”!不过,此人早就为了中央的一点可怜施舍,出卖了自己的“城与年”。

说到实际下决心自我了断,那当然是分分秒秒的事情,鲍·列抓住了这种可能,把它作为一条出路,作为一途,因为他无法活在走投无路的意识中。确实,在我们觉得一切已经一帆风顺,给赫鲁晓夫那封著名的信已经寄出的时候,他也一直没有放弃这个念头。

那是过后两三天的事情。我和科马去佩列杰尔金诺,告诉鲍·列事情已经有了良好进展——我说我把信

① 叶夫根尼·利沃维奇·兰恩(真姓罗兹曼;1896–1958),俄国作家,诗人,翻译家。因其与情人自杀事,在作家圈中便有了一个说法,将自杀作为惟一出路叫作“兰恩一途”。另可参见前文《绳索套在喉咙上》一章中伊文斯卡娅的注释。

拿到了中央委员会,他证实说:“对,对,安娜·尼科诺夫娜听说,电视上已经播了。”鲍·列穿着家常便服,我们高兴地发现,他的脸色并不灰暗。他去管理处给在莫斯科的妈妈打电话,我们站在门廊上。透过打开的房门,我听见他说:“是的,伊拉奇卡和科马来了。”然后便尽量用暗语交谈,问妈妈搞到“化学品”没有。我自然知道他把类似的东西很幼稚地转成暗语的方法,猜到了“化学品”就是某种药片(宁必妥),是母亲藏起来以备万一的,“万一”就是她同费定谈话时指的那件事。

我同科马交换了一下眼色,心中又是一怔:这么说,最后还是认输,“他们”战胜了?这么说,人阻遏冷漠而强大飞轮的奇迹终将化为乌有?这些日子里,我们曾是这个奇迹的见证。这么说,还是金字塔战胜了?

我和科马慢慢向火车站走去。暗夜沉沉。只在售票口上方有个小孔,亮着不祥的昏黄灯光。我们在枕木上磕磕绊绊地走着。电气火车的窗户模糊幽暗;我们蜷缩成一团,在椅子上坐下。“我知道,在我受刑之处/那根柱子将会标示/两个历史时代的界限……”[①]科马读诗,

---

① 出自长诗《施密特中尉》。见《帕斯捷尔纳克诗全集》,第496页。此处系冯玉律译文。

要唤起我的希望。可是我却在哭泣。我不想要那根柱子。我想要鲍·列活着。

母亲的战略是正确的。当时,“他们”为鲍·列的生命担心。鲍·列开始诉说左手和肩胛骨疼痛,起初痛得不厉害,但越来越痛,时而难以忍受,这时,一名医生便前来别墅出诊,对他进行经常性观察。我不知道这人是否确实是文学基金会的医生,也许干脆就是必要的内部监视员?无论如何,鲍·列每天要测两次血压。这个医生住在别墅里,鲍·列的健康报告要向“上面”递交,所以说母亲的声明可能把他们吓坏了。

可是,怎么遏止笨拙的宣传机器,扑灭“人民的怒火”,达成妥协呢?原来这事并不那么简单。为了让旋转起来的飞轮停下,只好采用复杂的多级传动。

妈妈采取绝望行动,去别墅找费定之后,第二天,全苏著作权保护协会的一个年轻人给她打来电话。他是格·鲍·黑辛的律师的助理。不知为什么要通过黑辛同中央联系。头天晚上,妈妈曾经去找过黑辛,黑辛很不客气,不同意协助。可是突然——仿佛是私下打电话过来。这位很有文化修养的年轻人(“他很崇拜鲍里亚”——妈妈说）向她表达了似乎纯属个人的意见，让她给政府写一封信，当然不是忏悔信，但却是一封彻底表明态度的信——特别是就出国问题，以答复谢米恰斯内的讲话和报上掀起的运动。这些做法他全是以个人意见提出来的，但妈妈已经十分老练，能明白这也许是一个“信号”，值得回应。

我们致赫鲁晓夫的“联名”信就这样诞生了。之所以我这里说是“联名”信，纯然是出自良心——信里的八点提议中有三点明确是属于我们的。我们是指妈妈、科马·伊万诺夫、阿里阿德娜·谢尔盖耶夫娜·埃夫龙、我，还有我的女友因娜·马林科维奇，照阿里阿德娜冷峻的观察，她“整晚都在以残酷的泪水洗面”。

跟往常一样，我们的家庭女工波琳娜·叶戈罗夫娜也来了，其实她早就成了我们的亲人，是家里人人喜欢的一员。她已经过世，她的相片就在我的面前——一张熟悉的脸，裹着花头巾，脸上皱纹细密，丝丝可见。她会坐在尽头的椅子上，守护已被没收的住宅。好一个萨韦利伊奇、菲尔斯。[①] 人们在搬家具，拉走她坐着的椅子，可她

---

① 萨韦利伊奇和菲尔斯分别是普希金小说《上尉的女儿》和契诃夫戏剧《樱桃园》里的人物，他们都是年迈的忠仆。

仍然不相信“先生们去了巴黎，樱桃园早已卖掉”。她依然同我们分享蜜糖饼和小圆面包。她人很严厉、固执，喜欢为芝麻小事生气，可是用她的话说，她的整个灵魂都忠于我们和鲍里斯·列昂尼德奇[①]。她总是尽力为我们做更好吃的东西，虽然厨艺一般——把馅饼啪嗒一声扔到桌上，说：“不知道烤得怎么样，自个儿尝去吧！”鲍·列尝了，总是赞美有加，常常说，他文章写好后也要这样，说，拿去，尝尝吧，不知道写得如何。我们被捕后，所有杂七杂八的事情——送转交物品啦，收拾住宅啦，照顾弟弟啦，全落到了她身上。这是些长长的清单，列着转交到列福尔托沃监狱的物品，是她那潦草的笔迹写下的；还有些写给我们的字条，是后来寄到劳改营的：“收拾房子，克格勃小子们（她这样称呼克格勃人员）帮了忙”……在法庭上和侦讯中（她也是我们的“证人”），她保持着尊严，回答问题十分平静；无论人家怎样让她走，她也不离开法庭，直到同我们一一吻别。

那天晚上，我们围坐在圆桌旁写一封信，她给我们悄悄送上茶水、肉饼；我和科马在走廊上穿衣服，要把这封

---

① “列昂尼德奇”是“列昂尼多维奇”的缩略形式，年长的平民阶层人士常爱在口语中使用这种称呼形式。

草草写就的信带去佩列杰尔金诺，这时，她随身塞给我们一样东西，说："这是给鲍里斯·列昂尼多维奇路上吃的，没准会把他送去什么地方。"

于是，十月三十一日（或十一月一日，现在记不准确了），我们坐在波塔波夫胡同自己家里，科马面前放着一张白纸，却一个字也很难写上去。阿利娅不断抽烟，一边笑我们太乐观，她不相信这封信能帮上什么忙。她从图鲁汉斯克回来才四年；她在那里待了七年，此前，还在一些劳改营待了八年，不难理解她对现在的运动抱有什么样的期待。在我们中间，她是最"右"的一个——她认为随便怎么写，最后都应该祈求保住性命。母亲是"中间派"，我们当然便是"左派"了。不过大家都有一个共识，应该写得能让鲍·列签字。

好不容易写出了第一句。我们决定要写得言简意赅，基本意思是：不可能出走。科马一会儿拿起铅笔，一会儿又放下。他终于产生一个念头：援引谢米恰斯内的话。于是动笔写道："听了谢米恰斯内的报告，我才知道……"——接下来是引文。然后是简短的异议，以与国家相关联为理由。总共只有几行字。

我们用打字机把信打好，伴着欢快的劳改营歌曲《我们相遇在西伯利亚……》——阿利娅整晚都在哼唱这支歌——马上送去佩列杰尔金诺。

可是,在西伯利亚相遇的只有我和母亲——确切地说,我们相遇的地方还不是西伯利亚,而是去西伯利亚的路上——从莫斯科到斯维尔德洛夫斯克的囚犯列车上,那是经过一个半月噩梦般的中转之后,运送我们去泰舍特的列车。不过,这时鲍·列已经死了,他扩及我们的"安全保护证"不再有效了。我们摆脱了那个困境,都安然无恙地活了下来。

自那天晚上起,多少年过去了;《真理报》和《消息报》上刊登了多少被迫害的文人们忏悔和半忏悔的,有尊严的和不太有尊严的来信,以至于已经可以谈论这种新文学体裁的风格了。我们不打算回忆斯大林年代那些可怕的违心悔罪。"我们"写给赫鲁晓夫的信乃是写给已是新时代政府的第一封有尊严的信。我至今一点也不为这封信感到愧怍。在这封信里,鲍·列也没有任何昧良心的地方。(里面连"苏联"二字都没有,只有"俄罗斯"。他曾请求妈妈说:"请写我出生于俄罗斯,而不是苏联。"这个请求被照办了。)难怪这封信在《真理报》上刊登后,他收到那么多来信:"谢谢您还和我们在一起。"我不明白为什么这封信会令当时在梁赞教书的索尔仁尼琴如此愤怒，为什么妈妈要在自己书中千方百计将鲍·列同他区别开来，说原因都是自己胆怯，精明的挑拨者又太狡猾。对各报纸的谩骂，这封信做出了一个多么出人意料地简单、合乎人性，而又有尊严的答复啊！而且多么勇敢无畏啊！

可这是些什么样的谩骂，却是忘记不了的！……“真是奇怪吗？报上讲什么帕斯捷尔纳克，好像是有这么个作家！”“假如青蛙不满意，就会呱呱聒噪；我是建设者，可没工夫去聆听，我们忙着呢。”“这条恶狗，怎么胆敢冲着苏联人民的圣物狂吠？”“一副恬不知耻的面孔，叛徒的嘴脸，以前布哈林使劲吹捧他不是没有原因。”“让这叛徒去发泄胸中的恼怒吧，让那些资本家先生跟着他恼怒去吧！”编辑部叹息说：“遗憾的是，我们不仅无法全文引用这些激情四溢、怒火冲天的信件，也无法列出所有作者的名字。”确实，太遗憾了！“我们会一个个想起……”①

突然，在这些卑劣无耻的垃圾上面，出现了几只翱翔的仙鹤——那是他写出的字句：“我与俄罗斯血肉相连，

① 即前面引用的加利奇《纪念帕斯捷尔纳克》中的诗句。

# Лягушка в болоте...

Что за оказия? Газеты пишут про какого-то Пастернака. Будто бы есть такой писатель. Ничего о нем я до сих пор не знал, никогда его книг не читал. А я люблю нашу литературу — и классическую, и советскую. Люблю Александра Фадеева, люблю Николая Островского. Их произведения делают нас сильными и благородными. С детства читаю и люблю Михаила Шолохова.

Много у нас хороших писателей. Это наши друзья и учителя.

А кто такой Пастернак? По цитатам из его произведения видно, что Октябрьская революция ему не по душе. Так это же не писатель, а белогвардеец. Мы-то, советские люди, твердо знаем, что после Октябрьской революции воспрянул род людской.

Мой отец, знатный животновод совхоза № 18, Ростовской области, не был призван в Отечественную войну, — броню имел. А как нажали гитлеровцы, он ушел добровольцем на фронт. Нам, детям, он сказал: надо защищать Октябрьские завоевания, без них мы никто и ничто.

Я еще был мальчишкой, а хорошо понимал это. С войны отец вернулся домой тяжело раненный. Но ведь не зря пролил кровь, а за свое родное дело. Мы, три брата, работали механизаторами в совхозе. Потом я поехал строить Сталинградскую гидроэлектростанцию. Шесть лет тружусь я старшим машинистом на кране-экскаваторе № 681. Мы достраиваем великое сооружение на Волге. Я работаю на перекрытии русла. Вот ночью была буря, много наделала бед. Трудная была ночь. Сегодня все исправлено.

А какая там буря в луже у Пастернака? Как у лягушки в болоте. Бывает, такое болотце вместе с лягушкой мой ковш зачерпнет да выкинет.

Допустим, лягушка недовольна, и она квакает. А мне, строителю, слушать ее некогда. Мы делом заняты.

Нет, я не читал Пастернака. Но знаю: в литературе без лягушек лучше.

**Филипп ВАСИЛЬЦОВ,**
старший машинист экскаватора
СТАЛИНГРАД

报文《沼蛙》

这是我出生、生活和工作的地方。我不曾想过自己的命运能够独立或远离它而存在。”

已经天晚路黑，我们还是决定马上把信送到佩列杰尔金诺。我们两人——我和科马——一起去。我们走明斯克大道，在巴科夫卡熟悉的地方拐弯，过了桥、池塘。我不敢去鲍·列的别墅。我留在伊万诺夫家——他家和鲍·列是邻居，由科马独自一人前去找鲍·列。我是“外人”，属于“非婚”妻子和子女的一群。我没有脱大衣，坐在淡黄色小沙发上。可是伊万诺夫夫妇却跨越了“门槛”，担忧地向我问这问那，请我喝茶。弗谢沃洛德·维亚切斯拉沃维奇·伊万诺夫那张善良的圆脸显得很悲伤，他心绪不安地瞧着我，说：“信是怎么回事啊？有希望让他安宁吗？让他好好活着？”可能科马对他们讲过我的情况，对一些事情还有所夸张，因为在他们的目光中，我能捕捉到对我的好感——就像我们的一位德国朋友称我是“女中豪杰伊拉奇卡”一样。

科马很快就回来了。他不仅带回了“我们”的信，还有几页空白纸，鲍·列在上面预先签了名，好让我们把信文打印在其中一张纸上。他对文字稍许做了修改，一共只有两句。这个修改立刻就能暴露出他的想法。“我与俄罗斯血肉相连,这是我出生、生活和工作的地方。我不曾想过自己的命运能够独立或远离它而存在。”——鲍·列在我们那句话的前面写道,现在我已经不记得我们那句话了。

我们匆匆回到莫斯科,马上把信打印出来。我不失分秒,立刻直奔(几乎是跑步)老广场。已经是晚上十点左右。我知道中央委员会有个窗口接受公民投诉——多民主啊!可究竟是哪个入口呢?这么晚了,还进得去吗?

老广场是中央委员会所在地,离我们波塔波夫胡同近在咫尺,我十分钟就到了。我钻进一个亮着灯光的入口,被告知投诉在二号入口。昏暗的大厅庄严而寂静,一个小窗口亮着舒适的灯光,引人前往,窗边空无一人。我走到窗前,一名值班员探出头来,我对他说,我想转交赫鲁晓夫同志一封信。他问:“是谁的信?”我回答说:“是帕斯捷尔纳克的信。”信立刻就接过去了,值班员、警卫员都好奇地瞧着我。在铺着地毯挂着窗帘的党的华丽大厅中间听见这个叛逆的名字,实在是太怪异了。

第二天,鲍·列便被要求去中央委员会参加高层接谈。通知的过程同样十分复杂:两辆小汽车开到波塔波夫胡同我们家近旁,其中一辆是黑色“伏尔加”,拉着窗帘，身份毋庸置疑。另一辆“普通”车里，坐着格里戈里·鲍里索维奇·黑辛。他通知母亲，说中央委员会的人在等鲍·列，这辆黑“伏尔加”就是去接他的，但是要让他有个准备，因此，假如母亲亲自把他从别墅里叫出来就会比较好。

由于众所周知的原因，妈妈并不去别墅，因此决定派我前往。在整个这段经历中我就扮演“跑腿”的角色。我要先去，妈妈和黑辛紧随而来，后面才是“伏尔加”。但我决定务必找到科马，同他商量一下——在这些疯狂的日子里，我们已经十分亲近，没有他的鼓励，我就害怕担当如此之多的事情：假如是个陷阱呢？假如不是中央委员会而是肃反委员会呢？那不就是亲手将鲍·列送进卢比扬卡吗？我没有找到科马，还是决定前往：在那些日子里，我的直觉变得异乎寻常地敏锐，暗示我可以去，并不可怕，“他们”神气不起来的。

我乘出租车来到别墅大门的时候，两辆黑汽车已经停在不远的地里。妈妈向我猛扑过来，说：“你跑到哪里去了？快点，快点！”

阁楼是鲍·列的书房，跟这些日子一样，所有窗户都亮着灯光。我按了门铃，开门的是斯坦尼斯拉夫·涅高兹的妻子——这些天所有亲戚,甚至远亲,都在别墅值班。季娜伊达·尼古拉耶夫娜马上出来了,一脸惊恐,问我有什么事情要转告鲍·列。为了不说出那些叛逆的名字,我利用了我的寂寂无名,说:“请转告他,叶梅利亚诺娃想见见他。”她上楼去了,鲍·列很快从楼上下来,已经穿好大衣——他精神饱满,生气勃勃,看来一下子什么都明白了,丝毫也不害怕(害怕是“他们”自己的判断,因此张罗着要让他“有所准备”)。我,妈妈,鲍·列坐进黑色“伏尔加”,在礼送下去了莫斯科。

我十分乐意回忆我们的这次冒险之旅。鲍·列情绪极好。尽管妈妈警告他,指着司机悄悄地说:“鲍里亚,小声点,这可是密探!”他还是侃侃而谈。鲍·列一般有很强的表演感,在极易受到伤害的情况下,这或许正好成了他的护甲。此刻,这么一场绝望的大戏正在进行的时候,他干脆就被“卷上”了演员那种忘记自我的浪尖;他预料,自己即将在中央进行的解释将是那些日子上演的戏剧的一个高潮,还在路上他就开始排练。“我首先要对他们说,你们遇到我的时候,我在散步,所以穿着没有熨烫的休闲裤、夹克。我要告诉他们,我没来得及换衣服。”我们高声提出异议,说谁也不会问这件事情,他回答说:“不,我还是要说。我要说，我没有睡觉，所以样子很不好看。要不他们可能会说：天哪，这满世界的喧嚣，原来是这么个丑八怪闹出来的！”我们歇斯底里般地大笑起来，不过我们知道，他怎么想，就一定会怎么说。

我们决定先去波塔波夫胡同，让妈妈也别丢人现眼，能换换衣服（要知道，我们都坚信能见到赫鲁晓夫本人），更主要是尽可能多带点药。鲍·列对母亲的衣服，还有她的化妆都十分注意，劝她“别抹唇膏，因为上帝本来就没亏待你”。一切就绪：演员们打扮得漂漂亮亮，带上一大瓶缬草酊、一些瓦洛科定，甚至还有一小瓶水。发生冲突的时候，我得实行急救。

在我已经熟悉的二号入口，值日员让我们止步，鲍·列把他一路上准备的花招惊人地玩了出来。要他出示证明身份的证件，他拍拍衣袋，嗡嗡地说，他是散步的时候被逮住的，他只穿着夏天穿的休闲裤，没有口袋，上衣里除了“你们刚刚把我开除的协会”的作家证，什么也没有。值日员不知所措，咕噜了一句，说有这个也行，“没关系，咱们这儿都可以，都可以”。

我注视着这场演出，兴奋不已，准备观赏更重要的事情，突然——唉！——那值日员注意到了我，问：“这是谁呀？她没有通行证。”鲍·列开始解释，说“这女孩带着药”，说她在场很重要。可是无济于事。我们商定，我在下面稍等，他上去后立刻为我办通行证。我拿着大大小小的瓶子，在门口惟一的一把椅子上坐下来。值日员瞧着沿楼梯上楼的鲍·列，问我：“他是您爸爸？”这一刻我岂能说不是，再作点解释？我点了点头。

唉，波利卡尔波夫没有给我通行证。于是，后来的所有事情，我只是听了妈妈和鲍·列的讲述才得知的。

有个与鲍·列相识多年的好友在诺贝尔奖热退潮后表示担心，说鲍·列再难回到往日单纯有序的生活。这紧张的十天里发生的事情太多，再回到过去，在佩列杰尔金诺散步，每晚打电话，这是不可能了。可是有这样想法的人却大错特错！

他像一条扔回河里的狗鱼，一头扎进了他喜爱的环境，回到了他习惯的生活。最近这一年，他既享有了世界声誉，也遭遇了悲剧人生，重获了宝贵的内心平衡；在他的一生中，这一年是完全特别的，而且敢说是激情四射、十分幸福的一年。他兴高采烈地投入全世界向他敞开来的怀抱。跟过去一样，无论人家说什么，他总要把话题转到小说上；现在他谈得更多的则是书信，是和他通信那些人，是他回信要写的内容；还把别人邮寄来的五花八门的感人礼品——小蜡烛啦，老明信片啦，小瓦罐啦，拿给大家看。我作为邮政局长，扮演的角色大大地复杂化了，一周要寄发十五至二十封信，经常要买邮票和信封。

通过加里塔诺，我们得知鲍·列有了一笔大钱可供使用。这令他欣喜不已。他满心愉快地开始花这笔钱。我们为科隆一个木偶戏演员的来信大哭不止。这位演员诉苦说，没人来看木偶戏了，木偶都脱胶了，蒙满了灰尘；说年轻人只对爵士乐感兴趣，德国江湖艺人的民间传统日渐衰落凋零。鲍·列哭了一阵，向我们讲了这件事。没准，他立刻就为自己画了一幅像，是背着手摇风琴的卡尔洛爸爸①。在我们热烈的支持下，他决定给这位木偶剧演员寄一大笔钱，用于修理戏台。仍然是加里塔诺将这封资金支配函寄给了费尔特里内利。

这种事情不止发生一次，其中可能也有狡诈自私之举和骗局，但鲍·列并不考虑这些事。他一般不喜欢揭露任何人，不想知道人的实际动机是什么，他太容易满足

---

① 阿·托尔斯泰童话故事《金钥匙，或布拉金诺历险记》里的主人公，一个年迈的手摇风琴手。

于他所看见的事物,有时显得实在太过天真。不过那绝对不是天真。他似乎是怕浪费时间去揭穿骗局,去“撕开面纱”。或许,这也是出于对周围那些人的尊敬——他信任他们的良好意愿,尊重既有的形式。或许也是出于漠不关心,以及通常所说的利己主义。

不过,这个“越过”性[①]的观点与我已经写过那种精准命中是同时并存的——显然,那是在“他”也有这种感受的时候。有一个例证说明他对人非常体贴,我记得他在母亲面前坚决袒护我的情形:我母亲想按她的趣味将我打扮一番,好去参加某次极重要的接见。虽是炎炎夏日,我穿了一件针织衣服,我认为这件衣服与我十分相配,主要是能遮掩身上我不喜欢的地方。“由她吧,奥柳莎!”鲍·列说,“她是这么个想法,难道你没看见,她是这么个想法。”他自己大概也希望看见我穿得更优雅,可是,使我大热天穿逆时衣服的那种心思他很理解。他参与了我的一个小小悲剧,那是在诺贝尔奖事件的日子里发生,却久久没有终结的一件事;在这件事情中,他的理解和躲避也掺杂在一起。

---

① 指前文提到的帕氏的“越过心理学”观点。

这里要谈的自然是失败的爱情。鲍·列经历过一次破裂,写出了《破裂》一诗[①];我张大恳求的眼睛瞧着他,等待他令人宽慰的忠告。他对我万分怜恤。然而,对我"最后的"问题——我该怎么办,如何过日子,什么原因,为什么——却回答得完全不合《破裂》一诗的精神,而更近于托尔斯泰-列文式的典型劝告:"着手写点东西吧,万不得已时,忘却一些事情。"他说他非常理解我,说他自己也曾有整整一年睡不着觉,所以……我务必应当去看医生!"我要怎么说才能让你相信,健康,特别是你的健康,可不是闹着玩的,对我也极为重要!"

不过,我并没有消停。鲍·列便开始抱怨,说我太不知分寸,说我是在破坏他和妈妈如此有情趣,安排得如此和美的生活。有时候,妈妈托他打电话到莫斯科开导我:"天哪!"听见我沮丧的声音后,他很不满意地说,"你对这件事看得太重了!别这么在乎啊!"

唉,我不知分寸,一天晚上,我吞下了过量的巴比妥钠片,被送进斯克利福索夫斯基急救科研所的地下室。妈妈非常认真地对待发生的一切事情,大家小心翼翼地

① 又译作《脱节》(1919),收录于诗集《主题与变奏》。

把我送回家里;周围的人都踮起脚尖走路,害怕说话不知深浅或产生暗示,让我想起这件事情。大家让我单独住一个房间,以我们的条件,那是非常困难的;夜里还给我喝热牛奶,只告诉我好消息。还决定带我去看戏,选了莫斯科苏维埃剧院的《李尔王》——真是太好了,因为这出戏是鲍·列翻译的。他一般都很喜欢安排大家去看戏,显然这是他青少年时期保留下来的习惯——面对剧院大幕的时候,他总是充满爱意,激动不已。他预先就在售票处定下许多戏票,再组织大家去把票买下来,正如妈妈所说,老是"瞎忙活"。

我们在剧院的楼梯上遇见了他。住院回家后,我是第一次看见他。他快乐极了,仿佛有什么事情令他心满意足,一直笑盈盈的,眼睛里闪烁着狡黠而兴奋的光芒。"啊,"他立刻对我说,"你打阴曹地府回来后,我还没见过你呢!"妈妈不安地拉他的袖子,说:"鲍里亚,鲍里亚!"但他没有理睬:"哈,傻丫头啊,傻丫头,"他亲切地对我说,仿佛沉入幻想。"你这么做,真没想到啊!"说罢,又赞许地微笑起来。"现在你已经拥有了一生中某个时期没准最重要的东西——有了一圈子把你当自己人的人。现在还有了一个房间,妈妈说……"

我们匆匆走进演出厅。我是第一次在剧院里看见鲍·列。老实说，我们很少看台上，因为我对这场演出和演员的表演完全不喜欢。鲍·列则总是对一切欣喜万分。他对扮演李尔王的莫尔德维诺夫，对布景，对哈恰图良的音乐，尤其是对台词，简直赞不绝口。他听得全神贯注，仿佛是第一次认识莎士比亚，第一次看戏。

“你注意到没有，”幕间休息时，他对我说，“有关必需之物和多余之物，说得多好——‘一辈子就图个饮食男女，人便与动物无异’。”

就仿佛这些字句不是他亲手写下的！我瞧着他在灯光照耀下的面庞，瞧着他挂在眼睛上的泪水，随剧情发展迅速变化的表情，一时忘记了自己的倒霉事。我同妈妈交换了一下眼色。“安静点，鲍里亚，”他大声饮泣起来的时候，妈妈小声说道，“简直不能同你一块儿看戏，你就跟小孩子一样。”

我们还有一次一起看戏，是最后的一次，在最后一年，即一九六〇年初的冬天。当时汉堡的格林德根斯剧团在莫斯科巡回演出，鲍·列分两次出门看戏，令人感动——看《浮士德》同季娜伊达·尼古拉耶夫娜和廖尼亚；看《破瓮记》则同母亲和我。遗憾的是，我的座位离鲍·列和母亲坐的那一排太远,我又不懂德语,便感到十分没劲——演出极为传统,也不能引起我的兴趣。

不知是剧场里少有人懂德语,还是这出简单喜剧的幽默没有感动几个人,引发的笑声稀稀落落,迟迟疑疑。但鲍·列却发自肺腑地哈哈大笑,笑声如此响亮,如此富有感染力,连坐在最后几排的人都能听见。幕间休息时,他心满意足,容光焕发,邀请我和妈妈以及前来的熟人分享他对该剧的俏皮话和出色表演的赞赏。我已经写过,鲍·列善于讲荒谬可笑的故事,讲得惟妙惟肖,精彩绝伦,他有自己独特的,我觉得是老派的喜剧感。比如,所谓的“黑色幽默”就根本不能引起他的兴趣。而《破瓮记》各位主人公的跌倒、推撞和互骂以我之见并不好笑,却令他欣喜若狂。

演出结束后,我们去后台,鲍·列立刻被演员团团围起来,其中包括格林德根斯——要知道,那可是他获得世界声誉的一年。大家请他在书上、节目单上题词。化了妆还没来得及卸妆的演员们密密实实地围在他身旁,仔细聆听他说的每一句话;他激情满怀地用德语发表一通演讲。我们有一整套照片,像电影镜头一样记录下了这个场面。

在照得通亮的大门旁，我们坐上了一辆出租车——就像一个体面的家庭：妈妈穿一件已经是“从那边”寄来的新尼龙大衣，我被几名认识的记者伴随着，鲍·列则春风满面，为那些幸运的德国人一一签名——而这一切，离倒在佩列杰尔金诺的壕沟里，屈辱地拜见费定，收到侮辱信件那些事情才过去仅仅一年。然而，我心里却蓦然产生了一个感觉：正在发生的事情是某种虚幻，转瞬就会逝去；命运赠予我们突如其来的平安乃是一个错误，一个瞬间。

两次去看戏中间相隔整整一年。一九五九年除夕，我们搬进了一座乡下的新住宅——库兹米奇的小屋已经无法满足我们日渐增加的需求，因为常有一些客人前来，冬天则滑雪来。还有些是被波利卡尔波夫禁止的外国客人，鲍·列出于保密考虑，更愿意在这里的乡下而非别墅里接待这些人。我们租了木房子里一个大房间，位置却极不令人满意——紧靠公路，在当地一家“酒肆”的对面。那是一家啤酒店，老百姓叫作“法捷耶夫卡”。唉，这店早就夷为平地了，从大地上消失了。房主人玛露霞是个漂亮女人，面相和善，予人好感，不过，妈妈肯定地说，她完全是个聋子。

鲍·帕斯捷尔纳克同格林德根斯剧院的演员们在一起，

莫斯科，一九六〇年

起初,鲍·列尽量信守对波利卡尔波夫许下的诺言,没有接待任何人。何况,以麦克米兰为首的英国政府代表团来莫斯科的时候,鲍·列还被建议(还是通过那个黑辛!)离开莫斯科,因为他不接待麦克米兰是不行的,只有他不在莫斯科才能摆脱这一困境。

于是,一九五九年春天,他便同季娜伊达·尼古拉耶夫娜一起去第比利斯住了十天。我感到这是战后所有年代他惟一一次离开莫斯科。他已经很久没有坐过飞机了!再说,他曾经坐过飞机吗?他去巴黎是坐火车,返回是坐轮船;同季娜伊达·尼古拉耶夫娜以前去格鲁吉亚也是坐火车。也许坐现代飞机让鲍·列感到不舒适,而主要问题是,一座已经完全变样的,陌生的城市,朋友和读者寥寥无几,让他感到太痛苦了。而且,正是在梯弗里斯[①]曾有过一个房间,他把这个房间,连同住在里面的两个注定要遭受不幸的人——亚什维利和塔比泽[②]——留在了"心底"。正是在梯弗里斯,无论在城里还是在自己内心,他都有太多感受。现在他去那里并不是作为诗人,

① 第比利斯在 1936 年前的旧名,而帕斯捷尔纳克上一次访问格鲁吉亚是在 1931 年。

② 两位诗人都在 1937 年死于非命。

而是作为季齐安·塔比泽的遗孀尼娜·亚历山德罗夫娜的亲戚、客人，住在她的家里，基本上同家人交往，由女主人的女儿陪他散步。

他从第比利斯给母亲写信说：

> 很明显，这里的作家们已被告知对我该有什么行为举止，要安静，克制，别搞宴会。我住在尼娜家里，完全像个聋子，什么情况都不知道。只读普鲁斯特，吃饭，睡觉。为了不把腿坐坏，在城里逛来逛去，什么事情也不做，间或给你写些空洞无物，毫无内容，废话连篇的字条。

或许，问题并不仅仅在于"那里的作家们已被告知"。看来，三十年代在梯弗里斯热爱并了解他的那些人已经没有多少还活在世上。他每天在城里散步的时候，站在邮局用铅笔给母亲写信。那些简短的信件，满纸都是难以置信的忧愁。他把那十天叫作"动物一样的闲散"，希望快快结束，奔向莫斯科——对他来说，重返莫斯科好像是一个"大胆的理想，不应该得到也无法实现"。加之离别的时候，他曾和母亲发生令人难过的争吵，沉重不快之感郁结于心,更加深了他的悲凉。

由于某些情况,妈妈认为鲍·列要去见的尼娜·亚历山德罗夫娜·塔比泽对她明显不怀善意,坚持要鲍·列同她一刀两断。直说吧,塔比泽对妈妈的态度并不是很光明正大。她曾要求国立文学出版社的主编把已经通过的妈妈的译文(应该说,译得极有才华)从季齐安·塔比泽的诗集中撤下(她是该书的编者)。鲍·列知道这件事,却仍然同她"亲吻",使妈妈感到绝望。临行前,他们最后的争执实在太冲动激烈。妈妈突然又得知,这个两面派出去待两个星期,正是去找塔比泽,那就真正闹起来了。不过,应该说,妈妈也大都说得在理——但是能要求鲍·列坚决站在她这一边吗?为此,鲍·列就得断绝同太多人的关系,如他写给妈妈那些狡黠而又非常正确的信上所说,他无法这样做,"不仅因为害怕给周围的人造成痛苦,而且因为害怕这不必要的急剧转变,随之带来的不近人情"。

帕斯捷尔纳克伉俪乘飞机去第比利斯那一天,妈妈甚至不愿意走到电话机旁;她去了列宁格勒。鲍·列请我把他的信转寄给妈妈,但我认为十天是个太短的时间,妈妈回来后可以把这些信一口气读完。我在电话里告诉妈妈，每天都收到来信，她听后反应相当冷淡：她是伤透了心。

鲍·列读完普鲁斯特的最后几页，在第比利斯痛苦的两个星期便结束了，他回到了莫斯科。如他所写，他在那里“迫不得已无所事事”期间，显然产生了写剧本的念头——确切地说，起初不过就是写一部大型新作，在他从那里寄出的信里，还叫作“新的长篇小说”，似乎是《日瓦戈医生》的续集。他怀着坚定的工作愿望回来了，也确实很快就动笔了——不过写的是剧本，不是小说。

剧本的构思中心应该是亚历山大二世的改革，以及围绕改革产生的问题和波折。他很难投入写作。他的大量时间都花在了通信上；他习惯了答复每一封来信，而来信成百上千！他一头扎进了有关六十年代改革的书籍和参考资料之中。我记得利·亚·沃斯克列先斯卡娅（出嫁前叫巴里）在书籍方面为他帮了大忙。沃斯克列先斯卡娅在科学院图书馆工作，懂十四种语言。早在革命前，她就作过鲍·列妹妹们的老师。直到高龄，她都保持着清醒的头脑。年过八旬还坐公共汽车上班，下班后“跑”到我们家，带来一个个沉甸甸的袋子，里面装满了书。我记得有本厚厚的书，是伊·伊万纽科夫①的《俄罗斯农奴制的崩溃》，鲍·列尤为珍视。

构思渐渐展开，他写得够多，已经达到整个剧本的篇幅，而第一稿中的主角才在剧本里出现，似乎是曾在巴黎上学的农奴演员彼得·阿加福诺夫。

剧本发端于一个"头像"的故事。剧中，这是一个神秘人头的石膏塑像（很费解地有点像一些主角），放在地主家客厅的橱柜里，在一个性命交关的时刻被打破了。而在实际生活中，这是他自己的"头像"——卓·阿·马斯连尼科娃制作的一具雕塑作品。这个头像的遭遇同剧中那个"头像"毫无二致。这个"头像"成了我们没完没了的谈资。有一段时间，鲍·列甚至想把它作为生日礼物送给我（雕像不止一个）。可是不知为什么，我害怕在我那个小小的房间里摆上他的石膏头像——他脸上的表情鲜活生动，我害怕老在面前看见这个僵死不动的东西！

这时发生了一件事情，对鲍·列影响极大。冬天，"头像"放到了凉台上，然后就被忘记了。到了春天，人们来到凉台，才发现由于温度变化，这具明显做得不够专业

① 伊万·伊万诺维奇·伊万纽科夫（1844–1912），俄国经济学家。

的石膏像（或者似乎是橡皮泥雕像）裂成了碎块。鲍·列将这件事视为不祥之兆，极为敏感。

正是“头像”这个故事，成了“地狱般”[①]的细节，剧本由此展开，并且应该说，发展非常之快。鲍·列显然需要一个象征，他也找到了这个象征。

听鲍·列讲述这个未来剧本的故事，我们形成了一个概念，假如他能把剧本写完，这个概念也许并不会合乎实际情况。根据写出的内容，可以看出剧本已背离初衷，完全走到了另一个方向。原来是打算写一出极现实主义的，甚至是很世俗的日常生活剧，描写俄国改革前后的习俗，社会精英群体当时生活中那种充满希望的氛围。在这个背景下，创作个性自由的一些问题提出来了。用来阐释这个问题的便是那个演员——昔日的农奴，佣仆和女地主的非婚生子，他被视作女清扫工——“盲美人”卢莎的儿子。卢莎这一角色，以及《盲美人》这一名称本身，根据已写出的内容是不可能阐释明白的。是俄国吗？这怕是太牵强附会了。再往后或许会出现某种偶然的命运

① 此处并未使用俄语中常用的表示地狱的形容词 адский，而是用了 инфернальный，可能是在影射但丁的《地狱篇》（Инферно）之于整部《神曲》的地位。

转折，出人意料的“十字路口”，能创造出如此神奇和诗意的《日瓦戈医生》的氛围。次要角色——仆人、农民、外国人，数量大得吓人。是《教育的成果》吗？是《黑暗的势力》吗？[①] 可是，难道这是他的风格？我很担心鲍·列会淹没在这种不真实的民间语言之中，我不喜欢也不接受小说里的这种语言；我担心这出戏会被达里[②]毁掉，达里让不真实的民间语言进入大量新的帕雷赫和戈拉兹德雷赫们的口中；我担心这种无用而幼稚的绘声绘色的描写会吞噬掉诗意的，“实质性的”作者的东西。然而，鲍·列却十分珍惜他找到的形式，谁不相信这种形式的潜力，他都会十分气愤。妈妈曾就这个问题写信给我，带着她平日那种可爱的幽默说：“啊，伊尔卡，老经典在写剧本呢，写那些区警察局局长和税务督察官儿。真糟糕透了。还写那些地方长官[③]。简直可怕。”

然而，剧本却在一步步推进。鲍·列开始兴致满满地工作。为了给自己鼓劲，他常常反复地说，他现在很幸

① 列夫·托尔斯泰的两部剧作。

② 弗拉基米尔·伊万诺维奇·达里(1801-1872)，俄国作家、辞书编纂家、民族学家，彼得堡科学院通讯院士。编纂有著名的《现代大俄罗斯语详解辞典》，收入大量俄罗斯民间语汇。

③ 这些官职都是帝俄时期所特有的。

运,因为再无必要吸引人注意自己的新作——小说的成功一定能保证剧本受到热情的接纳,因此只剩下一件事情,就是将它写完。他也确实在争取每一分钟自由时间。“不,得工作,得工作啊!”他一再地说,像是在祈求。显然,他感觉到已经来日无多,为不自由而深感痛苦。正是在那个时候,他对我说,只有此刻,他才非常清楚地懂得了,在半创作活动,也就是写睿智的信件、听音乐会、读书,和真正的劳动之间,界线是多么细微而靠不住啊。不能欺骗自己,应当严格划出两者之间的界线,永远不要用一个代替另一个。

让我们倒霉的是,西方的出版商和翻译者之间开始不可思议地钩心斗角,唉,鲍·列得把这些纷争搞清楚。而且,每个“公司”在莫斯科,也就是在我们圈子里,都有它的代理人。

塞尔焦·丹杰洛实际上是小说的教父。他拿到了手稿,在我们眼中一直是一位忠实的朋友;他向费尔特里内利宣战。费尔特里内利是我们的第一个出版商,当初丹杰洛正是为这位出版商接收的小说。加里塔诺夫妇依然是丹杰洛的代表。

与鲍·列经常通信的一位女士也提出了她的版权。

她便是将鲍·列的小说译成法文的斯拉夫学者雅克林娜·德普鲁瓦亚尔。她的密使是乔治·尼瓦。(我记得,鲍·列知道雅克林娜的丈夫是律师,并着手在法律方面"制止"费尔特里内利后有多沮丧!)

结果,费尔特里内利本人并不想要加里塔诺效劳,派来了自己的代表。此人很快就赢得了我们的极大好感——他便是德国人海因茨·舍韦,《世界报》的记者。

舍韦人很沉静,性格温和,通情达理,使人感动。他做事刻板,一丝不苟,有点令人发笑,但他无比忠诚,崇拜"俄罗斯精神",这种崇拜在德国人中偶有所见。再说,鲍·列也希望以任何方式结束纠纷,舍韦的立场,正合于他持中的意向。

他也不想让雅克林娜受委屈,很珍视同她的关系,对她的译文赞誉有加;同时也不想委屈"第一人"塞尔焦。然而,只有一只强劲的手能够保证他得到安宁,那恰恰便是费尔特里内利。

代表们从皮包里掏出一份又一份新合同草案,每份合同都有十五页密密麻麻的打字页,这时候,鲍·列便多么滑稽地陷于绝望!要知道,所有这些合同、数字、分配,当时全是另一世界发生的金融繁荣那空洞而抽象的声

《日瓦戈医生》的出版商詹贾科莫·费尔特里内利和海因茨·舍韦

音、标志。我们也根本不认为这些合同竟能变成完全真实的牢狱之灾！一个冬天里，鲍·列签署了大量文件，寄望于每份文件都是“最后一件，再没别的了”，现在终于会让他清静下来了。要知道，他可没有律师去深入考虑这些“甲”款“乙”款，常常是所谓不瞧一眼就签字……可是，读这些文件的是克格勃的人，这些文件也便成了我和妈妈的判决书——监禁八年（妈妈）和三年（我！）。这些合同被作为同外国出版社进行犯罪联系的证据列入了案卷。

乔治·尼瓦很快成了我们乡下住所的常客，过了不多久，他向一些老头租下炉子后面一个角落，住到了离我们不远的地方。不久我们就决定结婚。为这事鲍·列起初有点感伤，但很快就习惯了一个想法，甚至喜欢这个想法：那样我就能远走高飞，就能去看世界，看他所喜欢的那些国家——德国，尤其是他年轻时去过，至今难以忘怀的意大利。我的未来按我的“方式”安排，他有时笑眯眯地瞧着我，说：“你瞧，事情全变了个样，可你记得抛下了什么吗？”他也喜欢上了乔治，认为自己也加入了我们的同盟。“诸事顺遂，奥柳莎，我向他们表示祝福了！”（我们的决定第一个就向他宣布）。

那是一个美妙的冬天。

我在通过四年级第一学期的各种考试，间或去莫斯科，乔治也因研究生方面的事情常短暂离开；但我们主要的家就是佩列杰尔金诺那座歪斜的木屋，我们总是兴高采烈，急不可耐地奔向那里。我们快快乐乐地滑雪，彻底探索了巴科夫卡森林，搞清楚了它的山坡和土路；有时走得很远，冻得够呛，累得够惨。不到五点，短促的冬日结束了，暮色降临，高天变成一片深蓝，甚至某种青紫的颜色。这时，我们一般已经走出森林，进入一望无际、朔风嗖嗖的原野。远处矗立着一个黑乎乎的巨大长方形草垛——那是我们主要的方位标。街上阒无一人，满是积雪。我们匆匆赶回小木屋，因为我们知道，时间不多了，还得生上炉子，煮点东西，然后等着。八点左右，鲍·列要来。他非常喜欢在这暗淡的冬夜前来探望我们，甚至母亲不在的时候也来。他喜欢发现雪堆中间某个地方，有个小小的窗户亮着灯光，里面有人在等他。

我们跑出来接他，帮他脱下沉甸甸的大衣，抖掉上面的积雪。因为爬坡，他轻轻地喘着气，自我分辩说："现在一爬坡就喘气，我就想：老天哪，都年满八十了啊！然后想起来——啊,不,还只七十岁呢!"说罢,同我们一起开怀大笑。

我们把乔治买来的酒摆上桌子,鲍·列推开酒瓶,不喝。他要等一小会儿,就一小会儿。是妈妈不在吗?可这一小会儿却常常拖得太久。我们开始聊各种琐事——信啦,费尔特里内利啦——我们怀疑妈妈对此人抱有好感;还聊雷娜塔·施魏策尔(鲍·列经常通信联系的一位德国女性),也拿同她柔情蜜意的通信来开开玩笑……天哪,简直天南海北,无话不谈!

那个冬天,我们被臭虫咬了个够。我以为,同这些阴险狡诈的小东西恶斗的故事我讲起来无人可以一比。可是鲍·列很快就占了上风。他讲的是一篇完整的短篇小说,臭虫的情节仅是漂亮的结尾,却引入了俄国-西伯利亚的一幅戏剧性画面,一连串悲喜剧冲突……

这是那年冬天许多精彩夜晚中的一个,窗外大雪纷飞,在烧得暖烘烘的木屋里,我们围桌而坐,桌上摆着一瓶"凯歌寡妇香槟"或"酩悦香槟",惹人注目。起初,鲍·列坚决不喝,后来,他为自己讲的故事和我们的好奇兴奋不已,渐渐开始自斟自酌,不知不觉把酒几乎喝光了。

他讲，三十年代，他同一个作家小组来到乌拉尔的斯维尔德洛夫斯克。好像还带着全家。那座城市的设施相当简陋，状况十分糟糕，没有几间厕所。如此一来，便只有一间带两个便池的厕所供宾馆和离此不远的契卡（大家并没有立刻发现这座房子的秘密）使用。这两个便池，不消说，总有人占用，于是，相距两步之遥的如厕者之间，便产生了一种复杂的相互关系：两人尽量望天花板，互不相认，装作偶然路过如厕，尽快出去。于是便有了这么回事：刚刚还以不可思议的姿势站在旁边的那人却在门外等着——因为，这位"诗歌爱好者认出我来了，极欲同我握握手，认识认识"。

我们哈哈大笑，直笑得流出了眼泪，鲍·列竟然把这个极不体面却又如此"符合历史真实"的情节讲得如此好笑。

所有作家及其家人都领餐券，去邻近那座房子用餐；那座房子里是什么，没任何人知道，也没人感兴趣。重要的是，就当时来说，那里的伙食堪称奢华。可是，有一次，鲍·列绕过那座神秘的房屋，从正门靠近，看见了挂牌，才知道那是斯维尔德洛夫斯克市的契卡。自此以后他就有点倒胃口了。

作家们从斯维尔德洛夫斯克四散下乡。鲍·列一家被安排住进一座空置的木屋,饥饿的西伯利亚臭虫向他们大举进攻。当地主席给他一杆猎枪,警告他说,半夜里有不少流放者出身的匪徒在乡下转悠。正是小说里写得很精彩的那段时期:整个俄国的屋顶被掀开了——所有人裸露在光天化日之下。半夜三更,森林深处的乌拉尔村子里,会有人敲窗户——房主人会从枕头下抓起步枪,用枪口打开气窗,扬言要开枪,听见的回答却是:“我们是沃罗涅日来的富农,土地被没收了。给点东西吃吧,看在基督分上,行行好吧。”第二天夜里,这样的人来自奥尔洛夫,第三天夜里则来自新罗西斯克……整个整个家族成夜在国内游荡,人们东奔西走。早上,主席问我们睡得怎样。睡得可糟透了。

主席表现出天生的机敏,希望以他的发明让莫斯科人大吃一惊。他想出了一个天才的办法来消灭臭虫。一大早,他便令鲍·列惊讶不已,用手推车把整整一窝蚂蚁搬进木屋,让所有人出来,然后把木屋锁上一整天。到晚上,蚂蚁把臭虫吃得一个不剩,现在,鲍·列该能睡个安稳觉了。

我们都为这个西伯利亚人的民间智慧震惊,把鲍·

列送上有灯光照明的大路。他戴着白手套,向我们挥手告别,然后隐没到一月里灰茫茫的浓密大雪之中。

在这座无名小屋熏黑的墙壁后面,多少个这样的夜晚因鲍·列的到来而照亮;他带来了欢声笑语,带来了无数故事;对这些夜晚的记忆绝不会随着岁月的流逝变得暗淡无光!我们也没做什么记录。只有乔治勉强坐在火炉和床榻之间,偶尔以他那工整的字迹在本子上顺便记点什么。

诚然,有一个想法让我们感到些许慰藉,就是我们的那些夜晚还是被记录下来了——但那是违背我们意愿的——保密磁带上的录音一度保存在某个人尽皆知机关的档案里。我们有某种理由作如是想。这真是个侦探小故事,唉,还有一个极为令人痛心的续集;然而在那个冬天,这故事只被当作是消遣。[……]

不过,比如说一九六〇年,我们四人在佩列杰尔金诺的隆冬迎接新的一年,若是它的除夕被记录并保存下来了,哪怕是以如此一种方式,我仍然感到非常高兴。假如每个人都有某个“房间”,并希望把这房间连同住在里面的人都放进心灵深处,终生铭记,那么,对我来说,这房间便是一九六〇年新年前夕我们那座小木屋,是那棵挂着亮烛的枞树，以及鲍·列的面庞。在摇曳的烛光里，它为突如其来的回忆照亮，漂亮而优雅——但已渐渐远去，犹如这摇曳的烛光本身。

我们点燃真正的蜡烛——有国产的，也有圣诞节前从“那边”寄来，散发着各种枞树气息的。我拿来了真正的响炮，里面装着意料不到的小玩意。乔治送的礼物是：我和妈妈各一本斯基拉出版公司出版的画册，给鲍·列的则是一幅法国古木版画，画着从摇篮到墓穴大开口的人生轮回。鲍·列明显不喜欢这幅画（他显然在驱赶那些阴暗的念头），把它匆匆卷起来。妈妈操持她的饭桌，她一向毫不吝啬，这次更是慷慨大方——给每人都弄了差不多半只鸡！鲍·列十分逗笑地惊呼：“奥柳莎，你简直是疯了！”为庆祝即将到来的新年，我们喝了真正的法国香槟——这将是辉煌灿烂而又令人震惊的一年。鲍·列有工作要做，他要写剧本，剧本会取得斐然成就；我将去法国，过上新生活，享受幸福的爱情。

我们点燃蜡烛，在把一切照得大为改观的烛光下，举起多棱香槟酒杯。我站在枞树下面，鲍·列瞧着我说：“你就像支没缀上枞树的小蜡烛；其他蜡烛都缀上了，点亮了，你却被忘记了。”

鲍·帕斯捷尔纳克和伊·叶梅利亚诺娃，
伊兹马尔科沃，一九五九年

到拉响炮的时候了,大家已经醉得不行——与其说是喝了香槟,不如说是因为兴奋。我们唱歌,滑稽地模仿舍韦,“啊,唐宁鲍姆啊,唐宁鲍姆……”[①]鲍·列模仿得最惟妙惟肖,声音比谁都大。乔治想起了各种法国祝酒歌。母亲自然唱起《斯坚卡·拉辛》[②]……我响炮里装的原来是只棉花小萝卜,母亲说它好似我悲惨的初恋——不久前那段痛苦的经历,我感到一下子已经微不足道,遥不可及了!母亲得到的是两片胡须——我们自然认为这是来自大胡子费尔特里内利的问候,我们都很怀疑她对此人的好感。鲍·列得到的是一个胡桃夹子,他满意地用它咔嚓咔嚓夹了两声,临走时,小心翼翼地放进了衣袋。只有胡桃夹子的意思没有找到解释。跟平日一样,鲍·列,我们这两面派,只同我们在这里待到十一点,然后一下子醒过来,匆匆回家去了——那里已经有客人,还有家人在等他。我们跟平日一样,把他送到拐弯处——我们也有自己不该逾越的界线。

---

① 意为:“哦,圣诞树,圣诞树……”,是一首著名德语圣诞歌的第一句歌词。

② 又名《从岛屿划向主航道》,一首由德米特里·萨多夫尼科夫作词,通常被视为俄罗斯民歌的歌曲。

可是,我们期许如此之多的这一年一开始却充满艰辛——乔治病得不轻,甚至很危险。我每天去医院看他,给他带去转交的物品和信件。鲍·列经常在我信上写一些表示同情的简短附笔。我们只好离开佩列杰尔金诺,一九六〇年春天,我只偶尔去一下那里。只能匆匆看到几眼鲍·列,最后一次是在三月一个阳光炫目的日子里,我去乡下乔治的房主人那里取他的东西——乔治一直在生病,根本谈不上回到过去的生活了。我在街上遇到鲍·列,他去看望我的外婆。那年冬天,外婆住在别墅里。

在那个春日,太阳确实把人晒得"汗如雨注"①——白雪亮得刺眼。鲍·列眯缝着眼睛,擦着泪水——他从不戴墨镜。我们去外婆家,在那里小坐一会儿。两个老人——外婆和她的丈夫——都气色不错,精神饱满,乐观愉快,显然令鲍·列十分高兴。他不喜欢各种有关死亡的回忆(他甚至不看《巴黎竞赛画报》刊登加缪葬礼的那一期,还把那幅中世纪的晦暗版画匆匆卷起来),而老年人身体健康,身板结实的外貌,则令他高兴。这方面,我的外婆是一个独特的现象。

---

① 出自帕斯捷尔纳克的诗作《三月》(1946)。

乔治的物品里有一台电影摄影机，我甚至不确知里面是否装着胶片；为备万一，便去拍摄闪闪发光的冰柱，冰柱下笑容满面的老人，以及愉快地问候老人们，跑上高高门廊的鲍·列。鲍·列去世后，我才发现摄影机里装着胶片——我们在乡下的最后一次见面，便留下了记录。

能不能放一幅照片在这里呢？可这是电影镜头。我不知道能不能洗印出来。这些镜头经常用在有关鲍·列的影片里。上互联网搜搜吧。

过了一个月，已是真正的最后一次见面——那是一九六〇年四月十七日在波塔波夫胡同，时值复活瞻礼日。鲍·列来送乔治。乔治要去法国养病一月——他步履艰难，面色苍白，消瘦不堪，勉强吃了饯行早餐。餐桌上，鲍·列十分快活，晒得黝黑，身体完全健康，发表了一通令人头晕目眩的演讲。

马·伊·西佐娃住在我们胡同。她是儿童文学作家，鲍·列的老熟人。鲍·列也答应顺道去她那里，借此机会，一方面同乔治道别，同时也拜访他这位忠实的老崇拜者。他担心在西佐娃家待得太久，无法如愿以偿，同我们一起共度更多时间，便要我耍个小滑头——过二十分钟后就给西佐娃打电话，说有要事找鲍·列。我们就这

伊琳娜·叶梅利亚诺娃拍摄的帕斯捷尔纳克在佩列杰尔金诺的生活片段,纪录片截图来自互联网(叶梅利亚诺娃在正文中奇怪地插入一段话,希望附上相关镜头,尽管有些模糊,中译本还是决定附上两张)

样说好了。过了二十分钟,我准时打了电话,西佐娃说,鲍·列和妈妈刚下楼去了。我和乔治走上凉台,要看他在小巷里大步流星地走路,一边独具个性挥手的样子——没穿大衣,光着漂亮的脑袋。他看见了我们,就开始打手势:原来,西佐娃送了他两只小小的彩蛋,蛋在路上掉色了,把他的手指染得通红,像印第安人。

我们有两瓶"凯歌"香槟,决定喝一瓶,留下一瓶等乔治回来时再喝。不过事与愿违:鲍·列打开了话匣子,滔滔不绝,意兴十足,妙语连珠。我们一瓶喝完,又喝了另一瓶。"我喜欢你的未来,也看得见你的未来,"他对我说。不过,他——也不是第一次——警告我会有许多失望,说:"你习惯了以苏联的条件为自己解释人的愚蠢,但是在那边你会遇到纯粹的愚蠢,纯粹的卑劣和粗俗,而且它们并非条件制约的产物,这一点对你而言将会成为道德上的震荡。不过我相信你的命运。"他说他喜欢乔治令人折服的率真,他高度评价这种率真,认为与一个人的天赋具有同等价值;还说我们之间发生的事情他觉得是近些年各种幸运事件——小说出版,获诺贝尔奖,得到世界认可——自然而然的延续。

我们离开餐桌,走进另一个房间,让乔治坐在沙发上，为他垫上枕头。尽管鲍·列跟往常一样，总是匆匆忙忙，他还是坐了很久，心里冒出一个想法，当时，他显然为这个想法一直纠结。他说想写篇文章，没准写本新书，或者把这事如何在剧本中讲出来，或者更可能给谁写一封长信，讲一讲，就像过去各种文化的人性意义并不总能为同时代人所理解，我们如今却能够懂得它一样，我们的文明的人性本质将来也应该会被理解。表面看起来，现代艺术不涉人性（此时他提到晚期的毕加索），技术进步过度，现代人的孤独和与世隔绝——这一切不可能不具有某种深深掩藏的人类理性，不可能只是表面看起来的样子。"不，其中应该有某种意义，应该有的！"

再没别的了。同鲍·列最后的一次交流就是这样。确切点说，不，这还不是最后一次——我同鲍·列还有一次谈话，是电话交谈，在四月末，他已经患上不治之症的时候。最初的日子里，他克制着，尽管发病的肩膀疼得厉害，好几次他还能晚上去管理处往莫斯科打电话。患病初期的那些日子他发生了惊人的变化，我们都产生了一种惶惑不安的预感。我们以为他应该躺在床上等医生的时候，冷不防电话铃响了。妈妈去接电话，我拿起分机听筒，加入谈话，虽然从我的角度来说，这样做不太礼貌，我过去也从不允许自己有类似的做法。妈妈问他自我感觉如何，他回答说："活不到一百岁呀！"声音显得渺远而细弱。我突然哭起来，冲着分机听筒大声说："您能，您能！"

后来他再也不能去管理处了。我们又好几天等他的电话，然后决定去佩列杰尔金诺，离他近些，好打听一点消息。我和妈妈两人在一起，度过了五一节三个凄风苦雨的日子，几乎没有说话，也没有走出马露霞那座小木屋。妈妈希望破灭，自然感到绝望。最后一次探望的时候，鲍·列给她带来剧本《盲美人》的手稿——那是告别的馈赠，徒增了可怕的预感；虽然这预感在妈妈心里愈益挥之不去，她仍然紧紧抓住每一次闪现的希望：做了什么梦啦，护士的意见啦，医生模棱两可的话啦——如此，直到最后一刻。"伊尔卡，现在我们怎么活呀？"有一次，她冲口说了一句。意思是鲍·列死后，日子怎么过。

第三天快要过去的时候，科马·伊万诺夫突然到我们这里来了，带来一封鲍·列的信。还有波士顿大学的荣誉证书——鲍·列把它作为自己最珍贵的物品带给了我们。这封信令我们大为振奋——信写得很平静，像一封公函（医生查出了高血压、心绞痛、神经系统紊乱，"不得不从我们的生活中划掉至少两周时间"），随后便是一

五十年代末

如既往的详细安排——有关钱款,剧本再版事宜,假如需要,甚至邀请舍韦访问他。“别伤心,”他在信的末尾写道,“我们就连不是这样的事情也克服过。”

这种信写了好几封,要么由科马,要么由鲍·列的朋友,出色的翻译家科斯佳·博加特廖夫(后遭克格勃野蛮杀害)带来;妈妈也通过他们捎去回信。可是,五月五日好像便是允许探望鲍·列的最后一天。他的病情突然恶化。医学巨擘都来会诊,发现了大面积梗死。

对我们来说,完全疯狂,痛苦不堪的日子开始了——我们跑遍了莫斯科的四面八方,去佩列杰尔金诺往返了好几次,目的只有一个:打听点消息。唉,这些日子自己只能“靠边站”,一条界线将我们同“合法人”的世界两隔开来,不容改变,自己没有丝毫权利,可怜的母亲痛苦不堪!就这件事,无论鲍·列对她说了多少信誓旦旦、俏皮狡黠的话,甚至在临终的信件中写道:“你要冷静下来,好好回忆:构成生活意义的一切一切,只把握在你的手中。你要勇敢,要有耐心。”有太多方面的事情她都遭到拒绝。她连知情权都没有。我们带来的医生去了别墅,她躲在别墅的栅栏边;所有日子,直至最后一天都是如此,她蜷缩着身子,坐在门廊附近紧闭的大门旁,而“家人”正在门后面同鲍·列告别。我想到这些事,心里难过得要命。

起初,她想不顾一切,大摇大摆地强行冲破障碍。记得我们四人——她、米佳、科斯佳·博加特廖夫和我——在创作之家的一个亭子里商量,母亲歇斯底里地对科斯佳大喊大叫,说他是胆小鬼,微不足道的东西,害怕把她的信带去鲍·列的别墅。她决定写信给当时住在那里的尼·塔比泽,求她把发生的情况统统告诉我们,允许我们分担一些要办的事情,让我们也关心鲍·列。可怜的妈妈不知道如何说服塔比泽,她在信中提到,她能搞到任何外国药品(三个月后,我在卢比扬卡读到尼娜·塔比泽的供状,在对妈妈——甚至对我——所作的各种荒谬诽谤中,还提到了下面这件事:“伊文斯卡娅试图钻进垂危的帕斯捷尔纳克房里,她为此给我写了一封信,要获得她所需要的遗嘱分配;对这封信,我未予作复。她在信中还说到她同外国人的联系……”审判后,我同妈妈在囚犯车厢里相遇,她感情冲动地对我小声说:“我真想现在就把他从坟墓里拖出来,把这破供状指给他看!叫他别同他那可爱的尼娜接吻!”那时我是多么理解妈妈啊!)

科斯佳不想去。信是米佳带去的。他很快就回来了。塔比泽读了信,说不会回信。这时,大家便决定不再强攻,而去找“人脉”帮忙。许多人,尤其是女人,都十分乐意帮助我们。

过了一段时间,鲍·列的大儿子叶夫根尼·鲍里索维奇显然不满我们的医生前去(那是著名的心脏病大夫多尔戈普洛斯克),担心我们今后可能会不受欢迎地介入,便决定亲自打电话,让我们一直了解情况,指派我们行动。有一次,他请我搞一点意大利樟脑,我当天晚上就搞到了,给鲍·列的第一任妻子叶夫根尼娅·弗拉基米罗夫娜送去。叶夫根尼娅·弗拉基米罗夫娜对我非常友善,我都差点哭了——这是完全没有料到的。

鲍·列显然感觉到了我们的极度不安,亲自从他那一头同我们建立起联系。

那是五月十五日。那天夜里,我做了个噩梦——好像没赶上去佩列杰尔金诺的汽车,我在尘土飞扬的路上紧追不舍。车停下来的时候,我发现我总上不去——我的双腿从膝盖被砍掉了。电话铃声把我吵醒。一个年轻的,完全像小女孩的声音请我到波卢潘胡同,去克里姆林宫诊疗所找玛丽娜·拉护士。我和妈妈赶紧前往。

玛丽娜护士原来完全是半大女孩,圆脸蛋,翘鼻子,十六岁的模样。克里姆林宫医院好像有三名为鲍·列轮流值班的护士，她是其中之一。不知为什么，她老是笑盈盈的。她亲切地，笑容满面地告诉我们，鲍·列已经来日无多，护士们都很喜欢他；说鲍·列对她尤其好，所以请她给我们打电话。"他说这是秘密！"女孩腼腆地笑着说。

玛丽娜每天给我们打电话。她把我们三言两语的小字条读给鲍·列听，把鲍·列的回信转交给我们。有时候，假如她一早要去鲍·列那里值班，还会住在我们家里。我们把她送到门口，再等换班护士出来。玛丽娜已经把我们的复杂关系全都预先告诉了她，她只在离开别墅很远的地方，才拿定主意开口说话，告诉我们昨天夜里的情况。

我们已经知道没希望了，一切就要结束。他已经在呕血，失去了意识，一个氧气罩已经送到别墅。他死前几天，一台 X 光机也运过去了。肺部的全面癌变显现出来，已经到处转移。肩膀和肩胛骨的疼痛也是由肺引起的。

过了几天，阿利娅·埃夫龙从塔鲁萨来了，我们送她去鲍·列那里。她利用了老朋友的资格，她可以借此前去探望，询问所有情况。那是五月末尾，在佩列杰尔金诺，丁香花穿篱而过，盖满栅栏，夕阳把冲沟晒得暖暖的，“湖泊像只平放的盘子”①，被斜阳镀上一层金的教堂五色斑斓，好似一个玩具——这么一道风景，还从来没有让我们感到如此瑰丽，又如此令人失去希望。

阿利娅没在别墅待多久。她也看见了塔比泽，看见了季娜伊达·尼古拉耶夫娜；季娜伊达正在洗东西，连头都没有朝她转过来。塔比泽说："是癌症。只能希望出现奇迹了。但他是个神奇的人，所以我们谁都没有撒手放弃。病灶是在肺上，但已经转移到了胃部。血红蛋白太低，还在不断下降……几乎一直在使用吗啡，所以很多时间都在昏睡……"

这些情况，阿利娅说得平静，不紧不慢；她如此恬淡冷峻，令我浑身冰凉——鲍·列讲过，我也看过她（从图鲁汉斯克）寄给鲍·列的信件，那是鲍·列带来给我们看的，从中我知道这友谊对她意味着什么。说实在的，我真希望她像妈妈那样，能够歇斯底里般绝望地大哭。

---

① 对帕斯捷尔纳克的诗作《雨霁》（1956）的不精确引用。

我们慢吞吞地向车站走去，为了再去趟莫斯科。为什么？频繁奔忙能让人舒缓一些。我们路过一座墓地，死神已经“像公家的土地丈量员”站在那里。①

我和妈妈落在后面不远，她突然充满热情，梦呓般小声地说：“伊尔卡，我可不相信，反正我不相信，我做了个梦——梦见一根苹果树枝，太阳高照，一只鸟儿唱起歌来……一切都会很好，他不是因为注射了吗啡才睡着的，他就是在好好睡觉罢了……玛丽娜说他昨天吃了草莓……”

五月三十日那天夜里，为了跟往常一样一大早去见这一夜值班的玛尔法·库兹米尼奇娜，妈妈、玛丽娜和米佳住在佩列杰尔金诺。玛丽娜把我们也介绍给了其他几位护士。我特别喜欢玛尔法·库兹米尼奇娜。这是个胖胖的，特别讨人喜欢的女人，自尊感很强，过去是前线护士。鲍·列就是在她的看护下死去的。她为鲍·列合上了眼睛。令我吃惊的是，在前线见多识广的玛尔法·库兹米尼奇娜却说，很少见到有人像鲍·列一样，在最后的

① 出自帕斯捷尔纳克的诗作《八月》(1953)。

时刻如此镇静,如此沉着。她为鲍·列的忍耐力感到惊讶。要知道,鲍·列的疑神疑鬼一般都是我们开玩笑的对象(对这些玩笑,他总是很见怪)。我记得,当他脚上长了一种什么癣的时候,简直把大家都搞得苦不堪言。又有一次,他脸上的皮肤出了点毛病,他无法刮脸,洗脸,那绝望的样子简直无可形容:“伊拉奇卡,你是个好女孩,可是请你不要把这件事说出去,不要亲吻我!奥柳莎,我肯定太使你厌恶了!”

那一天,我和乔治在莫斯科。我们默默无语,呆然不动地坐了好几小时。我们没有力气说话,也没有力气分开。十一点,乔治回列宁山他的宿舍去了。我躺下来,可是睡不着。我随便打开圣经——根据跳进眼帘的一段话,我明白到此为止了。一切已经结束。[……]

有一次,玛尔法·库兹米尼奇娜对鲍·列说:“我好像没有读过您的作品。只读过几首诗。”“不用,您不要读。那全是些无稽之谈。我有些别的东西,这里还没出版。”“我该为您做点什么呢?”一次严重发作过后鲍·列问她,“我不能投入您的怀抱,跪倒在您的面前——您也看到了,我不能。我已经闻到了阴间的气息,可您又把我弄回来了。等我身体好了,既不写政治,也不写艺术。我要写你们护士的劳动。啊,是的,你们是劳动者。世界上有那么多错综复杂的事情,所有工作都很复杂,很艰难,可是在这里,这工作多么高尚,多么真诚与无私啊!我就要写这件事。”“玛尔法·库兹米尼奇娜,或许,生活并没有娇宠您。可是,您心地善良,也那么威严,那么有进取心;只要您愿意,就没有做不成的事情。啊,要是您了解了‘她’,就不会指责我了。”“我过着双重生活呀。您曾经过过双重生活吗?”

“没关系的,人们还会叽叽喳喳地嘈杂五年,最终会承认的。”“啊,玛尔法·库兹米尼奇娜,您不知道,我走了许多迂回曲折的路,我有些朋友,什么事情都能为我办到,能把我变成黄金。”“可您拿黄金有什么用呢,鲍·列?您自己就是金子啊,您会康复的——什么黄金也不需要。”“对,对,您明白我的意思了。”

“难道吐一口水就能浇灭一座火山?”最后一天,最后一次输血前,他看着大家做准备工作,说,“你们真像供桌旁的西藏喇嘛呀。”

“这病把我搞得十分淡漠了。我连对你们微微一笑也不行了。”

早上,电话铃声把我叫醒,如今已故的弗·布加耶夫斯基[①]的声音只说了一句："这事什么时候发生的？"我装作不明白，反问道："您是说梗死吗？是八号发生的。""不是啊，刚才戈洛索夫克尔[②]从创作之家给国立文学出版社打电话，说鲍·列于昨夜十一点半去世了。"

现在已经是上午九点过。我只穿一件衬衫在屋子里跑来跑去，不知道该怎么办。仿佛现在可以做点什么事了！阿利娅·埃夫龙来了。她也一直认为，在这种情况下该做点什么——就是不能坐视不管。

我们决定立刻要出租车前往佩列杰尔金诺，好同妈妈在一起。刚出门，就在门前遇到她——她同玛丽娜和米佳一起来了。为什么呢？原来也是需要有所作为，那便是同我在一起，通知我。母亲很平静，出乎我的预料。她在哭泣（但没有发歇斯底里），一直只是反复不停地说："都说他变样了，显得老了。那是谎话呀！那是谎话呀！他那么年轻，那么亲切，漂亮……"她仿佛在同什么看不见的人争吵，只是一再地说："谎话呀，谎话呀！"

玛丽娜把情况统统告诉了我。那场面几乎就像小说

---

① 弗拉基米尔·亚历山德罗维奇·布加耶夫斯基（1905–1964），俄国翻译家。

② 雅科夫·埃马努伊洛维奇·戈洛索夫克尔（1890–1967），俄苏哲学家、作家、翻译家。

《日瓦戈医生》里拉拉同死去的尤里·安德烈耶维奇告别。早上六点,妈妈同玛丽娜和米佳已经到了别墅附近,来到码成堆的挡雪板旁边。护士一般在八点换班,可他们刚一来到,一名值班护士几乎立刻从房子里出来,不等到换班时间就往车站走去。这时,妈妈便往房子里走,她一辈子没踏进过这门槛一次。她登上门廊,打开房门——里面空无一人。她沿走廊过去,遇到了塔季扬娜·马特维耶夫娜,她是帕斯捷尔纳克一家的家庭女工。鲍·列非常喜欢她,她也特别喜欢鲍·列,虽说表面显得十分严厉,而她的感情也正以这严厉态度表现出来。她带妈妈去看鲍·列,妈妈留在那里,同鲍·列一起大概待了半小时。没有人进房间。他们道了别。米佳和玛丽娜在大门外等待。

现在,我们大家坐在波塔波夫胡同的家里,妈妈没完没了地一再说,她好好地告别了鲍·列,鲍·列跟过去一样,一点儿没有消瘦,还那样令人感到亲切。

又该做点什么事情了。我们吃了早餐。煮了咖啡。我清楚地记得这么一个简直就是托尔斯泰式的想法:啊,为什么煮这咖啡,这是什么咖啡,谁要喝这咖啡,这咖啡何等虚伪。

尤利娅·日沃娃和玛利娅·叶夫列莫夫娜[1]从巴斯曼街的国立文学出版社来了。我们——母亲、米佳、玛丽娜、阿利娅、尤利娅、玛利娅·叶夫列莫夫娜，还有我们的波琳娜·叶戈罗夫娜——又围坐在圆桌旁喝咖啡。然后我们要了两辆出租车。我们在离别墅不远的地方停下。

这整个月，大门都为医生们的汽车敞开着，恰似一道打开的伤口。花园里已经有一些人。人不多。布加耶夫斯基头发蓬乱，衣冠不整，坐在长椅上哭得凄凄惨惨。同他一起的有施泰因贝格[2]和塔尔科夫斯基[3]。然后我们看见了叶夫根尼娅·弗拉基米罗夫娜·帕斯捷尔纳克——她面色苍白，一声不吭，惊魂未定。她坐到我们旁边来，好像还亲吻了母亲。加利娅·阿尔布佐娃[4]、帕乌斯托夫斯基和他的妻子也来了。加利娅走到我跟前。大家都对

---

① 尤利娅·日沃娃系马克·日沃夫之女。玛利娅·叶夫列莫夫娜即前文《我们的“小铺”》一章中提及的国立文学出版社员工斯特鲁奇科娃。

② 阿尔卡季·阿基莫维奇·施泰因贝格(1907–1984)，诗人，翻译家，画家。

③ 阿尔谢尼·亚历山德罗维奇·塔尔科夫斯基(1907–1989)，苏联著名诗人、翻译家。

④ 加林娜·阿列克谢耶夫娜·阿尔布佐娃(1935– )，帕乌斯托夫斯基的继女。

我说，去吧，去告别吧。可是我害怕。汽车还络绎不绝地开来。我记得玛·韦·尤金娜，她块头大，双手被人搀扶着，吃力地在小路上行走。叶·米·塔格尔①当然也在这里。

那是上午十一点左右。人们轻声说话，走动尽量不发出声响，这戒备的气氛，这小心维护的宁静，都一直保持着，像默然不动的林木，挂在山巅上的云朵。一切隐藏起来，四面阒寂无声。所有人心里都感到惘然若失，手足无措，当时，我那十八岁的弟弟在诗里是这样描述的：

正午时分，好似剑悬一线，
话音低抑，声声难辨。
平日空旷的花园里挤满了人，
好不习惯……

人们相聚，尽量避免推挤，
也不互打照面，
金合欢树叶交织

---

① 叶连娜·米哈伊洛夫娜·塔格尔（1895–1964），俄国诗人，散文作家，回忆录作家。

阳光透过,在门廊上撒下光斑。

人们迈着轻悄悄的步子,
到墙边放下花圈。
进门屏住呼吸,出门嘤嘤哭泣,
用手帕掩住双眼……

金合欢那一片绿叶
眼见就要萎蔫,
仿佛末日将至,
阳光透过,在门廊上撒下光斑。

鲍·列的大儿子热尼亚出了房门,沿小路向我们走来。我们还没有见到过家里的任何人,他是作为"家族""家庭"的使者前来的。他走近我们的时候,妈妈很紧张,我们把她团团围起来。我们不会离开这里的!他费劲地说了些冷冰冰的,听起来奇奇怪怪的话,唉,现在回想起来,真是太痛心了。他看见了我们多么难过,妈妈多么痛苦,但心里并没有涌起一丝回波。他不容许自己同我们一道分担这个痛苦。他请我们别搞任何"闹剧"或"表演”(记不准他是怎么说的了),据说那是他父亲的请求。啊,天哪,鲍·列能有这样的想法吗!“是特别请求!”照我看,妈妈一点也不明白,因为热尼亚说得吞吞吐吐,她怎么也搞不懂什么叫“表演”。最后,热尼亚说,现在无法去告别,因为正在取面模,做冷冻,但两点钟过后可以。说罢,转身走了。

我们回到乡下。我不记得这段时间是怎么挨过去的。我同乔治一道去作了告别。那是一个宁静的黄昏,到处一片死寂。我们选了一条鲍·列最喜欢走的路——往下走穿过冲沟,然后沿小桥上坡,别墅就到了。门依然洞开着。与我们同时到达的还有一辆汽车,一位演员模样的金发女郎抱着鲜花从车里出来,一位男士同她在一起。那人我认识,是鲍里斯·利瓦诺夫①。因为好像热尼亚说过“不能阻止任何人参加告别”,我们便跟在利瓦诺夫的后面。

我也是一次没进过这座房子,连花园里也没来过。那位女士在小道上细步行走,护着散落的花朵。我和乔

---

① 鲍里斯·尼古拉耶维奇·利瓦诺夫(1904–1972),苏俄演员,戏剧导演。关于他与帕斯捷尔纳克的关系,详见前文《“朋友,亲人——可爱的废物……”》一章。

治尽量不掉队,因为我也不认识路。我们登上门廊,进了左边的房间。我在过道屋里迟疑了一下——天哪,这一切太可怕了!我太怕死人。也怕死亡。我至今还梦见我那死去的外祖父。对肉体死亡,对没有了生命的躯体,对腐烂和消亡,我始终心怀恐惧。此时,这种恐惧也伴随着我。我呆然不动了。

塔季扬娜·马特维耶夫娜泪痕满面,一脸严峻,朝我走过来,几乎是把我推进了房间。(记得墙上挂了些鲍·列父亲的铜版画。这不是鲍·列的房间——好像是他弟弟的房间,或是客厅。他生病的后期,才从楼上转移下来,住到这里。)他已经做了冷冻,穿上西服,被端端正正地放在沙发上,面朝房门,双手交叉在胸前。头发梳理过了。这是第一件使我感到惊讶的事情。他的头发梳好了——平时蓄那种蓬乱的,一绺绺随意垂在脑门上的额发(不过,额发是有意散乱的,我记得鲍·列对着镜子,很逗笑地弄平他脑门上这缕额发),平整地梳向了后面。他脸上的表情成熟,严峻,高傲。据说他躺在棺木里的模样是年轻而漂亮的。天哪,谁能说这话呢!或许,妈妈同他告别的时候,他的确跟平常一样,还是那个样子。可是已经过了差不多十二小时啊。我们面前这个人已经不是他了。鲍·列的表情曾经生龙活虎,可是到了僵死不动的时候,这种表情便不复存在了。躺在这里的完全是另一个人——面型高贵,苍老,安详,带有谴责(不,毋宁说是严厉)的意味,并且瘦了。这么个人是完全能活在世上的,但那不是鲍·列,而是另一个人了。

他那张脸并不显得痛苦,不像死后的勃洛克。也不像刚刚移动过大山,终于获得安宁的人,一如死后的托尔斯泰。也没有普希金死后脸上那种渐渐消逝的高贵的轻松。如果说,有时候,死亡能让逝者的面容绝妙地摆脱某种多余、次要的东西,能突然出人意料、非常奇怪地凸显出主要的,迄今不曾为周围人在他身上看见的东西,那么,这里并没有发生这样的事情。无论他对死亡思考过多少,书写过多少,做过多少准备,死亡都不曾跟他沾边。死亡并不属于他的日常生活。他与死亡毫无共同语言。死亡并不善于适应他——死亡无非把他暂时替换了而已。

做成的面模没有反映出他死后脸上那种淡漠的表情。不过,他的表情显然一直在变化。变得越来越像个外人,越来越令我们觉得陌生。

对这种变化,我感到实在惊讶,甚至都哭不出来。相反,我觉得一身轻松了。这疯狂的整整一个月,好像千百条吸血的蛇挂在心上，刹那间——全掉下去了。我记得，我当时想了想："所有这些事，与他有什么相干？这不是他，不是他呀！"

塔季扬娜·马特维耶夫娜在沙发旁边走来走去，为鲍·列掖掖衣服，摆正双手，捋捋头发，要让一切整整齐齐。跟所有人一样。没有任何与众不同的地方。连额发也不让留。当然，是塔季扬娜·马特维耶夫娜那双慈爱的手在对死者做这件事，这时，便已经不可怕了。其他人的手也做过这样的事情，在他活着的时候也做过。利瓦诺夫坐在死者（是的，这是个"死者"）面前的凳子上，双手抹泪，目光斜视着我们（妨碍了他同最好的朋友告别！），嘴里嘟囔道（我感到他是在"对观众"嘟囔）："鲍里亚呀，鲍里卡呀！你干吗这样做呀，鲍里亚？！你干吗这样做呀？！"

我同乔治互相看了一眼。是啊，鲍·列不在这个房间里了。这一切都与他没有任何关系了。可他到底在哪里呢？我很难书写我的这种感觉。这或许是我生活中惟一一次宗教体验。我的心扑扑跳动起来："万一呢？万一这是一个标志，一个暗示——说我们不会死去，直到最后我们都不可能死去呢？万一——他还在呢？"

我们走出房间,来到门廊上。他曾经在这里待过,同我们在一起。这是他喜欢的天空,树木,那条冲沟,远处的钟楼,春日的斜阳——他留下的所有这些东西,比我们在房间里没有带走的更多。这确实是一种奇迹感。正因为如此,我们这些不成熟的唯物主义者“一瞬间出其不意地”都有了这种感觉。

我们返回村子。奇迹紧随不舍。鲍·列从沙土小路的每个拐弯处瞧着我们。从半干涸的小河瞧着我们。从那座怪难看的干草棚瞧着我们——对我们来说,这棚现在永远处在“月黑夜长长的干草棚的阴影里”①……更多的是——从天上瞧着我们。一直到家,奇迹都如影随形,然后就同落日一起消失了——是去了一个十分遥远的地方吗?从那里已经看不见了吗?——让我们留下来,单独面对混乱和恐惧。不过,主要是这奇迹闪现过,存在过,在给我们力量。

据说第二天夜里,人们为他举行了安魂祈祷。也许,不过就是在佩列杰尔金诺的教堂里为他订了一场荐度仪轨?

① 出自帕斯捷尔纳克的诗作《恋爱着——行走着——响雷没有停息……》(1917)。

而这一天，我们在忙着购买鲜花。告别时产生的解脱之感在过后的时间一直伴随着我。因此安葬、集会、准备的所有细节，看来都如此清楚，如此明澈——仿佛这些时刻被一股耀眼的光亮照耀着——“但光源神秘地藏匿”。

我和南卡，非常可爱的十八岁的南卡，马上去中心市场购买鲜花。南卡惊恐万状的小脸和旁边母亲沮丧呆滞的脸，后来传遍了世界上许多报章杂志的篇页。我们衣袋里，钱包里，手上都是钱，那是熟人和不太熟的人收集起来，通过某第三方转交给我们的；还有些钱不知是谁塞在邮箱里，留下一张字条——买花。

我想买郁金香，买许多郁金香——我们买了整整一桶。南卡身穿粉红色连衣裙，站在五月的芍药旁边，显得漂亮极了。我们买了芍药。勿忘我，要买勿忘我呀！——南卡跟往常一样劝我，她是个很能干的姑娘。我们买了勿忘我。那些售货员，东方人，不断说着他们的玩笑话。我们笑个不停。一切看起来全没亵渎的意思，也不令人感到牵强。他们大概以为，很可能是这两个女孩今天毕业吧！要给教师送礼物。要么就是开舞会？

我们把花拿回家。那些郁金香没地方放。我们把花桶放在我那（小）房间的地板上。玫瑰、勿忘我、芍药则包上玻璃纸，放到浴缸里。南卡真会做事！她在浴缸底留了一点水。“房间的窗帘要拉上，”她说，“那样，到明天花儿都会很新鲜。”夜里，我睡在我那好似暖花房的房间里。半睡半醒中，我仿佛觉得这是一座花园，非人间的花园。描写园丁的那些诗句一直萦回在脑际。“基督在花园里徜徉，难怪马利亚把祂当成了园丁。”①

早上，我们去佩列杰尔金诺。我们要了一辆黑色“吉姆”大轿车——要把鲜花和几袋食品放进车里。同我们一起前往的还有波琳娜·叶戈罗夫娜（要在母亲那里单独举办酬客宴）和我的一些朋友——当时他们都那么年轻可爱。伊拉奇卡、萨沙，还有南卡。对他们来说，这个日子长久地决定了他们的生活。

头一天，《文学报》上登载了两行很无耻的话：“文学基金会会员……去世”既无下葬地点，也无下葬时间。人们怎么能知道地点和时间呢？想前往送别的人都能赶得上吗？

我们当然不担心去的人少，可是，下了明斯克大道拐上佩列杰尔金诺支路的汽车数量之大，还是让我们大吃

---

① 典出《约翰福音》(28：11-18)：基督复活后向抹大拉的马利亚显现，马利亚以为祂是园丁。

一惊。也有许多骑摩托车的民警。村里的人也有些激动——我们的房东玛露霞还有她的女友们，穿得像过节一样。库兹米奇穿一件簇新的西服，整个儿显得神态端庄，举止矜持。我们乡下无数的熟人和他们的朋友、我们常在水井旁打招呼那些老太太、没带上平日的清洁桶也没牵马的清洁工万卡、佩列杰尔金诺商店的女售货员——这一大群人聚在街上，坐在原木上，从篱笆门里钻出来。这批"民主人士"聚在一起，同我们一道前来的海因茨·舍韦感到惊讶，掏出相机频频拍照。但我还没有明白这场运动是属于我们，属于鲍·列的。玛露霞、库兹米奇、万卡来这里并非偶然。死者并不单单是一名"佩列杰尔金诺"自己的作家——这样的死者不在少数，也有不少人安葬在当地的墓地里。死者并不仅仅是他们已经习惯看见的那个和蔼可亲，有点古怪的人：夏天他在池塘小桥上，戴一顶可笑的巴拿马草帽，秋天他穿橡胶靴，冬天他戴黑色卡拉库尔羊皮凹顶无檐帽；对他们来说，他跟那座池塘，那道冲沟，那座昔日的萨马林公园一样，成了周围环境不可分割的一部分。而且把他们吸引到这里来的不仅仅是村子的骄傲——要知道，是因为这个人，佩列杰尔金诺才作为"象牙之塔"而名扬世界。

我想，这些人都同他有一种真实的私人关系。我相信，他同这些人里面的每一个都有过交谈，哪怕只一次，而且是以他擅长的那种"平易近人"的方式；而这些人聚在了一起，有好几百。这话听起来无论多么有煽动性，但老百姓爱他；阿斯穆斯致临葬悼词时说鲍·列是个"真正的民主派"，也说得不错。这一天，许多人的命运在佩列杰尔金诺偶然交集，鲍·列以他的死将它们联结在了一起——"一束束感恩的纯光，由一柱细光聚集，好似一个个脱帽的客人，有时候走到一起。"①人们这就短暂地走到一起，然后各奔西东，再没人召集了。

我们这个小小的院子已经挤得水泄不通。外婆给聋子姑妈娜佳发电报说，"最后一个诚实的人死了"，把她从苏希尼奇叫来，结果她在这里碍手碍脚。库兹米奇走到我们身边，说："你们从我这里搬走了，现在他死了。要是你们还住在我这里……"大家动手拿鲜花。娜佳姑妈拿了一束勿忘我。南卡的勿忘我最为适用。我们在装饰一新，热闹非凡的村街上徐行，街上的人也从长椅上，原木上，土台上起身，跟在我们后面。我们曾担心不会有多少

① 引自曼德尔施塔姆的诗作《或许，这是疯狂的句点……》(1937)。

人前往，担心会在鲍·列面前感到尴尬，此刻，这种担心烟消云散了。

党中央文化处派出了情报员，他们向作家协会打电话，就像通报前线的战况——有多少人到场，有谁讲话，讲了些什么。跟通常一样，全是一派胡言。“……有约五百人到场，其中两百个是老人……”中央委员会的情报员伊·切尔诺乌灿[①]写道。

而云集在别墅院子里的则是知识分子。其中有不少熟悉的面孔，有的人当时不认识，后来就相熟了。其中就有弗·阿·维格多罗娃[②]，我后来真喜欢她。还有玛丽娜·卡济米罗夫娜·巴拉诺维奇，有伊万诺夫一家，有叶连娜·叶菲莫夫娜·塔格尔[③]，有帕乌斯托夫斯基、格雷舍娃[④]，

---

① 伊戈尔·谢尔盖耶维奇·切尔诺乌灿(1918–1990)，苏联政治家，文学批评家，长期担任苏共中央文化部副部长和顾问，是苏共处理许多文学问题时的实际决策人。

② 弗里达·阿布拉莫夫娜·维格多罗娃(1915–1965)，俄苏儿童作家，记者，维权人士，曾积极参与营救约瑟夫·布罗茨基。

③ 叶连娜·叶菲莫夫娜·塔格尔(1909–1981)，艺术研究者，文学研究者叶夫根尼·鲍里索维奇·塔格尔之妻。塔格尔夫妇自三十年代起与帕斯捷尔纳克结识。

④ 叶连娜·米哈伊洛夫娜·格雷舍娃(1906–1984)，翻译家，帕乌斯托夫斯基在塔鲁萨的友邻。可参见前文《日常之光》一章中叶梅利亚诺娃的一条注释。

以及许许多多的人。涅高兹、尤金娜、沃尔孔斯基和李赫特演奏柴可夫斯基的音乐。然后又奏肖邦,再后来好像还演奏了斯克里亚宾的作品。后来听说,音乐是季娜伊达·尼古拉耶夫娜挑选的,她本人就是出色的演奏家。人们从一道门进去,经过灵柩旁边,然后出来,走上凉台。灵柩放置得很高,周围堆满了鲜花。鲍·列的面容已经完全变样,不像他了。

我和妈妈在门廊旁边的土台上坐下。我们好像发了呆,就这样大概坐了一小时。看得见一股人流沿着从火车站通往别墅的道路源源不断地走来,后来听说,基辅火车站售票处旁有人贴了一张告示——将这位俄国伟大诗人下葬的地点和时间公之于众,而对这件事,苏联的报纸却如此羞羞答答,保持缄默。

母亲仿佛一直处于梦幻之中。她不能进屋去灵柩旁待着——那儿有"家人"值守。她靠在门廊旁土台上蜷缩的身影显然让许多人感到伤心,但谁也不敢把这话说出来。只有一个人,是康·格·帕乌斯托夫斯基,走到她面前,把她视为遗孀,吻了她的手,然后坐在她身边。她立刻歇斯底里地号啕大哭起来。帕乌斯托夫斯基讲了俄国残酷历史上的一些事情,谈到俄国如何安葬自己的诗人们，说，如果说十九世纪全彼得堡的人都聚集在莫伊卡河畔[①]，那么，在二十世纪中叶，能有两千人前来已经让人感到算是奇迹了。总之一句话，他说了些普普通通的话，但正是说给她听的，这件事对她十分重要。

天气差不多是帕斯捷尔纳克式的，至少也是“日瓦戈式的”——大雷雨没有下来，雨一直时而稀稀疏疏地下着，时而停止，隆隆的闷雷在远方震响。人们聚在一起，也同样激动起来，同样有东西在人群里闷声作响，在等待一个结局。人越来越多。栅栏外也挤满了人，记者拿着电影摄影机灵巧地爬上栅栏——估计是些外国记者。一些形迹可疑的人在干练地忙活，一直没有停下。连葬礼上出现这种引起风波的场面也让我感到喜欢，鲍·列本人见了或许也会喜欢的。他现在死了，也没让那些人消停。“他们”时不时要“发一阵神经”。

音乐戛然而止，最后一批告别的人从房子里走出来。“该是只有自家人留下来，作全家告别了。”周围的人说。然后，子女和亲朋好友抬出灵柩。人太多，紧跟在灵柩后面，一路踩踏着大丽花和玫瑰，挪开栅栏。我也不知怎么

---

① 这里指1837年2月11日彼得堡数万人聚集在莫伊卡河畔诗人普希金的住所，为他送葬。

鲍·帕斯捷尔纳克的葬礼

被挤倒，推开，再也找不到妈妈。我看见灵柩已经换了别的人抬着，其中有科马和米佳。送殡的队伍在略略绕弯的公路上行进，我径直穿过田野，然后涉过小河。

阿里·达维多维奇·拉特尼茨基是文学基金会的丧葬主任，他选了一块风水宝地。直到他去世，他都为三棵松下这座小山自豪，从山上既能看见教堂、别墅的窗户，尤其在它们被落日照亮时，还能看见通往火车站的那条公路。这里十分宁静，却没有墓地那种冷僻——山下有一条路，一条小河，离教堂也近在咫尺——全充满生活气息，由于这里比较高远，喧嚣声便显得低抑。在最边上的一棵松树下，已经掘好一个墓坑，先到的人站在坑边。我夹在离墓坑二十米远的地方，无法钻到坑边，只能听见那边发生的事情。母亲比较走运。南卡机灵透顶，如后来妈妈回忆，她“用那只小爪子拉着我”，穿过莫名其妙让开来的人群，向棺材走去。这样，她们又作了一次告别。

有人开始讲话。我猜出那是阿斯穆斯。他的讲话滔滔不绝：“追悼大会……现在开始。”不过他总体上讲得不错，自然提到了“一时偶然的错误”。也谈到了民主主义，显然，村里人都哭了，他受到了激励。然后，戈卢边采夫朗诵《啊，我真该知道，总是如此……》，有人在呜呜哭泣。

然后突然传来一阵冷静而令人厌烦的声音："放下，放下，把绳子扔过来，盖上！"榔头敲响，一阵静默，只听见粗声的呼吸，有人擤鼻涕，还有土块的声音。土块撞在棺盖上——那声音真令人难忘。

但事情没能到此收场，这是明摆着的。一束束鲜花飞向墓坑。我自己也迈过前面的人头扔了些花。喊声从四面八方传来："把人弄死了还不让安葬。"一个形迹可疑的胖子肆无忌惮地钻出人群，唠唠叨叨地埋怨："葬礼结束了，现在示威游行要开始了。"我挤在两位属于电影名流的淑女中间，她们都是喜剧作家的女儿。她们越过我的脑袋不满地交换眼色。其中一位我稍有认识，她也知道我与葬礼有关，因此对我说："搞这闹剧干吗？干吗这么吵闹？难道不能人性一点？"然后两人开始往人群外挤。

这时，传来朗读《哈姆雷特》的声音，仿佛开始了"追悼会""计划外的"第二部分。那是米哈伊尔·波利瓦诺夫[①]在朗诵。平时，他的声音不知怎么就有些特别，既充满热情，又消沉颓丧，可是此刻，在极度的悲痛中，这声音

---

① 米哈伊尔·康斯坦丁诺维奇·波利瓦诺夫(1930–1992)，苏联理论物理学家，与文学界也有密切关系。

又过度冲动，令我吃惊。然后——我不是太有把握相信，但根据声音判断正是他——瓦·沙拉莫夫朗诵了《八月》。这一天，《八月》在坟墓上空响彻了五六次。过后，计划外的演说家开始发表演讲。

许多年后，在亚·格拉德科夫那睿智、天才、可信的回忆录中，我读到对葬礼和演讲的描写，这与我印象中的场面完全两样。他也认为最好不参加“自发集会”，他写道，因为“开始有点挑衅意味了”。

一个人自称工人，显然略有醉意，开始代表工人阶级对帕斯捷尔纳克表示感谢，等等。确实有这么个演讲，在众多其他演讲中，不知为什么，我单单记住了这一个，但原因正好是讲得直言不讳，出乎意料。也许，此人是作家城服务部门里的人，一个水管工或修理工，也许此人这时喝了两杯；但他的演讲并不因此就是挑衅。当然，这听起来的确奇怪——“鲍里斯·列昂尼多维奇，我谨代表工人阶级，向你表示无产阶级的感谢”，——但是，在那个激情澎湃的时候，我们认为这个发言是理所当然的。还有个陌生年轻人的演讲自然也令人感到非同一般，他以神学院学生的那种轻言细语讲述帕斯捷尔纳克的基督教信仰，说他曾致力于团结基督徒的事业，“他一连串的才华没有失落在俗世生活的荒漠之中……”这人好像的确是神学院的学生，爱上了小说里的福音诗，除此而外，几乎别无所知。这难道可能是挑衅？

时间慢慢地过去，人群渐渐稀疏，一群人，主要是年轻人，挤在坟茔四周，争先恐后地朗诵诗歌。一个老者，身形清瘦，一脸病容，性急地纠正每个读错的字眼。留下来的人分两拨：一拨熟知并喜爱帕斯捷尔纳克晚期的诗歌，这些人显然是一九五四年《旗》杂志上发表专辑之后才发现帕斯捷尔纳克的（从外貌、年龄、风度看，这些人都有点出众）；另一拨对所有早期作品烂熟于心——基本上是年轻人。一个完全是少女的姑娘，朗诵“胸脯接受亲吻……”①有两处读得结结巴巴。清瘦男子神经质地纠正她。大家便请这男子来朗诵。我至今记得他那高亢的、断断续续的声音：“窗外人群密实，树叶蔽日遮天，天空落在路上，无人拾捡……”②

这一天，许多诗句听起来非常特别，比如这首感觉很普通的诗，一下子却拥有了极其深刻的第二语境，而

① 出自诗集《我的姐妹——生活》中的诗作《沃罗比耶维山地》（1917）。

② 出自帕斯捷尔纳克的诗作《雨后》（1915，1928）。

且大家都明白这一点，仿佛聚会者之间在理解上有某种串通。更别说那些激情四溢的诗了——那首《八月》，简直是当祈祷文在读。《人都不相信，以为是妄言……》[①]《怀念列伊斯涅尔》《我的美人，你整个体态……》及其令人震惊的诗行——"是一张可在根和土的哀鸣中，到纪念碑旁占一席之地的票……"，当然还有《责备还没有减弱声息……》。

我至今还能听见尤拉·格利佩林的声音，他当时十七岁。他朗诵得比谁都出色，大家没完没了地请他继续朗诵。他的朋友，一个面色红润的年轻小伙萨沙·苏梅尔金，还有加里克·苏佩尔芬，站在他的旁边。[②]（今年冬天，他们来别墅拜访过鲍·列，鲍·列表扬了他们对诗歌的痴迷和开放——前来拜访他的中小学生并不太多！）尤拉和萨沙拉着手，"好似歌德与席勒"，后来我们回忆这一天的时候，乔治说道。

已经到了晚上，两点钟开始的葬礼延续到了七点。

---

① 即诗作《诗人之死》（1930）。

② 尤里·莫伊谢耶维奇·格利佩林（1942–1984），文学研究者；亚历山大·叶夫根尼耶维奇·苏梅尔金（1943–2006），翻译家，文学批评家，出版人，约瑟夫·布罗茨基的秘书；加布里埃尔·加夫里洛维奇·苏佩尔芬（1943– ），文学研究者，维权人士。

谁都不愿意离开。我累极了，在一个废弃墓穴的土丘上坐下，弄脏了裙子。一个人走到我跟前，帮我抖掉尘土。这一切仿佛在我眼前一闪而过。虽然人们还停留在墓地旁，我们还是向村子走去；跟往常一样，那里依然还能感觉到不久前的激动。我疲倦极了，流了不少眼泪，宛若身处梦境，看见一群人，是母亲请来参加酬谢宴的：有我一个大学同学，他醉醺醺地朗诵了《马堡》；有泪痕满面的柳霞·斯维亚特洛夫斯卡娅；有马克·谢苗诺维奇·日沃夫；有认真为母亲帮忙的尤利娅。

我们留在木屋里过夜。其余的人打地铺。万籁俱寂，但是很少有人睡着。夜深人静的时候，此前一直克制着自己的妈妈，几乎被一种预感支配，突然大喊大叫："伊尔卡，现在到底会出什么事啊？！"

半夜里，蓄势待发的大雷雨终于爆发了，雨声震耳欲聋，是六月的第一场豪雨，电闪雷鸣；这是鲍·列曾经非常喜欢的一场甘霖。我们一大早出了木屋——真想尽快离开这座变得空荡荡的房子。去车站的路上，我们拐进墓地——在墓前驻步，惊讶不已。昨天我们留在这里的一大堆萎蔫发黑的鲜花，受到夜雨的滋养，又重新开放了，变得绿油油的。我们在湿漉漉的松树根上坐下，对着这一堆不断摇曳,仿佛是在呼吸的鲜花凝视良久。那是一九六〇年六月三日。

那一天,快到晚上的时候,我们一回到莫斯科的家里,就听到歇斯底里般震响的电话铃声。

“你们去哪里了?我给你们打了一整天电话!”这是那个格·黑辛打来的,在诺贝尔奖事件那些日子里,他曾积极关照母亲,不知为什么突然又钻出来了。他找我们有事,这件事我们只有在那天的忙乱中才可能当成急事:作家协会想了解《盲美人》一剧,把此剧作为出版推荐对象,于是,就在此刻,晚上,葬礼过后的第二天,康·沃龙科夫要来我们家,就地读完剧本,表明自己的意见。黑辛请母亲把剧本准备好,不要耽搁沃龙科夫。不,不,正是要看原稿,抄件无法说服任何人。

对如此的关切,我们感到惊讶。近来,母亲预料会有不少麻烦——现在,鲍·列的名声已经不能保护我们了!——便把一部分信件、手稿和公文分散放在一些熟人那里。她听信了这番话,马上跑到一个邻居家,把保存在那里的剧本手稿取回来放在桌上,诚心诚意地等他们来看稿。不过,她内心深处还是产生了一些模模糊糊的怀疑:万一手稿被他们没收了怎么办?谁会证明手稿属于她呢？她算是谁呀？此时，种种问题纠合在一起，才使母亲克服了一向忠厚无邪、不善洞察的性格。假如没收，便需要有人证明是从她手上没收的。她跑去打电话——班尼科夫夫妇俩都是党员，没有任何问题，住得不远，过十分钟就来了。

又过了五分钟，门铃响起，黑辛站在门口，还有一个黑发胖子，长得像亚美尼亚人，同他一起。沃龙科夫根本不见踪影。一切各归各位了。

“这是作协的同志，您把剧本交给他，他要看看，”黑辛说。作协的同志拿起手稿，坐到一旁，漫不经心地浏览起来。证人躲在厨房里。母亲、黑辛、我和米佳进了另一个房间，以免打搅同志看稿。

“沃龙科夫怎么没来呢？”母亲心有不安地问道。黑辛神经质地，无缘无故地微微笑着。作协的同志没看多会。几分钟后，他向我们走来。

“谢谢，格里戈里·鲍里索维奇，”他对黑辛说道，“没您的事了。”

然后，他直接地，很信任地，实事求是地告诉我们，因为克格勃了解到，西方出版商宣布，搞到帕斯捷尔纳克最后一部作品的记者将获得十万美元奖金，那么就要顾全大局,将手稿暂时存放在确实可靠的地方——“而不是放在您的邻居家里”(我们哆嗦了一下:他们在监视我们呢!)。也许这只是一个临时措施,直到记者们停止倒卖活动,过后专门小组确实会审读这个剧本,提出出版问题——但会先在国内出版。为了杜绝那件围绕小说的不爱国事件再次发生,克格勃决定帮助这位弱女子——她自己是根本顶不住“满莫斯科搜寻的”(照他的话说)记者大军的。

妈妈试图从他手上夺回手稿,但被告知,这些东西全属于她,如果她愿意,她一个人有权去档案馆研究手稿。剧本不久就会归还给她。妈妈说想同孩子们商量商量。我和米佳交换了一下眼色:最近几个月来,我们一直十分紧张,昨天在葬礼上感受到振奋,又随时从鲍·列那里获得无畏精神,我们意识到,为了纪念他,现在能够有所作为,这令我们感到鼓舞。我们斩钉截铁地说,我们反对,我们自己能够保存这个剧本,并按鲍·列的意愿处理这个剧本。最后,我们要求那位黑发男子出示证件。他乐意地让我们看了他的证件——姓氏平庸无奇,是库兹涅佐夫或科瓦廖夫。

“好吧,现在另一位同志来同你们谈谈。”

又有两个男子进了屋子，也没按门铃，不知道他们是怎么进来的。其中一个是高个头金发美男子，苍白的脸上有两个黑眼圈，浅蓝色的眼睛显得放肆无礼——此人不止一次出现在我们的路上。他们同科瓦廖夫一样，心平气和地向我们解释说情况复杂，说他们理解“孩子们的感情”，但是在这种情况下，反对是完全没有用的。

“你们可以相信，”金发男子最后说，“门外还站着六个人。”

妈妈小声说，她想得到一张收条。“您自己也明白，”金发男子反驳道，“我们这个组织是不开收条的。这是电话号码，您可以随时打电话同我们联系。”于是亲手在母亲的电话本上写下了他的地址。他们警告我们，为了我们的利益，不要把这件事情扩散出去，然后友好地向我们伸手握别。这时，我和米佳才小小占了个上风，把手藏在背后以示抗议。但他们没有坚持，好像不曾注意到我们的粗鲁无礼。他们友好地微笑着，离开了我们的住宅。两个没派上用场的证人汗流满面，在厨房门后辗转不安。“秕糠骗麻雀”一役，罕见地进行得彬彬有礼，速战速决。

可怜的麻雀们又怎么样呢？他们到底勉强做了点反抗。第二天，我就连比带划（现在总觉得每把椅子里都隐约见到录音机——这也是实情），把发生的事情悄声告诉了乔治。我们决定尽快办理结婚登记手续，以为这样就可以保证不受到侵犯，因为我们的“安全保护证”快要过期了。这是再明白不过的事情。而母亲则在黄昏时分将海因茨·舍韦带进完全稀疏通透的巴科夫卡林子，把一份剧本打印稿交给了他，让他立刻寄去德国，放进保险柜，直到获得特别通知才取出。可是，这座熟悉的树林今晚却显得有点奇怪——好似在麦克白的身边，母亲周围的树竟然活了起来；她送舍韦去火车站的时候，几丛树突然离开原地，沿路边缓缓移动，其中一丛把我们那可怜的朋友一直送到电气火车的车厢。

我们家开始常有电器修理工和水管工，尤其是电话修理师傅光顾；有人经常来换门上方配电盘上的保险丝；民警机关侦缉人员则向我们的保姆打听她十五年前服务过的原来主人们的履历；我们的电话经常突然几小时几小时地断线；我的一些女友被叫去卢比扬卡，随便问话，就是不问我的情况——总之，就算不是夏洛克·福尔摩斯也能明白，大祸临头了。母亲不去想这些事情——她好几次拨打了留下的那个电话号码，并在指定的时间去卢比扬卡，在那里的“图书馆”取出剧本手稿——她可以

伊琳娜·叶梅利亚诺娃，乔治·尼瓦，

伊琳娜的丈夫——瓦季姆·科佐沃伊，莫斯科，一九七二年

研究这部手稿。她好像对一份打印稿做了校对——如此而已。不过,那里的人对她特别客气,已经相熟的那个金发男还关心她的健康和工作,于是,她渐渐不感到害怕了。

可是,十年前闯进我们敞开的大门的那场灾难又不期而至。鲍·列的死连带出大量其他人的死亡、苦难、灾祸和生离死别。

我结婚不成。当然,只有劫运才能解释这种情况,即六月二十日,我们该在莫斯科古比雪夫区民事登记处正式登记结婚的时候,乔治却患上了很严重的皮肤病,住进了博特金医院。也许,这事仍然不仅仅是命定?我现在越来越经常在想,就是一般的病,在我们这个“神奇的国度”也不是偶然患上的,更别说他所患的传染病了。确切地说,急性期已经过去,他能够走路了;他恳求医生让他离开医院两小时,可是遭到坚决拒绝,完全不可理喻;他想立字据出院——还是不准许;最后,他决定跳窗逃跑,我给他带去了衬衣、裤子和鞋,他住的玻璃隔离室门旁设了一名特别值班员,那值班员直截了当地对他说:“想逃跑,我就把你抓起来暴打一顿。”

过了十天,那个不祥的日子过去了,他终于获准出院，才拿到那张字据，说医院不为他的生命负责。可是，时间已经失去，一去不复返了。八月十日，他的签证期就要结束。诚然，给他发放的奖学金是一年的，也就是说还有两个月，而乔治深信不疑地说，还没有过不延这两个月签证期的情况。“过去没有，今后会有的！”对我们的计划，阿利娅斩钉截铁地回答说。而她说得没错。但是我们还是向另一个区的民事登记处再次递交了申请，定于八月二十日登记结婚。

而在八月六日，我们未来的“同案犯”，一群魔鬼诱惑者来到了我们家，而就在这一天，苏联总检察长鲁坚科那只强硬的手，在我们的生死簿上画了一条决定性的线，我们很快就会明白这一点。这一天，签署了对母亲的逮捕证，而实行逮捕则是在八月十六日。

有某件往事，发生在“同案犯”们出现之前。鲍·列还在世的时候，自由世界的第一位使者塞尔焦·丹杰洛与把所有出版事宜揽到手上的出版商费尔特里内利发生了冲突，打起了官司。塞尔焦通过自己的密使加里塔诺夫妇向费尔特里内利进行无休无止的控告，要他支付自己的一份利润，照意大利人那种火爆脾气，称他为骗子、小偷、土匪之类。

最后，他为了奠定自己的事业，向鲍·列“借”十万美元，以各种物品，以苏联货币，以书来偿还借款。起先，鲍·列不知所措。但是他的经济状况十分复杂，“在那边”有巨资仅是猜测，而在这边，他手上，却一个子儿也没有。要知道，他已经断氧了，出版社的合同已经废除了，他翻译的剧本也从节目单上取消了……他有两个，甚至三个家庭需要供养，在这种的境况下，如何生活？他的行动当然天真得令人吃惊。“啊，奥柳莎，我们把这些钱往哪里放呢？”他忧心忡忡地同妈妈商量。“就放在这个手提箱里吧。”更为外行的母亲如是回答，于是两人才放下心来。塞尔焦收到了十万美元的领款委托书，便时不时给我们寄东西——一会儿寄大衣，一会儿寄皮袄，一会儿寄打字机。[……]

然后送来了最后一笔款项。塞尔焦为什么是一个如此守信的债务人？唉，只有克格勃机关告诉我们这件事，这个苦涩的事实当然也令我们感到不快。苏联正准备搞货币改革，这事我们自然一无所知，但在那边却一清二楚——黑市上苏联旧币被贱价大量收购，商人大发横财。因此，那些人才匆匆付清欠债。而且，在鲍·列死后，支援他那不被承认，且被拒享国内一切遗产权的遗孀——

这看来就显得颇为高尚。贝内代蒂夫妇承担了这项危险的任务。至于他们是如何用自己的汽车把五十万债务余款(旧币)运过边境的,便是个海关谜团了。

他俩来到我们家,情绪焦急,满脸通红,夹杂说着意大利语和法语(我在场翻译),把一只更大的提箱交给了母亲。那是在我们波塔波夫胡同的家里。他们指着窗户,“里多!”“里多!”地大喊大叫。我以为他们觉得光线太暗,便顺从地拉开窗帘。他们绝望地绞手。原来他们的意思恰好相反。“里多”“里多”的呼喊一点用都没有。还是能看得见。天真的贝内代蒂夫妇害怕邻居好奇的目光,而与此同时,每把椅子下面都有最完善的设备用眼睛和耳朵对着他们。椅子有没有耳目我当然不能保证,但是电话机和装保险丝的配电盘则毫无疑问。贝内代蒂夫妇急急惶惶——他们忍不住要摆脱这只谋反的箱子。“我得告诉你们,”先生说,“这是塞尔焦的钱,是欠款。费尔特里内利是小偷,小偷,小偷,他抢劫了你们!你们的朋友塞尔焦在困难的时候帮助你们!”他们大声说着“小偷,小偷!”打开了箱子。我们惊讶地看到,大包大包的钞票用外国别针别着,在大旅行箱里放成三列。这只箱子他们当然没打算留下。母亲机械地把这些别在一起的钞票转放到一些袋子和一只小箱子里，然后我们告别了。

后来的一切回忆起来就云里雾里。妈妈把一只袋子放到床下，其余的钱分散在三个朋友家里。一小部分给了波琳娜·叶戈罗夫娜。大家提出不少建议，要我们在郊外买一幢小房子，去疗养地疗养。但我们只买了一只衣柜（上光的！），而且两个月后，这只柜子就在绵绵秋雨中被法院执行员搬走了。

我自由生活的最后两星期里，发生的事情实在太神速太难以忍受，便没有严密关注那只小箱子的去向。而且乔治的签证就要到期了。他成天成天地跑大使馆，那里的人——参赞、领事，以及大使本人——都让他相信签证延期没问题。参赞还去找了我国的外交部，尖锐地提出这个问题，并声言，假如拒绝延期签证，将被视为“对法关系中的不友好行为”。外交部不置可否。某些负责人一直没有上班——“您明白，现在是休假期。”乔治临走前一星期，一位地段民警来了，打听是否有人未经登记而住在我们家里。乔治出示了护照，说我们马上要登记结婚，说已经答应他延期签证。民警说他八月十号（签证期限）再来，说罢就走了。

我们的电话出了什么问题！成天地断线，接入了某些机关;一些不请自来的师傅待在我们家里不走。我们在绝望中给赫鲁晓夫发电报,他此时正在南方度假。

又患上这些病了!这次是我生病了。要么是乔治的病有传染性,要么是这几周神经疲劳过度,反正我病得厉害,无法行走。“您怎么老是生病?”我的侦查员后来发火了,“而且病得那么厉害……没准是良心有愧吧。”我从头到脚浑身缠满了绷带,母亲每天都得为我换绷带,涂软膏。我完全睡不着觉。十号那天,乔治只好坐飞机离境,我都无法去机场送他。临走的时候,他当然希望能在法国得到返苏许可;届时我们便登记结婚,我同他一道出国。

送他去机场的是妈妈和默文·马修斯。默文是英国人,早在牛津大学读书的时候就同乔治要好。我知道飞机是白天起飞的。可是他们直到很晚才一声不吭地回来。我知道他们显然不打算让我伤心,对我瞒着什么事情。后来,默文还是说了:乔治同他们告别后,朝把我们这两个世界分隔开来的玻璃门后面走去。同他一起过去的还有参赞的妻子,我们的朋友艾伦·德马尔热里。乔治的行李已经检查过,道别的时候,艾伦给了乔治几个芬兰克朗(换成我们的旧币是十一卢布,也就是一卢布十戈比新币;这是起诉书上写的,侦讯的时候我读到过),好让他如我们所约,在赫尔辛基给我打电话——飞机要在那里停留一小时。起飞时间过去了,可是飞机原地未动,也看不见乔治。

过了一小时,广播通知,飞往巴黎的航班“起飞时间因一名乘客而推迟”。母亲和默文真是太天真了！他们简直欣喜若狂,断定是因为我们给赫鲁晓夫发了电报,以为他们会让乔治留下,为他延期了签证。可是艾伦打破了他们的幻觉——原来,乔治在登机舷梯前被拦下,带回机场搜查,发现他身上有克朗,便说他搞走私活动。“你那未婚夫,”后来侦查员对我说,“原来是个走私分子。十一卢布还是一万一千卢布——都一回事。现在他很难再来了。他已经被立案了,而且不是我们立的案——关我们什么事啊！是海关不放他走。”

八月十六日,妈妈买了那个声名狼藉的上光柜子。她想把这个家安排一下,以填满她空闲时不习惯的空虚,也想好歹花花这些从天而降的钱。她老想在墓地上立一块碑。可是,两个合法妻子都还健在,墓地由她们掌管,谁会允许她这么做呢！

于是,她便买了一个新柜子。我们的老衣柜,第一次世界大战时期的东西,则搬到了别墅。妈妈要了一辆出租卡车,把她那依然漂亮的小脸蛋伸进我的房门,说:“伊尔卡,你先睡觉,别起床。我们五点回来。”说罢便走了。

过了三个月,我才在对质的时候看见她。她显得苍老不堪,浑身浮肿,两眼发红。她喜欢的那件意大利短衫松松垮垮地穿在身上;她的双手不住地颤抖;她望着她的侦查员,像一头困兽——还是这样吗,她会不会发火呢?侦查员面带微笑,像个保护人,给我递上香烟,说:“抽吧,这是我和奥莉嘉·弗谢沃洛多夫娜都喜欢抽的烟。”他把每个字都说得重重的,为的是让我不怀疑他们之间的关系。他们的关系很友好啊!他不断用手巾擦他汗湿的胖脸。“你干吗老是出汗?”我想问他,“莫不是良心有愧?”

柜子搬走了。留下我独自一人,翻翻书,是奥威尔的《一九八四》,还有本乔治留下来的“契诃夫”出版社[①]出的书。我等一个女友来做客,她答应来看我。十二点,有人按门铃,我把奥威尔的书藏进长衫,再去开门。站在门口的确实是我那脸色苍白的朋友,可是她后面却有十个男人挤满了我们那个不大的楼梯平台——一个个牛高马

① 由俄侨在纽约开设的出版社,因此其出版物在苏联也是禁书。

大，脑满肠肥，衣冠楚楚，面带微笑。其中有个女人，其貌不扬，神情沮丧——两星期后，她把一只铝碗拿到我的囚室，碗里装着红甜菜汤。男人们很专业地迅速占满整个住宅——占据了所有“关键位置”。他们说话也很快，一本正经。“这是伊文斯卡娅的逮捕证。”“我母亲不在。”“这是搜查证。”“等母亲回来再说吧。”“已经找她去了。”“她会来这里吗？”没有回答。然后他们说：“去房间吧，一个同志会陪着您。让朋友也跟您待在一起。不，就让您朋友坐在这里吧。”“有贵重物品吗？”我让他们看了戒指。“这是您的私人物品吗？留下吧。有没有钱？”我打开柜子，把里面的东西全交出来。住宅里再也没有钱了。

朝楼梯平台的门敞开着。电梯一直上上下下，人们进进出出。他们按邻居的门铃。“您不反对作搜查的证人吧？”那是我们的两家女邻居。其中一个悄悄对我说：“上帝呀，都这会儿了，他们还想从他那里得到什么呢？”从他那里？我立刻明白了。他们是打定主意要同鲍·列清算到底呀！

我坐到床上，去读“契诃夫”出版社的那本书，把奥威尔那本藏到长衫底下。看守我的那个同志，人到中年，是个少校，叹了口气，便站在书架旁边。书架上是我中小学

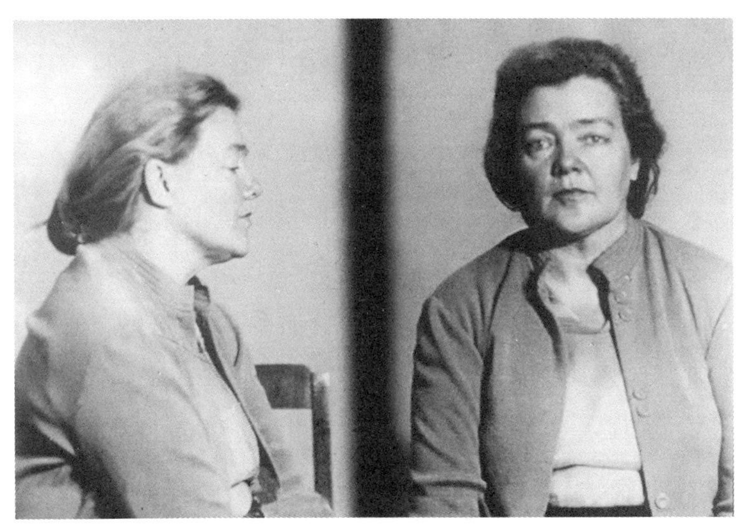

奥莉嘉·伊文斯卡娅，照片采自侦讯案卷，

卢比扬卡，一九六〇年

时期的旧作业本、日记本、教科书，全乱七八糟，布满灰尘，一直堆到天花板。书籍也不少。那同志显然不愿意去搜查这些东西。他戴上缎纹袖套，蹲下来，取出我六年级时的旧日记本。“您留着这么多劳什子干嘛！”他不满地嘀咕了一句，把日记本放到一边——算是已经看过了。“您在找什么呢？”我问他。“您莫非没读逮捕令？第十五条。走私。我们正是在查走私物品。”我想起《塔曼》和《卡门》[1]，笑起来。“这不可能！这是搞错了。我们从来没出过国，连边境都没去过。”“也许是搞错了。会弄清楚的。”“这么说，母亲今天就可以放回来了？”“可能释放，也不一定。”

门口出现了一个女人，貌似老鼠，说：“请接受检查。”我浑身一怔。奥威尔的书怎么办呢？在当时私藏这本书是要判刑五年的，“契诃夫”出版社这本呢？除了这两本书，我们家还有以各种语言出版的小说、诗集和散文集——不过我感到我们家有这些书太正常不过，连克格勃也没打算指控我们。不错，还有别的一些书——茨维塔耶娃的（违禁物品清单上写作“茨维特科娃”），别雷

① 《塔曼》是莱蒙托夫小说《当代英雄》里的一个章节，《卡门》则是法国作曲家比才写的一出歌剧。两个作品中的主角都与走私有关。

的，古米廖夫的书……但是，不知道为什么，我最担忧的是奥威尔这本，第二本便是《被枪毙的一代》（乌克兰文）。我一直坐在这本书上面，现在只好拿着书站起来。恐惧反而令我产生了勇气："既然我们犯的是走私这种刑事条款，你们有什么理由搜查书籍？"少尉不动声色地回答说："你们可以到处藏东西呀。侦查员有权没收他认为应该没收的所有东西。""这里谁是侦查员？我想同他谈谈。""是阿列克萨诺奇金少尉。但是他现在在您母亲那边。"

那女人在催我。我站起来，悄悄把《一代》塞到被子下面，奥威尔则照旧抱在长衫里。那女人把我带进卧室，鲍·列和母亲的书及手稿已经堆积如山。男人们出去了，只剩下我们两人。"把长衫脱了。"老鼠模样的女人柔声地说道。我脱下长衫。除了几乎缠到脖子上的绷带，长衫下面什么也没有。"少校同志，她身上缠着绷带！"女人向隔壁房间喊了一声。少校牢记着"我们可以到处藏东西"这句话，便发令说："解开绷带。"老鼠动手小心解我的绷带，还温柔地喃喃自语："不要紧，不要紧，我好好解……而且您很快就要康复了……这是本什么书啊？您懂德语吗？我这就让少校看看……他会给您留下的，您读吧，要不太寂寞了……还有一整天呢……”她把奥威尔给少校拿去，不一会就回来了，说：“读吧，读吧……”我惊讶不已，连正在跳着噩梦般的脱衣舞都忘记了。

在剩下的时间里，直到晚上——中间有一个吃午饭的短暂歇息，午饭是老鼠为我热了端来的，她仔细地注视着我把匙子往哪里送，——我都和少校在我房间里单独待着。中间还休息了几次。“我想上卫生间。”“纳斯佳！”少校喊了一声，纳斯佳随时待命，仍然一脸殷勤地来到我家卫生间敞开的门旁，说：“不行，别关门……这是规定。”

已经到了晚上六点，少校才查到第三层书架。他显然累了，想谈谈话。我还在利用这个接触的机会极力要弄清楚，母亲面临着什么，为什么会有这种指控，等等。可他非常巧妙地避而不答。我只感到他好像同情母亲，认为是帕斯捷尔纳克把她毁了，她是因为轻率而同帕斯捷尔纳克搅在一起的。“一个年纪轻轻的女人，瞧上了他什么呢？再说，他还是有妇之夫。”他对我越来越信任。他走到第二个柜子近旁，目光犀利地瞅了我一眼，问道：“告诉我，里面有没有任何违禁品？请以共青团员的名义发誓，说老实话。”“我不知道什么是您说的违禁品，”我没好气地说，“自个儿找去吧。”

八点钟，他们开始查封房门，写了一份令我再次吃惊的“印封”文件，释放了我那位备受折磨的女友和两位证人。阿列克萨诺奇金来了，他掌管一切。此人胖乎乎的，还很年轻，气喘吁吁，绝无仅有地伪善透顶而又厚颜无耻，我在监狱里又不得不和他打了几次照面。他是“新”派的代表，具有法学学历，喜欢谈点文学，矫情地把自己比作波尔菲里·彼得罗维奇[①]。这位“心理学”方法的代表确实知道应该拨动哪一根琴弦，把我母亲的整个案子办得相当出色，能由大棒突然转成胡萝卜，当着受愚弄的被侦讯人的面说自己是她惟一的保护者。对质的时候，他们那种反常的关系令我震惊不已。

临走的时候，阿列克萨诺奇金简短地作了指示：“电视机和冰箱不要卖。明天上午您要待在家里。”

夜里，波琳娜·叶戈罗夫娜和米佳从别墅回来，疲惫不堪，惊恐万状。外婆的钱全被拿走了，根本没有理会她的抗议；母亲喜欢的蓝提包也被拿走了，里面有小说《日

---

① 波尔菲里·彼得罗维奇，陀思妥耶夫斯基小说《罪与罚》里的警探，擅长以心理学技巧击溃受讯者的防线。

瓦戈医生》第二部的手稿，那是当时鲍·列送给她的。如此一来，鲍·列身后的所有赠予——剧本啦，小说啦，都按自己神秘的用途飘然而去。波琳娜·叶戈罗夫娜把我带进厨房，说："别难过，奥莉嘉·弗谢沃洛多夫娜临走的时候悄悄说过，请律师的钱，生活费都有。在邻居家里。"我们下了两个楼梯平台，按了门铃。看到阿尼娅婶婶那张苍白沮丧的脸，一切不言自明了。"他们已经来过了，来过了，直奔沙发，好像事先知道似的。"

我在"外面"过了二十天。从八月十六号到九月五号。那真是些简直难以置信的艰难日子。我们竭尽全力地"生活"：早上煮粥，喝咖啡，在两道查封的房门之间吃早饭。我们仔细倾听升上来的电梯——九点左右，"队伍"和证人来了——证人每次都不一样。他们开始干活——扯下封条，无休无止地对信件、书籍、短衫、帽子进行登记。然后午休，过后又登记，又印封。几乎每天如此！有时又把米佳、阿利娅，最后还有我，召到卢比扬卡。有一次，我和米佳把转交母亲的物品带去列福尔托沃监狱。接收物品的是个小老头，心地最善良；他把我们带去的美食批了一顿，告诉我们要买香肠、面包、罐头。对超过规定重量的半公斤物品他也没有在意——那是一段自由主义最盛的时期！

我有一种挥之不去的反抗需求。或许正是这一点决定了我的命运。要是我安安静静地待着，像只躲在扫帚下的老鼠，大雷雨就会从我头上过去吗？我感到怀疑。不过，我的尝试并没有获得成功。一群穿白风衣的男人干脆跟踪我，在对面楼的大门里筑了一个巢——我一上街，他们也不特别化装，便从门里倾巢而出，远远地尾随，亦步亦趋地跟在后面。我突然敛步，转身朝他们走去，想直面看看他们，他们便在报栏旁停步，灵巧地躲开。有两次，我同这群随员一道到了电报局，我上国际电话营业处所在的二楼。一名白风衣在门口等我，另一名同我一道登上营业大厅。我把乔治的电话号码给了女话务员，请她为我接通电话。话务员请我稍等。我坐在大厅里舒适的圈椅上等电话，一直等到午夜一点，话务员才告诉我，德国下大雷雨，一些电杆倒了，电话打不通了。我于是去电报局发了一封电报给乔治，请他打电话到我家里。电报送达了。第二天他给我打了电话。我本来应该马上告诉他母亲被捕的事情，可是却机械地回答了一些健康如何，给赫鲁晓夫的电报结果如何的问题。等他自己问起母亲的情况时，电话就断线了。我至今也不完全明白那些"机构"奇怪的鸵鸟政策：难道他们是希望对所有事情严加保密？我也遭逮捕后，他们为什么还要捏造以我们的名义从加格拉发出的假电报——电报号、印章一应俱全——还强迫米佳把这封电报出示给意外前来的丹杰洛？"休息很好一切正常伊拉妈妈一九六〇年九月十日"。

这些日子，我也去找过律师。莫斯科律师事务所主席瓦西里·萨姆索诺夫答应接案，还千方百计地安慰我，说是没有任何犯罪要素，无疑只会遭流放或罚款，不会送上法庭的。我了解了这一法条后叹了口气——最多判八年！天哪，不值一提啊！因此，面对侦讯机关的时候，我已经充分掌握了刑法典知识——不像可怜的母亲，阿列克萨诺奇金曾经冲着她大喊大叫："改革前夕，你们让国家充斥贬值的货币！这种犯罪要受什么惩罚，您知道吗？"这时，她小声地说："是枪毙吧？"

不过，到底还是非常恐怖。所有这些法典啊，社会主义法制啊——似乎都是茶余酒后的谈资，而在此地，卢比扬卡灰色的大墙后面，则是另外一种尺度。当我的侦查员孔科夫大尉手拿一把钢尺，走到我受审时坐在后面的小桌旁时，我整个儿瘫在了椅子上。

伊琳娜·叶梅利亚诺娃，照片取自侦查案卷，

卢比扬卡，一九六〇年

九月五日，上午十点前，我被传唤去接受第二次审讯。那天早上，我也尽量“生活”：喝了我要喝的钙液，吃了一盘燕麦米粥，穿上风衣便出发了，却忘记了阿利娅明智的劝告：“去受审时，裤子穿多点，多带点钱。”门前，突然好像有什么东西推了我一下，我回过身来，莫名其妙地朝留在家里的波琳娜·叶戈罗夫娜和米佳鞠了一躬。

从波塔波夫胡同去卢比扬卡费时不多，一路上我没有任何清晰的预感。

这二十天来，我作徒劳的尝试，采取各种行动，遭搜查，自欺自慰，心情绝望，已经如此精疲力竭，以至于当隔开“世俗的”卢比扬卡和修道院秘密内务监狱那道臭名昭著、颇具传奇色彩的巨大铁门发出著名的吱吱嘎嘎的刺耳声音，在我身后砰然关上的时候，我感到如释重负，承认这一点并不是因为矫情。再也无须做什么事情了。现在一切听天由命了。最近二十天的精神紧张不复存在，如今只感到一身轻松，甚至还有几分愉悦。啊，必须要有行动，这曾一直让我多么难以承受！

不过，赐予我的这种轻松却仅存在于九月五日晚上八点。而上午十点，阿列克萨诺奇金在传达室等我。我同他乘电梯上楼，沿一条令人沮丧，官气十足，铺着褪色地毯的走廊走去。这条走廊我已经走过一次，又经它出来。这一次，他带我进了另一个房间，跟上次一样，这个房间布置得同样令人沮丧。墙上挂着火车站那种挂钟，没装窗帘，桌子与房管局的毫无二致；不过——连这也使我感到忍俊不禁——还有两个只宜摆放在苏联式小客厅里那种带镜子的立柜。房间里有几个人，没有任何迹象表明会搞上次那种周详私密的审讯。他们只让我脱下衣服，我把风衣和手提包挂在普通家用衣帽架上，阿列克萨诺奇金突然扭一下镜子立柜上的门钥匙，走进去就不见了。其他几个人也跟着进去了，其中也有我。立柜原来是一条不长的走廊，通向一个窗户不少的宽敞房间，里面布置得极尽官僚式的豪华——挂褶纹窗帘，摆着锃亮的长桌和配套的椅子；旁边，远离长桌的地方，则有一张孤独的小凳子——那是给我坐的，为的是不让我坐在同一张桌子面前。大约二十个仪表堂堂、有点年岁、声名赫赫、衣冠楚楚的男子围着桌子坐下，以庄重、威严的声音，充分的工作责任意识，开始对我这个有点傻头傻脑，还因“交叉询问法”感到张皇失措的二十岁“走私女犯”提问。主持人，如后来我在速记记录里读到的，是奇斯佳科夫少将。他们问我人生有什么打算。

“您的生活有充分保障,在苏联上大学。您对苏维埃政权为什么不满?”

“您嫁给公民尼瓦后,打算在国外干什么?”

“您是否知道您母亲在从事走私活动?她让您也参与了吗?”

“帕斯捷尔纳克是否知道伊文斯卡娅的犯罪活动?”

最后一个问题完全出乎我的意料。我感到我对纪念鲍·列负有责任,应当不给他们机会,让他们再次抹黑去世仅三个月的死者,要从人们对他的记忆中消除即将发生的危险——揭露他仿佛唯美元是图……毕竟,他们搜查时拿到了有他签字的合同和书信的抄件,或许,甚至通过加里塔诺得到了原件——这个活动全算在母亲头上,这近情吗?我说:“他知道,但他不认为这些行为是犯罪。”

“那么,他为什么要非法通信呢?”

“那是合法的,我本人就去邮政总局寄过不少信件……”

“您读一下记录吧。”

阿列克萨诺奇金翻翻他面前的文件。“八月十六日审讯时,您母亲表示……在二十日、二十二日、二十七日的审讯中……”接下来，接下来，姓名、日期……“德意志联邦共和国大使馆的外交邮件是周四发出的，那一天舍韦……”“乔治·尼瓦，我女儿的未婚夫……”问：您的孩子们是否知道您的犯罪活动。答：知道，我的孩子们，伊琳娜和德米特里，知道我的犯罪活动。问：阿·谢·埃夫龙是否知道您的犯罪活动？答：是的，阿·谢·埃夫龙知道我的犯罪活动……等等……轻信而可怜的妈妈呀！

我听从阿利娅的教诲，最后请求说：“让我看看记录吧。”阿列克萨诺奇金胸有成竹地在我鼻子底下翻动记录：每一页下面都有母亲那可怜无助的签名，我瞧着“奥·伊”二字，心都紧了。

“现在您还坚持自己最初的供词吗？您确实不知道您母亲的犯罪活动吗？”

我机械地反复说道：“不，我不坚持。我知道，但我不认为这些活动是犯罪。”

再说，我无论说什么，都没有任何意义了。火车站式的挂钟指着十一点，他们带我经同一个立柜返回，让我坐在漆布面黑圈椅上，正好在这个挂钟下面。“等等我们。”阿列克萨诺奇金对我说，二十个肥硕饱食的壮汉，一副精明强干的样子，大步流星从我面前走过，砰一声关上了门。我同值班员单独留下，他是我在这里自始至终遇到的惟一一个犹太人。不时有人给他打电话，他摘下听筒："我是列维施泰因，请讲。"我蜷缩在圈椅上，紧贴着漆布，仿佛半睡半醒，盯着火车站式挂钟的指针：十二点，一点，两点……我动弹一下，从漆布上移开麻木的腿，值班员猛地跳起来，说："马上会把您带走。"他朝什么地方瞅了一眼，喊了一个人，两个身着运动衫的太太招呼我过去，沿走廊把我带走，同我一起的确是挤进了一道门：原来这是一个卫生间。五点钟的时候，门——不是立柜，而是通往走廊的门——大打开来，早上同我交谈的男人们几乎是排着队进了房间，凭他们脸上露出的一样的笑容，我明白，完了——从这里是出不去了。

阿列克萨诺奇金浑身容光焕发，说："已决定对您实行逮捕。检察长签署了逮捕证，我们刚从他那里来。在向您出示的这个东西上签个字吧。您可别紧张！……"

我没有马上从圈椅上起来，只是震惊不已，瞧着他们殷勤地塞到我面前的文件。

"就在这里签，您可别紧张，别紧张！……"

那个可怕的八月已经过去许多年，可我至今也无法

伊琳娜·韦尔布洛夫斯卡娅与叶梅利亚诺娃，

385/17营的两位囚犯，莫尔多瓦，一九六二年

明白——为什么还是逮捕了我们。阿利娅·埃夫龙是饱经世故的劳改营老狼了，她曾经断言：“他们是想占有档案。”得了吧，首先，众所周知，她对档案有一种嗜好——她觉得，没有什么东西比茨维塔耶娃或帕斯捷尔纳克的手稿更重要；为了这些手稿，人们不惜发动政变。其次，吓唬我们一番之后，“他们”莫非还无法让我们交出档案，就像搞到剧本的手稿那样？那些人知道，剩下妈妈孤身一人，她是多么心慌意乱，脆弱无助。也许，鲍·列死后，我们家仍然是他们的眼中钉——仍然有聚会，有外国人，有“俱乐部”？是因为钱吗？妈妈把那个箱子亲手交给他们了，还立下了各种字据，终止了一切进款。他们是想事后把鲍·列说成利欲熏心之徒，抹黑他吗？而事实上，这两年他都收到国外寄来的汇款，而且没有受到惩罚。然而，根据“他们”搞的侦讯，又觉得他们好像是想把鲍·列同冒险分子伊文斯卡娅切割开来，认为伊文斯卡娅曾以老迈之手牵引着鲍·列，向他索要了大量钱财。

昨天的审讯速记记录在第二天就送到我牢房里来了。我突然发现，“帕斯捷尔纳克知道伊文斯卡娅的犯罪活动吗”这一问题，我的回答是这样写的：“不，他不知道，对这一点应当公开声明。”我向阿列克萨诺奇金指出这一点。

他着慌了，说：“是速记员搞错了，我们马上改正。”假如“他们”确实想算经济账，那为什么却把家庭——两个同样靠这些稿费生活的家庭，抛在一边呢？连他们的口供都没有录取。不知为什么，他们只传唤了同我们本人并不太熟悉的尼·亚·塔比泽，而去季娜伊达·尼古拉耶夫娜的别墅则几乎只是作一般性的拜访——假如相信她的回忆录的话。

如此说来，并不是要抹黑鲍·列。如此说来，是另有目的了。有时觉得，这无非就是报复。对他进行报复。怎么会这样呢？他活得自由自在，不昧良心，即使大难临头，也心口如一，不说假话，做他认为责无旁贷的事情，“丝毫也没丢脸”，并且——死也死在自己的床榻上！是一条好汉！这已经太不像话了。于是为了别人不要学他样，便收拾一下——收拾那些他们以为最没有自卫能力的人。要知道，这不仅是一个毁灭机制，也是一个凌辱、践踏机制——不多杀人，却要在大庭广众之下极尽挖苦、辱骂之能事，搞到各种卑微的坦白，让人在地上爬行……

我们没有防卫能力。但也远非他们以为那样懦弱无助。而且他们输掉了这场游戏。同情的浪潮——诗人死后三个月便逮捕他最亲密的朋友，他所挚爱的人——席卷了莫斯科，席卷了全世界。“他们”和诗人的坟墓算账，结果在社会舆论，甚至“左派”的舆论上所失都超过了所得。按照似乎是波利卡尔波夫的说法，他们“错过了”鲍·列。鲍·列从他们的爪子下溜走了，没对鹰犬退让寸分。于是便追着向他身上泼去一盆盆污水。

我被关进了卢比扬卡内务监狱 82 号囚室后，才来仔细思考所有这些事情。我有的是时间——并不是每天都要提审，“同侦查员一道工作”的时间不会超过接续两小时——实际上并没有任何事情。“要知道，您是个小——小的刑事犯。”孔科夫说。他是我的侦查员，一个没多少文化的笨蛋，在安德罗波夫时代好像爬到了莫斯科州一级侦查员的职位上。我一连几小时躺在铁床上，要么来来回回走上一千步，一边反复吟诵所有背得的诗歌——可不能沉沦啊！黄昏时分最为难熬。我不再读书，而让自己休息——在长亮不灭的昏暗灯光下看书太伤眼睛。大城市低抑的喧嚣声浪一阵阵传到我住的八楼，有时，会突然闯进某种声音，像是狮子的吼叫。我一时没想到这是监狱里的鸽子，落满了内院一方的窗户。

家里情况如何？他们靠什么过日子呢？要知道，什么东西都拿走了(还威胁要没收我们可怜的家当)。米佳呢?今天孔科夫恐吓我说,正在收集针对他的材料。他又提出这个该死的问题:“您弟弟是否知道您母亲的犯罪活动?”我还是聪明地回答说:“他知道,但他并不认为……”而波琳娜·叶戈罗夫娜,我们亲密的红头发唠叨鬼是要被迫搬走的,她是登记的临时户口。她在莫斯科住了三十年,却没有获得苏联首都的居留权。没准她已经被赶走了?不,根据今天收到的转交物品,我觉得她还在家里;是她准备的转交物品,她知道我喜欢吃的东西是棉花糖、洗干净的胡萝卜、炖猪肉。她给妈妈转交的什么呢?有时候,我晚上听见妈妈在哭泣;有时哭声很大,这时便开始一阵忙乱,响起脚步声——大概是在叫医生。

另一堵墙后面有人喃喃细语,像是在祷告。我知道这里关押着两名美国飞行员:他们是在中立地带被抓获的,没审判就释放了,太明目张胆了。孔科夫有时问我在读什么书,结果令他满意——我在读果戈理、普希金。“可那俩美国佬,”他嘻嘻地嘲笑道,“要我给他们《圣经》!”

我在82号牢房蹲了三个月,一直蹲到审判。我们是十一月在卡兰乔夫卡受审的。犯第十五条,走私罪。我还有个别的什么罪名,“涉十七条”——共谋罪。检察长

叶梅利亚诺娃在卢森堡花园

科佐沃伊，德米特里·维诺格拉多夫，
叶梅利亚诺娃，巴黎北站，一九九〇年

普罗什利亚科夫要求判妈妈八年，判我五年。检察长、律师分别陈词，把外国人姓名念得一塌糊涂，那个法官提了一些愚蠢的问题。我见到了妈妈，见到了已经守候在法庭大门旁的朋友们，一下子高兴起来，刚才那些事情统统一扫而光。透过“乌鸦车”的小方窗，我看见了南卡和萨沙·苏梅尔金的两个亲切的脸蛋——他们几乎跑进大门。“伙计们，伙计们！”看得出，南卡已经向押送人员跑过去好几次了，“你们看见伊拉那女孩吗？长得白白净净那个！”这一次她认出来了，我们互相扑过去。楼梯上人很多，都是非常可爱的亲朋好友，他们拼命为我们打气。伊涅萨，我那可怜的人儿，一边呜呜咽咽地哭泣，一边大声说着鼓舞人的话。谢尔盖·斯捷潘诺维奇（这才是军官的仪表——身板笔直，穿一件旧式大皮袄）迎面走来，连押送人员都停下了脚步。他慢慢拉起我的手亲吻——就像亲吻一名夫人。可是，外婆在哪里呢？她没有来，这一次她来不了。（审判后她来见我们，朝气蓬勃，美艳绝伦——还戴了一顶礼帽！——而且机智非凡，令人吃惊！在牢房里写的诗妈妈正是塞进了外婆的衣袖，而外婆灵巧地接住了——毕竟老有经验！）波琳娜·叶戈罗夫娜面色苍白，仪态庄重，包一块华丽的中国头巾，已经作为原告的证人被唤进大厅，但是，当法官说出“证人什梅廖娃，请离开审判厅”后，她没有离开，而是排队走到我和妈妈身边，亲吻我们，画十字为我们祝福。

任何人，甚至米佳，都不准进入大厅，连聆听判决也不行。而《人道报》及其他左派报纸写的却是“公开审判”；苏尔科夫则在他的记者招待会上费尽口舌，称一切都很民主，有罪证明很专业，判得不重，非常公正。费定死后，苏尔科夫当了作协书记，经常出国。他不得不应对我写到过的那一波保卫我们的抗议、书信、电报的浪潮。这个妒意十足的老者几乎在肉体上都仇恨帕斯捷尔纳克，他马上拼命地敷衍应付，不厌其烦地计算帕斯捷尔纳克每月从苏联的出版社领多少钱，为什么他应该生活得很快乐，文学基金会在治疗、安葬和在墓地上立碑为他花了多少钱！“我得说，审判是依法进行的，十分严格，完全一丝不苟……”国际笔会提出请求，要干预并为我们鸣不平，他回答说：“我们是作家，有道德上的理由不去接触或介入这件散发着恶臭的事件，弄脏自己的双手。”苏尔科夫不想因为我们弄脏自己的双手，我们是何等走运啊！

就这样，妈妈被判刑八年（她那时四十八岁），我判了三年，而不是检察长要求的五年（他们注意到了被告还很年轻)。

"没事,你不会服满刑期的。"押送员们安慰我说。

朋友们在大门旁熬了一整天,向我们扑过来。判八年?谁也没料到啊。

审判完后,我们被带去列福尔托沃监狱,在那里,我们立刻对沙皇时代的建筑质量有了很好的评价——高高的天花板,牢房里空气充足,有卫生间。光线更明亮。我已经以一种新的方式,自内心深处默念,甚至是向某位偶然共处一室的狱友出声朗读:

这天空有股味儿
像是白天,在搅牛油!
这些面孔,人群中有——自己人!……①

两个半月后,一月末尾,最冷的时候,——我们终于要被解送走了。去哪里呢?问谁都不知道。我们同一伙女偷儿、同性恋、流浪者,还有六个不愿屈从于敌基督的修女坐在普尔曼式车厢里颠来簸去。一名押送兵往隔栅

① 出自帕斯捷尔纳克的长诗《施密特中尉》(1926-1927)。

间里塞进几铝盅水。我们想问问那些最年轻的，还没变得穷凶极恶的押送兵：小伙子，这是送我们去哪里呀？妈妈请一个人抽烟，他接下了，答应看看案卷，然后回来了。妈妈贴在隔栅上，向我转过头来，一脸困惑地说，要去什么泰舍特……还要坐很久的车。

到了第一个转送监狱。半夜里让我们下车。根据列车长时间的调度，我们猜想，这城市很大。从押送兵发出的断断续续的指令，我们搞清楚了：这是斯维尔德洛夫斯克。

“过去，敌基督到来之前，这城市叫什么名字呢？”修女们问道，一个个惊惶不安，麻利地撩起长长的衣襟，像线团一样滚出车厢。一名押送兵把她们肥大的背囊（里面装着面包干、奶粉——她们是“出家人”，也就说就连油熬的寒碜的牢粥她们也不能吃），那种农村的包袱，超过一打，从她们头上踢过去，她们一一认真清点。

“敌基督到来之前叫叶卡捷琳堡。”我对修女们说。娜塔利娅嬷嬷向她的姐妹们鞠躬，说：“是到京城叶卡捷琳堡了，姐妹们。”

我们在路基上来回踏步。换班的押送兵戴着肥大的无指手套，把“案卷”笨拙地拿在手上，解开卷包的带子。

又办起那种愚不可及的手续来：姓名、首字母缩写的“全拼”……可气温却在零下三十度啊。我抬头看那美得惊人的西伯利亚天空——星座亮得耀眼，显得冷冰冰的，我不习惯这些星座的分布，头晕目眩起来。

“站队！就位！出发！”

我们抓起自己的袋子，想沿枕木拖着走。可是我们太疲乏了，冻得够呛——这场递解的噩梦都快做一个月了——于是便掉在队伍后面。押送长粗野地骂起娘来。母亲忍无可忍，说：“帮帮我们吧！孩子才生过病！何必挖苦她！”

“你说什——么？！犯罪的时候，活得老好；一遭惩罚——就生病了？哼，混账……”

“一群流氓，”妈妈大声吼道，“下流胚。你们可曾听说过帕斯捷尔纳克？《日瓦戈医生》读过没有？你们知道拉拉是谁吗？”

我恳求她别说了：“妈妈，我们把东西扔了吧！让这些袋子见鬼去吧，别低三下四地……”

“我这就让你瞧瞧日瓦嘎。”长官恶狠狠地说道。转身对一个士兵说：“关她单间。好好收拾一顿。”

铁路后面，远处一个地方，终于停着黑鸟——我们的

БОРИС ЛЕОНИДОВИЧ ПАСТЕРНАК

# Доктор Живаго

РОМАН

Г. ФЕЛТРИНЕЛЛИ - МИЛАН

1958

《日瓦戈医生》扉页

“乌鸦车”了。大家有的用脚,有的用膝盖,有的用脑袋,把包袱、口袋往里面又是塞又是推。耳边有个什么戳人的东西——哈,原来是修女臭烘烘背囊里的面包干。修女们唱起歌来——声音很轻,但是非常整齐,嗓音有点颤抖,像天使一般,唱的是基督。这车的血盆大口旁,浑身蒙霜的警犬伸出舌头,一步一步地爬着,两腮绯红的卫兵在系“案卷”的带子,或许,修女们是以为已经逃脱不了这辆毒气车,准备毅然赴死?不,歌声是光明的,欢乐的……要知道,明天就是主显节呀!卫兵上车了,我们更挤了,母亲在她的“单间”里时而哼几声——她被单独关在同一辆“乌鸦车”的单间小囚室里,头巾在格栅后面白晃晃的。我们动身了!现在要让我们瞧瞧“日瓦戈”了。

图书在版编目(CIP)数据

和帕斯捷尔纳克在一起的岁月/(俄)奥莉嘉·伊文斯卡娅,(俄)伊琳娜·叶梅利亚诺娃著;李莎,黄柱宇,唐伯讷译.—桂林:广西师范大学出版社,2021.5
(文学纪念碑)
ISBN 978-7-5598-3036-4

Ⅰ.①和… Ⅱ.①奥… ②伊… ③李… ④黄… ⑤唐… Ⅲ.①回忆录-作品集-俄罗斯-现代 Ⅳ.①I512.55

中国版本图书馆CIP数据核字(2020)第127631号

出 品 人:刘广汉　　策　　划:魏　东
责任编辑:魏　东　　装帧设计:李婷婷

广西师范大学出版社出版发行
(广西桂林市五里店路9号　　邮政编码:541004
网址:http://www.bbtpress.com)
出版人:黄轩庄
全国新华书店经销
销售热线:021-65200318　021-31260822-898
山东韵杰文化科技有限公司印刷
(山东省淄博市桓台县桓台大道西首　邮政编码:256401)
开本:787mm×1 092mm　1/32
印张:24　　字数:350千字
2021年5月第1版　　2021年5月第1次印刷
定价:128.00元